MW01204807

Der Erste Donner

Ein Abenteuer voller Entdeckungen

VON

MAHARISHI SADASIVA ISHAM

MSI

Copyright © 1995, 1996, 1997, 1998 by MSI

All rights reserved under International and Pan-American

Copyright Conventions.

Printed and bound in the United States of America.

THE Ishaya FOUNDATION Publishing Company

1-888-474-2921

www.theishayafoundationpublishing.org

Gewidmet

den Ishayas der Vergangenheit, Gegenwart und Zukunft

"Und ich sah einen anderen starken Engel vom Himmel herabkommen, mit einer Wolke bekleidet, und ein Regenbogen auf seinem Haupt und sein Antlitz wie die Sonne und seine Füße wie Feuersäulen.

Und er hatte in seiner Hand ein kleines Buch, das war aufgetan. Und er setzte seinen rechten Fuß auf das Meer und den linken auf die Erde,

Und er rief mit lauter Stimme, wie ein Löwe brüllt. Und als er rief, erhoben sieben Donner ihre Stimmen.

Und als die sieben Donner gesprochen hatten, wollte ich es aufschreiben. Da hörte ich eine Stimme vom Himmel zu mir sagen: Versiegle, was die sieben Donner gesprochen haben und schreibe es nicht auf!"

- Die OFFENBARUNG des Apostels Johannes

Inhaltsverzeichnis

Teil I: *Seattle*

Teil II: *Griechenland*

Teil III: *Indien*

Teil 1

Seattle

"Vitam impendere vero --

Weihe das Leben der Wahrheit"

-Juvenal

1

Frühlingskrokusse

Mein alter Chevy-Truck, letztendlich immer noch mein erster, beförderte mich nach Seattle und verbrannte nur ein bisschen mehr als einen Liter Öl alle dreihundert Kilometer. Mutter begrüßte mich, aber ich kannte sie zu gut, um ihre Enttäuschung zu übersehen. Als Tochter eines frommen Presbyterianers und Schwester eines Missionars fühlte sie sich durch mein Leben zutiefst verletzt. Keine ihrer tiefsten Überzeugungen bezüglich Scheidung, Anstellung, Verantwortung, Familie oder Ehre blieben durch mich unerschüttert.

Meine Pläne erfreuten sie noch weniger. Während der langen Fahrt von Missouri nach Hause wurde mir klar, dass ich vor allem Zeit brauchte, um mich zu erholen und zu heilen. Ich wollte herausfinden, wieso mein Leben auf dem Riff des Unglücks aufgelaufen war, wieso mein Geschäft und meine Ehe vom Orkan der Trostlosigkeit auseinandergerissen worden waren; ich suchte verzweifelt nach einem neuen Kurs für das sinkende Schiff meines Daseins. Wieso war das Universum so herzlos, so hasserfüllt? Alles, was ich anstrebte, war, ein guter Mensch zu sein. Warum war das Verlangen, ein angesehener Bürger, Ehemann und Vater zu sein, nicht genug?

Ich erkannte jetzt, dass ich selbst während der besten Zeiten in Missouri diese Leere in mir gefühlt hatte, eine seltsame und schmerzhafte Dumpfheit, die kein Ausmaß an Wohlstand jemals ausgefüllt hatte. Meine neuen Autos, mein Schloss aus Kalkstein, meine Familie, der Respekt von Freunden und der Gemeinde - nichts befriedigte die Unterströmung der Unzufriedenheit unter der ruhigen Oberfläche. Die tragische Lüge falschen Friedens!

Ich hoffte immer noch, dass irgendwo Antworten zu finden wären. Aber ich war mir sicher, dass niemand, den ich kannte, welche hatte - wenn man an der Fassade ihres Glaubens an Gott, die Wissenschaft,

Familie oder den Reichtum kratzt, kommt dieselbe Leere in ihnen zum Vorschein, eine zerstörende spottende Autorität, die Freude nur im Leid findet. Nein, jeder auf dieser Erde war so verloren und verwirrt wie ich: Jeder glaubte an Kampf, an Leid, an Krankheit, an Tod. Ich glaubte nicht, dass das Leben so sein sollte, aber ich hatte keine Alternative zu den gebieterischen Forderungen meiner Melancholie. Die Antworten der Religion, der Wissenschaft, der Philosophie waren unvollständig, nicht fähig, mehr als nur einen Zuckerguss in Form von Überzeugungen über dem tobenden Krebs unvermeidlichen Ruins anzubieten.

So begann mein Rückzug von der Welt. Ich konnte nichts finden, das mich zu tun interessierte. Ich lief nicht mehr herum, las nicht mehr, ich rief niemanden an, ich sah niemanden außer meiner Mutter, die allmählich alle Hoffnung in mich verlor, aber mich wenigstens bei sich unterbrachte, mich ernährte und sich mit mir unterhielt - von Zeit zu Zeit.

Ich weiß nicht, wie lange diese Seelenkrankheit angehalten hätte, als ich von Gedanken der Selbstzerstörung abstieg zu abgestumpfter Apathie, welche mich an die Wand in meinem Zimmer starren ließ, um Schlaf betend, damit ich aufhören könnte, meine Vergangenheit zu bedauern. Noch weiß ich, wie es möglicherweise in einer endgültigen Katastrophe der Verzweiflung oder Wut geendet hätte, wäre nicht etwas anderes passiert. (Eines weiß ich jedenfalls: Niemals wieder werde ich diejenigen streng verurteilen, die ihr Leben beenden oder die Kontrolle über sich selbst den Gefängniswärtern des Körpers oder des Verstandes übergeben.)

Aber schließlich *geschah* etwas anderes - der Winter meines Lebens endete schließlich mit den ersten Knospen des Frühlings. Das Universum bewegte sich weiter, Gott oder ein Engel wurde zum Mitgefühl bewegt, irgendein gutes Karma kehrte von einer früheren Existenz zurück - aus welch obskurem Grund auch immer, eine neue Melodie stieg durch das gefrorene Ödland meines Herzens auf.

Diese neue Bewegung begann ganz banal- ein früherer Schulfreund rief spät an einem Freitagabend an. Sein Name war Ollie Swenson, er war gerade von der griechischen Insel Patmos nahe der türkischen Küste zurückgekehrt. Er hatte etwas, was er mir mitteilen wollte. Ob ich mit der Fähre nach Bainbridge kommen könnte, um ihn zu treffen?

Am deutlichsten konnte ich mich an Ollie als den Linebacker in unserer Universitätsmannschaft erinnern, der meinen einzigen Touchdown durch Abfang eines Passes ungültig machte, indem er den Quarterback schnitt. Aber er war für den größten Teil unserer High-School-Zeit mein bester Freund. Wir verloren uns aus den Augen, als er zur Washington-State- University in Pullman ging, um Agrarwissen - schaften zu studieren. Ich ging an die Universität in Seattle, um Forschungsphysiker zu werden. Ich wusste nicht, ob er seine Pläne geändert hatte, die meinigen wandelten sich drastisch nach meinem Staatsexamen, zum Teil wegen meiner verhängnisvollen Romanze mit einer Farmerstochter aus Missouri.

Wie würde er wohl sein, mein alter High-School-Kumpel Ollie? Ich erinnerte mich, dass er seine Jugendliebe geheiratet hatte, ein hübsches Mädchen, das in der Nähe des Hauses seiner Großeltern auf der Insel Bainbridge aufgewachsen war. Ich erinnerte mich auch, vage gehört zu haben, dass er geschieden worden war. Was hatte ihn nach Griechenland gebracht? Und wieso auf eine Insel?

Obwohl ich befürchtete, dass er mir eine Versicherung andrehen oder mich für irgendein neues Pyramidensystem interessieren wollte, stimmte ich einem Treffen am Samstag in Bainbridge zu.

Als ich die Fähre verließ und Ollie traf, erkannte ich ihn zuerst überhaupt nicht. Er sah ungefähr so verändert aus, wie ich es mir überhaupt nur vorstellen konnte. Ich kannte ihn mit einem Kurzhaarschnitt und 120 Kilogramm Körpergewicht, die seine T-Shirts ausbeulten. Nun war er ziemlich schlank, vielleicht 85 Kilogramm - gepflegt, nicht unterernährt - und sein Haar war lang gewachsen und floss in dunklen Wellen um seinen gelbbraunen Seidenkragen. Er war bartlos, aber irgend etwas in seinen braunen Augen erinnerte mich an ein wildes Tier - frei, wild, unberechenbar.

Es war mehr an ihm als das, ein Gefühl, das ich nicht genau festlegen oder gleich beschreiben konnte. Hinter seiner Wildheit war er ruhig, und um ihn war eine Ausstrahlung voller Weisheit. Das kam weder von seinem Erscheinungsbild, noch von seiner Begrüßung (er umarmte mich herzlich und behielt dann seine Hand leicht auf meinem Arm und geleitete mich zu seinem Honda), noch von seinen Worten. Diese tiefe Gemütsruhe und Klugheit strahlten von seiner Gegenwart selbst aus. Ich verstand es nicht, doch tief in meinem Inneren sprach es irgend etwas an. Ich kannte es nicht, und dennoch fühlte ich, dass ich es sehr wohl kannte, so als ob es einen wesentlichen Teil in mir ansprechen würde, einen Teil, mit dem ich kaum vertraut und der doch meine fundamentale Realität war.

Sein Frieden brachte etwas in mir zum Mitschwingen. Zu dieser Zeit fand ich weder die Worte noch die Gedanken, um dies zu verstehen, aber ich merkte, dass ich mich in der Gesellschaft meines alten Freundes Ollie Swenson äußerst wohl fühlte. Warum?

Jemand erwartete uns in seinem Civic. Jemand, der eine leuchtend rote Bluse trug und prachtvolle goldene Locken hatte. Ollie öffnete ihr die Türe. Anmutig stieg sie aus. Die Locken fielen in herrlicher Fülle über ein makelloses Gesicht. Ihre himmelblauen Augen waren tief und warm. Ich fühlte, wie ich errötete. Berauschende Schönheit gibt mir immer das Gefühl, wie ein Schulkind vor dem Rektor zu stehen.

"Ich möchte dir Sharon Alice Stone vorstellen", sagte Ollie. "Sie ist die außergewöhnlichste Frau, die ich jemals kennengelernt habe."

"Sharon Stone? Der Filmstar?" fragte ich mit eher kläglichem Humor und verfehlte damit völlig Ollies Punkt.

Sharon lächelte mich ungekünstelt an, wobei sie Ollies Lob ignorierte und durch meine Bemerkung (die für sie offenbar mehr als abgedroschen war, wie ich mit wachsendem Verdruss erkannte) auch nicht gekränkt war, und umarmte mich warmherzig. Ich umarmte sie ungeschickt, während Ollie mich als den besten Verteidiger vorstellte, den Shoreline jemals hatte, was nichts zur Verringerung meiner Verlegenheit beitrug.

"Auf geht's!" sagte Ollie. "Wir können uns zu Hause unterhalten. Sharon hat uns etwas zum Mittagessen gemacht." Ich quetschte mich auf den Rücksitz im Civic, Sharon setzte sich wie eine Feder auf den Beifahrersitz und wandte sich dann zu uns, um sich mit uns zu unterhalten. Keiner von bei den schnallte sich an. Ich griff nach meinem Gurt, gab aber bald auf, weil ich bemerkte, dass der Gurt vom Sitz verschluckt worden war. Brauch ist Brauch, dachte ich und hörte die meiste Zeit Sharons Geschichten über ihre Kindheit in Oklahoma zu.

"Wieso haben Sie den Mittleren Westen verlassen?" fragte ich, kurz meine schrecklichen letzten paar Monate dort nachempfindend. "Keine Lust mehr auf das kalte Wetter?"

"Ich bin meinem Herzen gefolgt", lachte sie fröhlich. "Auf der Suche nach einem größeren Sinn als dem, den ich in Tulsa finden konnte."

"Aber wieso Seattle?" beharrte ich. Ihre einfache Art veranlasste mich, mich mehr zu entspannen. "Dreihundert Tage Regen im Jahr machen die Seattler düster und nach innen gekehrt, wussten Sie das nicht?" Das dumpfe Dahinvegetieren, in dem ich mich die letzten Monate befunden hatte, war nicht einfach so auf augenblickliches Verlangen hin aufzugeben - selbst in der Nähe von Ollies durchdringendem Frieden und Sharons anmutiger Schönheit. *Selbst "Pooh und Piqlet" könnten nicht zu mir durchdringen,* dachte ich und verurteilte mich wieder einmal selbst.

Aber beide lachten offen und reichlich, als Ollie erwiderte: "Das heißt dreihundert Tage Wolken, mein Freund. Es regnet nicht so oft, nur etwa tausend Millimeter oder so im Jahr - und tatsächlich fast nie auf Bainbridge. Ist Teil eines Regenschattens, weißt du. Ein echter Bananengürtel. Und momentan eröffnen Kaffeehäuser an jeder Straßenecke. Starbucks Kaffeehauptstadt der Welt, das ist unsere Smaragdstadt. Die Leute hier sind zu aufgekratzt, um depressiv zu sein."

Sharon ergänzte ernsthaft: "Die ersten sechs Wochen hatte ich keine Ahnung, wieso ich hier war. Ich hatte angefangen zu glauben, ich wäre völlig wahnsinnig, wovon auch mein früherer Freund mich zu überzeugen versuchte. Aber dann traf ich Ollie vor drei Tagen. Und jetzt *weiß* ich, wieso ich nach Seattle kam." Sie sah ihn an und lächelte mit strahlender Warmherzigkeit. *Wird mich jemals irgend jemand mit solch wundervollen Lippen so anschauen?* dachte ich. Mein Herz wollte sie unbedingt fragen, was sie meinte. Wieso war sie nach Seattle gekommen? Was hatte sie gefunden? Aber etwas in mir hatte Angst vor dem, was sie sagen würde. Ich wollte mein Leben nicht noch komplizierter machen. Obwohl es mich in den Ruin trieb, war dies alles, was ich in einer schmerzhaften Welt an Sicherheit hatte.

Statt dessen fragte ich das bei weitem Einfachere: "Wie habt ihr euch getroffen?" Was war es bei den bei den? Liebe auf den ersten Blick? Es sah nicht so aus, als würden sie sich liebevoll berühren. *Sicherlich nicht so, wie ich sie berühren würde, wenn sie meine Freundin wäre,* dachte ich und war wieder verlegen. Dieses Mal wurde meine Verlegenheit durch die Verachtung meiner Arroganz und die Abscheu gegenüber meiner Dummheit noch verstärkt. Was konnte ich zur Zeit einer Frau schon bieten? Armut und Versagen? Mein Leben war nichts als Asche. Ich war die Einfalt in Person.

Ollie starrte mich im Rückspiegel an. Seine braunen Augen tanzten vor Heiterkeit! Es war kein verurteilendes, mich verspottendes Lachen. Es war pure und simple Fröhlichkeit, die da klang. Es war, als würde er direkt durch mich hindurchsehen. Wie viele von meinen Gedanken hatte er wahrgenommen?

Er lächelte mich warmherzig an und sagte: "Letzten Donnerstag hatte ich so ein Gefühl, dass ich über die Fähre laufen sollte. Sharon saß ganz alleine auf dem Aussichtsdeck und weinte, als ob ihr Herz brechen würde. Das war einfach zu traurig. Es war ein prachtvoller Seattle-Tag - die Olympic- *und* Cascade-Berge waren zu sehen. Mt. Rainier schwebte wie die Vision eines Traumhimmels über der Stadt. Selbst Mt. Baker war im fernen Norden sichtbar. Wenn die Sonne in Seattle scheint, ist es wie nirgendwo anders auf der Welt. Der Himmel war ein sagenhaftes Königsblau, die Meerenge ein tiefes, königliches Aquamarin, die Wälder schienen in einem dunklen, unergründlichen Grün, das Sonnenlicht glitzerte auf dem Wasser, einen Pfad zu den Göttern bildend. Ich fühlte mich, als wäre ich im ‚Zauberer von Oz' - Seattle verdient wirklich den Spitznamen Smaragdstadt -, und da war dieses arme Mädchen, das diesen prächtigen Nordwest-Pazifik-Augenblick völlig verpasste, sich auf dem Deck die Augen ausweinte, völlig dem Wunder und der Freude verschlossen. Ich erkannte, dass ich mit ihr sprechen musste, dass ich ihr eine Alternative zum Leben, wie sie es kannte, anbieten musste. Wir sind da."

Er fuhr in seine von alten Douglas-Tannen gesäumte Auffahrt ein - nicht aus erstem Wachstum (von diesen vorzeitlichen Bäumen sind nur noch ein paar wenige, wertvolle Exemplare übrig - eine Rodungstragödie, die wir von unseren unachtsamen Vorfahren geerbt haben und die von unserer Generation gedankenlos fortgesetzt wird), aber einige aus zweitem Wachstum. *Wahrscheinlich war Bainbridge ziemlich früh in der Geschichte des Staates Washington abgeholzt worden,* dachte ich und war von der Größe der hundert Jahre alten Bäume beeindruckt. Ich erinnerte mich plötzlich, dass ich schon einmal hier gewesen war - dieses Haus hatte ursprünglich einmal seinen Großeltern gehört. So wie es aussah, war es um die Jahrhundertwende erbaut worden. Anscheinend gehörten einige Hektar Land mit dazu, weil keine neueren Häuser nähergerückt waren.

Der Garten war ungepflegt, aber jemand hatte ihn vor nicht allzu langer Zeit bis hin zur Perfektion gestaltet. Die Kirschen-, Holzapfel- und Pflaumenbäume hatten bereits den Rasen mit ihren Blüten über sät und waren am Verblühen, aber die Azaleen hüllten sich in glorreiche Farben, leuchtend rot, violett und gold, und die Rhododendren bereiteten sich auf die alljährliche Blüte mit tausenden von reifenden Knospen vor. Alles erschien wie ein kleines Stück Paradies.

Ollie führte uns durch das Grundstück, bevor wir ins Haus gingen. Hinter dem Haus hatte er einen riesigen japanischen Garten errichtet, komplett mit Zedern und Hemlock-Kiefern und einem enormen Koi-Teich mit Wasserfällen und Bachbett. "Braucht eine Weile, bis alles wieder auf Vordermann gebracht ist", sagte er, mit einem Hauch von Melancholie in der Stimme. "Ich ließ dies alles nur ungern für Patmos zurück. Aber es stellte sich heraus, dass es das Klügste war, was ich jemals getan habe."

"Wie lange warst du in Griechenland?" fragte ich mehr aus Höflichkeit. Meine Aufmerksamkeit war vom Anblick der Größe einiger seiner Bonsais gefesselt. Ich hatte noch nie größere oder schönere Exemplare gesehen. Obwohl vernachlässigt, war Ollies Garten großartig.

Er bemerkte mein wirkliches Interesse. Anstatt mir zu antworten, sagte er: "Dieser ist fast dreihundert Jahre alt. Mo Takata gab ihn mir, als ich das Staatsexamen in Pullman machte. Sein Urgroßvater brachte ihn von Japan mit rüber. Interessant, dass er dich so anzieht. Es reagieren nicht viele auf ihn. Zu alt, denke ich. Siehst du, wie er funkelt, Sharon?"

Sie lächelte ihn an und sagte etwas unsicher: "Ich glaube, ich fange damit an, ein wenig."

"Wovon redet ihr beiden?" fragte ich, ungeduldig wegen des scheinbar mystischen Unsinns.

"Ist nicht so wichtig." Ollie lachte fröhlich in sich hinein. "Kommt herein, lasst uns zu Mittag essen. Ich habe dir ja schon gesagt, dass Sharon einen wunderbaren Fruchtsalat vorbereitet hat, oder?"

Etwas an seinem Benehmen beruhigte mich sofort. Wir betraten die Küche und saßen dann auf Holzstühlen, die so alt wie das Haus aussahen. Der Tisch war mit einem leuchtend blauen Plastiküberzug bedeckt, die Wände waren in einem hübschen Gelb gehalten, ein Oberlicht ließ reichlich Licht herein, alles in allem war Ollies Küche luftig, sehr angenehm und gut ausgestattet. Sharon tischte drei enorme Teller ihres Fruchtsalates auf. Die Porzellanschüssel war so gefüllt, als würden noch weitere sechs Gäste erwartet.

"Ist deine Mutter hier?" fragte ich, während ich einen Bissen von den frischen Erdbeeren und der Wassermelone nahm. Ich hatte angenehme Erinnerungen an sie. Ollies Vater war ein Vollblut-Norweger, Bauunternehmer von Beruf, und ums Leben gekommen, als Ollie noch jung war. Sie hatte ihre fünf Kinder alleine großgezogen. Ihr Name war Gladys, aber wir nannten sie "Happy Bottom" - was sie immer mit Humor nahm.

"Sie ist vor zwei Wochen gestorben", sagte Ollie ohne erkennbare Trauer. "Das ist der Grund, warum ich hier und nicht mehr mit Lance und den anderen auf Patmos bin."

"Oh, das tut mir aber leid", sagte ich aufrichtig. Ich hatte sie sehr gemocht. Sie schien mir immer die ideale Mutter gewesen zu sein.

"Das ist nicht nötig", erwiderte er herzlich. "Sie lebte ein ausgefülltes Leben und starb friedlich. Ich glaube nicht, dass sie mehr erreicht hätte, selbst wenn sie noch weitere zwanzig Jahre gelebt hätte. Ich bedauere nur, dass ich das, was ich in Griechenland gelernt habe, nicht mit ihr teilen konnte. Sie wäre begeistert gewesen."

"Erzähl mir, warum du dort warst", sagte ich und legte meine Gabel nieder. Ich mochte Früchte, aber ich wäre mit etwas Nahrhafterem glücklicher gewesen. Ein Big Mac wäre mir tatsächlich sehr gelegen gekommen.

Ollie legte ebenfalls seine Gabel nieder, vielleicht einfach nur, weil er ein guter Gastgeber sein wollte, und stieß sich vom Tisch weg. Für einen Moment lang studierte er konzentriert mein Gesicht und sagte dann: "Erinnerst du dich an Alan Lance?"

"Nein - ach, du meinst den Star-Außenverteidiger drüben in West-Seattle? Vage. Wir haben manchmal zusammen nach einem Spiel gefeiert. Ein wirklich netter Typ. Wieso?"

"Wir wurden gute Freunde an der W. S. U., aber ich habe ihn aus den Augen verloren, nachdem wir das Staatsexamen gemacht haben - ich ging in die Landschaftsarchitektur, weißt du, mit Mo Takata und seinen Söhnen. Er zog weg nach Sedro Wooley, um auf der Farm seines Onkels zu arbeiten. Ich hatte ihn ziemlich vergessen, aber vor drei Jahren rief er mich an. Und dann traf ich mich mit ihm. Er sah völlig verwandelt aus. Ich mochte, was er sagte, und entschied, mit ihm nach Griechenland zu gehen. Er ist immer noch dort auf der kleinen Insel Patmos, mit etwa zwölf anderen."

"Was machen sie dort?" Ich fragte mich, ob das genau *die* Frage war, die, wie ich befürchtete, ein Verkaufsgespräch einleiten würde.

"Meistens studieren", erwiderte er mit einem fernen Blick in seinen Augen. "Aber nicht so, wie du dir das wahrscheinlich vorstellst. Die meiste Arbeit wird in Stille getan, auf der Suche nach Verständnis des inneren Selbst."

"Sie meditieren jeden Tag mehrere Stunden?" fragte Sharon und blickte zu ihm auf, als sie ein riesiges Stück Honigmelone in den Mund steckte. Offensichtlich genoss sie die süßen Früchte - sie hatte bereits ein großes Loch in ihren Fruchtsalat gegessen.

Meditieren, dachte ich. *Ich bin im Land der Verrückten gelandet.* Ich fragte mich, wie lange es noch dauern würde, bis ich elegant verschwinden konnte. Interessierte es mich überhaupt, ob es elegant sein würde? Ich hatte keinerlei Vorliebe für Kulte oder unchristliche Praktiken, kein Verlangen, darin verwickelt zu werden.

Ollie schien mein Unbehagen zu bemerken. Er lächelte mich an und antwortete Sharon: "Nun, sie *Ascenden* acht bis zwölf Stunden jeden Tag, normalerweise. Aber es ist nicht genau Meditation, es ist nichts seltsam Fernöstliches oder 'New Age' -artiges. Es ist mehr wie ein Gebet - aber selbst dieses Wort vermittelt nicht, was Ascension *ist*." Er schaute mich gütig an. Er schien keine leeren Phrasen zu dreschen, er war nur aufrichtig. Und ernst. "Aufgrund der bisherigen und üblichen Verwendung führen beide Worte zu Missverständnissen. Die meisten Leute denken an Konzentration oder Mystizismus, wenn sie Meditation hören. Ascension ist mühelos und systematisch. Oder sie denken an Religion, wenn sie Gebet hören. Ascension erfordert keinen Glauben irgendeiner Art. Das ist der Grund, wieso wir es neu benennen, wir nennen es Ascension. Sie - und ich - praktizieren Ascension, welches von einer uralten Lehre abstammt, die niemals zuvor der ganzen Welt zugänglich war. Es ist wie ein stilles inneres Gebet oder Meditation, welche, wie jeder dort glaubt, vom Apostel Johannes stammt."

"Patmos!" rief ich aus, als eine alte Collegeerinnerung mit der Gegenwart zusammenstieß. "Ist das nicht, wo Johannes seine Apokalypse schrieb, das Buch der Offenbarung?" Ich hatte einmal daran gedacht, dorthin zu fahren, als ich mich gerade intensiv mit Reinkarnation beschäftigt hatte. Mein Fundamentalismus dauerte an, bis ich erkannte, dass ich mich nicht von meinem tief verwurzelten Glauben an einen liebenden, fürsorglichen Gott lösen konnte, zu Gunsten eines

Gottes, der imstande ist, 99,99% der Menschheit zur ewigen Verdammnis zu verurteilen.

"Genau!" antwortete Sharon, mich zustimmend anlächelnd. "Ollie hat bei einer Gruppe von Mönchen, die glauben, den wahren, aber versteckten Lehren von Johannes - und Christus - zu folgen, gelernt und mit ihnen Ascendet."

"Ach, jetzt komm schon!" sagte ich, als sich mein vorübergehender Enthusiasmus zu einer aus Angst geborenen Ablehnung verwandelt hatte. "Jede Sekte des Christentums, jeder Kult der Erde von Waco bis nach Guyana sagt: ‚Unser Weg ist der einzige! Alle anderen sind zur Hölle verdammt. Wieso, wir werden ja nicht einmal mit diesen unglücklichen Sündern begraben - wir werden unseren privaten Friedhof haben, damit wir bei der Wiederkunft einfach zu finden sein werden.' Ich brauche das nicht." Ich schob meinen Stuhl zurück und stand auf, um zu gehen.

Ollie stand nicht auf, aber er schaute mich mit feurigen Augen an. Es war keine Wut, das spürte ich, es war die Intensität einer Verpflichtung.

"Geduld, Nummer 70. Lass mich erklären, bevor du hinausstürmst!"

Meine alte Footballnummer zu hören, löste eine Flut vergangener Erinnerungen an meinen Freund aus. Ich hatte ihm sehr nahegestanden. Konnte es so falsch sein, ihm nur eine Weile zuzuhören? Letzten Endes hatte er mich weder gebeten, irgend etwas zu *tun,* noch ihm zu *glauben* - zumindest noch nicht. Und ich hatte ihn gefragt, was er in Griechenland macht. Und, um wirklich ehrlich zu sein, man konnte nie wissen. Vielleicht, wenn ich durch dieses alberne Geschwätz durchdringen könnte, vielleicht wusste er sogar etwas, was mir helfen würde - mein Leben funktionierte nicht so, wie es gerade lief, soviel war sicher.

"Nun, o.k.!" sagte ich barsch und setzte mich wieder. Ich war immer noch hochrot und nicht sicher; ob ich gerade die richtige Entscheidung traf, aber wahrscheinlich war das das mindeste, was ich meinem Freund schuldete. "Fass dich einfach kurz, o.k.? Ich habe noch viel zu tun heute." Eine fahle Lüge, die selbst in meinen Ohren flach klang.

Ollie sagte überhaupt nichts, statt dessen rückte er seinen Stuhl zurecht und aß gelassen weiter von seinen Früchten. In der Zwischenzeit leerte Sharon, die meine Wut und mein Unbehagen ignorierte, den Rest des Schüsselinhalts auf ihren Teller und setzte sich das Ziel, das alles aufzuessen. *Obst muss alles sein, was sie überhaupt isst,* dachte ich und beobachtete die Menge, die sie konsumierte; jeder andere würde unüberwindbaren Blähungen entgegensehen - ich selbst eingeschlossen. Ich stocherte auf meinem größtenteils vollen Teller. herum, aß aber nicht mehr viel.

Ollie beendete sein Mittagessen, lehnte sich zurück und sagte zu mir: "Erinnerst du dich? Meine wahre Liebe war Baseball."

"Sicher erinnere ich mich!" rief ich aus, dankbar, dass ein weniger bedrohliches Thema angeschnitten wurde. "In der Tat, wurdest du nicht sogar in unserem letzten Jahr während der Entscheidungsspiele entdeckt?"

"Richtig. Zwei Agenten kamen. Ich wusste, dass sie da waren, deswegen ging ich vor dem Spiel hoch zum Schiedsrichter, gerade als sie mit ihm sprachen, und sagte: 'Hey, wenn ich den Ball über diesen Zaun spiele, ist es dann automatisch ein Homerun?' Er grinste mich irgendwie höhnisch an: 'Sicher, Kleiner, aber keine Angst, das hat noch keiner geschafft; nicht einmal viel bessere Schläger als du.' Ich konnte sehen, dass er dachte, ich sei ein kleiner Irrer. Aber als ich den Wurf in der siebenten kommen sah, *wusste* ich, dass ich ihn über den Zaun schlagen würde. Nachdem ich es getan hatte, wollten mich sowohl die Cubs als auch die Red Sox in ihrem Trainingscamp."

"Aber du bist nicht gegangen", sagte Sharon einfach, sehnsüchtig die leere Schüssel und meinen vollen Teller anschauend.

Ich schob meinen Teller zu ihr rüber. Dies entlockte ihr einen Laut der Überraschung oder Freude, und sie griff danach, als Ollie antwortete: "Nein, ich wollte eine Ausbildung haben. Und ich wollte mein Landwirtschaftsstudium abschließen. So entschied ich mich für das, was ich *wirklich* wollte."

"Reichtum und Ruhm oder Glück?" fragte ich sarkastisch.

Ollie ignorierte den Ton und antwortete ernst: "Ich entschied mich für das, wovon ich dachte, dass es mir die größte Zufriedenheit bringen würde, ja. Das meiste Wachstum. Und meine Entscheidung zahlte sich aus. Ich war materiell erfolgreich und genoss meine Arbeit. Ich liebe es, die Erde zu bearbeiten, die Schönheit in drei Dimensionen zu erschaffen. Aber als ich Alan Lance nach all diesen Jahren wiedersah, erkannte ich, dass er etwas hatte, was ich nicht hatte, etwas, nach dem ich mich sehnte, aber von dem ich dachte, dass ich es niemals finden würde. Ich konnte es nicht genau identifizieren, aber er strahlte eine Art Zufriedenheit oder Verständnis aus, die ich nicht kannte."

"Wiedergeboren?" sagte ich, aber der sarkastische Ton war verschwunden. Seine Beschreibung passte exakt zu dem, was ich bei ihm gefühlt hatte - eine Heiterkeit und Weisheit, nach der ich mich sehnte, sie zu teilen.

"Überhaupt nicht. Oder nicht in dem Sinne, wie du es meinst. Aber das ist genau das, was ich ihn vor drei Jahren gefragt habe. Lance lachte und erklärte, er hätte eine Reihe verschiedener Techniken kennengelernt, die man ‚Ascensiontechniken' nennt, die ihn verwandelten. Er erzählte mir, dass sich sein Leben aufgrund neuer Erfahrungen geändert hatte, nicht aufgrund neuer Glaubensrichtungen, und sagte, dass ich dasselbe entdecken würde, falls ich mutig genug wäre, es zu versuchen. Er erzählte mir, es gäbe alles in allem siebenundzwanzig Techniken, die in sieben Sphären unterteilt werden, wobei jede Sphäre aus ungefähr vier Techniken besteht und jede feiner und mächtiger als die vorhergehende ist. Er sagte, dass die Menschheit als Ganzes Ascenden lernen würde, und bemerkte, dass dies alles fast zweitausend Jahre zuvor vom heiligen Johannes prophezeit worden war. Und auch zu verschiedenen Zeiten von jeder anderen Hochkultur auf der Erde: Ägypter, Mayas, Hopis, Chinesen, Indianer und Inder inbegriffen. Aber die meisten, wenn nicht alle Prophezeiungen, wurden verdreht, falsch interpretiert oder gingen verloren."

"Wie hat Alan diese Techniken entdecken können?" fragte ich mit wenig Interesse, nichts von alledem glaubend.

"Er traf einen Mönch in einem Obstgarten in Samos, einer der griechischen Inseln. Dieser Mönch sagte, er sei ein Mitglied eines versteckten Ordens, der die vollständigen Lehren Christi durch Johannes bewahrt habe. Zum ersten Mal in der Geschichte wollten sie nun diese

Lehren mit der restlichen Welt teilen. Stell dir vor! Die originalen Lehren! Unberührt von jahrhundertelanger Verzerrung, schlechter Übersetzung und selbstsüchtiger Überarbeitung." Er hielt inne und sah mich an, als würde er einen Kommentar von mir erwarten.

"Das alles hört sich zu phantastisch an, Ollie. Alan Lance, Star-Verteidiger wird Farmer, stolpert über die authentischen Lehren von Christus? Komm schon, das kannst du nicht glauben, du hörst dich wie ein Psychopath an." Ich hatte niemals aufgehört, mich zu fragen, wie ich verschwinden könnte, ohne die Bande der Freundschaft zu verletzen. Der Wunsch war manchmal intensiv, ein andermal gedämpft, aber immer vorhanden und nagte an mir. Diese ganze Eskapade war grotesk. Ich wollte hier heraus, zurück nach Hause in mein Zimmer.

"Du kannst zurück in dein Zimmer, wann immer du willst", sagte Ollie in absoluter Offenheit.

Ich war sprachlos - waren meine Gedanken so transparent? "Ich - ich möchte nicht gehen", stammelte ich, "wenigstens noch nicht."

"Ich habe kein Bedürfnis, dich zu überzeugen", fuhr Ollie fort, mich wieder anlächelnd. "Ich möchte dich weder in etwas reinziehen, noch dich bekehren oder irgend etwas in der Art. Ich sage dir nur, dass Ascension zur Verfügung steht. Entweder spricht dich diese Möglichkeit an - oder nicht. Mir ist es egal, ob du glaubst, dass diese Lehre von Christus kommt oder von Joe, dem Hot - Dog - Mann am Pier 59. Außerdem ist es beim Praktizieren von Ascension nicht wichtig, ob du daran glaubst oder nicht. Glaube ist nicht erforderlich, er ist absolut nicht erforderlich.

"Ich habe dich angerufen, weil ich gehört habe, dass du Geschäft und Familie verloren hast und bei deiner Mutter in Seattle bist, niemanden siehst und dich von der Welt zurückgezogen hast. Ich weiß, dass das, was ich habe, dir helfen kann, aber es wird nicht von dir erwartet, dass du das auch weißt. Alles, worum ich dich bitte, ist, deinen Unglauben nur gerade lange genug aufzuschieben, um der ersten Technik eine Chance zu geben. Wenn du das kannst, wird es dein Leben verändern. Die inneren Selbstzerstörungsprogramme, die du seit deiner Kindheit angenommen hast, werden mit der Erfahrung der inneren Ruhe dahin schmelzen. Deine ständige Gewohnheit zu beurteilen wird durch eine ständige Wertschätzung der Wunder und Schönheit der Welt ersetzt. Kein Stress, egal wie groß oder klein, kann der Macht dieser Lehre widerstehen. Ascension hat mich von meinen Kindheitstraumen geheilt. Es hat mich zu einem Verständnis der Welt geführt, von dem ich oft geträumt habe, aber niemals für möglich gehalten hätte, dass man es auch leben könnte.

Jedes Wort, das ich dir heute gesagt habe, ist wahr. Dies ist nicht mein Glaube, es ist meine Erfahrung. Jede der zwölf Ascension-techniken, die mir gegeben wurden - jede der drei Sphären, die lernen zu können ich mich glücklich schätze - ist magisch, verwandelnd, ohne etwas Vergleichbares in meinem Leben. Ich glaube, dass diese Lehre von Christus kommt - so gut ist sie. Aber noch einmal, verlasse dich nicht auf mein Wort! Wenn du auch nur die erste Technik zu lernen gewillt bist, wenn du so unerschrocken sein kannst, dann komme morgen Mittag hierher zurück.

Nur dies eine kann ich dir noch sagen - du hast nichts zu verlieren und alles zu gewinnen. Du musst nur willig sein, für dein Leben einzustehen. Du brauchst nur den Willen, um deinem leidenden und weinenden Selbst im Inneren zu sagen, dass die Führung deines Ego nirgendwohin geführt hat, außer zur Zerstörung. Dein Ego wünscht sich, dich umzubringen. Es macht dich gerade jetzt sehr unbehaglich, weil du tief in deinem Herzen weißt, dass das, was ich dir sage, absolut vernünftig ist und mit dem übereinstimmt, was der beste Teil in dir als Wahrheit erkennt. Dieser Teil möchte wieder Unschuld verspüren, frei sein, möchte glauben, dass es möglich ist, einen Sinn in dieser harten Welt zu finden, möchte sich erinnern, dass das Leben mit Magie erfüllt ist, mit Wunder, mit Freude, mit Liebe, mit Wahrheit, mit Schönheit-und ein anderer Teil von dir möchte dich ins Haus deiner Mutter eingesperrt wissen, die Wände anstarrend, auf den Tod wartend, der dich befreit. Ein Teil von dir fühlt, dass du es verdienst zu leiden, dass alles, was dir an Schlechtem passiert nicht nur gerechtfertigt, sondern möglicherweise nicht einmal genug ist. Du musst dich entscheiden, welcher Stimme du folgen willst.

Tatsache ist: Du bist jetzt hier, ich bin jetzt hier. Etwas in dir muss bereit sein, um die höchste Lehre zu erlernen, sonst wärst du nicht hier. Deine Zeit und deine Welt sind reif. Die simple Wahrheit ist: Niemand kann auch nur über Ascension lesen, bevor er bereit ist, darüber zu lesen. Deine Herausforderung ist, den Teil in dir zu erkennen, der auf meine Worte anspricht, und zu verstehen, dass er für deine verlorenen Träume und wahren Hoffnungen steht. Du musst zugeben, dass die Art, wie du bisher gelebt hast, nicht nur sinnlos ist, sie führt dich auch nicht dorthin, wohin du wirklich willst. Zum Teil musst du einsehen, dass du es wert bist, dass Wunder in deinem Leben geschehen. Du bist ein Kind Gottes, eine Schöpfung aus allgegenwärtiger Liebe und Macht, somit aller Erfolge und Fröhlichkeit wert. Jetzt einmal ganz aufrichtig! Glaubst du, dass du es *verdienst* zu leiden?"

Ollie beendete seinen Monolog und lehnte sich weiter zurück. Er beobachtete mich, auf meine Antwort wartend, vielleicht gespannt auf die Wirkung seiner Worte. Ich warf Sharon einen flüchtigen Blick zu. Sie hatte mit dem Essen aufgehört, und starrte statt dessen ihn an. Mein übriges Obst lag immer noch vor ihr, ein Wassermelonenball steckte auf ihrer Gabel, die den Weg zu ihrem Mund nur halbwegs geschafft hatte; ihr Arm hing wie eingefroren in der Luft. Hatte sie ihn noch nie so reden gehört? Trat er an jeden, den er zu kontaktieren versuchte, auf andere Weise heran?

Schließlich schluckte ich hart und gestand leise: "Manchmal denke ich, ich muss. Ich verstehe nicht, wieso Gott mein Leben so durcheinander geraten lässt. Ich weiß nicht, ob du mir helfen kannst. Ich denke, ich fände es gut, wenn du es könntest." Was hatte ich noch zu verlieren, nach alledem? Mit Ollie und Sharon in dieser hellen Küche zu sitzen, war wie eine Vision aus dem Paradies. Mit Schaudern erinnerte ich mich an den dunklen Raum im düsteren Wald meiner Mutter. Obwohl sich mein Verstand noch gegen jeden Gedanken, etwas Neues zu versuchen, wehrte, war mein Herz durch die Anwesenheit des Friedens in Ollie schon geöffnet. "Was muss ich tun?" fragte ich mit fast vollkommener Ernsthaftigkeit. War ich wirklich schon bereit, einen Schritt nach vorne zu wagen?

"Nicht viel. Komm morgen um die Mittagszeit wieder hierher. Ich möchte, dass du dir das über Nacht überlegst, schaue, ob du wirklich bereit bist, den Schritt nach vorne zu machen, ob du gewillt bist, etwas Neues zu versuchen." Begeisterung schoss durch meine Wirbelsäule, als ich merkte, dass er wieder genau die Worte benutzte, die ich dachte. Ollie grinste. Anscheinend bemerkte und verstand er meine Überraschung. Dies trug nichts zur Linderung meiner Verwirrung bei. Wer war dieser Typ? Ein Empath? Ein Außerirdischer aus dem Plejaden-Sternensystem, der den Ollie, den ich kannte, ersetzte?

"Also, wenn du gewillt bist, komm morgen. Ich lehre dich die erste Technik. Wenn du sie annimmst (und davon bin ich überzeugt!), bin ich dazu qualifiziert, dir die ersten zwölf während der nächsten paar Monate beizubringen. Ich kann jede der ersten drei Sphären unterrichten. Versuch es und warte ab! Wie Lances Lehrer zu ihm sagte: 'Wenn du eine andere Frucht willst, pflanze einen anderen Baum.' Pflanze den Ascensionbaum in deinem Garten, wässere in gut, kümmere dich um ihn und sieh, ob er zu deinem Lebensbaum reift. Schau, ob dir die Früchte des Friedens und der Freude und Gesundheit nicht besser passen als die schmerzhaften Früchte der angsterfüllten und sorgenvollen Auf und Abs, die du jetzt erntest."

Das Telefon klingelte im Wohnzimmer. Ollie sagte: "Entschuldigt mich einen Moment", und entfernte sich, um abzuheben. Es befand sich hoch auf einem Berg von Musiknoten auf dem Baldwin-Flügel, welcher den größten Teil des Zimmers ausfüllte. Ich erinnerte mich, dass Gladys eine Konzertpianistin gewesen war. Es waren ganz alleine ihre Musikstunden, die es ihr ermöglichten, ihre Kinder aufzuziehen, nachdem ihr Mann gestorben war.

"Hallo?" sagte er. "Ja, ach, du bist's! Nett, dass du wieder anrufst. Ja, morgen ist o.k. Nein. Nein... "

Ich warf Sharon einen Blick zu. Sie hatte wieder angefangen zu essen und spießte gerade die letzte Erdbeere auf. Anscheinend fühlte sie meine Augen auf sich ruhen. Sie schaute auf und lächelte.

"Haben Sie ihn niemals so reden gehört?" fragte ich.

Sie schüttelte den Kopf und antwortete: "Ich denke, Sie haben es gebraucht, dass er so herausfordernd war. Wenn man Berge von Stress hat, braucht es manchmal Dynamit, um sie zu entfernen."

Ich erwiderte, dass ich wahrscheinlich Berg*ketten* von Stress hatte, doch plötzlich rief Ollie ins Telefon: "Nein. Das ist total falsch! Die Welt braucht diese Lehre! Sie muss freigegeben werden! Johannes hatte niemals die Absicht, dies als eine geheime Tradition von Mönchen zu bewahren! Niemand hat das Recht, sie von der Welt fernzuhalten! Ich sage dir, das muss rauskommen, und es muss jetzt sein... Nein, mir ist egal, was du tust... Nein... Nein, ich glaube nicht daran, was er sagt. Ich sage dir, du verstehst das komplett falsch... Schön. Morgen dann." Er ließ das Telefon runterknallen, lehnte sich ans Klavier und atmete tief, um wieder Ruhe zu gewinnen. Zuletzt schauderte es ihn, dann richtete er sich langsam auf, drehte sich mit einem erzwungenen Lächeln zu uns und kam zurück in die Küche. Er sah grimmig und blass aus.

"Sharon", sagte er sanft, "könntest du ihn zurück zur Fähre bringen?

Ich erinnere mich gerade, dass ich noch etwas zu tun habe, etwas, das nicht länger warten kann. Wenn du dich beeilst, schaffst du es noch bis zur 3:50-Fähre."

Sie stand sofort auf. Er umarmte sie und sagte ergänzend zu mir: "Du bist klug genug, dich nicht durch deine früheren Vorurteile blenden zu lassen. Gib dem hier eine Chance! Du hast nichts zu verlieren und alles zu gewinnen." Ohne auf eine Antwort zu warten, verschwand er in eines der hinteren Schlafzimmer.

Ich erkannte diesen Gesichtsausdruck - ich hatte ihn einmal bei meiner Tante gesehen, als sie erfahren hatte, dass ihr Bauchspeichel- drüsenkrebs unheilbar war. Oder hatte die Grimmigkeit meines Freundes einen anderen Grund? War ich ein so hoffnungsloser Fall? Ich hoffte nicht und beschloss wiederzukommen. Denn schließlich: Was *hatte* ich zu verlieren?

2

Unerwünschte Reise

Auf dem Weg zurück zur Fähre sprach ich nicht viel mit Sharon. Sie wirkte düster, in dunkle Gedanken versunken, fast bedrückt. Hing sie so an Ollie, dass die leiseste Gefühlsschwankung seinerseits sie so betroffen machte? Visionen über Kulte tanzten in meinen Kopf. Mein Ego wand sich, sagte zu mir, ich solle mich davonmachen und nie wieder zurückkommen.

Als Sharon mich absetzte, fragte sie: "Sehe ich Sie morgen?" Ich erwiderte leichtfertig, dass ich natürlich kommen werde, aber ich fühlte mich nicht mehr danach.

Der Tag hatte düster, trostlos und bedrohlich begonnen, jetzt aber war die Wolkendecke durchbrochen. Sonnenstrahlen brachen wie in Kathedralen an vielen Stellen durch, das Wasser funkelte mit goldener Brillanz. Die grünen Wälder schienen magisch und lebendig. Es ist wirklich die Smaragdstadt, dachte ich und erinnerte mich an Ollies Geschichte, wie er Sharon getroffen hatte. Aber die Schönheit reichte nicht sehr tief in mich hinein. Mit jeder Meile war ich mir sicherer, dass Bainbridge eine reine Zeitverschwendung gewesen war. "Allgegenwärtige Macht und Liebe, jawohl", spöttelte ich. "Müll. Ich habe einen ganzen Tag für nichts und wieder nichts verloren." Ich entschied mich, die ganze Episode unter "Freunde, Vergangenheit, Verrücktes" abzulegen.

Ich kaufte mir die Times, las den Sportteil und entschied mich dann, in die Traktor-Taverne in Ballard zu gehen, um mir "Point No Point", eine Viermann-Band mit elektrischer Violine, Gitarre, Bass und Schlagzeug, anzuhören. Vielleicht würde die gute Musik und ein großes dunkles Bier helfen, den heutigen Tag zu vergessen. Über eines war ich mir klar: Ich würde nicht nach Bainbridge zurückkehren.

Aber der Sonntag fand mich mit nur einem leichten Kater die I-5 hinunter rasen, um die 11:20-Fähre zu erwischen. Ich wusste nicht, wieso ich das tat, aber ich wusste, dass mir über eine lange Zeit hinweg nichts anderes geholfen hatte, und irgendeine Tür war immer noch besser als gar keine. Außerdem hatte ich etwas bei Ollie gespürt. Und dann war da die ungewöhnliche Sharon Alice Stone, ein wunderhübsches Rätsel. Ein weiterer Tag mit ihnen schien mir gegenüber dem Anstarren der limonengrünen Wand meines Kindheits-Zimmers doch angenehmer zu sein. Und wenn mir ihr sogenanntes Ascension nicht gefallen sollte, brauchte ich sicherlich nicht damit weiterzumachen, oder? Wahrscheinlich ein eigenartiges Hindu-Mantra, dachte ich und fuhr als letzter auf die Fähre.

Ich verließ meinen Truck während der Überfahrt nicht. Ich hatte kein Verlangen danach, mich unter unbekannte Menschen zu mischen. Außerdem war es ein grauer, stark bewölkter, nieselnder Tag, die Pugetsund-Meerenge bot ihren deprimierend schlimmsten Anblick. Also saß ich in meinem Wagen, aß mein Käsesandwich - Mutter hatte darauf bestanden, dass ich es mitnehme - und fühlte mich gelangweilt und dämlich.

Ollies Honda war nicht vor seinem Haus. Dafür war ein neueres Modell, ein leuchtend roter Acura, in der Einfahrt geparkt. Ich parkte direkt daneben und hoffte, Sharon würde denken, der Acura sei meiner. Außer es ist ihrer, dachte ich, irritiert durch meine Armut und meine Versagenskette. Wenigstens kann ich mich auf einen angenehmen, ruhigen Nachmittag freuen. Vielleicht lerne ich sogar, wie man sich entspannt, wie ich mein "Typ A"-Verhalten ablegen kann. Das wäre die Kosten der Fähre schon wert.

Als ich die Hintertür zur Küche öffnete, erkannte ich sofort, dass es mit meinen Hoffnungen auf diesen Sonntag ziemlich schief gegangen war. Das Innere des Hauses war das reinste Durcheinander. Alles war umgeworfen, zerbrochen, aufgerissen, ruiniert und verstreut. Ich stand entgeistert in der Küchentüre. Es sah aus als wäre seit gestern ein Tornado kombiniert mit einem Erdbeben und einem Bandenkrieg über das Swenson-Haus hereingebrochen.

Ich bemerkte schockiert, dass jemand in der Wohnzimmertüre stand und mich anstarrte. Seine Haare waren kurz, schwarz, mit kleinen Locken. Er sah aus, als wäre er italienischer oder griechischer Abstammung. Er trug ein teures kragenloses schwarzes Seidenhemd und Seidenhosen. Als diese Wahrnehmungen durch mich hindurch schossen, krampften sich meine Eingeweide zusammen und mein Herz schrie: "Raus hier! Los!"

"Wer zum Teufel sind Sie?" fragte er scharf.

"Geht Sie nichts an!" erwiderte ich. "Was ist los? Wo ist Ollie? Wer sind Sie"

Der Fremde kam vorsichtig näher. Er bewegte sich nicht nur wie ein trainierter Athlet, sondern vielmehr wie ein tödlicher Meister seines Körpers. Ich trat aus dem Türrahmen zurück, und die Türe schlug zu. Das erschreckte uns beide. Er kam mir nicht näher, sondern lächelte kalt und begann von neuem: "Sorry. Ich bin Mark Edg. E, D, G, Edg. Beides ist o.k., aber ich bevorzuge Edg. Ollie sagte mir, ich solle ihn heute hier um die Mittagszeit treffen. Ich weiß nicht, wo er ist. Ich fand das Haus so zugerichtet, als ich ankam. Ich weiß nicht, was passiert ist, und ich wollte Sie nicht erschrecken. Kommen Sie wieder herein. Wir können uns zusammen umsehen, und Sie können mir erzählen, was Sie darüber wissen."

Er durchquerte die Küche nun ganz, öffnete die Türe und hielt mir seine Hand hin. Meine Gedärme hatten sich nicht entspannt, aber ich konnte keinen Grund finden, ihm zu misstrauen. Zögernd nahm ich seine Hand und sagte: "Sie haben mich nicht erschreckt. Ich war nur erschrocken darüber, wie die Küche aussieht, das ist alles." Sein Griff war kraftvoll, seine Haut kalt. Ich fragte mich, ob ich ihn ebenso erschreckt hatte wie er mich. Die Wochen, in denen ich nur herumgegangen hatte, hatten mich irgendwie wabbelig gemacht, aber ich war immer noch stark. Die dürftige Aufmerksamkeit, die ich seit Neuestem meinem Erscheinen widmete, hatte nicht viel geholfen. Ich hatte mich ein bisschen herausgeputzt, weil ich gehofft hatte, Sharon wiederzusehen, aber mein Haar war in der letzten Zeit ziemlich unordentlich. Mein wochenalter Bart verbesserte mein Erscheinungsbild wahrscheinlich auch nicht gerade. Dieser Mark Edg hatte wahrscheinlich gedacht, dass ich es war, der das Swenson-Haus zugrundegerichtet hatte.

Das Haus war ein Wrack. Jedes Kissen, jede Matratze war zerrissen, jedes Bild von der Wand gerissen und zerschlitzt, jede Schublade offen, ausgeleert und zerbrochen.

"Wieso das wohl jemand getan hat?" fragte ich, ohne eine Antwort zu erwarten.

"Um etwas zu finden, natürlich", sagte Edg kalt. "Etwas Kleines - eine Computerdiskette vielleicht, oder einige Papiere. Was immer es war, sie haben wohl angenommen, dass es gut versteckt sein würde. Ich habe noch nie ein Haus so systematisch auseinandergenommen gesehen. Selbst als ich bei den Bullen war, haben wir niemals soviel Schaden angerichtet."

"Sie sind ein Polizist?" Ich fragte mich, wie ehrlich dieser Edg zu mir war.

"Nicht mehr. Jahre her. Meistens Undercover." Er sprach abstrakt, so als ob er sich selber kaum zuhörte. Seine Augen jedoch sausten blitzschnell umher, überall und suchend - er erinnerte mich an einen unbarmherzigen; jagenden Wolf. "Nun, vielleicht wird Ollie uns sagen, hinter was sie her waren. Ich höre ein Auto kommen. Dieses Mal, vermute ich, wird er es sein."

Hatten wir bereits eine Stunde herum gesucht? Wir liefen durch das Durcheinander zurück zur Küchentüre. Es war Ollies Civic, aber Sharon saß am Steuer, sie war alleine.

Sie sah fürchterlich aus - Schmutz und Tränen hatten ihr Gesicht in Chaos verwandelt. Ihre leuchtend rote Bluse war zerrissen. Ein schlimmer Schnitt an ihrem Bein begann gerade erst aufzuhören zu bluten, das andere Bein unterhalb ihrer Shorts war mit blauen Flecken übersät. Sie sah mich zuerst und fing an zu lächeln - mit Anstrengung -, aber als sie Edg sah, wurde sie bleich und fing vor Angst an zu keuchen. "Wer - wer sind Sie?" fragte sie zitternd, als würde ihr das Sprechen schwerfallen.

"Sharon!" rief ich. "Dies ist ein Freund von Ollie, Mark Edg, E, D, G, Edg. Er kam hierher, um Ollie ebenfalls mittags zu treffen, aber was

ist mit Ihnen passiert? Verzeihen Sie, aber Sie sehen fürchterlich aus."
Ich ging zu ihr und legte einen Arm um sie. Sie sackte in sich zusammen.
Sie schien so schwach, sie konnte kaum stehen.

"Ich - wir - oh Gott! Wie soll ich es nur erzählen! Es ist so furchtbar!
Hier, helfen Sie mir nach drinnen. Ich möchte mich setzen und einen Tee
trinken. Ich mache ihn, braucht kaum Zeit, nur ein paar Sekunden." Sie
löste sich aus meiner Umarmung und ging an Edg vorbei. Als sie die
Türe öffnete, fing sie zu schreien an: "Oh! Oh! Nein! Oh, was ist heute
los!" Sie fing an, wie wild zu schluchzen. Ich nahm sie wieder in den
Arm, jetzt ein bisschen fester. Es schüttelte sie überall. Ihr Herz
hämmerte in ihrer Brust. Edg kam herein, ging an uns vorbei, richtete
den Tisch und drei Stühle auf, winkte mir zu, ich solle Sharon zu einem
der Stühle führen, fand einen Topf, füllte ihn und entzündete den Herd.

Der heiße Tee beruhigte sie. Allmählich erzählte sie uns, was
passiert war. Sie hatte Ollie früher auf der Seattle-Seite getroffen. Er
kam mit der 7:1O-Fähre, um einen alten Freund zu besuchen, einen
Kräuterkundigen in Chinatown. Sie kamen nie an. Als sie die
Yeslerstraße vom Hafen aus herauf gingen, fuhr eine schwarze
Limousine über die Gehsteigkante und tötete Ollie sofort. "Er hatte
gerade noch Zeit, mich zur Seite zu schubsen", schluchzte sie und zitterte
wieder. "Sie haben nicht einmal angehalten! Rasten einfach die Straße
den Hügel hinab weiter."

"Wo ist Ollie jetzt?" fragte Edg grimmig.

"Ich weiß nicht. Ich denke, sie brachten ihn nach Harborview. Von
dort kam der Krankenwagen. Aber er war tot. Was für einen Unterschied macht das?"

"Sind Sie sicher?" Er beharrte darauf, ohne zu lächeln, die
Inkarnation der Intensität.

"Ja!" Sie weinte.

"Tut mir leid", sagte Edg mechanisch. Er lächelte jetzt, aber ohne das
kleinste bisschen Wärme. "Das ist so seltsam, eine schreckliche
Tragödie. Ich weiß nicht, was ich tun soll. Was für ein Alptraum! Hat er
Ihnen etwas hinterlassen? Irgendwelche Instruktionen, Botschaften? Hier
oder vielleicht in seinem Auto? Irgend etwas über dieses Ascension, von

dem er immer gesprochen hat? Ich bin da nämlich sehr interessiert dran, wissen Sie?"

Sharon schaute ihn mit ihren überschwemmten Augen an und antwortete: "Ich habe nur die erste Technik gelernt. Das war alles, was er mir noch beibringen konnte. Er sagte, heute würde ein besonderer Tag sein, heute würde ich die zweite erhalten. Ich liebe die erste! Es wirkt wie Magie. Aber mehr hat er mir nicht gegeben. Ich habe schon im Auto nachgeschaut. Da ist nichts. Wieso? Was erwarten Sie?"

"Ich weiß nicht. Nichts. Etwas. Irgend etwas. Das ist alles so sinnlos. Er ist kaum eine Woche in Seattle und irgend ein paar Betrunkene oder Junkies töten ihn. Ich verstehe das nicht! Ich denke, ich nehme die 14:1O-Fähre. Bis später." Er stand abrupt auf, verbeugte sich leicht und verschwand.

Ich stand auf und ging ihm nach, um ihn beim Wegfahren zu beobachten. Er ging nicht direkt zu seinem Auto, sondern umkreiste langsam den Civic, wobei er ihn genau inspizierte. Nachdem er anscheinend nichts gefunden hatte, lief er zu seinem Acura, stieg ein, startete den Motor, ließ das Fenster herunter, schaute zu mir auf und rief: "Sagen Sie Ihrer Freundin, dass Sie einen Nagel aufgelesen hat. Wir sehen uns." Dann setzte er zurück und dröhnte davon, so dass die Kieselsteine über den ganzen Rasen verstreut wurden.

"Was hat er gesagt?" stöhnte Sharon hinter mir.

"Er sagte, Sie hätten eine Reifenpanne", antwortete ich, die Worte leicht redigierend. "Er schien ziemlich an dem Civic interessiert zu sein. Verdammt verdächtiger Typ. Ich traue ihm nicht."

"Ich auch nicht", sagte sie langsam, "deshalb habe ich ihm auch nicht gesagt, dass Ollie uns ein Video aufgenommen hat. Ich denke, er wusste, dass etwas passieren würde."

"Im Ernst! Ollie wusste, dass er sterben würde?" Meine Nackenhaare fingen an, sich zu sträuben.

"Nein. Ich weiß nicht, vielleicht. Ich weiß nicht, ob es etwas damit zu tun hat oder nicht, aber er sagte, dass es eine Gruppe gäbe, die versucht, die Verbreitung von Ascension aufzuhalten. Er sagte, sie wollen es als Geheimnis nur für Mönche bewahren. Sie glauben, es sei zu gut für die normalen Leute und gehöre nur denen, die alle weltlichen Verlangen aufgeben und ihr Leben vollkommen Gott widmen."

"Wieso? Es sind ja nur ein paar Techniken zur Meditation, oder etwa nicht?"

"Ja - und nein. Ich weiß natürlich nicht viel darüber. Ich habe ja gerade erst mit der ersten Sphäre begonnen. Ich habe erst die erste Technik, und da gibt es noch sechsundzwanzig mehr. Aber nach dem, was ich bisher erfahren habe, ist Ascension erstaunlich. Ich habe noch nie so etwas erlebt. Wenn es wirklich wahr ist, dass jede Sphäre feiner und mächtiger ist als diejenige zuvor, kann ich mir vorstellen, dass diese Lehre unbezahlbar ist - und es wäre *nicht* unvorstellbar, dass einige kurzsichtige und selbstsüchtige Leute das gerne kontrollieren möchten, um es für ihre eigenen Ziele zu behalten."

"Aber wenn es den Leuten nur hilft, wieso sollte irgend jemand etwas dagegen haben?" fragte ich verwirrt.

"Mann, Sie sind aber naiv!" Sie lächelte ein bisschen. "Ich denke nicht, dass die Welt ein so netter Ort ist, wie Sie vielleicht glauben."

"Vielleicht habe ich zu lange in Missouri gelebt", antwortete ich, und lächelte selbst schon. "Ich denke, ich glaube an das angeborene Gute der Menschheit."

"Unter all dem Stress und dem verdrehten Glauben vielleicht", antwortete sie und weinte fast schon wieder.

"Moment", sagte ich schnell, um ihr zuvorzukommen, "Ollie hat ein Video für uns gemacht? Wo ist es?"

"Weiß nicht. Irgendwo hier, denke ich. Lassen Sie es uns finden."

Wir suchten zwei Stunden lang im Chaos herum, ohne etwas zu finden. Wenn die Kassette jemals hier gewesen war, war uns anscheinend jemand zuvorgekommen. Frustriert sagte ich: "Sharon. Lassen Sie uns aufgeben. Es wird bald dunkel. Ich wechsle den Reifen am Civic, und dann können wir entscheiden, was wir als nächstes tun wollen."

"O.k.", sagte sie traurig. "Ich denke, ich esse ein paar Früchte. Ich bekomme schon wieder Hunger. Ich dachte nicht, dass ich jemals wieder Hunger haben würde. Das Suchen hat mir geholfen, denke ich."

"Das ist ein gutes Zeichen. Ich bin gleich zurück."

Ich kehrte viel früher zurück, als ich gedacht hatte. Als ich das Reserveradfach im Kofferraum öffnete, fand ich Ollies Videokamera mit der Kassette drin.

Wir rückten den Videorecorder und den Fernseher zurecht und waren überrascht, dass beide immer noch funktionierten. Wir saßen auf der zerschlissenen Couch inmitten der Katastrophe, die kürzlich noch ein wohlgeordnetes Heim gewesen war. Sharon aß einige Datteln, Feigen und Trauben, und ich verschlang Käse und Kräcker, während wir das Video abspielten.

Ollie hatte dasselbe gelbbraune Seidenhemd an wie gestern. Das Datum und die Zeit blitzten kurz auf - es *war* gestern, und zwar gerade, nachdem ich gegangen war. Sharon schluchzte ein bisschen, als sie ihn sah. "Er muss das aufgenommen haben, als ich Sie zur Fähre gebracht habe."

Ollie saß auf derselben Couch, auf der wir jetzt saßen. Er lächelte, aber grimmig - es war derselbe Ausdruck, mit dem er mich gestern verabschiedet hatte.

Eine Weile lang sagte er gar nichts. Zuerst meinte ich, dass er nur überlegte, was er sagen wolle, aber dann merkte ich, dass er seine Gefühle unter Kontrolle bringen wollte. Er schaute auf und begann mit einer tiefen, traurigen Stimme: "Meine Freunde. Nun, da ihr euch das anschaut, denke ich, dass ich wohl nicht verrückt bin - es muss eine richtige Intuition sein, und jetzt... nun, jetzt bin ich gegangen. Verrückte Welt, was?

Aber eigentlich ist es nicht überraschend, wisst ihr? Mein Vater starb gewaltsam, und so war es bei seinem Vater. Jüngster Sohn des jüngsten Sohnes des jüngsten Sohnes. Wir waren angeln, auf dem Campbell-Fluss oben auf Vancouver-Island. Vater und mein Bruder und Mutter und ich. Ich war elf. Roger, mein Bruder, kam nicht heraus an diesem Morgen. Er sagte, er sei zu müde. Wir tuckerten vom Ufer weg und ein anderes Boot rammte uns. Das Kind war am Steuer, weder es noch sein Vater schauten, wohin sie fuhren. Wir auch nicht - Vater lehnte sich gerade nach vorne, um die Haken mit einem Köder zu versehen. Mutter und ich waren im Bug. Es war ziemlich früh, glücklicherweise schlief Roger. Mutter saß in der Mitte, aber mir war kalt, und ich hatte Angst und bat sie, zu mir rüber zu kommen. Zum Glück! Das andere Boot hätte sie ebenfalls getötet.

Ich sah es, wisst ihr, im letzten Augenblick, bevor es uns rammte. Ich hatte Zeit, um 'Mein Gott, nein!' zu schreien. Das Boot kam geradewegs auf *mich* zu, wisst ihr. Ich war mir sicher, dass ich nun tot war. Mein ganzes Leben spielte sich vor meinen Augen ab. Ja, das geschieht wirklich. Kurz und schnell. Und ein unglaubliches Licht, das eigentlich sogar mehr als Licht ist. Ich erinnere mich, verwirrt gewesen zu sein. Ich dachte nicht, dass es schon meine Zeit sei.

Und sie war es auch nicht. Weil wir uns vom Ufer weg bewegten, verfehlte das Boot mich. Dafür traf es meinen Vater. Berührte weder Mutter noch mich. Es fuhr direkt über uns und kam auf der anderen Seite unseres Bootes wieder heraus. Mutter stürzte nach hinten und schrie, 'Jack! Jack! Mein Gott, Jack!' Sie hielt ihn, aber sein Kopf war zerschmettert; er lebte nicht mehr lange.

Als sie sich bewegte, begann Wasser ins Boot zu strömen. Ich musste die Seite wechseln, damit wir nicht sanken. Ich fotografierte den Einschnitt im Boot, nachdem sie es zurück zum Ufer abgeschleppt hatten. Ich habe das Bild immer noch irgendwo. Es ist kaum zu glauben, dass wir nicht gesunken sind. Noch Jahre später hatte ich Visionen von dem Boot, wie es auf mich zukam. Jede Nacht, wenn ich schlafen ging. Jedesmal, wenn ich die Augen schloss. Es war tief in meine Seele gebrannt.

Gewaltsames Karma in unserer Familie. Frühere Wikinger, wisst ihr. Haben viele Menschen in vielen Kriegen getötet. Wild, gemein, gewalttätig. Ich glaube, es lag ein Fluch auf uns.

Nein, das alles überrascht mich nicht. Eine Handleserin sagte mir einmal, ich werde die fünfunddreißig nie erleben. Ein abruptes Ende auf meiner Lebenslinie. Das habe ich überlebt! Aber ich habe ihr immer irgendwie geglaubt. Sie sagte, dieser andere Bruch bedeute, dass ich bereits mit elf Jahren beinahe gestorben wäre. Es sei wie eine

Wiedergeburt gewesen. Sie muss also ziemlich gut gewesen sein, nicht wahr, um den Bootsunfall so genau zu treffen?"

Ollie hörte auf zu reden und starrte auf seine Hand. Nach einem Moment sah er auf, Tränen standen in seinen Augen. "Ich hatte eigentlich Glück. Ein vedischer Astrologe in Indien, der meine Geburtstabelle ansah, meinte: 'Mars, so unglücklich im Achten, dem Haus des Lebens! Erstaunlich, dass sie noch nicht gestorben sind. Gewaltsamer Tod wahrscheinlich.' Habe auch das überlebt, bis jetzt."

Er legte den Kopf in seine Hände und sagte eine lange Zeit gar nichts mehr. Dann schüttelte er seinen ganzen Körper durch, schaute auf, lachte ein bisschen in sich hinein, lächelte mit einem Nachhall von Ausgelassenheit und fuhr fast fröhlich fort: "Hey, nichts von alledem ist wichtig. Ich mache mir da vielleicht einfach etwas vor. Niemand wird sich jemals diese Aufnahme ansehen. Und selbst wenn ich mir doch nichts vormache, was soll's? Leben in einem Körper und der Tod eines Körpers sind zwei Seiten derselben Münze. Was immer andauert, ist das Eine Unveränderliche. Ich glaube nicht, dass viele Leute auf der Welt überhaupt eine Ahnung vom Ascendant haben. Es ist alles, was war, ist oder jemals sein wird. Diese Existenz in einem Körper ist bedeutungslos.

Was wirklich wichtig ist, ist, anderen zu helfen. Unsere Welt steht balancierend am Rand der Zerstörung - ihr wisst das natürlich. Ich habe Glück gehabt, eine Reihe von uralten Techniken zu entdecken, eine Lehre, gegründet durch Christus und seinen geliebten Apostel Johannes, ein kostbares Wissen mit genug Macht, diese Welt innerhalb einer einzigen Generation zu verwandeln. Ich glaube, dass die sieben Sphären dieser Lehre aus dem einzigen Kloster, in welchem sie zweitausend Jahre erhalten wurden, herauskommen müssen. Es gibt einige, die mit mir darin übereinstimmen und die mich in diesem Gedanken inspirieren, es gibt aber auch einige, die aus verschiedenen Gründen damit nicht einverstanden sind. Es gibt vielleicht auch ein paar Radikale, die gewalttätig gegen die Verbreitung von Ascension in der Welt sind.

Ich erwarte nicht, dass einer von euch dies alles völlig versteht, noch nicht, denn ihr wisst beide nicht viel über diese Lehre. Trotzdem bitte ich euch, nun dies zu tun: Ich möchte, dass ihr nach Patmos zu Alan Lance fahrt und ihm sagt, dass er recht hatte, dass die Opposition vor nichts zurückschreckt, um die Verbreitung von Ascension auf der Welt zu verhindern. Ihr könntet ihn anrufen, aber ich habe ein Gefühl, dass ihr unbedingt hinfahren solltet. Ich glaube, ihr beide habt der Welt viel zu geben, ihr braucht die volle Kraft von Ascension, um eure eigenen, speziellen Talente in euch freizusetzen.

Ich sage nicht, dass ihr nach Griechenland gehen *müsst*. Ich *bitte* euch. Wenn ihr mich jemals geliebt habt, wenn ihr jemals Wahrheit und Schönheit in dieser Welt mit mir geteilt habt, wenn ihr mich jemals respektiert habt oder mir Gutes gewünscht habt, tut es für mich. Ich habe etwas mehr als $ 20.000 übrig. Ich habe euch einen Scheck ausgestellt. Er befindet sich im Seitenfach der Videokameratasche. Ihr müsst ihn sobald wie möglich einlösen. Sie werden wahrscheinlich mein Konto sperren, sobald sie wissen, dass ich... sobald sie die Neuigkeit hören.

Ich möchte, dass ihr nach Athen fliegt - nein, wartet einen Moment... " Er lehnte seinen Kopf auf die Seite und starrte in den Raum, als würde er jemandem zuhören, den wir weder sehen noch hören konnten. "Nein. Nein, zuerst möchte ich, dass ihr meinen Bekannten, David Tucker kontaktiert. Erzählt ihm, was geschehen ist, erklärt ihm, was Ascension ist und fordert ihn auf, mit euch zu gehen. Er war die nächste Person, die ich anrufen wollte. Er ist Arzt und lebt auf dem Clyde- Hill in Bellevue. Ja, es lohnt sich, ihn aufzusuchen. Und nachdem ihr ihn gefragt habt, ob er mitkommt oder nicht, ab nach Athen! Nehmt das erste Schiff zu den Dodekanesischen Inseln. Alan Lance hat eine Villa in der Nähe des Klosters des heiligen Johannes. Er wird euch sagen, was zu tun ist - *und* euch mehr über Ascension beibringen.

Ihr denkt wahrscheinlich, das alles ist zu bizarr. Auf der einen Seite habt ihr recht, es ist bizarr. Diese Lehre sollte uns als Geburtsrecht zugänglich sein. Sie kann und muss eine vitale Kraft für das Gute darstellen, um die Welt von der zerstörenden Dominanz des ‚Ich-zuerst-Egos' herauszuheben. Ehrlich, ich sehe keine andere Hoffnung für diese Welt. Wenn mein Leben für die Verbreitung dieser Lehre gegeben werden muss, so wird mein Tod nicht sinnlos sein.

Ich möchte euch inspirieren! Wenn ich es euch nur verständlich machen könnte: Diese Lehre über Ascension *ist absolut real.* Wenn ihr das nur sehen könntet, würdet ihr uns auf dieser Suche begleiten. Ihr werdet es selber praktizieren. Ihr werdet entdecken, dass es so natürlich ist wie das Leben selbst. Ihr werdet lernen, anderen zu helfen. Die gesamte Welt wird in Ruhm aufgehen, in einem Crescendo aus Lob und Dankbarkeit und Liebe. Das Goldene Zeitalter wird wiederkehren und für alle Zeit bestehen bleiben. Dies, glaube ich, ist das kollektive Schicksal der Menschheit. Nicht noch mehr zu leiden und schließlich schmerzhaft fehlzuschlagen, sondern sich zur Perfektion einer vollständig entwickelten Rasse zu erheben. Dies ist die Zukunft, die Ascension der Welt frei anbietet.

Ich liebe euch, Leute. Sharon, ich - ich höre den Civic zurückkehren. Ich bin sicher, wir werden einen schönen Abend zusammen verbringen. Ich werde dir gegenüber bis morgen nichts von alledem erwähnen. Ich liebe dich!" Er stand auf und ging auf die Videokamera zu. Das Bild verschwand.

Sharon weinte still, ihr Obst war größtenteils unberührt. Ich legte meinen Arm um sie und sagte: "Ich glaube, wir rufen besser diesen Lance an, nicht?"

Sie riss sich los und fauchte mich an: "Rufen Sie ihn an! Ich gehe nach Griechenland! Haben Sie nicht zugehört? Was hat er gesagt? Sind Sie ein Feigling?"

"Nun, vielleicht bin ich einer", sagte ich, während ich nach dem Scheck suchte und ihn schließlich fand. Er war auf niemanden ausgestellt, aber er lautete auf eine Summe von $ 20.320 und war vollkommen korrekt unterzeichnet. "Dies wäre gerade jetzt sicher sehr hilfreich. Ich bin mit den Alimenten zwei Monate im Rückstand. Ich brauche einen neuen Wagen - dies könnte die Verschnaufpause sein, für die ich gebetet habe. Eine Chance, um neu zu beginnen."

"Das ist für meine Reise!" sagte sie eisig, mit Augen wie Dolche. "Wenn Sie ihn einlösen, sage ich der Polizei, Sie haben ihn gestohlen."

Ich seufzte und sagte: "Oh, ich würde ihn nicht benutzen. Ich bin zu ehrlich, um für mein eigenes Wohl zu sorgen. Ich habe nur mit der Idee gespielt. Eine nutzlose Phantasie. Hier, nehmen Sie ihn, er gehört Ihnen. Sie meinen es ernst mit Patmos?" Es war verrückt. Zwei Tage zuvor war Ollie Swenson eine erfreuliche Kindheitserinnerung. Dann taucht er in meinem Leben auf, redet über unmögliche Träume, wird durch ein paar Betrunkene umgebracht, hinterlässt mir ein Video, in dem er mitteilt, dass er sterben wird, und bittet mich, nach Griechenland zu fahren, um seine Vision weiterzuführen.

Wieso sollte ich nach Griechenland gehen wollen? Bilder des Ägäischen Meeres durchfluteten mich. Weiße Gebäude, tiefblaues Wasser. Ich hatte mir einmal gewünscht, dorthin zu fahren, war aber nie weiter als bis nach Italien gekommen. Ich stellte fest, dass mein Reisepass immer noch zwei Jahre gültig war, aber ich hatte kein Verlangen, die USA zu verlassen. Ich war ja kaum fähig, morgens aus meinem Bett zu kommen. Nach Griechenland reisen! Was für eine unsinnige Idee. Wie konnte sich Sharon nur darauf einlassen?

"Natürlich fahre ich. Sie Ascenden nicht, aber ich. Wenn diese Technik nur der Anfang der ersten Sphäre ist und jede Sphäre mehr ist als die vorherige, dann *weiß* ich, dass ich *alle* will."

"Nun, ich habe noch keine Erfahrung damit. Können Sie mir das beibringen? Das könnte helfen, das alles zu verstehen."

"Nein, ich bin nicht dazu ausgebildet. Ich habe Ollie versprochen, andere nicht zu unterrichten, bis ich selber gelernt habe, wie. Das hat mich ein wenig überrascht, die erste Technik ist so natürlich und einfach. Er hat mir gesagt, man könnte sie missverstehen, wenn sie nicht genau erklärt würde. Er glaubte auch, dass die Menschen es nicht wertschätzen würden, solange sie nicht ein bisschen dafür arbeiten, um sie zu bekommen. Er sagte, er würde etwa $100 oder $150 für jede Technik verlangen, einfach, weil die Leute das Gefühl haben sollten, dass es sich lohnt, sie für eine Weile zu üben; dem Ganzen eine Chance geben. Wir sind eine Gesellschaft, die so auf unverzügliche Befriedigung eingestellt ist, dass die Leute dem Ganzen keine faire Chance geben würden, wenn es gratis wäre. Viele wollen eine sofortige Veränderung, ohne bereit zu sein, durch die ganze innere Arbeit zu gehen, die Wachstum real und permanent macht."

"Das kann ich verstehen", stimmte ich zu und dachte verlegen an die vielen hastigen Entscheidungen, die ich in meinem Leben schon getroffen hatte. "Die Leute wollen alles auf einem Silbertablett serviert haben und können etwas, das gratis ist, nicht schätzen. Niemand möchte mehr für irgend etwas arbeiten, so scheint es zumindest."

"Nun, ich kann es Ihnen nicht beibringen. Das heißt, ich könnte, aber ich werde nicht. Vielleicht hatte er noch andere Gründe. Ich weiß es nicht. Aber jedenfalls: Ich habe es ihm versprochen. Der einzige Weg, wie Sie es lernen können, ist, ihre Zweifel und ihren Zynismus lange genug fallenzulassen, so dass Sie den Mut haben, mit mir mitzukommen. Stellen Sie es sich als ein großes Abenteuer vor. Und außerdem: Was machen Sie gerade mit Ihrem Leben?"

Nicht viel. Damit hatte sie mich. Aber um die halbe Welt reisen? War ich so verrückt? "Ich sage Ihnen etwas. Schauen wir, dass wir einmal von hier wegkommen. Mein Truck ist nicht gerade etwas Besonderes, aber er wird uns nach Seattle zurückbringen. Machen Sie sich frisch, dann gehen wir richtig schön aus zum Abendessen - vielleicht hinauf zur Space-Needle - das Restaurant dreht sich, wussten Sie das? Die ganze Umgebung rundherum hat man bis nach dem Dessert gesehen. Wenn ich dies alles mit Abstand betrachten kann, sehe ich vielleicht klar genug, um Sie zu begleiten. Wo wohnen Sie?"

"Bei meiner Tante. Sie lebt in der Nähe von Greenlake in einem Zweifamilienhaus. Mary ist nett und eine Stütze für mich, aber sie hat kein Interesse daran gezeigt, Ascension zu lernen. Sie denkt, es ist nur eine Modeerscheinung."

"Naja, vielleicht ist es das auch. Aber die Wahrheit setzt sich durch. Wenn dieses Ascension wirklich funktioniert, wird es früher oder später jedermann überall praktizieren. Alles muss irgendwo anfangen, irgendwann. Selbst der Glaube daran, dass die Erde rund ist, war einmal Grund genug, um auf dem Scheiterhaufen verbrannt zu werden. Die Flexiblen verändern sich und wachsen und schaffen den Übergang in eine neue Welt. Die Unflexiblen können sich nicht verändern, wachsen nicht, sie schaffen den Übergang nicht und sie sterben. Kommen Sie!

Wir nehmen die nächste Fähre. Ich glaube nicht, dass noch etwas anderes für uns hier ist."

"Nun, vielleicht ist da noch etwas. Ich habe einige hübsche Kleider in einem der Schränke gesehen. Ich glaube nicht, dass Ollie oder seine Mutter mir eines davon missgönnen würden. Wenn eines davon passt... Reservieren Sie einen Tisch für uns. Es dauert nur eine Minute."

Sie verschwand schnell in das andere Zimmer und schloss die Türe. Als ich die Dusche rauschen hörte, schmunzelte ich. Ich fühlte mich besser, als ich mich seit vielen Tagen gefühlt hatte. Dann suchte ich nach dem Telefon, um in der Space-Needle anzurufen.

3

Abendessen im "Needle"

Sharon kam in einem hinreißenden tiefausgeschnittenen boden-langen silberschwarzen Ballkleid aus dem Zimmer. "Wow!" rief ich. "Sie sehen großartig aus."

"Sie sehen auch nicht gerade schlecht aus", lächelte sie zurück. Ich hatte ihre Idee aufgegriffen und einen weißen Smoking gefunden, der mir überraschend gut passte - Ollie musste ihn das letzte Mal getragen haben, als er noch dicker gewesen war. Ich blickte flüchtig in eine Bratpfanne, die über dem Herd hing, und musste mir eingestehen, dass ich wirklich ziemlich gut aussah. Ich lachte in mich hinein, weil ich mir vorstellte, wie diese Eleganz wohl in meinem alten Truck aussehen würde. Den Honda zu nehmen war einfach unmöglich - es war kein Reserverad im Kofferraum.

Wir fuhren schweigend zur Fähre. Selbst mein Verstand fühlte sich wie betäubt an. Ich kann mich nicht erinnern, überhaupt an irgend etwas gedacht zu haben. Aber als wir geparkt hatten und warteten, dass sich die Fähre leerte, erzählte ich Sharon, dass ich Dr. Tucker angerufen hatte. Er war damit einverstanden, sich mit uns in der Needle zu treffen.

"Großartig!" rief sie aus. "Aufnahmebereit?"

"Schwer zu sagen. Er wusste nicht, wieso Ollie ihn in seiner Mit-teilung mit eingeschlossen hatte. Aber seine Neugier war geweckt. Ich habe weder Griechenland noch Ascension erwähnt. Ich dachte, ich überlasse das der Expertin." Ich grinste sie an.

"Das bin ich wohl kaum", lächelte sie zurück. "Aber ich weiß, dass die erste Technik für mich funktioniert. Ich hätte niemals zuvor nach einem Tag wie diesem so ruhig sein können. Der ganze Stress schwappt einfach über mich hinweg. Ich fühle einen tiefen Frieden, der sagt: 'Alles ist gut. Trotz allem Anschein ist alles o.k. Mach dir keine Sorgen. Alles *wird* gut.' Ich weiß nicht. Ich habe mich noch nie zuvor so gefühlt."

"Ich fühle die Ruhe in Ihnen. Wenn Ascension das für jedermann tun kann, wird es über die Welt hinwegfegen."

Unsere Wagenkolonne fing an, sich in Richtung Fähre vorwärts zu bewegen. "Was für wundervolle Dinge von unserer Zivilisation erschaffen werden", sinnierte ich, als wir an Bord fuhren - die Größe und die Kraft dieser großen Schiffe hatten mich schon immer sehr beeindruckt.

Ein Müllsack am Strand neben dem Dock war aufgerissen. Drei schwarze Krähen pickten darin herum. Ein Dutzend Möwen flogen um sie herum und kreischten böse. "Und doch, unsere Verwaltung der Erde ist so aus dem Gleichgewicht. Schauen Sie sich nur diesen Müll an! Wie kann man nur so achtlos sein? Was haben wir von unseren technischen Wundern, wenn wir unseren Planeten ruinieren?"

"Ich denke, wenn die Leute bewusster werden würden, würden sie besser handeln. Es gäbe nicht so viel kurzsichtige Gewalt, wenn wir verstehen würden, wie unsere Gedanken und Handlungen alles um uns herum beeinflussen."

"Vielleicht. Aber wir haben eine furchtbare Angewohnheit, unser Nest zu beschmutzen. Ich kann mir nicht helfen, aber ich frage mich, ob da nicht ein Teufel am Werk ist, der alles durcheinanderbringt."

"Keine Ahnung! Aber ich denke, wir müssen unser Bestes tun, unabhängig davon, welche anderen Kräfte vielleicht hinter den Kulissen handeln."

Ich stoppte den Truck hinter einem neuen grauen Lieferwagen und fragte: "Wollen wir hinaufgehen?"

"Nein. Ich möchte Ascenden. Gehen Sie hinauf, wenn Sie möchten. Oder bleiben Sie. Aber ich möchte das eine Weile lang tun." Sie schloss ihre Augen.

"Meine Anwesenheit würde Sie nicht stören?"

"Nicht im geringsten", antwortete sie verträumt. Ihr Atem hatte sich bereits verlangsamt und wurde flach. Ihr Gesicht sah friedlicher aus, als es das den ganzen Tag getan hatte. Ein inneres Leuchten schien aus ihr hervorzustrahlen.

Ziemlich seltsam, diese Sharon Alice Stone, dachte ich. Was für ein seltsamer Tag. Wie konnte Ollie wissen, dass er Opfer eines außergewöhnlichen Unfalls werden würde? Nun, wenn es gar kein Unfall gewesen war? Wieso war sein Haus so durchwühlt? Was, wenn es Mord gewesen war! Ein Schauer lief meine Wirbelsäule nach oben. Kalter Schweiß brach auf meinem Gesicht aus. Ich ergriff das Steuerrad, um mir mehr Stabilität zu geben, aber das half nicht viel.

Beruhige dich. Entspanne dich. Gehe es noch einmal durch! Ollie möchte, dass wir seinem Freund Lance mitteilen, dass die 'Opposition' real ist. Was heißt das? Waren einige Leute dieser Opposition hier in Seattle? Ich erinnerte mich an das, was ich von seinem gestrigen Telefonat mitbekommen hatte, und erschauerte. Mein Herz fing an, heftig in meiner Brust zu schlagen. *Wieso hat jemand Ollies Haus verwüstet? Was haben sie gesucht? Seine Aufzeichnungen über Ascension?*

Ich wollte Sharon fragen, was sie sich dachte, und schaute sie an. Ihre Ausstrahlung hatte zugenommen: Sie glühte so strahlend wie eine Glühbirne. Ich starrte sie mit höchstem Erstaunen an: Goldenes Licht floss aus ihrer Haut. Sie sah aus, als würde sie für immer Ascenden wollen.

Es beruhigte mich, sie anzuschauen, aber dann erinnerte ich mich ein drittes Mal, wie Ollies Haus heute ausgesehen hatte. Mein Herz schlug heftiger. Es fühlte sich an, als ob es aus meiner Brust herausspringen wolle. Ich ergriff das Steuerrad so heftig, dass die Gelenke meiner Finger weiß wurden. Ich wollte die Fähre mit meinem Willen zwingen, über die Meerenge zu rasen, damit ich wieder fahren konnte, aktiv sein, etwas tun! Irgend etwas, um nur nicht weiter zu denken.

Was träumte ich denn da? Griechenland? Ich musste verrückt sein! Die Idee schien irrsinnig, aus einem getäuschten Verstand hervorgegangen, der durch meinen gerade vergangenen Versagenssträhne frustriert war. *Was ist, wenn es wahr ist, dass Ollie ermordet wurde? Werden sie hinter mir her sein? Sind sie so wild entschlossen, Ascension auf der Welt auszulöschen? Wer konnte das sagen? Vielleicht beobachteten sie mich gerade jetzt?* Ich schaute mich verstohlen und erschrocken um. *Dieser graue Lieferwagen vor mir! Wieso waren die Fenster so dunkel? Saß da jemand darin?* Ich versuchte mich zu erinnern, ob jemand ausgestiegen war, als wir geparkt hatten.

Sharon berührte leicht meinen Arm und sagte: "Ist alles in Ordnung?" Ich sprang hoch und schlug meinen Kopf am Dach an. "Lassen Sie das!" schrie ich und rieb meinen Schädel. Ich bemerkte, dass ich übermäßig reagiert hatte und fügte hinzu: "Tut mir leid. Sie haben mich erschreckt. Sie haben unglaublich blaue Augen, wussten Sie das schon? Ich habe noch nie etwas Vergleichbares gesehen. Noch nie."

"Ich weiß zwar nicht, ob das wirklich das ist, was Sie gerade gedacht haben, aber vielen Dank! Sie haben den ganzen Truck mit Ihrem Seufzen und Stöhnen erschüttert. Was ist los?"

Ich sah sie verlegen an und antwortete mit einer Frage: "Sie glauben nicht, dass wir in Gefahr sind, oder?"

"Sinkt die Fähre?" fragte sie mit gespielter Sorge. "Nein, ich denke nicht. Nicht im Augenblick. Wieso sollten wir in Gefahr sein?"

"Ich weiß nicht. Ich habe nur alles zusammengefügt: Ollies Tod, sein verwüstetes Haus, seine Aussage, dass jemand ihn von der Ausbreitung von Ascension abhalten wolle, dieser Mark Edg, Griechenland. Ich weiß nicht. Ich hatte nur das Gefühl, dass etwas Furchtbares passieren wird. Ich bin wahrscheinlich paranoid, oder?" Durch das Reden hatte ich mich wieder gefasst. Es war mir peinlich, sie beim Ascenden gestört zu haben.

"Ich denke, dass Ollies Tod ein Unfall war. Und nur durch Zufall haben ein paar verrückte Jugendliche sein Haus durchwühlt. Ich glaube nicht, dass irgend jemand sich so um die Ausbreitung von Ascension kümmern würde. Ich glaube, seine Zeit hier war einfach vorbei, wissen Sie? Aber selbst wenn ich unrecht habe, Sie und ich wissen nicht viel darüber. Fast gar nichts. Nicht irgend jemandes Zeit wert."

" *Wir* wissen das. Aber wissen *sie* es auch?"

"Nehmen wir an, 'sie' existieren, wer weiß? Aber wir fahren ohnehin nach Griechenland. Oder wenigstens ich fahre. Ich hoffe, Sie begleiten mich? Fühlen Sie sich besser? Wir haben immer noch etwa zwanzig Minuten. Ich würde gerne länger Ascenden. Mir geht es *großartig."*

"Sicher", sagte ich, noch verlegener. "Tut mir leid. Ich habe mich für einen Moment ein bisschen verloren." Ich schloss meine Augen, als sie ihre schloss. Das stetige Pochen der großen Motoren der Fähre war beruhigend und entspannend. Ich fühlte, wie ich selbst in die Stille trieb...

Das nächste, an das ich mich erinnerte, war, dass Sharon mich schüttelte und sagte: "He, aufwachen! Die Autos bewegen sich." Wie betäubt startete ich den Chevy, und wir fuhren los. Es war Ebbe, und die Rampe war steil. Der Washington-State-Fährmann hob seine Augenbrauen, als er sah, mit wie viel Rauch ich seine gesegnete Smaragdstadt verschmutzte.

"Ich frage mich, ob Ascension mein Leben wieder in Ordnung bringen könnte", murmelte ich und errötete.

Sharon lachte und erwiderte: "Wenn Sie aufhören würden, sich selber schlecht zu machen, würde sich vielleicht in Ihrem Leben einiges regeln."

Ich schaute sie respektvoll an und sagte: "Wissen Sie, das ist gut. Ich wusste nicht, dass ich so einfach durchschaubar bin. Ich dachte, ich verstecke mich ziemlich gut."

"Es scheint, dass ich immer klarer sehe", sagte sie ohne Stolz oder falsche Bescheidenheit. "Ich glaube nicht, dass ich vor Ascension so viel gewusst hätte. Mein Leben war meistens langweilig, wenn nicht sogar furchtbar - mein letzter Freund war eine Katastrophe der Gewalt. Ich hatte Glück, von ihm wegzukommen, bevor er mich umbrachte. Ich denke, nein - ich *werde* eine Entscheidung auf höchster Ebene treffen, dass ich nicht mehr bei dem verweile, was heute falsch gelaufen ist, sondern bei dem, was richtig läuft.

Ollie sagte, dass die gesamte Kraft und Heilung im jetzigen Moment liegt - in der reinen Freude über das Hier und Jetzt. 'Die Vergangenheit ist vorbei. Es ist besser, sie zu vergessen', sagte er, 'die Zukunft kommt niemals. Es ist besser, sich über sie keine Sorgen zu machen.' Ich denke, ich weiß, was er gemeint hat. Der Vergangenheit nachzutrauern und

Angst vor der Zukunft zu haben ist das doppelte Netz, welches das Ego benutzt, um uns an sein unbedeutendes Verlangen und seinen falschen Rat zu binden. Ich glaube, deshalb wird Ascension nicht nur mit geschlossenen Augen praktiziert. Ollie sagte, dass alle Techniken der ersten Sphäre auch mit offenen Augen geübt werden, wann immer wir gerade an sie denken. Nicht durch Anstrengung oder Zwang, sondern einfach durch freies Wählen Ascenden wir bewusst. Ich mache das zum Beispiel jetzt gerade. Und damit wird mein Verstand neu strukturiert, von Angst zu Frieden, Harmonie und Liebe."

"Das ist wunderschön. Ich frage mich, ob es möglich ist, dass das die ganze Zeit so sein kann?"

"Keine Ahnung. Aber es fühlt sich mit Sicherheit besser an, als die alte Art und Weise, meinen Verstand zu benutzen."

Wir fuhren auf den Parkplatz bei der Space- Needle. Ein Überbleibsel der Weltausstellung in Seattle im Jahre 1962. Sie erhebt sich in fremder, stählerner Schönheit auf mehr als 200 Meter. Ein Bau, der Seattles Horizont absolut einzigartig macht. Ich fühlte mich um einiges besser. So gut, dass ich den Parkwächter meinen Wagen parken ließ, anstatt mir selber eine Parklücke zu suchen. Ich genoss auf perverse Weise seine Bestürzung, als er mich in seine Spur einbiegen sah. *Hat wohl Angst, dass seine hübsche Kleidung schmutzig wird,* dachte ich. *Was für eine Schande.* Aber ich sagte zu ihm: "Passen Sie gut auf ihn auf. So einen wie diesen machen sie heute nicht mehr."

"Ob das wahr ist?" murmelte Sharon. Ich lächelte sie an, als wir zur Warteschlange für den Aufzug gingen.

Dr. David Tucker hatte bereits Platz genommen und starrte auf die Elliot-Bay. Er war etwa in unserem Alter, gebräunt, muskulös, mit kurz geschnittenem Haar und einem gutaussehenden Gesicht. Ich spürte einen kleinen Stich von Eifersucht. Der gute Doktor rührte matt eine grüne Olive in seinem Martini, war nach vorne gelehnt und deutete damit an, dachte ich, dass er niemals so sehr gelangweilt gewesen war. Er war wahrscheinlich zu wichtig für solche Sachen. Oder er war vielleicht einfach des Lebens von Wohlstand und Prestige müde. Ich fragte mich, wie gut dieses Zusammentreffen wohl laufen würde. Aber er richtete sich auf, als er uns sah und schenkte uns ein Lächeln, das aufrichtig schien.

Der Doktor machte keinen Scherz über Sharons Namen. Mein Gesicht verfärbte sich, als ich an gestern dachte. *Er ist wahrscheinlich zu beschäftigt,* um *Filme anzuschauen,* sagte ich zu mir selbst, um mein Ego zu vertcidigen. Ein paar Minuten lang gab es nur Smalltalk, als wir uns niederließen und unser Essen bestellten. Sharon lehnte einen Cocktail ab, ich bestellte ein Glas Chardonnay und sagte dem Kellner, er solle ihn mit dem Essen bringen.

Sobald der Kellner ging, lehnte sich Doktor Tucker nach vorne und sagte ernst: "Erzählen Sie mir, was Ollie zugestoßen ist."

Sharon beschrieb den Unfall ausführlich. Sie blieb diesmal viel ruhiger und fügte das für mich neue Detail hinzu, dass die Limousine über die ganze Yeslerstraße ausscherte, bevor und nachdem sie Ollie angefahren hatte.

War das so? wunderte ich mich still. *Oder versucht sie, den Doktor davon zu überzeugen, dass* es *nur ein Betrunkener war? Definitiv ein Unfall? Ist* es *klug, lnformation* zu *verdrehen?*

Aber ich hielt meinen Mund und bat nicht um Aufklärung. Schließlich hatte ich nicht gesagt, dass ich sie begleiten würde. Doktor Dave war zweifellos recht wohlhabend. Und er war groß, gebräunt und gutaussehend. Während Seattles Frühling gebräunt zu sein, sprach ohne Zweifel für Wohlstand. Konnte ich ihr einen Vorwurf machen, dass sie sich eine andere Begleitung für die Reise nach Griechenland suchte? Besonders eine, die durch ihren kürzlich verstorbenen Mentor sanktioniert war? War sie jemals zuvor im Ausland gewesen? Hier war sie, bereit, um sich mutig ins Ungewisse zu stürzen, und ich war zu ängstlich, um zu sagen, dass ich mit ihr gehen würde.

"Nun, wieso wurde ich im Video erwähnt?" fragte Dr. Tucker, als sie fertig war. "Was wollte er mir sagen? Ich kannte ihn nicht allzu gut. Ich habe ihn ein paar Mal in der Kirche getroffen, und wir waren zusammen auf ein paar Lachs-Barbecues. Habe ihn überhaupt nicht mehr gesehen, seit... zwei oder drei Jahren? Ich hatte ihn fast vergessen."

"Ollie war gerade erst von Patmos zurückgekehrt, wo er -", fing ich an, aber er unterbrach mich.

"Patmos! Wo Johannes seine Offenbarung hatte und seine Apokalypse schrieb? Im Ernst? Ich wollte schon immer einmal die heilige griechische Insel besuchen. Erzählen Sie mir mehr davon!"

Sharon und ich tauschten überraschte Blicke aus. Ich fuhr mit ihrem visuellen Einverständnis fort: "Ollie sagte, er sei gerade erst zurück gekommen, nach drei Jahren. Er studierte mit einer Gruppe von ungewöhnlichen Mönchen. Er erlernte eine Reihe von Techniken, die man 'Ascension' nennt. Jeder dort glaubt, dass die sieben Sphären dieser Techniken vom Apostel Johannes kommen."

"Ascension? Die weiße Bruderschaft, die aufgestiegenen Meister, diese Dinge?"

"Ich denke nicht. Nein, überhaupt nicht. Etwas von Christus."

"Was dann?"

"Eine Reihe von Techniken, um sich über das Geschwätz des Verstandes zu erheben und Stille zu erfahren", antwortete Sharon, als mir die Worte ausgingen. "Der Verstand ist normalerweise ziemlich laut, wissen Sie, er denkt die ganze Zeit unnütze und widersprüchliche Dinge."

"Das ist bestimmt so", stimmte der Doktor zu. "Ich habe einen Freund am Stanford-Forschungsinstitut, der sagt, dass der durchschnittliche Erwachsene etwa fünfzigtausend Gedanken denkt. *Jeden Tag.*"

"Richtig", fuhr ich fort, als ich etwas anderes entdeckt hatte, was ich für lohnend hielt, "und wie viele dieser Gedanken nützen etwas? Die meisten davon sind über die Vergangenheit oder die Zukunft oder die Ferne - über Dinge, die nicht im Hier und Jetzt sind. Ascension ändert dies, indem es die sinnlosen Gedanken in unserem Verstand zum Schweigen bringt."

"Zu welchem Zweck?" fragte er leise, fast zu leise. Waren wir dabei, ihn zu verlieren?

Sharon strahlte mich mit offensichtlicher Zustimmung an und antwortete überzeugt: "Wenn der Verstand ruhig ist, arbeitet der Körper weniger intensiv. Der Verstand und der Körper sind eins - zwei Ausdrucksformen einer Realität. Wenn der Verstand sich der Stille hingibt, wird der Körper ruhig. Tiefere Ruhe als Schlaf ist das Ergebnis. Dies erlaubt uns, Stress loszuwerden, um den Heilungsprozess zu fördern. Diese Stille schreibt auch unsere alten, inneren Programme neu. Überzeugungen, die auf Beschränkung und schmerzhaften Erfahrungen basieren, werden durch einen neuen Sinn für Wunder, Freude und Frieden ersetzt, sobald jemand erlernt hat, im Ascendant zu verbleiben."

"Der Ascendant? Was ist das?" Die Augen des Doktors waren glasig geworden. Er sah wie ein Fall von Informationsüberladung aus. Oder vielleicht reagierte er wie ich gestern. Angst verschloss seinen Verstand.

Sharon antwortete: "Der Ascendant ist der eine Ursprung von allem." Aber genau dann kam unser Kellner zurück, der unser Abendessen brachte - Hummer für den Doktor und für mich, einen Salat *und* einen Fruchtsalat für Ms. Stone.

"Herzhaften Appetit", sagte Dr. Tucker, mehr amüsiert als kritisch.

Wir aßen, ohne viel zu reden, und starrten ab und zu auf das Panorama von Seattle, das sich langsam unter uns drehte. Die Wolken waren zerstreut und hatten sich größtenteils verzogen. Sterne kamen hinter dem grellen Licht der Stadt zum Vorschein.

Schließlich legte der Doktor seine Gabel hin und sagte: "Ihr Ascension hört sich wie ein Allheilmittel an. Zu gut, um wahr zu sein. Wie das für alles verwendbare Schlangenöl eines Medizinmanns. Es irritiert mich, dass Swenson darin verwickelt war. Ich hatte ihn immer für intelligent gehalten. Sie beide kenne ich nicht, aber Sie scheinen ziemlich scharfsinnig zu sein. Also, was machen Sie, damit Sie in so etwas geraten? Hört sich ziemlich absonderlich an."

"Ich habe festgestellt, dass es Wunder wirkt, wenn es um die Beruhigung des Verstandes geht -", fing Sharon an, aber Tucker unterbrach.

"Das macht Zanax auch. Aber ich denke nicht, dass es jeder nehmen sollte."

"Der Unterschied ist, dass jedes Medikament Nebenwirkungen hat.. Ascension ist völlig natürlich. Es ist das Beste, was ich jemals gemacht habe. Ich gebe nicht vor, ein Experte darin zu sein. Ich habe gerade erst damit begonnen. Aber ich gehe nach Patmos, um es zu lernen. Und Ollie hat uns gebeten, Sie einzuladen. Sie scheinen in Ihrem Beruf erfolgreich zu sein. Ich weiß nicht, wieso er wollte, dass wir mit Ihnen reden, noch weiß ich, was er sagen würde, wenn er hier wäre. Vielleicht würde er Sie einfach fragen: 'Sind sie glücklich, Dr. David Tucker? Sind Sie mit Ihrem Leben und Ihrer Welt zufrieden?' Nur Sie können das beantworten, aber ich bin mir ziemlich sicher, dass Ascension auch für Sie ein Geschenk bereithält."

Ich rechnete damit, dass der Doktor beleidigt sein und selbstgerecht antworten würde: "Natürlich bin ich glücklich! Wer sind Sie, mich das zu fragen?" Oder einfach aufstehen und gehen würde. Aber statt dessen starrte er auf den fast gegessenen Hummer und sagte sanft, wie zu sich selbst: "Jeder erwartet, dass Doktoren Götter sind, dass wir alle Antworten auf alles kennen, jederzeit. Ich habe seit Jahren keinen richtigen Freund mehr gehabt. Die Wahrheit ist, ich weiß nichts, ich weiß überhaupt nichts. Ich glaube nicht, dass überhaupt irgendjemand etwas weiß. Ich verdiene über zweihunderttausend im Jahr und lebe in einem 800-Quadratmeter-Haus in einer der besten Gegenden in Bellevue, und wissen Sie was? Ich bin unglücklich! Und so *gelangweilt.*

Ich kann nicht glauben, dass ich das sage. Ich rede niemals so zu irgend jemandem. Ich kann gar nicht glauben, dass ich das hier in Betracht ziehe. Aber ich tue es!" Er schaute auf und starrte Sharon fest in die Augen, als er fortfuhr: "Nein, ich ziehe es nicht nur in Betracht. Ich komme mit. Ja! Ja, ich werde alles in meinem Leben fallenlassen und nach Griechenland gehen, mit Ihnen beiden!

Gott weiß, vielleicht habe ich gerade einen Zusammenbruch, und Sie beide mit Ihrem mystischen Geschwätz sind nur ein Traum, der durch meine gepolsterte Zelle in der Overlake- Klinik huscht - und wenn auch, ist mir egal! Ich war noch nie in Griechenland, und wissen Sie was? Ich wollte schon immer dorthin fahren. Ich hätte beinahe Griechisch studiert. Ich liebte die *Ilias* und die *Odyssee.* Ich träumte davon, über alle griechischen Halbinseln und Inseln zu wandern und über meine Erfahrungen bei der Reise von Thrakien nach Rhodos, zum Peloponnes, nach Attika und Syrakus Romane zu schreiben.

Aber dieses verdammte Herumdoktern mit seiner abstumpfenden Schufterei hat alles begraben, und hier bin ich, Jahre später, führe ein unechtes Leben der falschen Macht. Nein, ich habe nichts zu verlieren. Und wer weiß? Vielleicht alles zu gewinnen. Es wird zumindest besser sein als das hier. Also, was zum Teufel? Tragt mich ein! Wann reisen wir ab?"

Das Restaurant hatte sich gedreht, während wir uns unterhielten. Nun saßen wir im Osten, den Kaskaden gegenüber. Ein gewaltiger Gerade-noch-Vollmond kam über den Spitzen zum Vorschein und tauchte Seattle in ein magisches silbernes Licht. "Morgen", erwiderte ich und grinste ihn breit an. "Es gibt einen TWA-Flug nach Athen via Cincinnati und Frankfurt. Startet hier um ein Uhr nachmittags... Nun, ich habe nie gesagt, ich würde nicht einmal nachfragen", ergänzte ich zu Sharon, als ich ihr verblüfftes Lächeln sah.

4

Tanz im Mondlicht

Sonntagmorgen war wie ein Wirbelwind, als wir packten, den Scheck einlösten, uns die Tickets sicherten, hastig Lebewohl sagten und nach Sea-Tac rasten. Wir saßen in Reihe drei der gigantischen 747, schüttelten ungläubig den Kopf und fanden uns um 1:15 die Startbahn entlang rollen.

Ich fand die erste Klasse extravagant, aber meine Begleiter erinnerten mich daran, wie unsere Beine und Rücken sich morgen anfühlen würden, wenn wir in der Touristenklasse zusammengequetscht wären. Ihre Argumente, Tuckers ungezwungener Gebrauch von Wohlstand plus das herrliche Gefühl, zehntausend Dollar Bargeld in meiner Tasche zu haben: Alles miteinander kombiniert überzeugte mich.

Sharon und ich saßen auf einer Seite des Gangs, der gute Doktor auf der anderen. Er wählte den Extrasitz, falls der Flug nicht voll wäre. Er hatte Glück - niemand setzte sich neben ihn. Er lehnte sich mit einem Blick der Zufriedenheit zurück und schloss die Augen, als wir in die Startbahn einbogen.

Ich befand mich in einem mittleren Schockzustand, dass ich überhaupt hier war. Ich betete beinahe darum, kein Narr zu sein und meine geistige Gesundheit nicht im Feuer der Eifersucht zu verbrennen. Doktor Daves Porsche zu sehen, als wir gestern Abend aus der Space-Needle kamen, löschte meine Flammen auch nicht gerade. Als ich seinen Wagen sah, entschied ich mich, auf meinen Truck zu warten. Ich lud Sharon ein, mit mir durch das Zentrum von Seattle zu spazieren, um das Mondlicht zu genießen und dem Tanz des internationalen Springbrunnens zuzusehen. Eine Heerschar bittersüßer Erinnerungen floss durch mich hindurch (mein Vater starb dort, als ich vierzehn war, Opfer seines zweiten Herzinfarkts). Ich rationalisierte mein Verlangen, mit Sharon spazieren zu gehen, und schrieb es nicht meiner Eifersucht zu.

Unabhängig von meinen ursprünglichen Motiven, war Sharon eine wundervolle Begleitung. Ich hatte mich nie mit jemandem entspannter gefühlt - sie war heiter, charmant, sogar voller Freude, was in Anbetracht der Härte des Tages umso bemerkenswerter war.

Danach war sie damit einverstanden, mich zum alten Steinwasserturm im Volunteer-Park auf dem Capital-Hill zu begleiten - dort hinaufzusteigen und die ganze Stadt zu überblicken, war ein Erlebnis aus High -School und College, das ich mit vielen anderen geteilt hatte. Aber die Zeit verändert alles. Das Tor zum Turm war verkettet und verschlossen - ein kleines Schild besagte, dass es nur bis Einbruch der Dunkelheit offen sei.

Statt dessen fuhren wir die bewaldete Interlaken-Avenue zu den Universitätsgärten hinunter, parkten den Truck beim verschlossenen Eingangstor und spazierten im Mondlicht über das Grundstück. Der Himmel war völlig klar und praktisch blau, der Mond war so leuchtend. Wir konnten fast die Farbe der Azaleen ausmachen, die in ihrem Überschwang tobten. Viele der jungen Rhododendren barsten ebenfalls vor Blüten. Die sanfte Schwingung des silbernen Mondlichts überflutete uns sanft und verwandelte die Pflanzung in einen magischen Garten.

Ich fühlte, wie ich in eine unschuldigere Vergangenheit befördert wurde - viele Male hatte ich diesen glorreichen Ort durchwandert und seine Wunder mit meiner gerade aktuellen Liebe geteilt, aber niemals zuvor war es glorreicher und wunderbarer als während dieses Spaziergangs im Mondlicht, nur aufgrund der entzückenden Leichtigkeit von Sharons Anwesenheit. Verschwunden waren die Ängste und das Zittern auf der Fähre. Verbannt waren die dunklen Zweifel und der Terror des Tages. Ich fühlte mich jünger und lebendiger als seit Jahren. Als ich schüchtern ihre Hand nahm, ergriff sie meine eifrig - die ihre war sanft, frisch und warm. Ich fühlte mich fallen und wollte niemals damit aufhören.

Aber als ich sie an ihrem Haus absetzte (inbrünstig versprechend, um 8 Uhr morgens wieder da zu sein) und wieder alleine war, plagten mich meine Zweifel ein weiteres Mal. War ich daran, eine Dummheit zu begehen? Was, wenn dieses Unternehmen wirklich lebensgefährlich war? Ich hatte kein Verlangen danach, für diese unbekannte Sache zu sterben. Ich fragte mich, ob meine wachsende Liebe zu Sharon stark genug sein würde, um diese letzte Herausforderung zu meistern, Versprechen hin oder her.

Glücklicherweise war die Natur mit ihren Botschaften an diesem Abend großzügig. Als ich zum Lake-Forest-Park zurückkehrte, war meine Mutter außer sich, fast in Panik. Ich hatte sie noch nie so aufgewühlt gesehen. Nicht einmal an dem Tag, als das Telefonat des Gerichtsmediziners dem Pfarrer auf dem Weg zu unserem Haus um fünf Minuten zuvorkam, um die Nachricht zu überbringen, dass mein Vater auf dem harten Weg herausgefunden hatte, dass es nicht immer weise ist, der Werbung zu glauben. Er hatte nach seiner ersten Herzattacke aufgehört zu rauchen, aber als die Tabakbarone mit den Filterzigaretten herauskamen, dachte er, dass er weiterhin den Geschmack ohne irgendwelche Nebenwirkungen genießen könne. Er war eine endgültige Lernerfahrung, dieser zweite Herzinfarkt.

Er hätte es besser wissen müssen: Er besaß eine Werbeagentur. Er erzählte viele lustige Geschichten über die Kunststücke, die sie vollbrachten, um unbekannte Produkte berühmt zu machen - einmal, als Fernsehen noch neu und Joghurt den meisten noch unbekannt war, produzierte er einen Livespot mit einer lokalen Berühmtheit und ließ ihn einen Joghurt vor der Kamera essen. Dieser Mann sollte sagen, wie gut Joghurt schmeckt. Vater wusste, dass er denken würde: Alles, nur das nicht. Also ersetzte er den Joghurt durch Speiseeis. Dieser Werbespot war ein zündender Erfolg, als die Berühmtheit mit aufrichtigem Erstaunen erklärte: "He! Dieses Zeug ist gut! Joghurt schmeckt wie Speiseeis!" Aber ich schweife ab.

Ich hielt meine Mutter im Arm, um sie zu beruhigen: Sie zitterte, zutiefst verängstigt. So wie ich ihre Geschichte zusammensetzte, erzählte sie mir, dass zwei wild aussehende langbärtige Inder in weißen Roben und Turbanen gekommen waren, an ihre Türe gehämmert und mich gesucht hatten.

"Sikhs?" fragte ich erstaunt. Ich wusste, dass es einige solcher Inder in Seattle gab, aber ich kannte niemanden.

"Sie suchten dich. Ich habe dir das bereits gesagt. Sie waren die wohl fürchterlichsten Menschen, die ich jemals gesehen habe! Lange Bärte, noch nie rasiert; Turbane! Roben! Wilde Augen! Wieso waren sie auf der Suche nach dir?"

"Ich bin sicher, dass ich das nicht weiß. Haben sie noch etwas anderes gesagt?"

"Etwas wirklich Obszönes! Sie fingen an, über 'Arsch-Enden' zu sprechen! Da sagte ich dann, dass ich die Polizei rufen würde."

"Ascension?" fragte ich. Mein Herz schlug wieder einmal gegen meine Brust. Mein Magen zog sich wieder einmal zu einem harten Knoten aus kalter Angst zusammen. "Sie haben nach Ascension gefragt?"

"Ist es das, was sie gemeint haben? Ach, Schatz, das habe ich wohl ein bisschen missverstanden, was? Sie hatten so einen starken Akzent. Weißt du, ich höre nicht so gut. Aber als ich die Polizei erwähnte, fingen sie an, schnell in irgendeiner unzivilisierten Sprache zu sprechen, und verschwanden auf einmal. Was geht hier vor? Verkaufst du Drogen?"

"Nein, Mutter. Ich verkaufe keine Drogen. Hör zu - ich habe mich entschieden, für eine Weile wegzugehen. Ich möchte nicht, dass du dir Sorgen machst. Wenn diese Typen oder andere wie sie wiederkommen, sage ihnen, dass ich wieder nach Missouri gegangen bin, o.k.?"

"Oh, du gehst doch nicht wirklich dorthin zurück, oder? Zu diesem Mädchen?"

"Ich gehe, aber nicht zu ihr. Ich denke, es ist Zeit, meinen persönlichen Dämonen ins Gesicht zu sehen. Du sagst ihnen das, o.k.?"

Ich rief Sharon an und war erleichtert, dass weder sie noch ihre Tante irgendwelche ungewöhnlichen Besucher gehabt hatten. Ich packte innerhalb einer Stunde und ging in ein Motel an der Aurora- Avenue, um ein paar Stunden unbeständiger Schlaf zu finden.

Als unsere 747 anmutig vom Boden abhob, sagte ich: "So, nun sind wir aufgestiegen."

Sharon grinste und erwiderte: "Weg, um die Geheimnisse des Altertums zu erkunden."

Dave lehnte sich zu uns über den Gang herüber und sagte: "Bon voyage, mutige Abenteurer... obwohl ich mir nicht gerade sicher bin, wieso ich dieser verrückten Teeparty beiwohne."

"Die Zeit wird es zeigen", grinste ich ihn an. Ich fing an, diesen Typ wirklich zu mögen. Es hatte nicht weh getan, als ich bemerkte, dass er irgend etwas über vierzig und niemals verheiratet war: Er war wahrscheinlich keine große Gefahr, trotz seiner Erscheinung. Die bestaussehenden Leute, habe ich entdeckt, bleiben manchmal Single. Es muss wirklich schwer sein, jemanden zu finden, der gewillt ist, hinter dem Äußeren die darin versteckte Person zu sehen. Ich habe mich gefragt, ob sich deshalb einige sonst schöne Menschen dafür entscheiden, dick zu werden - sie wollen für das, was sie wirklich sind, geliebt werden und nicht für ihren Körper.

"Erzählen Sie mir über den Ascendant", sagte er zu Sharon. "Ich glaube nicht, dass ich es schon ganz verstanden habe."

"So, wie ich es verstehe", antwortete sie langsam, "ist der Ascendant das universale, unveränderliche Absolute, welches allen Formen und Phänomenen der Natur zugrunde liegt."

"Wie ,die Macht' im ,Krieg der Sterne'?" fragte ich neugierig. "Ich habe mich oft gefragt, ob so etwas existiert."

"Ungefähr, ja, aber nicht genau, weil die Macht für Gut und Böse benutzt werden konnte. Aber der Ascendant liegt jenseits aller Dualität, jenseits aller Gegensätze wie gut und böse, richtig und falsch, heiß und kalt."

"Das ,Nur-gedanklich-Erfassbare' des Philosophen Kantvielleicht?" sagte Doktor Dave nachdenklich. "Oder Platos ,Letztendliche Idee', für immer jenseits des Universums und doch die eine Quelle von allem. Plato sagte, die Information unserer Sinne ist nicht nur limitiert, sondern immer irreführend; sie sagen uns überhaupt nichts über die reale Natur der Dinge. Hinter dem Chaos, das durch die Sinne offenbart wird, liegt ein Reich der ewigen Ordnung, das alleine wirklich real ist. Ich glaube, er nannte es 'das Gute'. Er sagte, dass es uns allen von Geburt an so ergeht, als seien wir in einer Höhle angekettet und sähen nur die Schatten der Realität, niemals ‚das Gute', die letztendliche Realität, die die Schatten wirft. Aber ein paar wenige Glückliche können ihren Ketten entkommen und das eine unveränderliche Licht sehen. Ich kann mich nicht erinnern, dass er erklärte, wie sie das anstellen sollen! Aber er sagte, ihre Aufgabe sei es, nachdem sie die Höhle verlassen und das wahre Licht und Leben erfahren haben, zurückzukommen und denen zu helfen, die immer noch durch das falsche Leben der Schatten gefangen sind.

Der heilige Johannes bestätigte dies, als er sagte: 'Die Dinge, die gesehen werden, sind vergänglich; aber die Dinge, die nicht gesehen werden, sind ewig.' Ich habe mich immer gefragt, ob das Absolute wirklich real ist. Die allem zugrundeliegende göttliche Substanz, aus der alles gemacht ist. Philosophen haben darüber Tausende von Jahren gesprochen, aber abgesehen von ein paar Mystikern, christlichen Heiligen, seltenen Buddhisten und erleuchteten Yogis kenne ich keinen, der von sich sagen könnte, er hätte richtig davon getrunken. Mit gutem Grund! Wenn es jenseits von allem liegt, wie kann es denn erfahren werden? Tatsächlich ein logisches Dilemma, das ganze Problem."

"Scheint so", stimmte ich zu. "Und doch. Das ist es gerade, wovon die siebenundzwanzig Techniken handeln sollen, hat Sharon gesagt. Erfahre den Ascendant! Richtig?" Ich sah sie, nach Bestätigung suchend, an.

"Genau. Jede der siebenundzwanzig Techniken ist wie ein Minenschacht zum Ascendant. Jede verbindet den Verstand des Alltagsbewusstseins mit der innewohnenden Stille und Ordnung, jede auf eine andere Art. Wenn man alle sieben Sphären beherrscht, hat mir Ollie gesagt, lebt man jeden Moment im Bewusstsein des Ascendant."

"'Beten, ohne aufzuhören!' Das muss es sein, was Paulus meinte, das muss es sein!" rief der Doktor aus. "Das finde ich wirklich aufregend! Ich bin so froh, hier zu sein - wenn dies möglich ist, wird es zu den großen Entdeckungen der Geschichte gehören. Es könnte sogar die größte Entdeckung sein! Es würde die Antwort auf alles darstellen.

Uneingeschränktes Wissen und Macht müssen Diener der inneren Unendlichkeit sein, was heißt-"

"Warten Sie einen Moment", unterbrach ich ihn, "ich bin verwirrt. Sie sagen, 'die Unendlichkeit ist im Inneren'. Wie kann Unendlichkeit in uns sein? Ist nicht alles, was in uns ist, notwendigerweise begrenzt? So groß sind wir auch wieder nicht!"

"Nicht laut den Mystikern und christlichen Gründern", antwortete der Doktor. "Sie alle haben behauptet, dass das Innere größer ist als das Universum, dass Gott wirklich 'ein Kreis mit dem Zentrum überall und dem Umfang im Nirgendwo' ist, wie es die Mönche im Mittelalter ausdrückten. Oder wie Blake sagte: ,Eine Welt in einem Sandkorn sehen und einen Himmel in einer wilden Blume, die Unendlichkeit in deiner Handfläche halten und die Ewigkeit in einer Stunde.' In den Upanischaden heißt es: "Das, was kleiner ist als das Kleinste, ist größer als das Größte.' Ein wunderbares Konzept, wirklich. Selbst wenn es unmöglich ist, dies mit dem Verstand des Alltagsbewußtseins zu verstehen."

"Unsere Sinne lügen uns an. Das hat Ollie gesagt", fügte Sharon hinzu. "Er hat gesagt, dass unser dreidimensionales Universum ein gerissener Betrug ist, eine geniale Lüge. Die Sinne halten uns von der Erkenntnis, dass wir alle eins sind, ab - dass Gott in jedem von uns ist, dass wir alle universale Wesen des Lichts sind, übernatürliche, wundersame, ewige Wesen, Mit -Schöpfer mit Gott, keine begrenzten Tiere, die eine kurze Weile leben, leiden und sterben.

Ich weiß nicht. Ich fühle mich mit Ollie jetzt gerade mehr verbunden, als wie ich noch mit ihm zusammen war. Ich weiß nicht. Ich denke, die Überzeugung, dass unser Körper unser wichtigstes Teil ist, ist falsch. So viele unternehmen alles Erdenkliche, um ihre physische Struktur zu schützen, nehmen sich aber niemals einen Augenblick Zeit, um über ihr inneres Wesen nachzudenken. Ich frage mich, ob Ascension uns nicht eine völlig neue Lebensart eröffnen könnte, einen Weg, der uns wieder mit der ursprünglichen Absicht des Schöpfers in Einklang bringt."

"Ich denke, wir werden das bald genug herausfinden", bemerkte ich und drehte mich um, um die Cascade-Berge anzustarren, die unter uns vorbeizogen. Wir waren bereits durch die dicken Wolken hindurch, die heute das Pugetsund- Becken überdeckten. Die Spitzen der hohen Berge ragten durch die Wolken. Es war ein glorreicher, sonniger Nachmittag.

Hier oben, dachte ich, scheint immer die Sonne. Könnte die Heilung aller Probleme des Lebens so einfach wie dieses Aufsteigen in die Höhe sein? War dies die kommende Welle der Zukunft? Die gesamte menschliche Rasse, letztendlich gelangweilt von ihren sinnlosen Kriegen und ihren auf dem Ego basierenden Konflikten, schüttelt das alles ab und steigt zu einer neuen Perspektive auf, die Frieden und Fortschritt und Wohlstand auf globaler Basis bringt? Was für ein süßer Gedanke! Dann wäre Ascension das ultimative Geschenk an die Welt. Kein Wunder, dass sie es Christus zuschreiben. Ich nehme an, ein hingegebener Hindu würde sagen, es käme von Krishna oder Shiva, und ein Buddhist, von Buddha. Nur der Größte in jedem Glauben wäre fähig, solch eine Lehre zu erschaffen.

Ich drehte mich zu Sharon um und sagte: "Vielen Dank für die Erlaubnis, Sie zu begleiten. Ich weiß nicht, wie ich das verdiene."

Sie sah überrascht aus, lächelte mich dann süß an und drückte meine Hand. "Gern geschehen. Und keine Angst - Sie verdienen es, weil Sie Sie sind. Ich möchte niemand anderen auf dieser unglaublichen Reise neben mir sitzen haben." Sie beugt sich zu mir und küsste mich- weder lange noch leidenschaftlich, aber mit einer Aufrichtigkeit, die ich niemals zuvor erlebt hatte. Ich war überrascht, dass ich kein sinnliches Verlangen nach ihr hatte, weder jetzt noch sonst irgendwann. War das reine Liebe, die geboren wurde? Ich wusste es nicht. Aber ich wusste, dass ich mich nie zuvor durch jemandes weiche Liebkosung so erhoben gefühlt hatte.

"Ich kann es kaum erwarten, Ascenden zu lernen", sagte ich, stellte dann meinen Sitz zurück und streckte meine Beine. Ich fühlte mich klarer, als jemals zuvor, ruhiger und glücklicher.

Ich frage mich, wie ruhig und glücklich ich mich gefühlt hätte, wäre mir klar gewesen, dass sich im selben Flugzeug, weit hinten, zwei fanatische und unbeirrbare Punjab-Sikhs befanden, und, noch weiter hinten, ein nicht so fanatischer, aber vielleicht um so unbeirrbarerer Mark Edg?

Teil 11

Griechenland

"Das Leben, wie eine Kuppel aus buntem Glas,
färbt den weißen strahlenden Glanz der Ewigkeit."

- Shelley

5

Drei Flugzeuge und ein Taxi

Flugzeugreisen verschwimmen in meiner Erinnerung. Nur ein paar Erlebnisse dieser Reise sind noch in meinem Gedächtnis. Wir landeten um acht in Cincinnati, nahmen neue Passagiere an Bord und flogen vor neun Uhr wieder ab. Dave hatte dieses Mal weniger Glück: Eine dicke, deutsche Dame machte sich neben ihm breit. Er schaute uns verzweifelt an und wechselte zum Einzelsitz in Reihe vier. 747er sind eine eher seltsame Konstruktion. Es gibt fünf Sitze in Reihe vier - zwei auf jeder Seite und einer, wie eine Insel, in der Mitte. Ich fragte mich, wie er sich dort fühlen würde, für jedermann im Flugzeug exponiert, aber es schien ihn nicht zu stören - verglichen mit der Alternative.

Sharon war hingerissen, als sie entdeckte, dass dieser Flug ein Fruchtbuffet miteinschloss, das über die gesamte Front des Flugzeuges wie ein Geschenk vom Gott des Überflusses, vielleicht Dionysos, ausgebreitet war. Sie füllte ihr Tablett wieder und wieder, während ich ihr mit Erstaunen zuschaute. "Isst du immer so viel?" fragte ich, als sie zum dritten Mal zurückkam.

"Immer, wenn es so gut ist!" schnurrte sie. "Jemand muss ihnen gesagt haben, dass ich komme."

"Isst du niemals Fleisch oder Milchprodukte?"

"Manchmal Fisch oder selten etwas Huhn oder Käse - wenn ich es wirklich will. Ich bin nicht etwa starrsinnig, ich esse einfach, was sich richtig *anfühlt*. Mein Körper ist so viel leichter, wenn ich auf diese Art esse. Ich nehme an, tief unten an der Nahrungskette zu essen, ist gut für den Planeten, aber das ist für mich nicht das wichtigste dabei. Ich bin, seit ich meine Ernährung geändert habe, nicht einen Tag krank gewesen - seit mehr als sieben Jahren."

"Es funktioniert für dich offensichtlich. Du strahlst Gesundheit und Energie aus. Du bist großartig."

"Nun, vielen Dank", sagte sie errötend. "Das ist nett, so etwas von jemandem zu hören, aber speziell von einem Mann wie dir. Es ist seltsam. Ich habe mich nie daran gewöhnt zu hören, dass ich schön bin. Wie ich aufgewachsen bin, habe ich ganz gewöhnlich ausgesehen. Oder wenigstens dachte ich das. Mein Vater hat mich schrecklich behandelt, ich hatte ein schwaches Selbstvertrauen."

"Was? Hat er dich verletzt?" Ich war überrascht, wie wütend mich das machte.

"Nicht physisch - nun, nicht oft. Er war Alkoholiker, meine Mutter ein klassischer Fall von Abhängigkeit. Wenn er mit selbstgebranntem Schnaps voll war, war er total durchgedreht. Ich glaube, er liebte mich, aber nur, wenn er nüchtern war; das war immer seltener der Fall, während ich heranwuchs. Die Bank hat die Farm genommen, als ich sechs war. Das hatte beinahe etwas Gutes: Unsere Heimat zu verlieren, traf ihn ziemlich hart, änderte ihn fast total. Er schrieb sich selber in eine Rehabilitationsklinik ein; als er herauskam, hatte er einen sicheren Job als Sicherheitsbeamter. Die Eltern meiner Mutter kauften uns ein hübsches kleines Haus in Tulsa. Ich dachte, dass ihn seine Liebe zu meiner Schwester Linda und mir retten würde. Aber ich glaube, er liebte seinen Whisky mehr. Mutter landete im Krankenhaus, er hatte sie so schlimm geschlagen. Eine Woche später tötete er sich selber bei einem Autounfall. Es war... es war mein sechzehnter Geburtstag."

Sie starrte auf ihre Birnenstückchen, Tränen glänzten in ihren Augen, sie schluchzte fast. Schließlich zuckte sie mit den Achseln, schaute mich verzweifelt an und fuhr fort: "Idiot! Er hatte alles. Meine Mutter war wunderschön; wir alle liebten ihn. Er hätte ein wunderbares Leben haben können. Statt dessen warf er alles weg."

"Alkohol hat ein hohes Abhängigkeitspotential", fing ich an, aber ihre Gefühle waren zu sehr aufgewühlt, um irgendwelche banalen Antworten zu akzeptieren.

"Ha! Niemand ist ein Opfer, außer man will es so. Zuerst ist der Verstand süchtig, dann der Körper. Unsere Liebe war nicht genug für ihn, sonst wäre er dem Alkohol ferngeblieben. Ich hätte ihn mehr lieben sollen."

"Vielleicht bist du zu hart zu dir, Sharon? Ein bisschen? Es ist nicht dein Fehler, dass er schwach war."

"Ach, vielleicht, ich weiß es nicht. Ich muss ihm vergeben. Ich weiß das. Ich wünschte nur, ich hätte ihm helfen können! Wenn ich nur die Zeit zurückdrehen könnte, um ihm Ascension zu zeigen, bevor er so verdorben wurde... Ich weiß nicht, die Welt kann so hart sein." Sie schaute mich flehend an.

Was sollte ich sagen? Ich hatte die Weisheit auch nicht mit dem Löffel gegessen. Genauer gesagt, soviel ich sagen konnte, war der einzige Unterschied zwischen mir und ihrem Vater, dass ich nach meiner Scheidung von Missouri weggerannt war. Er war wenigstens bei seiner Familie geblieben und hatte versucht, alles wieder auf die Beine zu stellen. Hätte ich es besser machen können? Ich konnte an nichts Sinnvolles denken, das ich hätte erwidern können, und fragte statt dessen: "Was ist mit deiner Mutter? Lebt sie noch?"

Ich hoffte, dass dies ein bisschen Freude bringen würde, aber ich traf daneben. Sie schüttelte traurig den Kopf und sagte düster: "Selbstmord. Das zweite Jahr, nachdem Vater gestorben war. Konnte nicht mit ihm leben, konnte nicht ohne ihn leben. Linda und ich lebten bei meinen Großeltern, bis wir weg aufs College gingen... Sie waren gute Leute, aber alt. Meine Mutter wurde geboren, als beide fast fünfzig waren. Sie haben den Übergang in die zweite Hälfte des Jahrhunderts niemals richtig geschafft. Sie schienen immer völlig erstaunt über die Welt zu sein. Aber es war ein aus Unschuld geborenes Erstaunen, nicht etwa Ignoranz. Sie waren gut zu uns, selbst wenn sie uns nie verstehen konnten. Ich liebte sie von ganzem Herzen."

Dave kam plötzlich zu uns. Er war im Flugzeug herumgewandert, um sich die Beine zu vertreten. Es war ziemlich früh am Abend. Sie hatten die Kabinenlichter noch nicht gelöscht und auch der Film hatte noch nicht angefangen. Er kniete sich im Gang neben uns hin und sagte aufgeregt: "Haben Sie nicht gesagt, dass letzte Nacht zwei Sikhs bei Ihrer Mutter waren?"

"Nun, ja, das habe ich gesagt. Wieso fragen Sie?"

"Weil zwei Sikhs in diesem Flugzeug sind! Weit hinten. Wahrscheinlich nur ein seltsamer Zufall, aber als sie mich gesehen haben, taten sie, als wären sie ziemlich beschäftigt! Es war bizarr. Wieso sollten diese Sikhs an uns Interesse haben, oder an Ascension?"

"Haben Sie sie gefragt?" fragte Sharon in einem Ton, der es ihm schwer machte, nein zu sagen.

"Nun, äh, nein, ich habe sie nicht gefragt. War zu überrascht. Ich gehe und mache das jetzt."

"Ich komme mit Ihnen", sagte ich und folgte ihm nach hinten ins Flugzeug.

Die Sikhs waren verschwunden. Wir warteten fünfzehn Minuten.

Dann sagte ein Flugbegleiter, dass der Film beginnen würde, und bat uns, uns hinzusetzen. Wir kehrten zu unseren Sitzen zurück und gaben unseren Misserfolg bekannt.

"Komisch", sinnierte Sharon. "Ich frage mich, was das alles soll."

"Reiseübelkeit vielleicht", sagte Doktor Dave. "Verstecken sich in der Toilette, und ihnen ist zu übel, um wieder herauszukommen. Möglicherweise nur ein zufälliges Ereignis. Ich denke, ich schlafe ein bisschen. Der Film interessiert mich nicht." Er kehrte zu seinem Inselsitz zurück und wickelte sich in eine bereitgestellte dünne Decke. "Viel Beinfreiheit" , murmelte er und schloss seine Augen.

Ich folgte seinem Beispiel und hoffte, ich könnte meine Körperuhr durch Schlaf umstellen, aber Sharon sagte: "Ich denke, ich Ascende statt dessen. Vielleicht wird die tiefe Ruhe helfen, die Zeit auszugleichen. Lohnt sich, es zu versuchen."

"Du Glückliche", sagte ich und schloss meine Augen.

Der Rest des Fluges verging in einem nebligen Traum von Triebwerkslärm, Halbschlaf und ungenügender Ruhe. Als das unnatürlich frühe Licht des Sonnenaufgangs weiteren Schlaf schwierig machte, stand ich auf, um meine Beine zu strecken und um zu sehen, ob die vermissten Sikhs schon auf ihre Plätze zurückgekehrt oder aus Angst vor dem guten Doktor aus dem Flugzeug gesprungen waren.

Sie waren da, schliefen aber - ihre Turbane lehnten sich aneinander. Ihre offenen Münder sabberten in ihre langen Bärte. Der Gedanke, sie zu wecken, schoss durch meinen Kopf; statt dessen beschloss ich, dass das alles Unsinn sei, und entschied mich, sie zu vergessen. Sie sahen jung und unschuldig aus.

Als ich zu meinem Sitz zurückkehrte, war Sharon wach und schien vollkommen erfrischt zu sein. "Ich glaube, ich habe mich noch nie besser gefühlt", vertraute sie mir an.

"Also, ich persönlich habe mich schon weniger ausgeruht gefühlt", antwortete ich und bemerkte, dass sich mein Mund wie altes Sandpapier anfühlte, "aber ich kann mich gerade nicht erinnern, wann das war."

Sie lachte fröhlich: "Armer Junge. Hier, probiere etwas von dieser Orange! Mal schauen, ob dich das nicht wieder lebendig macht."

Ich probierte, und es machte mich nicht wieder lebendig.

Wir landeten pünktlich in Frankfurt und wechselten das Flugzeug für den Flug nach Athen. Wieder eine 747; dieses Mal waren wir in Reihe zwei. Nach dem Start lief ich durchs Flugzeug, um nach Sikhs zu suchen. Es gab einige Touristen und viele Griechen, aber Sikhs waren keine in Sicht. Dankbar kehrte ich zu meinen Freunden zurück.

Der Doktor schwatzte enthusiastisch mit Sharon über Griechenland: "Ein armes Land. Nicht viel bebaubares Land. Was übrig ist, ist schon seit über dreitausend Jahren der Erosion ausgesetzt. Große Flächen sind nutzlos, außer für Eidechsen, Schlangen und die widerstandsfähigen, überall vorhandenen, Ziegen. Die Renaissancebilder von Waldgöttern und Rehkitzen im grünen Griechenland sind größtenteils Mythen. Es ist dürr oder wüstenartig, dreihundert Tage Sonne im Jahr, meistens trocken, größtenteils unfruchtbar. Ziemlich ungastlich überall - das einzig Gute für Griechenland ist, dass fast alles nicht mehr als 50 Kilometer vom Meer entfernt ist. Nicht, dass es der Wirtschaft viel hilft - selbst die Fischerei ist lausig. Zumeist Schwämme und Tintenfische. Nicht genug zu fressen für die Fische in der klaren Ägäis, denke ich."

"Es sieht wie unzählige Inseln und Halbinseln aus", meldete ich mich bei Betrachtung der Flugzeuglandkarte.

"Unzählbar ist ziemlich richtig. Fast ganz Griechenland besteht aus Bergen und steinigen Küsten. Und Inseln. Patmos ist dort drüben, sehen Sie? In dieser Gruppe, die Dodekanes genannt wird, weil früher einmal nur zwölf davon bewohnt waren. Nun sind es etwa zwanzig, glaube ich, die Größte inbegriffen, Rhodos. Patmos befindet sich am nördlichen Ende. Es gibt darüber nicht viel zu erzählen. Klein, spärlich bevölkert. Tatsächlich hat derjenige, der das Kloster des heiligen Johannes dort vor eintausend Jahren gegründet hat, sie deshalb ausgesucht, weil sie so nüchtern und hässlich war, nicht weil die Apokalypse dort geschrieben wurde."

"Wieso ist Johannes dorthin gegangen?" fragte ich. "Wieso auf eine kleine griechische Insel, die zu dieser Zeit Wüste war, wenn das ganze Römische Reich für ihn da war, um es zu bekehren? Ich verstehe das nicht."

"Sehnsucht nach Einsamkeit?" schlug Sharon vor.

"Nein. Er wurde von Domitian dorthin verbannt, einem der tyrannischsten römischen Kaiser. Seine Frau brachte ihn um - 96 n. ehr. Aber im Jahr zuvor verbannte er Johannes nach Patmos. Das Kaiserreich wusste nicht, was es mit dem Apostel tun sollte - sie kochten ihn in Öl am lateinischen Tor, aber es machte ihm nichts aus. Ein ziemlich aufgestiegener Junge, dieser Apostel Johannes, denke ich."

"Nehme ich an", sagte ich ohne großen Enthusiasmus und entschied, dass die Aussicht aus dem Fenster über Europa interessanter war als solche Märchen. Sie hatten mich dazu gebracht, wieder meine Anwesenheit auf dieser Reise zu hinterfragen. Hier war ich, schaute auf die zerstörten Überreste von Jugoslawien und glaubte kein Wort über Ascension oder Johannes oder Offenbarung. Nun, wenigstens saß Sharon neben mir. Von all meinen Erfahrungen der letzten paar Jahre war keine mit der Süße ihres Kusses von letzter Nacht vergleichbar. Während ich darüber nachdachte, schloss ich meine Augen und versuchte, ein bisschen Schlaf zu finden.

Athen sah anders als in meinen Erwartungen aus. Ich dachte, es würde eine liebevolle, klassische Stadt sein; statt dessen sah ich ein weit ausgedehntes Ödland aus schlecht erschlossenem, lärmendem, städtischen Wachstum. "Sieht wie ein Krebsgeschwür aus", murmelte ich, während wir niedersanken.

"Aber schau dir die Akropolis an, die wie ein Traum über der Stadt schwebt", sagte Sharon sanft. Meine Perspektive verschob sich mit ihren Worten; ich sah nun eher die uralte Schönheit unter uns aufsteigen, um sich mit uns zu treffen, als die gedankenlose, moderne Hässlichkeit.

Wir landeten auf dem Elliniko- Flughafen, gingen durch den Zoll, wechselten Dollar in Drachmen (jeder für tausend Dollar; wir alle nahmen an, dass der Kurs hier besser als auf Patmos sein würde), sicherten uns ein Hotel in der Nähe des Hafens, nahmen dann ein Taxi in die Stadt und suchten unseren Fahrer nach der Flüssigkeit seines Englischs aus. Er war ein großer Grieche mit dem Namen Georgios, elegant in einen schwarzen Anzug gekleidet, der eine rote Nelke im Knopfloch hatte. Er trug einen luxuriösen Schnauzbart und schwarzes glattes Haar und hatte eine offensichtliche Zuneigung für das weibliche Geschlecht, so wie er mit Sharon liebäugelte. Aber andererseits schien er freundlich und aufrichtig, während er unsere Koffer auflud. Sharon und ich setzten uns auf den Rücksitz, Doktor Dave saß vorne neben ihm.

"Oh, Athen, Athen!", rief der Doktor aus, als wir vom Flughafen herausfuhren. "Hier wurde die Demokratie geboren, hier wurden die ersten großen Spiele veranstaltet, hier wandelten und sprachen die Philosophen der Antike, hier regierte und erschuf Perikles ein goldenes Zeitalter, vorher und nachher einzigartig in dieser Welt, hier stand der Apostel Paulus und predigte seine neue Religion. 0 Athen! Ich weiß nicht, Leute, kneift mich, schaut, ob ich träume! Bin ich gestorben und in den Himmel gekommen?"

Unser Fahrer kommentierte: "Es ist so schade, dass Sie während der Karwoche gekommen sind. Athen wird still sein. Die Tavernen werden früh schließen, die meisten um eins. Nur wenig Kefi, der - wie sagt man bei Ihnen - Tanz der Freude des Herzens. Dieses ganze Fasten und diese Ernsthaftigkeit der Fastenzeit. Vradi, Nacht, ist jetzt so langweilig, niemand trinkt Ouzo, niemand genießt den Retsina - es ist eine schlechte Woche, in der Sie nach Athen gekommen sind, meine amerikanischen Freunde."

Als er sprach, beschleunigte er ruckartig sein Taxi. Alle anderen auf der Straße taten dasselbe. Es fing an, sich so anzufühlen, als wären wir in einer Art verrücktem Rennen. Seine rechte Hand war meistens auf der Hupe, seine linke Hand spielte in einem erschreckenden Tempo mit seinen Sorgenperlen aus Bernstein. Waren diese Fahrer alle geisteskrank? Wie überlebte irgendjemand die Fahrt durch die Stadt? Ich war in Rom und New York gefahren; dies war weitaus schlimmer.

"Es ist Osterwoche, stimmt's?" sagte Sharon verträumt, anscheinend das verrückte Chaos draußen nicht beachtend. "Ich hatte das vergessen. Was für eine verheißungsvolle Zeit, um nach Griechenland zu kommen!"

"Ich würde schrecklich gerne die Stadt besichtigen!" rief der Doktor aus, der sich ebenfalls des bevorstehendes Todes durch die Hand eines verrückten griechischen Taxifahrers nicht bewusst war. "Die Akropolis! Der Pantheon! Ich nehme an, wir könnten nicht etwa ein paar Tage hier verbringen?"

"Ich glaube, dass Besichtigung von Sehenswürdigkeiten ein bisschen weit unten auf unserer Prioritätenliste steht", erinnerte ich ihn, als ich mit Entsetzen aus dem Fenster schaute. "Ich denke, wir müssen uns sobald wie möglich in Patmos melden."

"Patmos!" rief Georgios aus, während er einem Auto auswich und knapp einer Katastrophe mit einem großen Obstlaster auf der Gegenspur entging. "Heiliges Patmos! Wo Johannes, der Gesegnete, den bösartigen Magier Kynops ins Meer trieb. Patmos der sieben Sterne! Patmos der sieben Kerzenhalter! Patmos der sieben Siegel! Ich liebe Patmos!"

"Sie sind schon dort gewesen?" fragte der Doktor aufgeregt.

"Ich? Nun, eigentlich, ich selbst - nein; aber der Schwiegervater des Bruders meiner Frau lebt in Patmos."

"Wirklich? Sie wissen, wie man dahin kommt?"

"Natürlich. Das Boot legt Montag, Mittwoch und Freitag mittags vom großen Hafen in Piräus ab. Es ist etwa eine zwölfstündige Überfahrt. Fahrt morgen, Mittwoch, dann werdet ihr um Mitternacht in Patmos sein!"

"Vorausgesetzt, wir überleben diese Fahrt!" sagte Sharon, die plötzlich merkte, wie leichtsinnig er fuhr. Sie grub ihre Fingernägel in meinen Arm, als Georgios knapp zwei ältere Fußgänger, ein Kind und ein Fahrrad verfehlte. Seine Sorgenperlen hüpften aufrührerisch auf und ab, als er auf Griechisch fluchte.

"Diese Leute müssen zu dichtes Auffahren erfunden haben", sagte ich und grub meine eigene Hand in mein Bein. Der Sinn dieses wahnsinnigen Rennens war anscheinend, zu sehen, wie nahe man an Zerstörung und Tod herankommen kann, ohne erfolgreich zu sein.

Wie auch immer. Der Doktor hatte den Spaß seines Lebens - er lachte freudig bei jeder nahen Katastrophe, gluckste fröhlich in sich hinein, wann immer wir beschleunigten. "Was bedeutet dieses Zeichen 'MT'?" fragte er Georgios neugierig. "Wir beschleunigen jedesmal, wenn wir es sehen."

"Oh, das?" erwiderte unser Fahrer fröhlich. "Das heißt 'ALT' und bedeutet 'Stop', mein Freund."

6

Zwischenspiel in Athen

Wie durch ein Wunder erreichten wir unseren Bestimmungsort lebend. Ich hatte mich noch nie in meinem Leben so sehr danach gefühlt, den Boden zu küssen.

Während unserer halsbrecherischen Fahrt hatte ich nicht viel Zeit gehabt, die schnell vorbeirauschende Stadt zu betrachten, aber mein erster Eindruck war mit meinem Gedanken, den ich im Flugzeug gehabt hatte, identisch. Athen bestand aus Chaos, reinem Chaos, das jede Stadt, die ich je erlebt hatte, mit seiner planlosen Verwahrlosung übertraf. Sie erschien wie ein erstarrtes Zementmeer, welches das ganze Land, von den Bergen bis zum Ozean, bedeckte. Zwei- bis siebenstöckige hässliche Gebäude sprossen überall hervor, Steintumore aus schlechter Voraussicht und unkontrolliertem Wachstum. Hatten die modernen Athener überhaupt irgendwelche Pläne, als sie ihre Hauptstadt errichteten? Vielleicht wollten sie den Ruhm des Altertums mit der Geschmacklosigkeit des Neuen ausbalancieren. Charakterlose Würfel aus Beton schienen das dominante Gebäudemotiv zu sein. Die Luft war schwer vor Smog; Abfall und Abwasser wurden nur geringfügig kontrolliert. Zuviel Einwanderung aus der ländlichen Umgebung und von den verarmten Inseln, zu viele Flüchtlinge aus den Kriegen, zu viel rasches und ungeplantes Wachstum - dies waren, wie bei vielen Städten des zwanzigsten Jahrhunderts, die unglücklichen Wurzeln des modernen Athen.

Und doch, trotz alledem, das Wunder, hier in Griechenland zu sein, in Athen, durchdrang diese Unordnung. Die gelegentlichen Ausblicke auf die anmutigen Marmorwerke der Antike, die durch die Neuzeit hindurchstachen, beförderten uns unmittelbar zwischen die weit auseinander liegenden Welten. Ich konnte mir nicht helfen, aber ich fand, dass Athen trotz seiner Mängel immer noch eine der romantischsten Städte der Welt war.

Unser Hotel, das Cavo d'Oro, war ein Stückchen die Vas Pavlou hoch am Kastella-Hügel, nahe dem türkischen Hafen in Piräus, der alten Hafenstadt von Athen. Es war ein äußerst charmanter Ort mit einer herrlichen Aussicht auf den darunterliegenden Hafen. Jedes Zimmer war gut eingerichtet, sogar elegant, doch der Hauch frischer Blumen überall bedeutete Sharon mehr - sie war auf den ersten Blick entzückt.

Es gab nur zwei Badezimmer pro Etage; Sharon nahm eines davon; Dr. Dave und ich machten das andere mit "Schere, Papier, Stein" unter uns aus. Ich gewann (meine Schere zerschnitt sein Papier), und ich setzte mich mit einem langen Seufzer ins heiße Wasser. Der gute Doktor entschied sich, nachdem er verloren hatte, das Bad zu verschieben und gab statt dessen dem intensiven Gefühl nach, dass Akropolis und Pantheon seine unverzügliche Aufmerksamkeit verlangten. "Die schönsten Bauten auf der ganzen Welt!" hörte ich ihn verzückt ausrufen, als er die Vermieterin bat, ihm ein Taxi zu bestellen.

Sharon und ich verbrachten einen wunderschönen Abend. Er begann in einem der vielen ausgezeichneten Restaurants, die den türkischen Hafen überblickten. Dieser war in einer kleinen Bucht, vor allem zur Ankerung der rassigen Rennboote genutzt. Perikles, der größte athenische Staatsmann der Antike, kam gewöhnlich hierher, um Bootsrennen zu sehen, oder Ähnliches, informierte uns unsere matronenhafte Wirtin, als wir sie fragten, wo man essen sollte. "Die Jungverliebten essen immer am Kai bei Tourkolimano, dem türkischen Hafen", sagte sie; ich errötete, ließ aber Sharons Hand nicht los. Es stand außer Frage, dass ich dabei war, mich zu verlieben.

Das Restaurant, das wir wählten, überblickte eine wilde Farbzusammenstellung aus Wimpeln, Segeln, Markisen, Schirmen und Blumen - der ganze Hafen verschmolz zu einem Wechselspiel von wunderbaren Eindrücken. Ich fühlte mich nicht ein bisschen müde. Dies war Griechenland! Wir waren fast um die halbe Welt gereist, um heute abend hier zu sein. Gardenien-Verkäufer schlenderten um unseren Tisch, zeigten ihre Waren; Wahrsager kamen vorbei, um zu prophezeien,

Schwämmeverkäufer, Pistazienverkäufer, so um die hundert überfütterte Katzen - es schien, als wäre ganz Athen nur für uns auf den Beinen. Ein alter Violinist, der von einem stark gebauten Mann begleitet wurde, welcher eine *Bouzouki* spielte, eine Art langhalsiger Mandoline, brachte uns ein Ständchen, und dann - Wunder über Wunder! - stieg über dem Berg Hymettos der Mond auf, drei Tage nach Vollmond, aber er war trotzdem prachtvoll, wie er sein silbernes Licht über den Ägäis-Hafen verströmte und dabei einen strahlenden, funkelnden Pfad zum Himmel bildete.

"Ich weiß nicht, ob sich eine der Ascensiontechniken mit dem Mond befasst", sagte ich, voll mit Emotionen und Kammmuscheln, "aber ich bin sicher, dass es wenigstens eine *tun sollte.*"

"Oh, ich bin sicher, eine *muss* es", antwortete sie fröhlich und füllte ihren Mund mit den saftigen Meeresfrüchten. Ich war über ihr Vergnügen, das sie angesichts der Krabbensuppe und der Kammmuscheln ausstrahlte, erstaunt, aber sie lachte fröhlich und sagte: "Ich habe dir *gesagt,* dass ich immer genau das esse, was ich will! Das ganze Reisen - mein Körper verlangte nach etwas Schwererem." Ich hatte noch nie zuvor jemanden wie diese Oklahoma-Schönheit getroffen. Ich war dankbar, mit ihr hier zu sein, dankbar, am Leben zu sein.

Es war ein langes, gemütliches Abendessen. Wir probierten *Retsina,* den harzig schmeckenden Wein, den so viele Athener lieben, und fanden den Geschmack ausgesprochen gewöhnungsbedürftig. Als die Athener ihre Stadt Xerxes und seinen persischen Horden überließen, schütteten sie Terpentin in die Weinkrüge, um den Geschmack zu verderben, und hofften, dass die Eindringlinge so durstig werden würden, dass sie nach Hause zurückkehren würden. Diese verschwanden tatsächlich bald, aber erst, nachdem sie von der athenischen Flotte in der schmalen Bucht von Salamis geschlagen wurden. Wie die spanische Armada gegen die Engländer viele Jahrhunderte später, konnten sie ihre bulligen Schiffe nicht so gut manövrieren wie die Athener ihre kleineren Galeeren. Die mit einer eisernen Spitze versehenen griechischen Schiffe rammten die persischen und sandten sie auf den Grund der Bucht. Xerxes setzte seinen goldenen Thron auf einen Hügel, um mit anzusehen, wie seine unbesiegbare Marine den Emporkömmlingen aus Athen eine Lektion erteilt, nur um sich dann als Eigentümer der Verlierermannschaft wiederzufinden.

Er machte Athen dem Erdboden gleich und ging nach Hause. Der Pantheon und die meisten der anderen Tempel der Stadt stammen aus der späteren Wiederaufbauphase, dem Zeitalter von Perikles, Athens kurzlebigem goldenen Zeitalter. Die Athener, wild vor Freude über ihren unmöglichen Sieg über die unbesiegbaren Gegner, kehrten aus dem Exil zurück, durstig, und probierten ihren terpentinverseuchten Wein. Sie fanden ihn gar nicht so schlecht. Oder so ähnlich lautet die Geschichte. Die wahrscheinlichere und langweiligere Wahrheit ist, dass sie das Harz benutzten, um die Weinfässer zu behandeln, es half, den Wein zu konservieren und die Rillen zu versiegeln. Sie gewöhnten sich an den Geschmack.

Ich hielt dies für einen ziemlich seltsamen Brauch, aber dann informierte mich Sharon, dass italienischer Chianti seinen einzigartigen Geschmack aus der Giaggiololilie, die einmal ihre Wurzeln um die Reben schlug, gewinnt. Die Italiener mochten den Geschmack ebenfalls; jetzt fügen die Hersteller Lilienwurzel ebenso absichtlich ihrem Chianti hinzu, wie ihre Nachbarn auf der anderen Seite des ionischen Meeres Harz zu ihrem Retsina.

Als sie mich wegen der gelben Gardenie, die ich ihr kaufte, auf betörende Weise anlachte, fühlte ich mich in eine neue Welt der Wunder, der Freude und der Liebe getragen. Ich konnte kaum an Worte denken, aber ich starrte sie wie ein vernarrtes Schulkind an.

"Ich hoffe, dass du bald mit mir Ascenden kannst", sagte sie lieblich. "Dann können wir wirklich anfangen, zusammen zu wachsen."

"Erzähl mir mehr über den Ascendant, Sharon", sagte ich in einem Versuch, an etwas anderes als an meine wild wachsenden Gefühle zu denken. "Ich habe nicht ganz verstanden, was Dave im Flugzeug zu uns gesagt hat."

"Siehst du meine hübsche Blume?" fragte sie und hielt sie mir entgegen. "Ihre schönen Farben, ihre perfekte Form, ihren entzückenden Duft? Dies ist die Oberfläche der Gardenie, der Teil, den wir sehen, der

Teil, den wir mit unseren Sinnen schätzen. Sie ist hübsch, aber es ist mehr an der Blume, als unsere Sinne wahrnehmen.

Es gibt viele Stufen der Realität, die wir nicht sehen, berühren, schmecken oder riechen können. Meine Blume enthält Moleküle; die Moleküle bestehen aus Atomen; die Atome bestehen aus Protonen, Neutronen und Elektronen; diese sind aus subatomaren Partikeln zusammengesetzt. Wir haben gedacht, dass Atome solide Bausteine der Materie wären, kleine dichte einzelne Bälle. Aber wir haben herausgefunden, dass sie das nicht sind - fast das gesamte Innere jedes Atoms ist leer - tatsächlich etwa 99.9999%. Würden wir irgendein Atom nehmen und es auf die Größe des römischen Kolosseums vergrößern, wäre der Kern mit seinen Protonen und Neutronen so groß wie eine Biene in der Mitte, die Elektronen wären unendlich kleine Energiegeister, die mit einer enormen Geschwindigkeit innerhalb und außerhalb der Außenmauern umher flitzen. Und der Rest des Atoms wäre nichts, überhaupt nichts."

"Der größte Teil der Materie ist nur leerer Raum? Ja, ich erinnere mich, das gehört zu haben. Das ist eine der seltsameren Tatsachen der modernen Wissenschaft. Also, der Ascendant ist dieser Raum inner- halb des Atoms?"

"Ja - und nein. Er ist dieser Raum, aber er ist auch die unentbehrliche Realität der Elektronen und der Kerne. Ich versuche nur, dir durch Beobachtung verstehen zu helfen, dass es verschiedene Stufen der Realität gibt, die wir normalerweise nicht sehen. Auf der tiefsten und feinsten Stufe besteht alles überall aus nichts anderem als dem Ascendant.

Und Energie nimmt auf tieferem Niveau zu. Wenn ich dir diese Blume zuwerfen würde, wäre es mir vielleicht mit genug Kraft möglich, dich zu kratzen oder sogar einen Bluterguss hervorzurufen. Aber wenn ich diese Gardenie auf der molekularen Stufe anregen könnte, könnten wir wahrscheinlich dieses schöne Restaurant zerstören - auf feinerem Niveau ist mehr Energie enthalten. Einstein hat theoretisch behauptet und moderne Physiker haben bewiesen, dass die Energie, die in einem Atom eingeschlossen ist, exponentiell größer ist. Wenn ich die Energie der Atome in dieser Blume freisetzen könnte, könnten wir den größten Teil Athens auslöschen. Und Quantenphysik lehrt uns, dass die Energie, die auf der Planck-Skala enthalten ist - 10^{-43} Zentimeter, ein Dezimalpunkt gefolgt von 42 Nullen und einer Eins - was sehr, sehr, sehr klein ist - die Energie auf dieser kleinstmöglichen Skala so groß ist, dass sie ein Universum erschaffen könnte. Tatsächlich ist unser gesamtes Universum angeblich aus einem Bereich, der gerade so groß ist, im Bruchteil einer Sekunde, im Urknall, zum Vorschein gekommen."

"Du weißt wirklich viel über Physik", sagte ich beeindruckt.

"Ich sollte auch ein bisschen etwas darüber wissen", lächelte sie. "Ich habe meinen Doktortitel in Princeton durch Untersuchung von Subpartikeln erworben."

"Du scherzt! Ich wollte immer schon im Bereich Physik arbeiten. Wieso hast du mir das nicht gesagt?"

"Nun, zum einen, du hast nie gefragt. Der Punkt ist: Wenn sich jemand dem Ascendant nähert, nimmt die Energie zu. Der Ascendant ist der Ursprung aller Energie, somit ist die unendliche Energie für jedermann, der sie berühren kann, in Reichweite.

Ollie hat mir gesagt, dass das menschliche Nervensystem die wunderbarste Maschine des Universums ist, weil es sich von der Wahrnehmung der Begrenzung - dem oberflächlichen Erlebnis der Sinne - bis hin zum Unbegrenzten erstrecken kann, worin der unendliche Ascendant liegt. Das ist das Ziel von Ascension, das Absolute zu erfahren."

"Jeder, der das tun kann, würde uneingeschränkte Kraft erlangen?"

"Ja, aber das ist nur eine der vielen Qualitäten des Ascendant. Er ist die Wurzel oder Basis von allem, erinnere dich, somit muss für jemanden, der dies beherrscht, das Resultat auch Allwissenheit sein. Und All- Liebe", fügte sie melodiös hinzu und lächelte mich wieder über die Blume hinweg an.

"Das ist unglaublich! Der durchschnittliche Mensch lebt so ein eingeschränktes Leben aus Schmerz und Verzweiflung. Kann unser Nervensystem wirklich so flexibel sein? Dass es Unendlichkeit erfahren kann?"

"Das ist, was Ollie mir gesagt hat. Und er hat ebenfalls erzählt, dass er ein paar ziemlich erstaunliche Demonstrationen davon gesehen hat - genau hier in Griechenland."

"Patmos... Sharon, glaubst du, dass Ascension vom heiligen Johannes kam?"

"Ich habe keine Ahnung. Aber wie ich schon gesagt habe, All-wissenheit. Lass uns geduldig bleiben und lernen, wie man Ascendet, es gut genug beherrschen, um den Ascendant auf Wunsch zu kontaktieren, dann fragen wir. Ich bin sicher, dass wir es dann herausfinden werden!"

"Aber, warte einen Moment - wenn der Ascendant wirklich so mächtig ist, wie du sagst, wieso wurde Ollie getötet? Wieso so jung sterben, zu einem so unpassenden Zeitpunkt?"

"Nun, können wir wirklich wissen, ob es unpassend war? Nur weil es uns nicht gefallen hat, heißt es nicht, dass es nicht der richtige Zeitpunkt für ihn war. Doch ich weiß es nicht, es hört sich nach Rationalisierung an. Ich verstehe es ebenfalls nicht. Ich verstehe nicht viel vom Leben. Wer weiß? Vielleicht hatte er nicht lange genug Ascendet, um es zu meistern. Er wusste offensichtlich, dass er sterben würde, oder er hatte zumindest eine starke Intuition diesbezüglich, aber er wusste nicht, wie er es verhindern sollte. Vielleicht wächst das Bewusstsein des Ascendant in Stufen. Schließlich gibt es sieben Sphären; vielleicht hat man noch nicht alle Antworten, die gesamte Macht des Ascendant, bevor man alle siebenundzwanzig Techniken gelernt und mit ihnen eine Weile gearbeitet hat. Ich habe keine Ahnung!"

"Ach, das ist zu deprimierend. Lass uns eine Weile spazieren gehen!" Sie trank ihr zweites Glas Ouzo mit einem Zug aus. Der Wein mit Anisgeschmack hatte uns viel mehr überzeugt als der Retsina. Sie schüttelte ihre Locken, lachte und fügte hinzu: "Ich möchte dieses Gefühl der Leichtigkeit weiterhin in mir fühlen. Ich fühle mich so warm und geborgen heute Nacht, als ob ich im Himmel wäre. Lass uns spazieren gehen. Dieser Ort ist einfach zu magisch."

Und so spazierten wir entlang der Wasserfront von Piräus, dem alten Hafen von Athen. Wir gingen an einem Geschäft nach dem anderen vorbei, die (so schien es) jede nur mögliche Art Esswaren aus aller Welt

verkauften. Viele waren über Nacht geschlossen, aber eine über-
raschende Anzahl war es nicht. Sharon kaufte eine Tüte afrikanische
Blutorangen, drei Ananas und etwas Brot und Käse für unser morgiges
Frühstück.

Wir wanderten um den nächsten Hafen, Zea, herum, der durch eine
alte Mauer umrandet war. Mehrere alte Fischer waren immer noch auf
ihren Booten und flickten ihre Netze. Schlafen diese Leute nie? fragte
ich mich. Am äußeren Ende des Hafens war der Kommandoturm eines
U-Bootes zu sehen und ein Schild, das ich mühsam entzifferte, nur um
einen Meter weiter eine englische Übersetzung zu entdecken - "Das
Marinemuseum von Griechenland." Doktor Dave erklärte uns am
nächsten Tag, dass Zea um 500 v. Chr. den Grundstein für die Bedeutung von Piräus legte, und zwar durch die Produktion von hundert
Galeeren pro Jahr für die neue athenische Flotte - die Flotte, welche
Xerxes und die Perser stoppte und den gesamten Kurs der westlichen
Zivilisation änderte.

Solche historischen Gedanken waren heute Nacht für mich nicht von
großer Bedeutung; ich spazierte mit der schönen Sharon durch ein uraltes
Land der Wunder. Wir diskutierten die Möglichkeit, eine Taverne zu
besuchen; statt dessen entschieden wir uns, höher auf den Kastella-Hügel
hinter unserem Hotel hinaufzusteigen.

Die Häuser, die terrassenförmig in den Hügel gebaut waren, waren
graziös und reizend. Die Aussicht auf die drei Häfen von Piräus und die
dahinter liegende Bucht machte unseren Aufstieg der Mühe wert. Aber
dann, als wir den Gipfel erreichten, sahen wir acht Kilometer entfernt die
flutbelichtete Akropolis und den Pantheon, goldene Wunder von Athens
sternenhafter Vergangenheit. Ich fühlte einen Rausch der Ekstase über
den außergewöhnlichen Verlauf, den mein Leben genommen hatte; nicht
wissend, was ich mit so viel Gefühl anfangen sollte, umarmte ich Sharon
und küsste sie leidenschaftlich.

Sie erwiderte warm, aber ohne Leidenschaft; ich errötete und erlöste
sie aus meiner Umarmung. "Halte mich einfach", sagte sie; zusammen
starrten wir über Athen, die antike Stadt, die in dieser modernen Welt
immer noch lebte. Die Schönheit der Aussicht verbannte rasch alle

destruktiven Gedanken, bevor sie überhaupt aufkommen konnten; ich denke, ich verstand zu diesem Zeitpunkt den Ruhm, den Griechenland verkörperte. Auf dem Kastella stehend, überblickte ich eine Stadt, die gleichzeitig alt und modern war, einen Ort, der von vielem das Beste und Schlimmste unserer Welt vereinte, und fragte mich, ob es eines Tages wirklich möglich sein würde, die verhängnisvolle Verdorbenheit aus unserem Garten Erde auszujäten und statt dessen eine neue Ernte von Wahrheit, Schönheit, Gesundheit und Freude wachsen zu lassen.

Piräus unter uns beantwortete meine Frage nicht; wir kehrten zum Cavo d'Oro und unseren Betten zurück und freuten uns auf die morgige Reise zur Insel des heiligen Johannes.

7

Die Insel der Sieben

Unser Dampfer, seltsamerweise auch *Georgios* genannt, war blau, weiß, riesig und schön. Er streckte seine spitze Nase in Richtung Osten; wir verließen Piräus ein oder zwei Stunden später als fahrplanmäßig angegeben, was bei den Griechen als ausgesprochen pünktlich gilt. Um die hundert Seeschwalben flogen mit uns, als wir das Wasser aufschäumten. Ihre gegabelten Schwänze bildeten ein passendes Symbol für meine geteilte Vergangenheit, die ich hinter mir zu lassen ersehnte. Ich sah dies als ein großes Omen.

Bald kamen wir bei der Tempelruine des Poseidon vorbei, die stolz auf Kap Sounion, der äußersten Spitze der Halbinsel, steht. Sie war aus weißem Marmor, größtenteils zerfallen, aber immer noch majestätisch. Als wir Sounion umrundeten, wurden die Wellen auf einmal größer. Die Gewässer, die durch den Wind angeregt werden, der die Straße von Chalkis im Nordwesten herunterkommt, treffen hier auf die Wellen, die durch die Winde aufgetürmt werden, die zwischen der großen Insel Euböa und der kleineren Insel Andros wie durch einen Trichter strömen. Jetzt begann der Ozean aufzuwallen. Das Wasser hier war dunkler: Die azurblaue und klare Ägäis wurde plötzlich um drei Schattierungen mysteriöser.

"Dies markiert die Stelle", sagte der gute Doktor, als ich ihn auf die Veränderung im Wasser aufmerksam machte. "Ja, genau hier. Dort oben auf dem Vorsprung, wo jetzt die Tempelruine Poseidons steht, stand Ägäus, König von Athen, der Vater des Theseus. Theseus, wie Sie sich vielleicht erinnern, fädelte sich mit Hilfe der Prinzessin Ariadne seinen Weg durch das Labyrinth auf Kreta und tötete den Minotaurus. Es war ein verzweifelter Kampf. Sein Vater hatte die Mannschaft angewiesen, falls Theseus erfolgreich wäre, weiße Segel zu setzen, falls er aber tot wäre, die schwarzen. Vielleicht hatte es einen Sturm gegeben, und die weißen Segel waren ruiniert. Oder sie haben möglicherweise vor lauter Freude einfach vergessen, die Segel zu wechseln.

Auf jeden Fall sah Ägäus die schwarzen Segel auf dem Schiff seines Sohnes, und da er glaubte, Theseus sei getötet, sprang er von oben in seinen Tod und veränderte hier für immer die Farbe des Wassers. Deshalb nennt man es das Ägäische Meer."

"Ihre Geschichten sind so fabelhaft!" rief Sharon und klatschte. "Sie haben den falschen Beruf. Warum haben Sie das gemacht?"

"Größtenteils wegen meines Vaters. Er wollte, dass ich reich und erfolgreich werde, nicht nur ein armer Professor, wie er einer war. 'Kein Geld in der Klassik', sagte er mir so oft, dass es zu einem Mantra wurde. 'Kein Geld in der Liebe. Verschwende dein Leben nicht so, wie ich es getan habe, Sohn, mach etwas aus dir!' Somit spaltete sich mein Herz. Ich liebte das alte Griechenland genauso, wie er es liebte; ich folgte seinem Befehl, aber sehnte mich immer nach einem Leben wie dem seinen. Merkwürdig, wie wir das unterdrückte Leben unserer Eltern nachbilden."

"Wie war Ihr Abend in Athen?" fragte ich ihn und dachte, dass die betörende Schönheit dieses ägäischen Tages einfach zu erfreulich war, um ihn mit einer "Rückführung-in-die-Kindheit"-Therapie zu verbringen.

"Ach! Es war herrlich! Herrlich! Ich habe beim Tempel des Olympischen Zeus angefangen, der vom römischen Kaiser Hadrian fertiggestellt wurde, auf einem Fundament, das Jahrhunderte vorher gelegt worden war, dann bin ich über die Dionysos-Allee zur Akropolis hinaufgegangen. "

Die Fähre war größtenteils mit Griechen gefüllt, einschließlich eines Dutzends orthodoxer Griechen mit ihren schwarzen Gewändern, langen Bärten und schwarzen Hüten, die für das Osterwochenende zum Klosters des heiligen Johannes auf Patmos fuhren. Einige sprachen einigermaßen gut englisch; nachdem uns der gute Doktor ausführlich von seiner Nacht in Athen berichtet hatte, zog er sich mit zweien von ihnen zurück und geriet in eine fesselnde Diskussion über klassische Geschichte. Das war mir recht, weil es mir mehr Zeit ließ, mit Sharon alleine zu sein.

Die Fahrt über die Ägäis war herrlich. Das blaue, blaue Meer war tief, reich und klar; die Luft war lebendig mit einem fast magischen Licht, mit einer besonderen Klarheit, die ich zuvor nur auf Gemälden gesehen und von der ich gedacht hatte, dass sie nirgendwo auf der Erde existiere. "Ich wusste nicht, dass solches Licht *real* ist", bemerkte ich ehrfurchtsvoll zu Sharon. "Es ist so erfüllt, so *lebendig*. Meine Worte können es nicht beschreiben. Es fühlt sich an, als hätten wir das Bild eines alten Meisters betreten."

"Du auch?" fragte sie überrascht und erfreut. "Ich dachte, ich würdige es mehr, weil ich Ascendet habe. Aber da du nicht Ascendest und es genauso empfindest, ist es vielleicht wirklich irgendwie anders. Es ist so klar! Es ist, als ob ich zum ersten Mal wirklich *sehen* könnte."

"Ja! Die ganze Welt ist frisch und neu, wie neugeboren. Die Frühlingszeit der Welt. Es fühlt sich so an."

"Es könnte zumindest der Frühling in unserem Leben sein", lächelte sie mich an.

"Wie sehr ich hoffe, dass das stimmt!" antwortete ich, weit davon entfernt, es wirklich zu glauben. Würde ich wirklich in der Lage dazu sein, noch einmal von vorne zu beginnen? "Was ist unser nächster Schritt? Einige Zimmer in Patmos finden und uns dann erkundigen, ob irgend jemand Alan Lance und Begleitschaft kennt? Hört sich etwas kompliziert an."

"Oh. Ich bezweifle, dass es zu schwierig sein wird, sonst hätte uns Ollie mehr Hinweise gegeben. Patmos ist nicht groß, erinnere dich, fünfundzwanzig oder dreißig Quadratkilometer."

"Das ist ziemlich groß, wenn wir jemanden suchen!"

"Es ist nicht wie in einer Stadt! Es leben nur ein paar tausend Leute dort; eine Gruppe von Ausländern wird bei den einheimischen Ladenbesitzern bestimmt bekannt sein. Ich glaube, dass es einfach sein wird."

"Das hoffe ich", sagte ich, wenig überzeugt.

Als wir in der alten Hafenstadt Skala auf Patmos um etwa 1:30 morgens ankamen, merkten wir, dass Sharons Optimismus nicht nur gerechtfertigt war, er war sogar zu vorsichtig. Als wir auf das Dock traten, lief eine große, hübsche Engländerin mit langen roten Haaren und weißer griechischer Kleidung auf uns zu und sagte: "Willkommen auf Patmos! Ich vermute, Sie sind Ollies Freunde?"

Sharon fasste sich am schnellsten und erwiderte: "Wieso? Ja, das sind wir! Woher wussten Sie, dass wir kommen?"

"Nun, ich wusste es nicht. Nicht genau. Alan hat gesagt, dass wir Sie erwarten sollen, aber er sagte nicht wann. Wo ist der Rest? Sie blickte neugierig auf die anderen Passagiere, als erwarte sie, mehr als uns drei zu sehen.

"Wir sind alle, die da sind", antwortete Doktor Dave und starrte sie mit einem Blick an, den ich nie zuvor an ihm gesehen hatte. Es war wie Hunger, ein tiefes ursprüngliches Verlangen, was mich überraschte. Erinnerte sie ihn an jemanden, den er einmal gekannt hatte? "Sie haben noch andere erwartet? Das ist seltsam. Aber dann wiederum, wie konnte Alan Lance wissen, dass wir kommen werden? Das ist mehr als seltsam. Wir haben niemandem etwas gesagt."

"Ach, er weiß oft Dinge. Er hat uns mitgeteilt, wir sollen sechs Leute aus Seattle erwarten. Was ist mit den anderen passiert? Egal! Seien Sie alle auf Patmos willkommen." Sie umarmte uns warm, nicht mit der leisesten Steifheit, die ich von den Briten zu erwarten gelernt hatte, und fuhr dann fort: "Ich bin Lila, eine Novizin des Ishaya-Ordens. Alan hat mich gebeten, Sie hier zu treffen und Sie zur Villa zu bringen. Wir können eines der drei Taxis von Patmos nehmen, wenn Sie wollen, oder wir können den Eselspfad hinauf gehen, wenn es Ihnen nichts ausmacht, Ihre Taschen zu tragen. Sie sehen nicht allzu schwer aus."

"Ist es weit?" fragte ich.

"Das kommt auf Ihre Definition an!" lachte sie fröhlich. "Nichts ist weit auf der Insel der Sieben. Es ist etwa zwei Kilometer weit, ein-hundertundfünfzig Meter hinauf. Es ist dort oben, auf dem Hügel in Khora, der neuen Stadt. 'Neu' bedeutet, es wurde durch die Flüchtlinge nach dem Fall von Konstantinopel gegründet, vor fünf Jahrhunderten, nicht vor Christi Geburt. Was Ihnen lieber ist, wirklich."

"Ach, lasst uns gehen!" sagte Sharon. "Da fühlt man das Land besser." Der Hafen war in gelbes Licht getaucht, die Häuser eng zusammengepackt mit Arkaden im italienischen Kolonialstil. Venedig hatte Patmos einst erobert. Es gab ein paar Schilder von einer Taverne oder zwei, aber sonst schien dieser Ort tot.

"Fühlen ist in etwa richtig", murrte ich. "Wir werden wohl bei Nacht nicht viel sehen." Ich irrte mich, der abnehmende Mond war aufgegangen und beleuchtete unseren Weg den Hügel hinauf.

"Sie sollten die Sterne hier sehen, wenn Neumond ist!" rief Lila begeistert, nachdem wir den steilen Pfad ungefähr zur Hälfte hinaufgestiegen waren. "Sie sind strahlender hier, als ich sie jemals irgendwo anders gesehen habe; die Milchstraße ist so leuchtend, dass es wirklich so aussieht, als würde sie aus Milch bestehen."

Der abnehmende Mond beeinträchtigte den majestätischen Anblick über uns zwar ein wenig, konnte ihn aber nicht vollständig verbergen. Wie prächtig muss es hier während einer mondlosen Nacht sein! "Wie heißt diese leuchtende Sternengruppe?" fragte ich Sharon über eine Konstellation, die niedrig im Osten stand. "Dort, am Mond vorbei, in der Nähe des Horizonts. Schaut wie ein schiefes Rechteck aus, das mit zwei Dreiecken verbunden ist."

"Welche? Oh, die da? Das ist Sagittarius, der Schütze. Auch die Teekanne genannt. Das Dreieck auf der linken Seite ist der Henkel; der Ausguss ist das rechte Dreieck. Weg von der Stadt, wenn Neumond ist, schaut es so aus, als würde die Milchstraße daraus ausgegossen werden. Das Zentrum unserer Galaxie ist dort drüben, in Sagittarius A, so sagen es die Radioastronomen: Es ist ein riesiges schwarzes Loch, dessen Masse millionenfach größer als die unserer Sonne ist."

"Sie können es wahrscheinlich im Dunkeln nicht gut erkennen", sagte Lila, was Dave und ich für eine ziemlich lustige Bemerkung hielten. Wir lachten laut und verpassten fast den Rest ihres Satzes. "Aber die Kapelle der heiligen Anna ist genau hier, auf der linken Seite des Pfades. Drinnen ist die Grotte, in der der heilige Johannes seine Apokalypse empfing und niederschrieb."

"Glauben Sie, dass Alan Lance immer noch auf ist?" fragte Sharon plötzlich. Ihre Stimme hörte sich dringlich an; ich spähte nach ihr durch die Dunkelheit. Was hatte diesen plötzlichen Wechsel ausgelöst? Unser Gelächter? Es war nicht böse gemeint. Wir hatten nur Spaß. Oder war es die Erwähnung des Apostels?

"Oh, Entschuldigung! Ich habe vergessen, Ihnen zu sagen, dass Alan nicht hier ist. Er, Ed Silver und Mira sind bereits nach Amritsar gefahren, um für uns Räume vorzubereiten. Wir alle verlassen Patmos in den nächsten Tagen. Er sagte, Sie seien alle eingeladen, uns zu begleiten, wenn Sie wollen."

"Amritsar?" fragte ich. "Wo ist das?"

"In Indien, im Punjab... ", fing sie an, aber wir unterbrachen sie alle überrascht.

"Punjab! Warum dort? Indien?"

Ich fuhr fort: "Wieso in den Punjab reisen? Ist die Festung da oben, die so imposant aussieht, nicht das Kloster des heiligen Johannes?" Das Mondlicht ließ die Mauern und Zinnen unheilvoll erscheinen. Was immer die ursprüngliche Absicht des Gründers gewesen war, dieser Ort sah aus, als wäre er zur Verteidigung gegen Piraten erbaut worden.

"Wieso? Ja, natürlich. Aber was für einen Unterschied macht das?

Ach, ich verstehe. Sie denken, dass Ascension etwas mit dem Kloster zu tun hat. Ist es das?"

"Nun, ist dem nicht so?" fragte Dave, der unsere gesamte Verwirrung wiedergab. "Ascension stammt vom Apostel Johannes, oder nicht?"

"Aber gewiss, mein lieber Doktor. Aber *dieses* Kloster weiß nichts von alledem. Es wurde im Jahr 1088 durch Christodoulos, einen bithynischen Abt, gegründet."

"Wieso sind Sie alle dann hier?" fragte er, immer noch verwirrt.

"Wieso? Wegen der Kapelle der heiligen Anna natürlich. Das ist ein *ganz* besonderer Ort. Da sind wir."

Die Villa hatte weiß gestrichene Wände (wie die meisten Häuser auf Patmos, wie ich am nächsten Tag herausfand), war aber ungewöhnlich groß. Wir betraten sie durch einen freundlichen Innenhof, der mit

Dutzenden von Töpfen mit Hortensien geschmückt war. Lila öffnete eine Türe zu ihrer Linken; wir betraten das Wohnzimmer und setzten uns umgehend. Es fühlte sich an, als schwanke der Boden immer noch auf und ab, so, als hätten wir das Boot noch nicht verlassen.

Niemand anderer war noch auf. Lila bot uns Kamillentee an, aber Sharon sagte, immer noch dringlich: "Wer hat die Verantwortung, während Alan weg ist?"

"Nun, ich vermute, das bin ich", antwortete Lila. 'Warum? Ist irgend etwas nicht in Ordnung? Kann es nicht bis morgen warten? Sie müssen müde sein."

"Wir sind müde, aber ich habe das Gefühl, dass wir Ihnen erklären müssen, wieso wir hier sind, und Ihnen Ollies Botschaft sofort überbringen." Sie erzählte unsere Geschichte der letzten paar Tage schlicht und mit wenig Emotionen.

Lila hörte genau zu, ebenfalls ohne viele Gefühle zu zeigen. Selbst als sie von Ollies gewaltsamem Tod hörte, verursachte das keine physische Reaktion, außer einem leichten Stirnrunzeln, als sie leise sagte: "Also, *das* ist es, was Alan gemeint hat."

'Was meinen Sie?" fragte Sharon. Tränen standen in ihren Augen, aber sie hatte sich unter Kontrolle. "Hat Alan Lance gewusst, dass etwas passieren würde?"

"Als Ollie abreiste, sagte Alan, wenn er von uns wegginge, würde er nie mehr zurückkehren. Ollie erwiderte, dass er natürlich wieder zurückkehren würde - er wollte die anderen vier Sphären; er würde höchstens ein paar Monate lang Ascension unterrichten und dann wieder zurück sein. Er sagte, er würde nicht wegen dem Tod seiner Mutter nach Seattle fahren, sondern weil er spürte, dass einige Leute ihn dort bräuchten. Alan stimmte zu, dass das wahr sein könnte, wiederholte aber, dass, wenn er uns verließe, er niemals zurückkehren werde. Er muss das vorausgesehen haben."

"Wieso hat er nicht darauf bestanden, dass Ollie nicht fährt?" schniefte Sharon.

"Alan besteht niemals darauf, dass irgend jemand irgend etwas tut. Er hält den freien Willen des Individuums für heilig. Wenn Ollie fest entschlossen war zu gehen, war es, weil er musste. Selbst wenn er nur nach Seattle ging, um zu sterben. Aber es war ja nicht nur, um zu sterben, oder? Dafür seid ihr hier - er hat euch drei gefunden, oder nicht?"

"Sie scheinen davon nicht gerade sehr berührt zu sein ", sagte ich neugierig. "Haben Sie ihn nicht gemocht?"

"Oh! Sie haben ja keine Ahnung. Ich liebe... liebte Ollie von ganzem Herzen. Wir sind am selben Tag nach Patmos gekommen. Wir waren unter den ersten, die Alan hierher eingeladen hat. Wir waren... wir wurden intim, bevor ich meine Novizen-Gelübde ablegte. Bitte verstehen Sie! Ich werde ihn für den Rest meines Lebens vermissen. Aber ich habe mich mit der Tatsache, dass ich ihn nie mehr sehen werde, ausgesöhnt, als er uns verließ. Alans Worte waren deutlich. Und ich glaube auch, dass alle Dinge in dieser Welt zum Guten zusammenarbeiten. Selbst, wenn ich es nicht verstehe und um ihn trauern werde, weiß ich, dass es einen höheren Grund für all das gibt. Ich bevorzuge die Wahl, damit zufrieden zu sein.

Später, während ich heute Abend ascende, werde ich den Kummer durch mich hindurch waschen und ihn mich tragen lassen, wohin er will. Ich werde daraus lernen und ihn bewältigen. Dadurch werde ich mich auf einer höheren Stufe des Verstehens wieder festigen. Ich schulde ihm nicht weniger, als das Schöne seines Dahinscheidens zu sehen. Und mich darin für ihn zu erfreuen. Meine teure Liebe Ollie Swenson hat graduiert: Er ist frei.

Genug davon. Sie haben eine Nachricht erwähnt? Was hat Ollie gesagt?"

Sharon und ich wechselten einen Blick. Sie antwortete: "Er sagte, dass wir Alan mitteilen sollen, dass *die Opposition real ist*. Wir wissen nicht, was er damit gemeint hat."

"Opposition?" fragte Lila neugierig. "Das verstehe ich auch nicht.

Wovon hat er gesprochen? Welche Opposition? Haben Sie nicht gesagt,

dass Ollie durch einen Unfall ums Leben kam?"

"Ich sagte, ich *dachte,* er wäre durch einen Unfall ums Leben gekommen. Wir wissen nicht, wer diese Limousine gefahren hat."

"Davon haben Sie mir nichts gesagt!" rief der Doktor aus und erbleichte. "Für so eine Art Abenteuer habe ich mich nicht eingetragen!"

"Ich fürchtete, Sie würden nicht kommen, wenn ich Ihnen meine Ängste mitgeteilt hätte", erwiderte Sharon händeringend und sah aus, als wäre sie den Tränen nahe. "Und ich wusste und weiß nicht, ob ich irgendeinen Grund für diese Ängste hatte. Das war nicht richtig. Es tut mir leid! Bitte vergeben Sie mir. Ich hätte völlig ehrlich sein sollen. Ich hatte das Gefühl, dass wir zu dritt eine einfachere Reise hierher hätten. Wenn Sie nach Hause zurückkehren wollen, verstehe ich das."

"Ich habe nie gesagt, dass ich wieder abreisen möchte", sagte er und schaute Lila immer noch mit diesem offensichtlichen Hunger in seinen Augen an. "Ich wünschte nur, ich hätte von Anfang an von der Gefahr gewusst."

"Ich entschuldige mich dafür, dass ich ihnen nicht mehr vertraut habe. Ich war ziemlich durcheinander am Sonntag - ist das erst drei Tage her? Ich hätte meiner Intuition statt meinem Intellekt folgen sollen."

"Vergessen Sie es", sagte er und sah immer noch nur Lila an. "Ich bin sicher, dass ich ohnehin mitgekommen wäre. Ich wünschte nur, Sie hätten mir etwas gesagt."

"Ich frage mich, ob das etwas mit diesen Typen zu tun hat, die bei meiner Mutter aufgetaucht sind", sagte ich, da ich dachte, dass dieses Thema genug behandelt war. "Sie haben nach mir gefragt und nach Ascension. Aus ihrer Beschreibung hörte es sich wie Sikhs an... "

"Sikhs!" rief Lila zutiefst besorgt. *"Jetzt* verstehe ich. Oh je!"

"Können Sie uns das erklären?" fragte der Doktor mit angespannter Stimme. "Wer sind diese Sikhs? Warum würde sich irgend jemand dieser Lehre entgegensetzen? Ist Ascension nicht vom heiligen Johannes?"

"Ja, Ascension ist vom Apostel Johannes. Nachdem er die Offenbarung seinem Jünger Prochorus hier auf Patmos diktiert hatte, reiste er nach Ephesus in Vorderasien, um sie veröffentlichen zu lassen - Ephesus, wo er fünfzig Jahre zuvor Maria begraben hatte. Er versammelte seine engsten Schüler und reiste dann nach Osten - manche sagen, er folgte der Route, welche beide, Johannes der Täufer und Christus, genommen hatten, bevor sie in Galiläa unterrichteten. Der Apostel wollte ein Kloster hoch auf dem 'Rückgrat der Welt' errichten, in den Bergen, die wir heute den Himalaja nennen. Er fand dort ein entlegenes Tal, isoliert vom Rest der Welt, und gründete seinen Orden, den Ishaya-Orden. Isha ist ein Name für Christus, wissen Sie. Er wird oft als Jesu oder Jesus übersetzt. Ishaya bedeutet 'von Isha'.

Das Ishaya-Kloster hat diese Lehre neunzehn Jahrhunderte lang bewahrt. Die Mönche haben Ascension am Leben gehalten, aber für Hunderte von Jahren haben sie alle geglaubt, es sei zu gut für die gewöhnlichen Menschen. Alle, das heißt, bis jetzt.

Der oberste Mönch, der Bewahrer, wurde für jedes Zeitalter jeweils durch seinen Vorgänger durch Auflegen der Hand erwählt. Dies geschah, kurz bevor der vorherige Bewahrer starb, um eine ununterbrochene Folge von Autorität aus den Tagen des heiligen Johannes zu gewährleisten.

Die Unruhe der modernen Welt drang selbst in dieses friedliche Tal ein. Während des Krieges zwischen Indien und Pakistan wurden der Bewahrer und alle außer zwei Mönchen getötet, ohne einen klaren Hinweis zu hinterlassen, wer der neue Bewahrer der Siebenundzwanzig sein sollte.

Einer der verbliebenen Mönche, Durga Ishaya, hält am alten Weg fest und sagt, dass Ascension ausschließlich im Besitz der Einsiedler bleiben muss, dass kein Haushälter dieses Wissens würdig ist, dass nur diejenigen, die gewillt sind, allem Weltlichen zu entsagen, ein Recht darauf haben. Er stand den Sikhs nahe, bevor er dem Kloster beitrat; deshalb ging er daran, seine Novizen unter diesen Leuten zu finden.

Der andere, Nanda Ishaya, ist überzeugt, dass das von Johannes vor langer Zeit vorhergesagte Zeitalter nun angebrochen ist. Die Zeit ist reif, um Ascension in der Welt zu verbreiten. Tatsächlich glaubt er, dass Ascension *das* Mittel zur Heilung der Welt ist; er denkt, es sei jenes Geheimnis, das Isha an Johannes weitergeben hat, für genau diesen Moment in der Geschichte. Also reiste er in den Westen, zu den griechischen Inseln, und fand Alan Lance. Damit dachte er, seine

Aufgabe zur Zufriedenheit erfüllt zu haben und kehrte mit ihm in den Himalaja zurück. Er hat ihn in sechs der sieben Sphären unterrichtet.

Unglücklicherweise wurden einige von Durgas Anhängern ziemlich wütend, dass Alan Ascension jedermann lehrte, unabhängig davon, ob er ein Gelübde abgelegt hatte oder nicht."

"Würden sie töten?" fragte Sharon leise.

"Ich hätte das niemals angenommen. Sicherlich nicht Durga, er ist zu weit entwickelt für so etwas. Er würde an so etwas nicht einmal denken. Und das sollte auch für seine Novizen gelten. Aber die Sikhs haben eine lange Tradition der Gewalt, wissen Sie; viele von ihnen haben die Absicht ihres Gründers missverstanden. Könnte einer seiner Anhänger zu Gewalt greifen? Würden sie so weit gehen, um Ascension vor dem, was sie Entweihung nennen, zu bewahren? Ich weiß es nicht, aber bedauerlicherweise ist es auch nicht unvorstellbar. Die meisten von Durgas Novizen sind gute Leute, einige sind enge Freunde von mir, aber andere sind wahre Fanatiker. Ach, ich hoffe wirklich, dass niemand von ihnen so irregeleitet ist! Aus diesen Techniken eine Religion zu machen, verfehlt deren Absicht völlig. Ascension öffnet einen für neue Erfahrungen; altmodische Vorstellungen sollten wegfallen und einen würdevollen Tod sterben. Es sollte ihnen nicht erlaubt sein, die Einfachheit und Kraft dieser Lehre zu verdrehen."

"So, und was machen wir jetzt?" fragte der Doktor. Er sah wie betäubt aus.

"Nun, wir reisen hier am Freitag mit einer privaten Yacht nach Athen ab. Am Samstag besichtigen wir Delphi und Samstag Nacht ist die Osterfeier auf dem Berg Lykabettos, ein Erlebnis wie kein anderes. Sie können uns bei allem begleiten. Dann, am Sonntag, fliegen wir nach Amritsar. Und morgen, wenn sie möchten, werde ich den beiden Herren Ascension beibringen, sagen wir um elf? Und Sharon, für Sie die zweite Technik.

"O ja. Das fände ich toll!" rief sie erfreut. Der Doktor und ich stimmten beide zu, aber mit weniger Enthusiasmus. Er hörte sich interessierter an als ich. Ein Krieg mit einer fanatischen Gruppe von Punjab-Sikhs war sehr viel mehr als das, womit ich gerechnet hatte.

Als ich mich in meinem Zimmer (welches vorher Ed Silvers Zimmer gewesen war) schlafen legte, fragte ich mich, ob ich einfach heimlich mit dem nächsten Boot abreisen sollte. Aber dann war da noch Sharon. Und Ascension. Ich war so weit gekommen, ich könnte es wenigstens versuchen. Wenn es bei mir nicht funktionieren sollte, konnte ich mich in Athen von ihnen trennen und in die Staaten zurückkehren. Ich hatte schon immer einmal Griechenland besuchen wollen, aber niemals in meinen wildesten Träumen hätte ich daran gedacht, den durch Kämpfe zerrissenen Staat Punjab in Indien zu besuchen.

Mit diesem Gedanken, der in meinem Kopf herumwirbelte, fiel ich in einen eher ungemütlichen Schlaf.

8

Eine neue Technik

Am nächsten Morgen trafen wir drei Lila in der "Unterrichtshalle" - einem freundlichen aprikosenfarbenen Zimmer, das mit mattweißen und gemütlich aussehenden Sofas und Stühlen ausgestattet war. Viele Zimmer der Villa boten eine überwältigende Aussicht auf den Hafen und auf Skala, die unterhalb lagen; dieses Zimmer war jedoch auf der Rückseite: Das Licht war gedämpft und ebenso die von außen hereindringenden Geräusche. Es sah aus wie ein guter Ort, um Ascension zu lernen.

Das Frühstück an diesem Morgen war einfach, Früchte und Getreideflocken, draußen auf der Speiseveranda serviert. Es war ein prachtvoller, sonniger Tag; die wohlriechenden Glyzinen und Klematis, die an allen Seiten und an der Oberkante um das eiserne Spalier herum kletterten, bedeckten, aber verhüllten nicht die großartige Aussicht auf den unten liegenden Hafen.

Unterhaltung bot sich mir hauptsächlich durch das Zusammentreffen mit den anderen Bewohnern. Einige waren Novizen, Mönche in Ausbildung, aber die meisten waren normale weltliche Haushältertypen. Alle schienen vollkommen glücklich; die Neuigkeit über Ollies Tod zog wie eine momentane Wolke über ihre Gesichter. Waren sie alle darauf vorbereitet worden? Wer war dieser Alan Lance, dass seine Worte so viel Macht enthielten? Nichts, was ich von ihm in Erinnerung hatte, konnte dies erklären - und was diesen Fall betraf, konnten meine gesamten Erfahrungen es nicht erklären. Sie waren anders als alle Menschen, die ich jemals gekannt hatte. Sie reagierten anders auf tragische Begebenheiten; sie blieben ruhig, wenn jeder andere verzweifelt wäre. Waren sie unerschütterlich?

Es gab drei Amerikaner. Zwei davon waren Novizen, Satya und Devindra, Zwillinge aus New York. Sie hatten schwarze Bärte und lange schwarze Haare, die zu einem Pferdeschwanz zusammengebunden waren. Beide hatten blaue Augen, die funkelten, während sie sprachen, so als ob sie das Leben wirklich faszinierend fanden. Der dritte Amerikaner hieß passenderweise Steve Young - er war ein gutaussehender junger Mann in seinen frühen Zwanzigern, mit kurzen braunen Haaren und ohne Bart. Aus irgendeinem Grund traf ihn die Neuigkeit von Ollies Tod härter als die anderen. Er war der einzige in der Gruppe, der unglücklich aussah.

Ein Paar aus den Niederlanden war auch da, Charles und Linda Vanderwall. Sie waren recht freundlich; er war groß, mager, blond und Holländer, und sie war klein, beleibt, dunkel und Indonesierin. Ich lernte auch eine Engländerin kennen, Mary Brown, die gelocktes dunkles Haar und funkelnde Augen hatte - sie sah aus, als wäre sie in ihren Sechzigern - und zwei Deutsche, Hartmut Sorflaten (bartlos mit langen blonden Haaren und stahlblauen Augen) und einen anderen Novizen, Balindra, der einen dichten, schwarzen Bart und das längste Haar von allen hatte.

Am herausragendsten war eine hübsche junge Griechin namens Aphrodite Kambos, die fließend englisch sprach. Sie aß gerade ihr Frühstück, als ich aus der Küche ins strahlende Sonnenlicht auf der Veranda trat; durch sie lernte ich alle anderen kennen. "Wieso diese sonderbaren Namen?" fragte ich neugierig, nachdem mir alle vorgestellt worden waren.

"Oh, die Novizen erhalten einen neuen Namen, wenn sie ihre Gelübde ablegen", erklärte sie. "Sie sind Mönche und Nonnen in Ausbildung. Fünf von denen, die hier sind, haben die Vorgelübde abgelegt, um dem Ishaya-Orden beizutreten. Diejenigen von uns, die keine Gelübde abgelegt haben, wissen, dass sie eines Tages heiraten und Familie haben werden." Sie sah mich mit kaum verhaltenem Verlangen an, als sie das sagte. Ich fühlte mich wie eine potentielle Mahlzeit.

"Also haben diejenigen, die immer noch ihren ursprünglichen Geburtsnamen haben, wie 'Alan Lance' oder 'Aphrodite Kambos', nicht vor, Mönche oder Nonnen werden? Ist das so?" fragte ich hastig und hoffte, ihrer Absicht entgleiten zu können.

"Das ist richtig. Und diejenigen, die ihre Namen geändert haben - wie Lila und ihre Schwester Mira - haben ihre Gelübde für eine einjährige Versuchszeit abgelegt, um zu sehen, ob sie lebenslange Mitglieder des Ishaya-Ordens des heiligen Johannes werden wollen. Dies ist der eigentliche Grund, wieso wir in den Punjab reisen. Balindra, Lila und Mira sind bereit, ein lebenslanges Gelübde abzulegen. Alan möchte, dass sie das im Beisein seines Lehrers tun."

Ich war mir nicht klar, was ich von jemandem, der ein Mönch oder eine Nonne wird, denken sollte - meine Familie hatte sich vor langer Zeit von der katholischen Kirche getrennt. Aber dann zuckte ich im Geiste mit den Achseln: Es war mir egal; sie sollten das machen, was sie sich wünschten, wenn sie dachten, dass es sie glücklich machen würde. Ich jedenfalls war mir sicher, dass ein Leben als Mönch nichts für mich sein würde.

Genau in diesem Moment betrat Sharon die Veranda und sah für die ganze Welt wie der personifizierte Frühling aus. Sie hatte einige Gänseblümchen in ihr Haar geflochten und trug ein weißes Kleid, ähnlich dem von Lila. Sie sah wie meine Vision einer griechischen Göttin aus.

"Doch noch aufgestanden, Schlafmütze?" sagte sie fast singend zu mir. "Du solltest die Mohnwiese auf dem Hügel hinter dem Haus sehen! Ich dachte, du stehst niemals auf! Ich habe dich *vermisst:"* Sie küsste mich leicht auf die Lippen und warf Aphrodite von der Seite einen Blick zu.

"Zeitverschiebung", erklärte ich und war froh, dass sie nicht auf meine Unterhaltung mit der berauschend schönen Griechin eifersüchtig war. Oder zumindest - nicht *zu* eifersüchtig.

Lila sprach ernsthaft mit dem Doktor, als wir in der Unterrichtshalle ankamen. Er schaute uns an, errötete und war aufgeregt. *Was ist los mit ihnen?* fragte ich mich. *Zweifel an ihrem Gelübde in der letzten Minute?* Das schien nicht sehr wahrscheinlich.

"Sie müssen sich das nicht noch einmal anhören, wenn Sie nicht wollen", sagte Lila herzlich zu Sharon. "Ich kann Sie nachher alleine treffen; die zweite Technik ist viel schneller unterrichtet als die erste, weil Sie bereits wissen, wie man Ascendet."

"Nein, ich möchte mir alles noch einmal anhören, wenn das in Ordnung ist. Ich möchte es vollständig lernen."

"Natürlich ist das in Ordnung", lächelte sie. "So, meine Herren, was wissen Sie über Ascension?"

Dave und ich schauten uns an; er sagte: "Nicht viel. Es gibt siebenundzwanzig Techniken, um den Ascendant zu erfahren, die in sieben Sphären unterteilt sind; es heißt, dass jede Sphäre mächtiger ist als diejenige zuvor. Wann ist man für die nächste bereit? Wenn man die vorherige beherrscht?"

"Ja, aber das trifft es nicht ganz. Es ist wahrscheinlich unmöglich, auch nur eine der sieben Sphären vollkommen zu beherrschen, bevor nicht *alle* beherrscht werden, aber es gibt generelle Richtlinien für den Fortschritt. Wir werden uns später mehr darüber unterhalten. Und wieso sind *Sie* an Ascension interessiert?" Das war für mich.

"Mein Leben hat nicht funktioniert. Ich konnte nicht aufhören, mich selbst zu behindern. Ich habe genug davon! Wenn ich meine alten zerstörerischen Programme durch die Beruhigung des Verstandes neu schreiben könnte, dann wäre das wunderbar - und wenn nicht, so wäre schon die tiefgehende Ruhe schön, die ich bei Sharon gesehen habe, wenn sie Ascendet. Wenn es bei mir klappt."

"Oh, das wird es. Ascension gibt Ihnen etwa doppelt soviel Ruhe wie Schlaf, selbst wenn sie Anfänger sind; damit kann der Stress elegant vom Körper abfallen. Richtig angewendet, klappt es bei jedem, weil es auf der natürlichen Funktion des Verstandes und des Körpers basiert, nicht auf Glauben."

"Also, was Sie sagen, ist", bemerkte der Doktor, "dass Ascension uns in eine natürliche, aber unübliche Funktionsweise des Nervensystems überführt?"

"Ja! Bis zu einem gewissen Ausmaß Ascendet jeder bereits die ganze Zeit. Heute werden Sie lernen, wie man es systematisch macht."

"Damit wir auf Wunsch Ascenden können", sagte ich.

"Genau. Wann immer das Leben hektisch wird, durcheinander ist oder Sie sich gestresst fühlen, können sie Ascenden - mit offenen oder geschlossenen Augen. Und durch Ascenden kehren sie zur Stille, zum Frieden und zur Unschuld zurück."

"Wie ein Kind", hauchte Sharon. "Leben im gegenwärtigen Moment. Keine Sorgen über die Zukunft, kein Bedauern der Vergangenheit."

"Sehr viel Potential liegt in so einem Verstand", bemerkte der Doktor.

"Ja!" Lila strahlte sie an. "Weil ein Baby noch nicht durch die Vergangenheit und die Zukunft gefangen ist, ist die Macht seines Verstandes eindrucksvoll. Das ist, was uns Ascension wieder gibt: Die Unschuld und die Kraft eines Lebens in der Gegenwart."

"Ich verstehe", sagte der Doktor. "Der Erwachsene, der von der Gegenwart abgespalten ist, ist oft durch selbstzerstörerische Anschauungen und Gewohnheiten gefangen. Und ich nehme an, dass wir das von unserer Familie, unseren Freunden, unseren Schulen und unserer Gesellschaft lernen - aus allen Lebenserfahrungen."

"Genau; und diese Gewohnheiten frieren das Leben in Muster ein, die sich einer bewussten Kontrolle entziehen."

"Ja", stimmte er nachdenklich zu. "Das Problem ist: Einige der Überzeugungen, die wir uns zu eigen gemacht haben, sind von Vorteil, einige Gewohnheiten dienen uns, aber viele nicht. Es ist von Vorteil, sich zu erinnern, wie man liest. Es ist von Vorteil, sich daran zu erinnern, wer unsere Freunde sind. Es ist von Vorteil, unsere Namen zu wissen. Aber so viele von diesen internen Programmen dienen uns in keiner Hinsicht. So viele davon sind schädlich. Also, was machen wir?"

"Wir lernen, unseren Verstand anders zu benutzen! Anstatt un-unterbrochen zu denken, uns in geistigem Geplapper zu verlieren, nie zur Ruhe zu kommen, das gleiche zu denken wie gestern und am Tag zuvor und am Tag vor diesem, immer und immer und immer wieder, sinnlos aufdringlich, ohne irgendwohin zu führen - statt dessen entdecken wir die Stille in uns wieder. Wir lernen, die Gegenwart zu erleben. Wir hören auf, die Vergangenheit zu bedauern, wir hören auf, uns über die Zukunft zu sorgen. Wir fangen an, im Hier und Jetzt zu sein. Dann ist die volle Kraft des Verstandes in jedem Moment verfügbar."

"Ich glaube, ich kann Ihnen folgen", bemerkte ich. "Sie sagen, dass der Verstand wie ein Teich ist. Gedanken sind wie die Wellen in einem Teich. Wir haben alle einen einzelnen Stein in einen ruhigen Weiher fallen lassen - er erschafft ein leichtes und wunderschönes Kräuseln auf der Oberfläche des Wassers. Das ist, wie wenn man nur einen einzelnen Gedanken durch den Verstand wandern lässt, richtig? Der Verstand ist klar, er ist ordentlich, er ist stark. Aber wenn einige Steine, eine Handvoll, ins Wasser fallen? Chaos. Die Wellen werden unruhig. Wellentäler laufen über Wellenkämme; viele heben einander auf. Dies ist wie beim Verstand, wenn er durch die ständig laufenden, internen Programme gefangen ist. Er läuft und läuft und läuft und nichts kommt heraus außer Ermüdung."

"Genau! Und weiter: Ein klarer Verstand erschafft einen gesunden Körper. Ihr Körper erschafft Billionen von chemischen Reaktionen in jeder Sekunde, wussten Sie das? Zum Beispiel: Wenn ihr Verstand gespannt, unruhig und nervös ist, produziert ihr Körper gespannte, unruhige und nervöse Moleküle."

"Wie Adrenalin und Noradrenalin", stimmte der Doktor zu. "Das ist so. Und wenn der Verstand ruhig und friedlich ist, produziert der Körper beruhigende und friedliche Moleküle - wie Valium. Der Körper produziert bereits Chemikalien, die jedem denkbaren Mittel, das ich verschreiben kann, ähnlich sind, nur ohne die Nebenwirkungen. Wenn mein Körper Valium produziert, führt das dazu, dass ich mich gelassen, aber nicht gleichzeitig dumpf fühle. Wenn unser Körper immun-stimulierende Wirkstoffe oder Mittel gegen Krebs, oder Hormone, die der Alterung entgegenwirken, produziert, haben diese keine schädigenden Nebenwirkungen. Unser Körper macht das die ganze Zeit, wenn wir nicht gestresst sind. Und das ist die Auswirkung von Ascension. *Das* kann ich verstehen! So, wie lernen wir das nun?"

"Schlicht und einfach", sagte Lila und lächelte ihn liebevoll an. "Und bald. Aber zuerst habe ich drei Forderungen, die ich an Sie stelle. Drei

Forderungen, die Alan für notwendig hält und uns bittet, sie an jeden, der Ascension lernen möchte, zu stellen.

Erstens. Es ist notwendig, eine Art Zeitverpflichtung einzugehen.

Ascension ist kraftvoll aber subtil; es könnte Tage oder sogar Wochen regelmäßiger Übung erfordern, bis Sie den Nutzen für Ihr Leben erkennen können. Ist jeder von Ihnen bereit, dies zu tun?"

"Natürlich", stimmten der Doktor und ich bereitwillig zu.

"Sehr gut. Zweitens. Ascension funktioniert am besten, wenn wir arglos damit umgehen. Der Glaube daran ist nicht nötig, noch ist es nötig, irgendein Erlebnis zu erwarten, wenn wir Ascenden. In der Tat verlangsamt selbst die geringfügigste Erwartung die arglose, nach innen gerichtete Bewegung des Verstandes. Glaube ist nicht erforderlich, er ist definitiv nicht erforderlich. Also, so gut Sie können, keine Erwartungen, o.k.?

Und drittens. Ich muss Sie bitten, dies vertraulich zu behandeln, bis Sie dazu ausgebildet sind, selbst zu unterrichten. Ascension ist eine delikate Angelegenheit. Die erste Technik ist so einfach, dass es den Anschein erweckt, jeder könnte es machen. Und es kann auch jeder, aber ohne korrekte Instruktionen könnte es missverstanden werden. Wenn Sie es an Menschen weitergeben, bevor diese dafür bereit sind, werden sie es nicht nur nicht schätzen können, sondern sie werden es auch kritisieren und Sie dafür verurteilen, dass Sie es praktizieren. Sie werden Sie verurteilen und Ascension verurteilen, ohne dem Ganzen jemals eine Chance gegeben zu haben. So. Sind Sie damit einverstanden, diese Techniken vertraulich zu behandeln, bis Sie als Ascension-Lehrer ausgebildet sind?"

"Absolut", stimmte ich voller Aufrichtigkeit zu.

Der Doktor sagte wiederum: "Natürlich."

"Großartig! Ich möchte Ihnen sagen, wie sehr ich mich freue, dass Sie das tun wollen. Ich bin so glücklich, dass Sie den ganzen Weg nach Patmos gekommen sind, um diese uralte Wissenschaft zu erlernen. Sie werden Ascension lieben.

Bitte verstehen Sie. Es ist ziemlich alt. Es ist keine Erfindung des Verstandes eines modernen Menschen. Ich glaube, es kam von Isha,

Christus, durch seinen Apostel Johannes. Aber Sie müssen nicht daran glauben, Sie müssen an gar nichts glauben. Ich bringe es nur in einen historischen Kontext für Sie.

Diese siebenundzwanzig Techniken wurden über Jahrhunderte hinweg durch die Ishaya-Mönche bewahrt, aber in bezug auf den Punkt, dass diese Lehre für *jedermann* ist, entstand Verwirrung. Irgendwann später in den langen Jahrhunderten fingen die Mönche an, den durchschnittlichen Menschen nicht für Ascension würdig zu halten. Um es zu lernen, wurde verlangt, dass man Einsiedler wird und sein gesamtes Leben dieser Praktik weiht.

Aber Ascension ist und war immer ein völlig natürlicher Vorgang.

Seit die Menschheit existiert, hatten wir die Begabung, in unseren Gedanken aufzusteigen, zu Ascenden. Es ist einfach, sich vorzustellen, dass diese Lehre zu verschiedenen Zeitpunkten an verschiedenen Orten auf der Welt aufgetaucht ist, immer dann, wenn jemand erkannt hat, dass es einfach und natürlich sein muss, zur kindlichen Unschuld zurückzukehren und im gegenwärtigen Moment zu leben."

"Gewiss", stimmte der Doktor zu. "Beispiele von Ascension kann man in allen Kulturen, in jedem Zeitalter und in jeder Religion finden. Und weil dies so ist, *kann* Ascension keinen Glauben irgendeiner Art erfordern."

"Das ist richtig! Manche Leute haben es beim Joggen, beim Betrachten der Sterne, am Strand, während des Gebets, während der Geburt, über einem überfüllten Schreibtisch an einem gedrängten Tag erfahren - überall im gesamten Bereich menschlicher Erfahrung. Ascension kommt zu den unvorhersehbarsten Zeitpunkten zum Menschen. Das heißt also, es *muss* ins Gewebe des menschlichen Nervensystems eingebaut sein. Wie ich schon gesagt habe, machen wir es nur wiederholbar und systematisch."

"O.k.", sie machte eine kurze Pause, wie um sich zu sammeln. "Lassen Sie uns also beginnen. Die meisten der siebenundzwanzig Techniken haben drei Teile: eine für das Herz, eine für den Verstand und eine, um die Wahrnehmung zu fokussieren.

Gemäß der modernen Medizin sind unsere Emotionen in der rechten Hemisphäre des Gehirns zentriert. Bei den meisten von uns ist die rechte Gehirnhälfte großräumig, ganzheitlich, intuitiv, kreativ, künstlerisch, emotional. Aus dieser Liste sind es vor allem die Emotionen, die uns zum Aufstieg führen - oder zum Abstieg. Negative Emotionen, zum Beispiel, führen zur Abschwächung unseres Lebens, zum Abstieg."

"Das ist zweifellos wahr", stimmte der Doktor zu. "Ärger setzt das Gehirn und die inneren Organe außer Betrieb, damit mehr Blut in die Muskeln fließen kann. Es beschleunigt den Herzschlag und erhöht die Blutgerinnungsfaktoren. Das ist das klassische "Angriff-oder-Flucht"-Verhalten. Das war einmal nötig - wenn man dabei war, von einem Säbelzahntiger gefressen zu werden, zum Beispiel. Es ist nicht nötig, das eigene Mittagessen zu verdauen, wenn man gerade selbst zum Mittagessen für jemand anderen wird. Kämpfe um dein Überleben oder laufe davon! Eine nützliche Reaktion. Und das ist sie immer noch, wenn man einem Rauschgiftsüchtigen mit Springmesser in einer dunklen Gasse gegenübersteht. Aber das Problem ist: 'Angriff-oder-Flucht' ist in unserer modernen Welt die ganze Zeit aktiviert - wenn uns jemand auf der Autobahn schneidet, wenn unser Chef uns anschreit, wenn wir eine Ampelphase verpassen. Unser Blutdruck geht hoch und bleibt hoch. Die inneren Organe bleiben 'außer Betrieb', bis sie versagen."

"Ganz genau!" Lila strahlte ihn abermals an. "Aber in jedem Menschen sind auch positive Emotionen eingebaut. Und diese verursachen Ascension."

"Wie die Liebe", sagte Sharon und starrte mich an. Ich errötete.

"Ja. Und es *ist* gerade die Liebe, die die mächtigste Emotion von Ascension darstellt. Deshalb hat fast jede Kultur auf der Welt gesagt: 'Gott ist Liebe.' Liebe ist der wirksamste Weg, um zu Ascenden."

"Ich habe das oft geahnt", sagte Dave. "Wann immer wir Liebe verspüren, funktioniert unser Verstand effizienter, und unser Körper reagiert durch die Produktion von gesundheitsfördernden Molekülen."

"Ja", stimmte Sharon eifrig zu. "Und du nimmst oberflächliche Unvollkommenheiten nicht wahr, wenn du Liebe verspürst. Deine Sicht ist breiter. Die Fröhlichkeit ist größer. Wenn du dir den Zeh anstößt, nimmst du es kaum wahr, wenn du verliebt bist. Aber wenn du mit deinem Freund Schluss gemacht hast und dir dann deinen Zeh anstößt! 'Wieso ist Gott so grausam zu mir! Das Leben ist die Hölle!"

"Der Unterschied ist offensichtlich", sagte Lila. "Wie man sich fühlt, wenn man verliebt ist - das ist der süße Einfluß von Ascension."

"Es gibt da ein Problem mit der Liebe", protestierte ich und dachte, ich sähe einen Schwachpunkt in ihrer Logik. "Es ist schwierig, sie zu beeinflussen. Man kann sie nicht einfach mit dem Willen einschalten. Wenn ich Ihnen sagen würde, dass Sie und Dave auf die Veranda gehen und sich ineinander verlieben sollen - vielleicht würden Sie, vielleicht nicht. Nun, Sie zwei würden. Aber es gibt keine Garantie. Christus hat gesagt: 'Liebe deine Feinde' und 'Liebe deinen Nächsten wie dich selbst'. Schauen Sie, was mit dieser Lehre passiert ist! Niemand tut es, niemand *kann* es tun. Es funktioniert nicht."

"Eigentlich", sagte Lila langsam, "haben Sie recht - für die meisten Leute. Es ist schwer, Liebe entstehen zu *lassen*. Deshalb fangen wir nicht mit der Liebestechnik an. Die Liebestechnik ist die dritte. Von den drei primären Ascension-Emotionen ist Liebe am schwersten auf Wunsch zu erschaffen. Aber es gibt zwei andere.

Vergleichbar in der Stärke zur Liebe ist Dankbarkeit. Dankbarkeit bewirkt ähnliche Veränderungen in Körper und Verstand. Und Dankbarkeit ist einfacher zu kultivieren als Liebe - wenn ich Ihnen zum Beispiel tausend Pfund Sterling geben würde, würden Sie mit größter Wahrscheinlichkeit Dankbarkeit mir gegenüber verspüren."

"Aber noch einmal!" rief ich aus und fuhr mit meiner skeptischen Rolle fort. Sie hatte gesagt, Glaube sei *nicht* erforderlich; ich wollte dies testen. "Dankbarkeit hat auf der Welt einen schlechten Ruf erhalten. Uns wurde so viele Male gesagt, wir sollen dankbar sein, wenn wir uns nicht danach fühlen. Als ich sieben war, wollte ich unbedingt eine elektrische Eisenbahn zu Weihnachten, und was ich bekam, war ein fusseliger scheußlicher olivgrüner Pullover - und dann sagte man mir, ich müsse in jedem Fall dankbar sein! Ich denke, ich fühle Dankbarkeit nicht allzu oft!"

"Nun, Sie haben wieder recht! Vielen von uns wurde so oft gesagt, wir müssten dankbar sein, dass wir lieber Nägel essen würden. Und obwohl Dankbarkeit einfacher zu entwickeln ist als Liebe, ist es eben doch nicht ganz so einfach. Darum ist Dankbarkeit ein Teil der zweiten Technik und nicht der ersten."

"O.k.", sagte ich kichernd. "Ich werde ein braver Junge sein. Was ist die Emotion in der ersten Technik?" Meine Neugier war größer als meine Skepsis.

"Wertschätzung. Oder in einer Silbe: Lob. Wertschätzung ist fast so mächtig wie Liebe und Dankbarkeit, und sie ist *viel* einfacher auf Wunsch einzuschalten. Sie können einfach den Verstand in Richtung Wertschätzung statt Kritik verlagern. Ihr Körper reagiert damit, dass er Sie gesünder macht, während Ihr Verstand fröhlicher wird. Wir können es uns aussuchen, ob wir darüber traurig sein wollen, dass das Glas halb leer ist, oder aber glücklich darüber, dass das Glas halb voll ist. Es steht vollkommen in unserer Macht; es kommt nur auf die Wahl an. Und die simple Wahrheit ist, dass Verurteilung niemandem zur Besserung verhilft, wohingegen Wertschätzung dies immer tut."

"Ich habe das erlebt", sagte Sharon. "Mit meiner Nichte Liza. Als ich einmal Jorl zu Besuch war, kam Liza mit einer Zeichnung, die sie gemalt hatte, von der Schule nach Hause. Aber meine Schwester Linda war müde, sie hatte einen harten Tag in der Arbeit gehabt; anstatt sich dafür zu bedanken und sie für ihre Kreativität zu loben, war sie kurz angebunden und kritisierte sie. Und wissen Sie was? Am nächsten Tag schleppte sich Liza mit einer viel schlechteren Zeichnung von der Schule nach Hause.

Aber an jenem Tag hatte Linda ihr Denken geändert, sie entschied sich, die Zeichnung zu würdigen, und war großzügig mit ihren Worten. Und am *nächsten* Tag sprang Liza freudevoll mit einer dritten Zeichnung nach Hause, die mit Abstand die beste von allen dreien war. Es war erstaunlich. Jeder Teil, den ihre Mutter gelobt hatte, war besser gezeichnet als am ersten Tag."

"Genau! Lob wirkt auf jeden wie Magie, auf alles und immer. Und es ist nur eine Wahl: eine Wahl für Freude und Leben. Es ist die einfachste der Ascension-Emotionen, weil es *durch die einfache Entscheidung* wächst, etwas zu würdigen statt zu verdammen. Unsere Gesellschaft hat die Neigung zu kritisieren wahrscheinlich tief in uns einprogrammiert, aber immer, wenn wir uns auf diesem absteigenden Ast befinden, ist es leicht, nach oben umzudrehen, einfach dadurch, dass man etwas findet, was man wertschätzen kann. Überall, an allem, an jedem und immer."

"Also, was die rechte Gehirnhälfte betrifft, entscheiden wir uns für Wertschätzung statt für Verurteilung?" fragte ich. Das hörte sich nicht allzu schwer an. "Das scheint ziemlich einfach zu sein."

"So ist es. Es ist einfach und grundlegend. Die Kathedrale von Ascension ist auf dem felsenfesten Fundament der perfekten Einfachheit aufgebaut, dem Zeichen der reinen Wahrheit.

Also ist für die rechte Gehirnhälfte, für unsere emotionale Seite, Wertschätzung die Kraft, die treibende Emotion, die Ascension, den Aufstieg, bewirkt. O.k.? Gut. Nun, die linke Hemisphäre des Gehirns hat ebenfalls gewisse Gedanken, die einen Aufstieg bewirken. Die linke Gehirnhälfte ist logisch, verbal, analytisch, mathematisch und rational. Gedanken, die hier einen Aufstieg bewirken, sind jene über das ehrfurchtgebietende Wunderbare."

"Wie in einer mondlosen Nacht im Januar den Himmel anzustarren?" fragte Sharon verträumt. "Wenn Sie bedenken, dass etwa vierhundert Milliarden Sterne in unserer Milchstraße sind? Wenn Sie sich erinnern, dass einige dieser Lichtpunkte weit entfernte Galaxien sind und es eintausend Milliarden solcher Galaxien in diesem Universum gibt, wovon jede durchschnittlich zweihundert Milliarden Sterne enthält - das Ganze ist so riesig! Wer würde da nicht Ehrfurcht verspüren?

Und alles verfährt nach einer solch perfekten Ordnung! Wer hält die Naturgesetze aufrecht, sodass die Atome nicht in sich zusammenfallen? Warum ist das Verhältnis vom Umfang eines Kreises zu seinem Durchmesser gleich 3.14159265? Diese großartige Ordnung überall! Das macht meinen Verstand sprachlos."

"Richtig", stimmte Lila zu und sah erfreut aus. "Solche Gedanken flößen *Ihrer* linken Gehirnhälfte Ehrfurcht ein, was für Sie einen leichten Grad Ascension verursacht. Aber es ist für jeden anders."

"Das verstehe ich", sagte der Doktor. "Bei mir ist das so: Ich empfinde Ehrfurcht, wenn ich an die Ordnung des menschlichen Körpers denke. Fünfzig Billionen Zellen. Alle arbeiten harmonisch zusammen. Und in jeder dieser fünfzig Billionen ist das Wunder des DNS-Moleküls - ein Molekül, das so komplex ist, dass es das Leben selbst enthält - ein Molekül, das so verdichtet ist, dass es, würde es aus einer beliebigen Zelle entnommen und ausgerollt, zwei Meter lang wäre!

Dieses aufregende Rätsel im gesamten Körper! Du inhalierst ein Bakterium, eine Art, der du noch nie begegnet bist, aber deine Ur-Ur-Ur-Urgroßmutter vor 200 Jahren oder vor 2.000 Jahren oder vor 20.000 Jahren, und deine DNS erinnert sich, wie es die Verteidigungs-maschinerie einzusetzen hat, deine Makrophagen und Killer- T- Zellen und Lymphozyten, um es zu zerstören! So eine Intelligenz gibt es in der Natur! So eine Brillanz!"

"Ja", stimmte Lila wiederum zu, "dies sind alles Beispiele für Ascension-Gedanken der linken Gehirnhälfte. Verstehen Sie, wie sie funktionieren? Sie beziehen eine gewisse Analyse des Lebens mit ein, um Ausdehnung, Ehrfurcht und Erstaunen zu erschaffen. Es ist ein unglaubliches, magisches Universum; jeder sieht es auf eine andere Art, durch den Filter seiner oder ihrer linken Gehirnhälfte."

"Also, was ich gerne zum Ascenden hätte", sagte ich, etwas gelang-weilt durch ihre Beispiele, "ist nicht irgendein alter, eindrucksvoller Gedanke, sondern der *ultimative Gedanke* meiner rationalen Seite, der von mir persönlich für mich ausgewählt ist, wie... ", ich bot ihnen meine Auffassung an.

"Ganz recht, ja!" stimmte Lila zu und schmunzelte aufgrund meiner Wahl. "Sehr gut. Und auch Sie, lieber Doktor... " Sie half ihm, sein eigenes Gefährt für Ascension zu finden.

"Was, wenn man nicht daran glaubt, dass es funktionieren wird?" fragte ich, wieder den Skeptiker spielend.

"Kein Problem! Kommt nicht darauf an. Wir müssen nicht an Ascension glauben, damit es funktioniert. Ein Teil des Verstandes würde gerne daran glauben, ein Teil des Verstandes würde es gerne ablehnen; das macht keinen Unterschied. Glaube kommt von der Oberfläche des Verstandes, über den wir ohnehin unverzüglich hinaussteigen. Wir stecken gerade Ihren effektivsten Weg zum Ascendant ab. Ascension ist auf einer Reihe individualisierter Techniken aufgebaut, nicht auf einem Glaubenssystem."

"Können wir unseren ultimativen Gedanken verändern, wenn wir Ascenden?" fragte Dave.

"Natürlich! Die Idee, die wir uns aussuchen, braucht nicht dieselbe zu bleiben; sie wird sich ändern, wenn sich die Lebenserfahrung verändert. Sie haben jetzt gerade eine aufgenommen, um zu beginnen: Es ist erforderlich, einen Ausgangspunkt zu haben.

Jetzt nehmen wir also diese beiden, Wertschätzung für die rechte Gehirnhälfte und den ultimativen Gedanken für die linke Gehirnhälfte. fügen ein abschließendes Konzept hinzu, und schon haben wir unsere erste Ascensiontechnik. Erinnern Sie sich? Ich habe gesagt, dass die meisten dieser Techniken aus drei Teilen bestehen. Die ersten beiden Teile zusammen verursachen ein leichtes Ascenden. Fühlen Sie es? Ein Emporsteigen aufgrund dieser beiden? Ich meine nicht die Worte, sondern das Gefühl hinter den Worten?"

"Ja, ich fühle es", stimmte ich zu, überrascht, dass ich mich wirklich leichter fühlte. Der Doktor und Sharon murmelten ihre Zustimmung.

"Großartig. So, jetzt wollen wir diese aufsteigende Bewegung nehmen und sie auf die Wurzel des Stresses des modernen Lebens fokussieren. Wenn dies geschieht, bricht die ganze Struktur unserer alten inneren Programmierung auseinander."

"Wie funktioniert das?" fragte ich neugierig.

"Haben Sie einige dieser wundervollen alten Bögen gesehen, die immer noch in Athen stehen? In Griechenland und Rom wurden die großen Bögen dadurch errichtet, dass ein riesiger Sandhaufen unter den Steinen aufgetürmt wurde. Kein Bogen konnte stehen, ohne dass das endgültige Stück, der Schlussstein, eingesetzt war. Wenn der Schlussstein an seinem Platz war, wurde der Sand entfernt. Da die sich gegenüberstehenden Spannungen gleich groß waren, fiel der Bogen nicht zusammen. Viele stehen immer noch, 3000 Jahre später. Das ist übrigens der Grund, warum sich Ihr Pennsylvania selbst 'der Schlussstein-Staat' nennt. Sie hatten das Gefühl, das unentbehrliche Bindeglied bei der Rebellion der Kolonien zu sein.

Ähnlich wie einige der Anspannungen in unserem Leben andere unterstützen. Wenn wir den Wurzelstress entfernen können, werden alle anderen verschwinden, weil ihr Halt verschwunden ist. Es ist schwierig, ein Gebäude einfach durch Umstoßen zu zerstören. Aber es ist einfach, es zum Einsturz zu bringen, indem man das Fundament entfernt. Es ist schwierig, suchterzeugende und selbstzerstörerische Gewohnheiten in ihrer eigenen Umgebung zu durchbrechen. Aber es ist einfach, sie durch Auslöschung des fundamentalen Stresses, der ihnen Leben gibt, zu untergraben. Um einen Baum zu töten, töte die Wurzel. Die Blätter welken und sterben...

Was denken Sie also, worin der Wurzelstress des modernen Lebens besteht?"

"Trennung", antwortete der Doktor. "Das Ego", antwortete ich.

"Ja, für Sie beide! Das Gegenmittel gegen unseren tiefsten Stress ist, mit der Bewegung von Ascension darauf zurückzuwirken."

Sie erklärte genau, wie man das macht, und fuhr fort: "Dies sind also die drei Teile der ersten Ascensiontechnik: Wertschätzung für das Herz, unser ultimativer Gedanke für den Verstand und dann ein Fokus zurück auf unser subjektives Selbst. Nur soviel, nicht mehr und nicht weniger. Wir bewegen uns aufwärts, wir Ascenden, dann wenden wir den Ascendant auf unseren fundamentalen Wurzelstress an, auf unseren Glauben, dass unsere Leben getrennt sind und von unserem Ego regiert werden. Wir dehnen uns zur Universalität aus und ziehen uns dann wieder zur Individualität zusammen. Dies löst alles auf, was der Entwicklung einer Verbindung mit dem Ascendant im Wege steht."

"Also", sagte ich langsam. "Diese erste Technik fügt einfach einen neuen dreifachen Gedanken zum Ozean der Gedanken, den wir bereits haben, hinzu."

"Wie eine Nadel in unserer Hand, um alle alten schmerzhaften Dornen zu entfernen", bemerkte Sharon.

"Wie ein Katalysator, der zum Ausfällen unseres Stresses führt", ergänzte der Doktor. "Ein neuer Gedanke mit drei Bestandteilen, um die 50.000 Gedanken, die wir normalerweise den ganzen Tag denken zu ersetzen. Und da der Verstand nur eine Sache nach der anderen tun kann, ersetzen wir alle alten Gedanken durch die andauernde Einführung dieses neuen Gedankens."

"Sie haben es erfasst!" rief Lila aus. "Indem man sich immer und immer wieder für die Ascensiontechnik entscheidet, laufen alle anderen Gedanken davon. Dies wird zum neuen Wurzelgedanken im Verstand; alle kleinen, gemeinen und falschen Gedanken werden ausgelöscht. Die Ascensiontechnik ist wie ein großer Fisch im Teich. Wenn der große Fisch kommt, schwimmen alle kleinen Fische davon. Man fühlt sich leichter, klarer, ruhiger, friedvoller."

"Ich habe bemerkt", sagte Sharon, "dass ich jeden Tag, in jedem einzelnen Moment, immer die Wahl habe, welche Art von Gedanken ich haben möchte. Ich führe die Ascensiontechnik die ganze Zeit ein. Ich entdecke Stille, Zusammenhalt und Frieden, wo ich niemals dachte, dass ich sie finden würde. Ich werde vielleicht nie verstehen, *wieso* das Leben so ist, wie es ist, aber ich habe erkannt, dass das nicht meine Aufgabe ist. Es *ist* meine Aufgabe, das Beste aus jedem Moment zu machen. Ascension ist der Schlüssel für mich, dies zu tun."

"Das ist der Weg, wie es funktioniert", stimmte Lila zu. "Deshalb sind Sie für die zweite Technik bereit. Die erste wurde zu einer tiefen Rille in Ihrem Verstand. Da Sie zu jeder Zeit, wenn Sie sich daran erinnern, Ascenden, hat es Ihre überholten Verurteilungen, Glaubensstrukturen und Gewohnheiten umgeschrieben. Gut gemacht!

Nun, den größten Nutzen bringt Ascension, wenn man es in sich hineinnimmt, wenn man es als ein Werkzeug für innere Erforschung benutzt. Dies stärkt das neue Muster im Gehirn und schreibt die alten Programme schneller und schneller um."

"Ist das nicht ein schwieriges Unterfangen?" fragte der Doktor. "Viele Leute haben geschrieben, dass es schwierig ist, zu Ascenden. Sie haben mitten im Winter bis zum Hals in Eiswasser gestanden. Sie haben ihren Körper zu Brezeln gebogen. Sie sind zwischen vier Feuern gesessen, mit der golden brennenden Sommersonne als fünftem Feuer über ihnen. Sie haben ihren Verstand achtzehn Stunden am Tag gezwungen, nur um den leichtesten Grad von Ascension zu erleben! Es ist schwer, das zu tun, oder nicht?"

"Nein, es ist das Leichteste, was sie jemals tun werden! Es ist weniger Anstrengung nötig, um zu Ascenden, nicht mehr. Diejenigen, die glauben, dass es schwer ist, glauben, dass der Verstand wie ein Affe ist, der von Ast zu Ast springt. Sie glauben, dass der einzige Weg, dieses unberechenbare Springen zu stoppen, darin liegt, ihn zu schlagen, zu prügeln und dazu zu zwingen, still zu sein. Aber das ermüdet den Verstand und erhöht die Stoffwechselrate. Das ist nicht und wird niemals effektiv für Ascension sein."

"Das erscheint mir logisch", sagte ich. "Wenn ich einen Hund besitze und ihn an meiner Hintertüre haben möchte, könnte ich ihn dort anketten aber er würde mich nicht mögen. Er würde heulen und jaulen, sich *die ganze Zeit* beschweren und mich beißen, sobald er Gelegenheit dazu hätte. Den Verstand zu zwingen, erscheint mir genauso. Das möchte ich nicht."

"Aber nimm an, du würdest von Zeit zu Zeit die Türe öffnen und Hundefutter hinausstellen! Der Hund würde die Veranda niemals verlassen!" bemerkte Sharon. "Und er wird dein bester Freund fürs ganze Leben sein."

"Und was ist die Lieblingsnahrung des Verstandes?" fragte ich. "Nein, ich weiß es schon. Es ist der Ascendant, nicht?"

"Das stimmt", stimmte Lila zu und lächelte uns an. "Sehen Sie, der Verstand *ist* wie ein Affe, der von Ast zu Ast springt. Aber er springt, *weil* er eine ideale Banane sucht. Der Verstand springt, weil er eine ideale Erfahrung sucht. Nur der Ascendant ist fähig, die Wanderlust des Verstandes zu befriedigen, weil nur der Ascendant das Zuhause aller Intelligenz, Fröhlichkeit, Energie und Weisheit ist."

"Der Verstand folgt seiner Seligkeit, wie Joseph Campbell bemerkt hat", sagte der Doktor. "Sie sagen, dass die Seligkeit schon da ist, tief innen. Ascension zeigt den Weg dorthin."

"Ja, das bringt uns im vollen Kreise zurück zu den Ascensiontechniken", stimmte Lila zu. "Jede Ascensiontechnik hat eine Bedeutung an der Oberfläche des Verstandes. Aber wegen ihres Ursprungs hat jede auch die einzigartige Qualität, wahrer und schöner auf tieferen Ebenen der Gedanken zu sein. Weil dies so ist, wird der Verstand mühelos nach innen gezogen.

Deshalb ist keine Anstrengung nötig, um zu Ascenden! Tatsächlich verlangsamt selbst die kleinste Bemühung, selbst das kleinste Verlangen danach, die Erfahrung müsse so oder so oder irgendwie spezifisch sein, diesen Prozess. Aus unserer Sicht müssen wir *immer* arglos mit Ascension umgehen. Dies ist die erste und wichtigste Regel. Eigentlich ist es die einzige Regel. Niemals, in keinem Fall, *versuchen* wir zu Ascenden.

"So, nun sind Sie vorbereitet. Jetzt tun wir es... "

Ich fühlte mich zuerst ein bisschen albern und befangen, aber nur für einen Moment. Allmählich sank ich tiefer und tiefer in die Stille. Ein paar Gedanken kamen auf, aber die angenehme Wiederholung der Ascensiontechnik vertrieb sie bald. Ich schlüpfte mühelos nach innen auf einer sanften, warmen Wolke aus goldenem Licht.

Ich war zum ersten Mal in meinem Leben nach Hause gekommen; ich war am Leben und fühlte mich wohl in meiner Seele, mehr als zu irgendeiner Zeit, seit ich ein kleines, kleines Kind gewesen war.

Ich war kein Fremder mehr.

Ich war nicht mehr verloren und alleine.

Ich war nach Hause gekommen.

9

Die Grotte der Apokalypse

Sharon blieb mit Lila in der Unterrichtshalle, um die zweite Technik zu lernen. Doktor Dave sagte, dass er in seinem Zimmer Ascenden wolle. Ich fühlte mich ruhelos und beschloss, auf der Insel herumzulaufen, sie zu erforschen. Ich hatte mehr Energie, als ich seit Jahren gehabt hatte. Wenn dies von nur so wenig Ascenden kam, wusste ich, dass ich dieser neuen Sache sehr zugetan sein würde. Ich fühlte mich wie ein junger Tiger. Pläne für neue Häuser schossen durch mich hindurch. Ich konnte mich nicht erinnern, wann ich mich das letzte Mal so kreativ gefühlt hatte. Wenn ich in der Villa bleiben würde, wusste ich, dass ich Papier beschaffen und anfangen würde, Häuserentwürfe zu kritzeln. Dies schien mir unpassend zu sein. Statt dessen beschloss ich, Patmos zu erforschen.

Die Sonne schien hell, aber ein Nebel hatte sich über dem Meer gebildet, der nun tief über dem Wasser hing und dies als die einzige Insel auf der Welt erscheinen ließ. Mein Eindruck von letzter Nacht über das sich oberhalb abzeichnende Kloster war, wenn überhaupt, zu zurückhaltend gewesen. Der Ort sah aus, als ob er zum Widerstand gegen eine Belagerung von Tausenden gebaut worden war. Wer waren sie gewesen, diese Mönche des Mittelalters? Soldaten Gottes? Waren sie so mit Angst vor dem Ende der Welt erfüllt, dass sie Wände errichteten, um die Legionen des Teufels draußen zu halten? Oder waren die Piraten so gefährlich gewesen, als das byzantinische Reich langsam zerfiel?

Patmos war eine steinige, fast unfruchtbare Insel, die fast nur aus drei Hügeln versteinerter Lava bestand. Das Mohnfeld hinter der Villa war schön, aber kleiner, als ich es mir aufgrund der verzückten Beschreibung von Sharon vorgestellt hatte. Das Pflanzenleben auf dem Hügel bestand in erster Linie aus niedrigem Heidekraut mit duftenden rosafarbenen Blüten - dem Arbutus-Strauch. Als ich durch die niedrige Heidewiese stapfte, sausten Legionen von kleinen Eidechsen hektisch in alle Richtungen, um meinen Füßen zu entkommen.

Von der Spitze des Hügels, gerade hinter den Klosterwänden, konnte ich auf beide Seiten der schmalen Landenge, die die Insel aufteilte, hinunter sehen. Der Hafen von Skala war auf einer Seite, und ein hübscher Yachthafen auf der anderen. Da lag eine große Privatyacht. Als ich sie ansah, durchflutete mich ein Gefühl böser Vorahnung. Meine Gedärme zogen sich zusammen, mein Herzschlag beschleunigte sich. *Klassisches Kampf- oder-Flucht- Verhalten,* dachte ich. Da ich keinen Grund für meine Gefühle entdeckte, leugnete ich sie und setzte meinen geruhsamen Bummel fort.

Der niedrige Nebel löste sich allmählich auf. In weiter Ferne, über dem wassernahen Nebel schwebend, befand sich ein großer Berg auf der nächsten Insel, Samos. Ich machte auch allmählich sieben kleine Inseln aus, die Patmos umgaben.

Von hier oben war die "neue" Stadt Khora ein einziges blendendes Weiß. Die meisten Häuser waren quadratisch und hatten ein flaches Dach. Hier und dort waren einige grüne Weinberge verstreut, ein paar Olivenbäume, einige Zypressen, eine kleine Ziegen- und Schafherde auf dem nördlichsten Hügel. Ich konnte gerade noch ein kleines Dorf ausmachen, das um eine weiße Kirche herum gebaut war.

Zwei Leute kamen von Khora den Hügel herauf auf mich zu. Zuerst dachte ich, ich würde lieber alleine sein. Also wandte ich mich ab und spazierte dem nördlich gelegenen Abhang entgegen. Aber in letzter Minute beschloss ich, nicht hinunterzugehen. Wenn sie mit mir reden wollten, dann sollte es so sein.

Das Ascenden hatte meine Sinne geschärft. Alles schien meiner Aufmerksamkeit wert zu sein; meine Wertschätzung der Insel, der Sonne, des Himmels, der Pflanzen, vermischt mit einer intensiven Verwunderung darüber, dass ich überhaupt hier war. Wie konnte sich mein Leben so schnell verändert haben? Aus meinem dunklen Schlafzimmer ins helle Sonnenlicht auf Patmos! Vielleicht gab es wirklich eine göttliche Ordnung im Universum. Vielleicht war unser einziger Zweck, das Geschenk des Lebens zu genießen, es zu schätzen. War das nicht das, was die erste Ascensiontechnik lehrte? Um uns wieder mit dem Aufwärtsstrom der Schöpfung zu verbinden, dem aufwärts fließenden Fluss der Wertschätzung? Sicherlich brauchte das Ultimative keine Lobpreisung für sich selbst, aber vielleicht bedurfte unser menschlicher Verstand danach, dieses wertzuschätzen, sich an diesem auszurichten, um unserer geistigen, emotionalen und körperlichen Gesundheit willen. Ich beschloss, am Abend Lila danach zu fragen, und drehte mich dann um, um zu sehen, ob das Paar noch dabei war, in meine Richtung hinaufzusteigen.

Sie waren. Es waren Aphrodite und der Amerikaner Steve Young, die, Hand in Hand gehend, in ein Gespräch vertieft waren. Ich dachte, dass sie mich nicht bemerkt hatten, und beschloss, einen eleganten Abgang die Nordseite hinunter in Richtung des anderen Hafens zu machen, aber in diesem Moment blickte sie zu mir auf, winkte und lächelte. Also winkte ich zurück und wartete genau dort, wo ich war.

Steve sah immer noch unglücklich aus. Es sah sogar so aus, als hätte er geweint. Ich erkundige mich nicht oft nach den Gefühlen anderer, besonders nicht nach denjenigen von fast Unbekannten, aber dieses Mal ertappte ich mich, wie ich fragte: "Hey! Geht es Ihnen gut?"

"Sicher, großartig", antwortete er muffig.

Aber die junge Griechin blickte ihn finster an und sagte: "Jetzt aber, Steve. Vortäuschung ist nicht die Antwort. Du weißt, dass das nicht der Weg zum Frieden ist." Sie sah mich an und fügte hinzu: "Er fühlt sich schlecht wegen Ollie. Ich habe ihn hier heraufgebracht, weil Sie ihn gut kannten. Ich dachte, es könnte helfen."

"Wir waren die besten Freunde in der High-School", fing ich an, aber Steve unterbrach mich mit einer Flut von Worten.

"Es ist so ungerecht! Er war der beste Freund, den ich jemals hatte!

Hat mich vor mir selber gerettet. Mit mir ging's bergab, ich war dem Wein und den Drogen verfallen, verloren, und wanderte alleine durch Europa. Kein Licht in meinem Tunnel, außer dem Zug des Todes, der lag dort, ohnmächtig in einem finsteren Seitengässchen in Athen. Das Nächste, was ich weiß: Ich wurde von einem völlig Unbekannten an Bord einer Fähre getragen. Es war Ollie. Er brachte mich hierher, nach Patmos.

Das war vor sechs Monaten. Seither Ascende ich. Habe die ersten sechs Techniken erhalten. Aber ich sagen Ihnen: Nichts von alledem ergibt irgendeinen Sinn! Ollie war der netteste, großzügigste Mensch, den ich jemals gekannt habe. Meine eigenen Eltern waren nie für mich da. Mein Vater ist ein Rechtsanwalt, meine Mutter ist eine Börsenmaklerin. Sie waren niemals zu Hause. Ich konnte es nicht erwarten auszuziehen. Sobald ich achtzehn war, reiste ich nach Europa. Trampen klappte eine Weile lang ganz gut, aber dann fing ich an, mit einem Haufen Typen, die ihre Köpfe im Pulver stecken hatten, herumzuhängen. Und dann bin ich zu Alkohol und Rauschgift

übergegangen.

Meine Leute sandten mir jeden Monat Geld und hofften, dass ich nach Hause kommen werde, aber binnen achtundvierzig Stunden hatte ich es verpulvert und war die nächsten vier Wochen pleite. Es ging schnell mit mir bergab, ich war daran, jung zu sterben.

Ollie hat mich davor gerettet! Dann höre ich, dass er tot ist. Ich wäre fast mit ihm gegangen, wissen Sie, zurück nach Seattle. Ich mag Alan und die anderen, besonders Ed Silver und Mim - und natürlich dich, Dite - aber Ollie war mein Lehrer! Es ist so sinnlos, so ungerecht!"

"Sehen Sie, wie es steht?" fragte Aphrodite. "Er wird nicht auf Lila oder die anderen hören. Er sagt, dass er nach Chicago zurückgehen wird. Können Sie mit ihm reden?" Ihre Augen sahen mich flehend an. Sie hatte offensichtlich große Pläne mit ihm, von welchen er keine Ahnung hatte.

Ich lächelte in mich hinein über die Wege des Herzens, antwortete aber: "Ich bin kein Fachmann für Ascension. Ich habe heute erst die erste Technik gelernt. Ich mag sie, und ich glaube, ich werde sie sogar mehr mögen, wenn sie sich tiefer in mein Nervensystem einprägt. Aber ich weiß nicht viel darüber."

"Ich weiß das", antwortet sie mit Anzeichen von Ungeduld. Sie schien nicht die Art Frau zu sein, der man leicht etwas abschlagen kann.

"Experten von Ascension sind überall um uns herum. Ich hoffe, Sie können Steve etwas geben, damit er bei uns bleibt."

Er hatte sich nach seiner langen Rede ins Heidekraut gesetzt; sein Kopf war gesunken. Hörte er ihr überhaupt zu? Es sah nicht so aus. Was verlangte sie von mir? Ollies Platz als sein Mentor einzunehmen? Wie könnte ich? Ollie hatte zwölf Techniken gekannt. Ich eine einzige. Steve sechsmal mehr als ich! Was konnte ich tun? Mein Herz wandte sich ihm zu in seinem Schmerz. Aber war das genug? Nun, ich *war* älter als er. Das zählte vielleicht irgendwie. Aber was könnte ich sagen?

Es kam mir vor, als bräuchte dieses Kind einfach Aufmerksamkeit. Er war von seinen Eltern beinahe aufgegeben worden. Vielleicht war es nicht einmal so sehr Ascension, was ihn dazu inspirierte hatte, sein Leben völlig zu ändern, sondern eher die mitfühlende Aufmerksamkeit meines Freundes.

"Schau", sagte ich, als ich neben ihm saß, "ich habe keine Antworten. Ich habe keine Ahnung, wieso überhaupt irgend jemand stirbt. Wenn ich Gott wäre und das Universum entwerfen würde, würde ich, glaube ich, viele Dinge ändern. Es gibt ziemliche viel, was ich nicht verstehe. Ich habe bemerkt, dass Leute oft in ihrem Denken festsitzen. Sie wissen nicht, wie man sich mit dem Sturm biegt, und zerbrechen und sterben, wenn sich die Welt um sie herum verändert. Sie werden starr und unbeugsam und brüchig. Ihren Tod kann ich irgendwie verstehen, ich kann irgendwie fühlen, wieso solche Leute ein Recycling benötigen. Aber ein Typ wie Ollie? Jung, kraftvoll, lebendig, der sich in einem unglaublichen Tempo vorwärts bewegt? Das kann ich nicht begreifen, zumindest jetzt noch nicht. Vielleicht, wenn ich mehr Ascendet habe und sich mein Verständnis vertieft hat. Vielleicht werde ich mehr wie Lila reagieren, als wir es ihr letzte Nacht gesagt haben. Aber nicht jetzt. Es ergibt jetzt überhaupt keinen Sinn.

Da ich es nicht verstehe, ist das Beste, was ich mit denjenigen, die sterben, tun kann, die Freude an ihrem Leben in Erinnerung zu behalten, die Liebe, die wir zwischen uns fließen fühlten. Wir halten sie in uns am Leben, wir ehren ihre Erinnerung, indem wir so leben, wie sie es von uns gewünscht hätten.

Ollie, *besonders* Ollie. Wäre er deprimiert gewesen, wenn jemand gestorben wäre?"

Ollie? Niemals! Er war immer gut drauf, immer fröhlich, sogar als er hörte, dass seine Mutter gestorben ist. Aber ich dachte immer, das wäre, weil er so lange Ascendet hat - seit drei Jahren."

"Nun, vielleicht. Aber es muss einen Moment oder zwei in diesen drei Jahren gegeben haben, wo er sich dafür entschieden hat, glücklich zu sein. Wo er sich entschieden hat, das Gute im Leben zu suchen und es zu schätzen, anstatt beim Schlechten zu verweilen. Ich denke, dass wir alle das Schlechte überall finden können, wenn wir danach suchen. Aber was würde uns das bringen?"

"Ich glaube, ich verstehe Ihren Punkt", sagte Steve und sah mich ernst an. "Ein paar Fanatiker zum Beispiel: Sie verbringen ihre ganze Zeit damit, in allem den Satan zu suchen. Sicher finden sie den Teufel, der die Welt beherrscht. Das ist es, wonach sie überall suchen."

"Aber wenn sie statt dessen anfangen würden, nach dem Guten zu suchen, würden sie anfangen, genau das zu finden. Und ich fange an zu verstehen, dass eine einfache Wahl wie diese unglaubliche Konsequenzen für uns hat; für unsere mentale Stabilität, unser emotionales Wohl- befinden, selbst unser Gesundheitszustand reagiert auf diese einfache Entscheidung - auf Wertschätzung oder Verdammung."

"Wissen Sie", sagte Steve langsam, "Ich kenne die erste Technik seit sechs Monaten, aber ich glaube nicht, dass ich jemals verstanden habe, wie ich sie *jederzeit* anwenden kann, unabhängig von dem, was passiert. Ich war ziemlich benebelt, als ich sie erhielt. Ich habe sie bis jetzt nie richtig verstanden. Danke! Ich fange an, mich viel besser zu fühlen. Wirklich."

"Erwähnen Sie es gar nicht erst", sagte ich und beschloss, jederzeit, wenn er mich fragte, wieder mit ihm zu reden. "Was gibt es sonst noch auf Patmos zu sehen? Die Aussicht von hier oben ist wunderbar, aber ich möchte gerne noch weiter gehen."

"Wir bringen Sie zur Grotte!" rief Steve, als er aufstand, und hörte sich fast fröhlich an. "Richtig, Dite? Das wird ihm gefallen."

"Bestimmt", sagte sie und zwinkerte mir zu.

Wir gingen zurück, hinunter durch das weiße, weiße Khora. Ich war von den Töpfen voller Hortensien, Begonien und süßem Basilikum bezaubert. Die Steinbögen, welche die Straße überspannten, stachen für mich heraus, da ich Lila erst kürzlich über Schlusssteine sprechen gehört hatte.

Alles war so bezaubernd. Unser Spaziergang zur Kapelle der heiligen Anna war extrem langsam. War Khora wirklich so hübsch, oder wirkte die Magie der ersten Technik auf mich? Mein Ascenden war erholsam gewesen. Aber war die Technik wirklich so tiefgreifend? *Jeder hätte sich das ausdenken können, dachte ich. Und vielleicht haben es viele schon. Vielleicht ist es die Kraft dieser einfachen Technik, auf der beispielsweise die charismatischen Christen aufgebaut haben. Wenn das so ist, basiert deren ganze Bewegung auf der ersten Ascensiontechnik! Wie würde sich ihr Verständnis mit der zunehmenden Feinheit und Kraft der nächsten sechs Sphären vertiefen? Waren die anderen drei Techniken der ersten Sphäre so einfach und offensichtlich wie diese? Könnte es wirklich so einfach sein, die Lösungen zu all meinen Problemen zu finden - einfach die erste Technik regelmäßig anzuwenden? Eher wertzuschätzen als zu verdammen?* Ich hatte keine Antworten auf meine Fragen, aber meine Neugier war durch meine bisherigen Erfahrungen mit Ascension größer und nicht weniger geworden.

Schließlich erreichten wir die Kapelle der heiligen Anna. Der Eingang öffnete sich nach Osten; von der Schwelle aus gab es eine phantastische Aussicht über den Hafen. Das Innere der Kirche war mit Blumen gefüllt. Es sah wie ein Treibhauswintergarten aus. Wir wurden von einem griechisch-orthodoxen Priester begrüßt, mit dem typischen schwarzen Gewand bekleidet, mit einem schwarzen Hut und langem Bart. Er sprach offensichtlich kein Englisch, aber Aphrodite plauderte einen Augenblick mit ihm. Danach ließ er uns alleine.

Die Grotte war eine große, graue Meereshöhle. Sie musste einmal wirklich wild gewesen sein, aber jetzt war sie geebnet und formte das Innere des Südteils des Gebäudes. Der nördliche Gang war der heiligen

Anna, der Mutter Marias, geweiht. Aphrodite zeigte mir dort eine hübsche Ikone von ihr aus dem zwölften Jahrhundert und erzählte mir, dass das Kloster mehrere solche großartige Kunstwerke besaß, deren gleichen irgendwo außerhalb Russlands zu finden schwierig sein würde. Trotz der vergangenen tausend Jahre der Kriege in der Ägäis war das Kloster nie geplündert worden. Sie sagte auch, dass es einen großen Teil des Evangeliums des heiligen Markus besaß, das auf das fünfte Jahrhundert zurückgeht. "Es ist in silbernen Initialen auf purpurfarbenem Pergament geschrieben, mit dem heiligen Namen Gottes in Gold. Es ist eine Arbeit von größter Schönheit und Feinheit. Ich bezweifle, dass Sie diesmal die Zeit haben werden, es anzuschauen, aber es ist wunderbar."

"Ich bin mir sicher, dass es so ist", sagte ich, gleichermaßen durch ihr Englisch und ihre Aufrichtigkeit beeindruckt.

Der südliche Gang hieß die Kirche der Apokalypse: Johannes hatte hier seine Offenbarung empfangen. Das Gebäude dort bestand aus der Grotte selbst; das Dach war der Stein des Felsens. Es war ein großer, dreifacher Riss in der Decke. Aphrodite sagte, dass er während der Vision des Johannes entstanden sei. "Repräsentiert die Dreifaltigkeit, wissen Sie", sagte sie ernsthaft.

Sie erklärte, dass eine Neigung in der Felswand dem Jünger Prochorus als Schreibtisch gedient habe, als er die Worte des Johannes aufzeichnete. Daneben war ein silberner Heiligenschein an der Wand über einer Mulde im Felsen, wo Johannes angeblich geschlafen haben soll. "Viele Dorfbewohner haben das Gesicht des seligen Johannes in diesem vom Meer ausgehöhlten Loch gesehen, in dem er immer geschlafen hat", sagte sie. Es gab mehrere Kanäle im Boden. Sie kommentierte, dass bis vor fünfzig Jahren deutlich duftendes Wasser durch sie hindurchgeflossen sei.

"Deutlich duftend? Wonach?" fragte ich, amüsiert durch ihre Leichtgläubigkeit.

"Es heißt, dass es nach Rosen oder Zitronen roch. Ich weiß, was Sie denken, Herr Skeptiker, aber wissen Sie was? Ich war oben im Kloster und habe einige Bücher in der dortigen Bibliothek gelesen. Dabei habe ich eine Aufzeichnung aus dem siebzehnten Jahrhundert entdeckt, die das Gleiche besagt. Dies ist ein Ort der Wunder! Jede alte Person auf der Insel hat diese Ströme fließen sehen. Die meisten der Inselbewohner haben auch das Gesicht des Apostels genau dort, wo ich es Ihnen gesagt habe, gesehen.

Patmos ist ein wunderbarer Ort. Ich habe gehört, dass es draußen einst einen Feigenbaum gegeben habe, wobei im Inneren einer jeden Feige das Wort 'Offenbarung' auf griechisch geschrieben stand. Johannes kämpfte mit einem bösen Zauberer, Kynops, als er hierher kam, und verwandelte ihn in den großen Felsen, Yelopas genannt, unten im Hafen in Skala. Das Kloster wurde auf einem Altar der Mondgöttin Artemis, der Jägerin, erbaut, die auf der ewigen Suche nach ihrem Zwillingsbruder, dem Sonnengott Apollo, noch immer die Hügel dieser Insel durchstreift. Ich weiß nicht, wo ich die Grenze ziehen soll, aber einige dieser Geschichten beruhen wahrscheinlich auf Wahrheit."

Ich musste zugestehen, dass der Ort einen sanften Frieden und eine große Wunderhaftigkeit ausstrahlte. Ich konnte mir vorstellen, dass die Apokalypse dort geschrieben worden war. Ich schlug vor, eine Weile zu Ascenden, und sie waren bereitwillig damit einverstanden.

Hier bin ich nun, gerade dabei, in der Grotte des heiligen Johannes zu Ascenden, dachte ich, als ich meine Augen schloss. *Erst letzte Woche, vor nur sieben Tagen, dachte ich, dass mein Leben vorbei sei. Nun bin ich in Griechenland, verliebt, und praktiziere eine Technik, die wahrscheinlich zweitausend Jahre alt ist. Wer sagt, dass das Leben nicht seltsam und rätselhaft ist?*

Ich fühlte einen Schauer der Erregung. Aber diesmal fing die Ascension langsam an. Ich hatte viele Gedanken. Je mehr ich versuchte, sie wegzuschieben, desto stärker wurden sie. Ich beschloss, aufzuhören und es später wieder zu versuchen, aber dann erinnerte ich mich an Lila, die gesagt hatte, dass die einzige Regel war, es *nicht* zu versuchen; ich machte deswegen noch ein wenig weiter, aber ohne jegliche Anstrengung. Ich hörte auf, die Ascensiontechnik zu erzwingen und trieb einfach mit den Gedanken.

Sobald ich aufhörte, die Gedanken zu bekämpfen, wurden sie weniger stark. Plötzlich war da eine klare Erinnerung an die teure Yacht im Hafen auf der anderen Seite der Insel, die davon begleitet wurde, dass mein Magen sich verkrampfte und mein Herzschlag sich wieder beschleunigte. Ich fühlte mich fast krank, aber plötzlich driftete das Bild ab; mein Körper entspannte sich sofort, mein Herzschlag verlangsamte sich. *Der Geist und der Körper sind eins,* dachte ich und bemerkte dann, dass es jetzt leicht war, meine Ascensiontechnik zu denken. Andere Gedanken zogen vorbei, aber sie störten mich nicht länger. Solange ich sie leicht nahm, wurde ich immer entspannter. Ich empfand, als ob ich auf einer flauschigen, goldenen Wolke nach innen treiben würde, und fühlte mich dabei so wohl wie noch nie. Die Welt war o.k., ich war o.k., alles würde klappen: Ich lernte, die Stille zu erleben.

Ich fühlte mich, als ob ich mich durch den Raum ausdehnen und dabei größer und größer, ja riesenhaft groß werden würde. Ich war größer als die Kapelle, größer als Patmos, größer als die Erde. Ascension führte mich immer weiter nach draußen und nach oben. Plötzlich erschien eine leuchtend goldene Kugel vor mir. Sie dehnte sich um mich herum aus; darin waren sieben Ringe aus Feuer, jeder in einer Farbe des Regenbogens, jeder leuchtender als unsere Sonne. Diese dehnten sich ebenfalls um mich herum aus; darin waren Galaxien, Sterne und Planeten - ich sah das ganze Universum. Es war vor mir, aber auch in mir; es war Teil von mir, aber ich beobachtete es auch. Ich erstarrte in Verwunderung, vergaß die Ascensiontechnik, vergaß, wer ich war, vergaß alles, was ich gewusst hatte, so glorreich war dieses Universum, das sich um mich herum ausbreitete...

10

Das letzte Abendmahl

Ich habe keine Ahnung, wie lange ich Ascendete, aber als ich schließlich meine Augen öffnete, waren Steve und Aphrodite gegangen; es schien spät zu sein. Hinter mir fing jemand sanft zu singen an: *"Ich war im Geiste am Tag Gottes und hörte hinter mir eine große Stimme, wie aus einer Trompete sprechend. Ich bin Alpha und Omega, der Erste und der Letzte: und, was du siehst, das schreibe in ein Buch und sende es zu den sieben Kirchen, die in Asien sind... "*

Es war der Doktor. "Ich habe mich schon gefragt, ob du jemals aufhören würdest", kicherte er. "Ich habe über eine Stunde auf dich gewartet. Sharon hat mich geschickt, um nach dir zu suchen, sie dachte, du wärst vielleicht in eine Höhle oder so gefallen. Ich habe gespürt, dass du hier sein könntest. Ich finde immer meinen Mann."

"Wieviel Uhr ist es?", fragte ich. Mein Mund war trocken; meine Stimme fühlte sich an, als sei sie seit Tagen nicht benutzt worden.

"Früher Abend. Eigentlich Zeit zum Abendessen", antwortete er, wobei er auf seine Uhr sah.

Etwas schwankend stand ich auf und folgte ihm nach draußen. Es *war* spät, die Sonne stand hinter dem Kloster, sie würde bald untergehen.

"Schöner Tag?" fragte er.

"Unglaublich! Ascension *ist* magisch. Und bei dir?"

"Manchmal war es irgendwie flach. Es schien so, als würde ich nirgendwohin gelangen. Aber jetzt mit dir in der Grotte war es *sehr* still. Es fühlte sich nicht so an, als hätte ich einen Gedanken außer der Ascensiontechnik gehabt."

"Wirklich? Es ist jedesmal anders, nicht?"

"Macht Sinn. Der Körper wird immer in einem anderen Zustand sein - verschiedene Nahrung wird verdaut, verschieden hohe Werte von

Ermüdungstoxinen im Blut, Veränderungen im zirkadianischen Rhythmus, verschiedene Hormone. All das trägt dazu bei, dass sich unterschiedliche Erfahrungen einstellen."

"Ich vermute, das ist der Grund, warum uns gesagt wird, wir sollen ohne Anstrengung damit umgehen. Nichts versuchen, nicht nach einer bestimmten Erfahrung suchen. Richtig?"

"Ich nehme es an. Ein anderer Körperzustand heißt, ein anderer Geisteszustand. Geist und Körper funktionieren als ein Ganzes. Es ist alles vollkommen logisch. Wow! Riechst du das? Sie müssen da drinnen ein Festessen veranstalten!"

Das war es, was sie taten. Da es die letzte Mahlzeit war, gab es vor dem morgigen Tag viel zu essen. Es war ein Buffet reinster Wonne.

Sharon sah, falls dies überhaupt möglich war, noch strahlender aus. Bevor ich dazu einen Kommentar abgeben konnte, rief sie: "Ich bin so stolz auf dich!" und warf ihre Arme um mich und küsste mich ohne die leiseste Zurückhaltung.

Ja! dachte ich, aber sagte: "Warum? Was habe ich getan?"

"Sei nicht so schüchtern! Aphrodite hat mir gesagt, wie du Steve geholfen hast. Das war brillant!"

"Hm? Ich habe doch gar nicht viel gemacht. Ich habe ihn nur daran erinnert, mit offenen Augen zu Ascenden. Das ist alles. Nichts, um einen Wirbel daraus zu machen."

"Selber hm! Alle anderen haben auch *versucht,* ihm das zu sagen. Du bist derjenige, der durchgekommen ist. Ich glaube, du bist ein geborener Lehrer."

Sie sah aus, als wäre sie kurz davor, mich wieder zu küssen, aber für mich waren da etwas zu viele andere Personen um uns herum, um mich dabei völlig wohl zu fühlen. Die Novizen-Zwillinge aus New York grinsten uns an. Ich sagte rasch: "Na, ich bezweifle das. Ich habe überhaupt niemals Interesse am Unterrichten gehabt. Scheint mir eine ziemlich undankbare Aufgabe zu sein."

"Ach, wir unterrichten die ganze Zeit", bemerkte Lila, die hinter uns ins Esszimmer trat. "Dagegen können wir gar nichts machen. Wir haben nur die Wahl, ob wir von unserem Ego heraus unterrichten, vom

Glauben an Trennung, Leiden und Tod. Oder vom Ascendant aus, von der Erfahrung der Einheit, der Freude, des Lebens. In jedem Moment wählt jeder das eine oder das andere."

"Unterrichten heißt nicht, Zahlen und Fakten auswendig zu lernen, um sie dann bei Gelegenheit auszuspucken. Unterrichten ist das Beispiel, das wir leben", stimmte Devindra zu.

"Gut, lassen Sie uns essen", sagte ich. Ich fühlte mich unsicher bezüglich des Ganzen. Wie auch immer sie es nannten, unterrichten war weit von meinen Wünschen entfernt. Vor gerade einer Woche war ich nahe an einem katatonischen Rückzug von der Welt gewesen. Ich fühlte mich nicht würdig, irgendjemandem irgend etwas beizubringen, noch konnte ich mir vorstellen, es jemals wert zu sein. Für jemanden, der sein Leben so oft wie ich verpfuscht hatte. Was in der Welt konnte ich anderen bieten?

Lila, die genauso schön wie eine Chinapuppe aussah, saß am Kopfende des Tisches, segnete die Mahlzeit und sagte: "Ich möchte euch allen etwas sagen! Ich habe seit über einer Woche Träume von unserer Reise gehabt. Ich glaube, wir werden alle auf eine höhere Ebene des Verstehens gelangen. Ich weiß nicht genau warum, aber ich fühle, dass morgen einer der wichtigsten Tage in unserem Leben sein wird."

Wie als Kommentar zu ihren Worten, blies eine plötzliche Luftböe die Tür hinter ihr auf. Fünf Servietten flogen in die Luft und landeten auf dem Fußboden. Lila lachte vor Freude und fing an, das Essen zu servieren, als Aphrodite und Sharon sich hinunter beugten, um die abtrünnigen Servietten aufzuheben.

Nach dem Abendessen trafen wir uns wieder in der Unterrichtshalle.

"So, wie war die zweite Technik für Sie?" fragte Lila Sharon.

"Wunderbar! Einfach wunderbar! Ich habe den ganzen Nachmittag damit verbracht zu Ascenden, wie Sie es vorgeschlagen haben. Ich habe mich noch nie so ausgeglichen in meiner Beziehung zu meinem Körper und meiner Welt gefühlt."

"Das ist ihr Zweck", grinste Lila sie an. "Diese Technik ist für die Heilung aller körperlichen Probleme entworfen worden. Wie fanden Sie zwei Ihre Ascension?"

"Jedes Mal anders", sagte der Doktor. "Manchmal ruhig und entspannend, manchmal aufgewühlt und sprunghaft. Ich dachte, es muss etwas mit dem Körper zu tun haben. Gleich nach dem Mittagessen, als mein Magen voll war, war es schwierig, sich fallenzulassen. Stimmt das?"

"Ja. Nahrung im Magen erhöht die Stoffwechselrate, die entgegengesetzte Wirkung von Ascension, welches, wie Sie gesehen haben, tiefe Ruhe erzeugt."

"Haben andere körperliche Faktoren auch eine Auswirkung?" fragte er.

"Sicher. Deshalb ist es wichtig, sich von Anfang an darüber klar zu sein, dass sich die Erfahrungen während des Ascendens ständig verändern: Sie sind vom Zustand des Körpers abhängig, der nie beständig ist. Manchmal fühlt sich Ascension tief an, manchmal fühlt es sich weniger tief an. Aus unserer Sicht kommt es nicht darauf an, wir machen es einfach. Aber immer ohne Anstrengung."

"In der Grotte sind einige interessante Dinge passiert", sagte ich. "Als ich anfing, waren meine Gedanken intensiv. Ich versuchte, sie wegzuschieben. Dann habe ich mich daran erinnert, dass Sie gesagt haben, dass es keine Anstrengung geben sollte. Ich entspannte mich und hörte auf, mich anzustrengen; es wurde *viel* leichter."

"Das ist richtig so: Da wir auf den Verstand keinen Druck ausüben, können Gedanken Ascension *niemals* stoppen oder auch nur verlangsamen. Manchmal sind viele Gedanken da, manchmal wenige. Es kommt darauf an, was in unserem Körper passiert, wenn wir Ascenden."

"Bei mir ist es immer anders, jedesmal" , sagte Sharon.

"Ja", stimmte Lila zu, "und deshalb messen wir den Erfolg von Ascension mehr an den Veränderungen in unserem Leben als an unseren Erfahrungen während des Ascendens. Ich kann das nicht genug hervorheben. Die eine äußerst wichtige Regel ist: *Erzwingen Sie es nie.* Hören Sie nicht auf, weil Sie glauben, dass es nicht funktioniert, wenn es sich nicht so tief wie das letzte Mal anfühlt. Das bedeutet nur, dass irgendein Stress verschwindet."

"Ich denke, das geschah auch in der Grotte", sagte ich. "Nachdem ich aufgehört hatte, mich zu bemühen, wurde ein Gedanke besonders stark; mein Herzschlag beschleunigte sich, mein Magen schlang sich selbst zu einem Knoten zusammen - Kampf oder Flucht, vermute ich, Dave - aber ich saß einfach da und machte überhaupt nichts."

"Doch, Sie haben *Ascendet"* , lächelte Lila. "Die tiefe Ruhe verursachte die Auflösung von Stress. Das hat das Unbehagen und den Gedanken verursacht. Was ist als nächstes passiert?"

"Ich ließ es durch mich hindurch waschen. Es erreichte den Höhepunkt: Mein Körper hörte auf, sich unangenehm zu fühlen; der Gedanke schwand dahin. Dann geschah das Erstaunlichste. Ich dehnte mich durch den Raum aus, wurde größer und größer. Ich sah gleichzeitig das ganze Universum vor mir und in mir selbst. Mir fehlen die Worte, um es richtig zu beschreiben. Es war die unglaublichste Erfahrung, die ich jemals gemacht habe. Was ist passiert? War das der Ascendant?"

"Nicht ganz. Der Ascendant liegt jenseits *aller* Grenzen. Sie haben den Feinzustand Ihres Nervensystems gesehen. In Ihnen selbst ist das gesamte Universum enthalten."

"Das war es, wonach es sich anfühlte, aber ich verstehe nicht, wie ich so groß sein konnte!"

"Der Ascendant liegt *allem* zugrunde. Sie haben eine der grundlegendsten Ausdrucksformen des Ascendant berührt. Ich nehme an, Sie könnten es eine kosmische Erfahrung nennen, da Sie den Kosmos in sich selbst gesehen haben."

"Wie auch immer es genannt wird, es war *sehr* angenehm."

"Sicher. Wenn wir zwanglos mit Ascension umgehen, ist es angenehm und entspannend. Es kann tief oder auch nicht tief erscheinen, aber das ist nicht unser Anliegen. Unser Anliegen *ist,* es einfach zu tun, mühelos. Dann werden die Stille und die Ruhe kommen, genau in dem Maße, wie der Körper es zur Zeit erleben kann, und der Stress wird verschwinden.

Ich bin neugierig. Hat jemand von Ihnen irgendwann bemerkt, dass die Ascensiontechnik völlig verblasst ist, nicht mehr da war, in keiner Hinsicht, und auch keine anderen Gedanken irgendeiner Art vorhanden waren, und doch waren Sie immer noch wach und nicht eingeschlafen?"

"Ich glaube, das war es, was ich nach dieser Expansion, die ich beschrieben habe, erlebt habe", sagte ich.

"Ich bin sicher, dass das mehrmals so gewesen ist", sagte Sharon.

"Ich vielleicht, ich bin nicht sicher", sagte der Doktor. "Warum?"

"Weil dieser Zustand des stillen Bewusstseins die erste Stufe des klaren Erlebens des Ascendant ist", antwortete Lila. "Das ist gut."

"Ich verstehe nicht, wie es möglich ist, den Ascendant überhaupt zu erfahren", sagte Dave. "Wenn er unendlich und jenseits aller Grenzen ist, wie kann er erfahren werden?"

"Gute Frage! Der Grund, wieso es möglich ist, ist derselbe wie der Grund dafür, wieso Sie den Ascendant über kurz oder lang deutlich erleben *werden*: Sie *sind* der Ascendant. Bewusstsein ist, was Sie sind. Das ist es, was der Ascendant ist. Der Glaube an Begrenzungen des Körpers, des Verstandes oder des Egos ist bloßer Glaube. Sie sind, genau wie alle Menschen, unbegrenzte Wesen, die den Ascendant in menschlichen Körpern leben. Wir haben es einfach vergessen. Von Geburt an haben wir uns mit den Grenzen identifiziert.

Dies ist anfangs auch notwendig, um auf der Welt zu überleben. Aber die Wahrheit ist, dass wir uns vom Ascendant nicht unterscheiden. Er kann völlig zugedeckt sein, so verdeckt, dass diese Wahrheit auch nur zu hören unmöglich klingt. Und trotzdem ist es wahr."

"Gibt es Leitern, die zum Ascendant zurückführen?" fragte ich.

"Was meinen Sie damit?" fragte sie neugierig.

"Ich meine, ob der Weg dahin, sich zu erinnern, wer wir sind, in die Schöpfung eingebaut ist. Als ich heute mit Steve gesprochen habe, kam mir der Gedanke, dass wir vielleicht in ein grundsätzliches Prinzip der Natur hineintappen, wenn wir die erste Technik anwenden. Ich weiß nicht, ob ich das richtig ausdrücke, aber ist Wertschätzung nicht so etwas wie ein riesiger Energiewirbel, der ein Teil der Struktur der Schöpfung ist? Mit dem wir uns verbinden, wenn wir Ascenden?"

"Ich verstehe, was du meinst!" rief Sharon aus. "Du meinst, dass wir uns in die ursprünglichen aufsteigenden Emotionen, die bereits existieren, einklinken. Wir fließen mit dem Fluss des Lebens. Deshalb verwandelt uns Ascension so rasch. Richtig?"

"Das war's, was ich mich gefragt habe", sagte ich und lächelte sie an. Sie war so brillant.

"Das stimmt genau", bemerkte Lila. "Gut gesagt."

"Wie lange dauert es, bis Ascension uns völlig geklärt hat?" fragte der Doktor.

"Wir werden geklärt sein, wenn der Stress aus unserem Nervensystem verschwunden ist. Was am meisten hilft, ist regelmäßiges Üben. Wir Ascenden normalerweise zwei- oder dreimal am Tag mit geschlossenen Augen. Vor dem Frühstück, vor dem Abendessen und bevor wir ins Bett gehen.

Und wir Ascenden mit offenen Augen, wann immer wir tagsüber daran denken. Beides ist von unschätzbarem Wert. Wenn die Augen geschlossen sind, verleiht uns das tiefe Ruhe, und die neue Schwingung im Gehirn beginnt, sich zu verstärken. Wenn die Augen offen sind, ermöglicht uns das, Herausforderungen direkt ins Gesicht zu sehen, wenn sie uns begegnen. Das heißt, dass wir unsere Zeit nicht mit alten reaktiven Verhaltensmustern verschwenden müssen. Neuer Stress nistet sich nicht so tief ein."

"Ist es besser, aufrecht zu sitzen, wenn wir mit geschlossenen Augen Ascenden?" fragte der Doktor.

"Nur wenn es bequem ist! Das wichtigste ist, dass es bequem ist. Wenn der Körper strikt aufrecht gehalten wird und dies anstrengend ist, wird es den Verstand ablenken und ihn seine Arglosigkeit verlieren lassen. Auf der physischen Ebene liegt das Geheimnis darin, sich wohl zu fühlen. Natürlichkeit ist alles. Es ist sogar o.k., sich beim Ascenden hinzulegen. "

"Würde das nicht den Schlaf fördern? fragte er.

"Nicht so sehr, wie Sie vielleicht denken! Bei Meditationen, die schwierig sind und Konzentration verlangen oder bei solchen, die langweilig sind, wird empfohlen, aufrecht zu sitzen, weil der Verstand das Eintauchen in den Schlaf dem Weitermachen vorzieht. Weil Ascension mühelos und faszinierend ist, werden Sie nur einschlafen, wenn es der Körper wirklich braucht, selbst wenn Sie sich hinlegen."

"So viele Leute auf der Welt leben ohne Kraftreserven", grübelte der Doktor, "sie sind chronisch müde. Würden sie nicht oft einschlafen, weil der Körper diese Ruhe gleich ausnutzt?"

"Vielleicht anfangs, bis sich ihr Körper normalisiert hat. Für solche Leute könnte auch nur die Entscheidung, sich Zeit für sich zu nehmen, eine richtige Herausforderung darstellen. Es gibt so viele 'Arbeits-süchtige' auf der Welt. Die große Herausforderung für diese besteht darin, ihre Prioritäten genug umzuordnen, um Ascenden zu können. Sie müssen es eine Zeitlang einfach tun, bis sie für sich selbst entdecken, wie angenehm und entspannend es ist."

"Ich fühle mich jetzt die ganze Zeit so ausgeruht. Ich fange an, weniger zu schlafen", sagte Sharon,

"Das ist normal. Wegen der tiefen Ruhe fangt der Körper an, effizienter zu arbeiten. Weniger Schlaf ist erforderlich. Indem Sie also die Aktivität zurücklassen, steigt die Fähigkeit, *aktiver* zu sein. Sobald aktive Menschen diese Tatsache erkennen, werden sie anfangen, sich die Zeit zu nehmen, um zu Ascenden, damit sie besser arbeiten können. Und dann werden sich durch die neue Erfahrung ihre Prioritäten verändern. Ihre 'Typ A' - Persönlichkeit wird sich beruhigen, sie werden ein längeres, gesünderes und glücklicheres Leben führen.

Nun, Leute, ich muss zum Hafen hinuntergehen. Unsere gecharterte Yacht, die *Marylena,* soll heute Abend ankommen. Ich muss mit dem Kapitän reden."

"Ich habe auf der anderen Seite der Insel eine Yacht gesehen", sagte ich.

"Seltsam." Sie blickte finster. Ein dunkler Blick umwölkte ihre Augen." Es gibt nicht viel Touristenverkehr um diese Jahreszeit. Selten in diesem Hafen. Eigentlich nie, außer wenn ein Orkan aus dem Osten bläst. Besucht jemand das Kloster?" Sie zuckte mit den Achseln und sah aus, als wäre sie dabei, es zu vergessen.

"Kann ich mit Ihnen kommen?" fragte der Doktor. "Ich möchte mehr darüber wissen, wie man Novize wird."

"Du denkst doch nicht etwa daran, das zu tun?" fragte ich ungläubig. "Ein Mönch zu werden?"

"Naja, ich weiß nicht, wahrscheinlich nicht mein Leben lang, aber *etwas* daran fasziniert mich. Ich denke darüber nach, es für ein Jahr zu probieren."

"Wieso haben Sie das gemacht?" fragte ich Lila.

"Wieso ich Novizin wurde? Weil ich mein gesamtes Leben Gott weihen wollte. Es gibt nichts anderes, was mich interessiert. Als mir das klar wurde, war es eine einfache Entscheidung. Für mich."

"Ich kann das nicht im entferntesten nachvollziehen", sagte ich und sah Sharon neugierig an.

Sie lächelte mich an und sagte: "Tatsache ist, dass ich das ebensowenig kann. Ich möchte in einer Beziehung sein. Aber in einer idealen, dieses Mal mit jemandem, der meine Prioritäten teilt, mit jemandem, der ebenso auf Leben und Wahrheit ausgerichtet ist wie ich. Ich glaube, dass es für zwei Menschen möglich ist, gemeinsam in Gott hineinzuwachsen - selbst wenn es auf der Welt selten ist."

"Das ist es, was Nanda Ishaya sagt", stimmte Lila zu. "'Das Leben des Einsiedlers ist nicht für die meisten bestimmt.' Er sagt auch: 'Viele Leute haben es einfacher, den Ascendant auf vier Füßen zu tragen'... Nun, ich muss gehen. Dave, kommen Sie mit?" Sie stand auf, lächelte warmherzig und streckte ihm ihre Hand hin."

"Darauf können Sie wetten", sagte er und grinste zurück.

11

Die Passion

Unser Karfreitag begann seltsam. Bleich wie ein Gespenst, am ganzen Körper zitternd, rannte Sharon schluchzend in mein Zimmer. Ich hielt sie fünf Minuten in meinen Armen, bevor sie sprechen konnte. Schließlich beruhigte sie sich genug, um mir zu sagen: "Ich habe von Ollie geträumt. Nein, es war kein Traum. Es war ein Alptraum: Er sah so schlimm zerschmettert aus, wie ich ihn zuletzt gesehen habe.

Er hat gesagt, dass wir nicht die Marylena nehmen, sondern statt dessen auf die reguläre Fähre warten sollen. Als ich ihn fragte warum, zeigte er mit seinem Arm auf mich und - oh Gott! - er zerfiel! Es war so real, so erschreckend real! Dann sagte er wieder: 'Nimm auf keinen Fall die Marylena!' Ich habe noch nie einen Traum wie diesen gehabt. Warum kam dieser Traum?"

Es war 6:00 Uhr morgens; um 6:30 sollten wir unsere Taschen für die Abfahrt zur Yacht hinuntertragen, und hier war nun Sharon und erzählte zutiefst erschüttert von einem schlechten Traum. Es war überhaupt nicht vernünftig, und das sagte ich ihr.

"Ich gehe *nicht* auf dieses Schiff', sagte sie entschlossen. "Ich treffe euch später, heute Abend in Athen."

"Hey, warte!" rief ich aus, bestürzt durch ihre Worte. "Ich habe nicht gesagt, dass ich nicht bei dir bleiben würde. Ich habe nur gesagt, dass es keinen Sinn ergibt, Träumen zu folgen. Sie sind unvorhersehbar, man kann ihnen nicht trauen. Komm schon, lass uns unsere Taschen zum Hafen hinuntertragen und mit Lila sprechen. Vielleicht kann sie uns einen Rat geben." Ich hoffte, dass die Novizin sie davon abbringen würde.

"Also gut. Aber vergiss die Sache mit meinem Koffer. Ich gehe *nicht* auf dieses Schiff. Es dauert nur eine Minute, bis ich angezogen bin."

"Kein Problem", sagte ich und fragte mich, ob meine Freundin einen schlechten Tag hatte oder ob für sie zu dieser Zeit des Monats der Mond an der falschen Stelle stand oder ob sie einfach viel mehr wusste als ich und ich nur zu dumm war, es zu erkennen. Mit den Achseln zuckend, zog ich mich fertig an und schloss mich ihr im Korridor an.

Lila war mitfühlend, verstand es aber ebenfalls nicht. Sharon blieb unnachgiebig. Als wir auf dem Dock standen und unseren neuen Freunden zuschauten, wie sie an Bord gingen, wurde mir mit einem Seufzer klar, dass ich heute wieder die Fähre nehmen würde. Der Nebel von gestern war verschwunden. Der abnehmende Mond hing im Westen. Die Morgensonne strahlte über den Hafen. Es war bereits ziemlich heiß. Ein wunderschöner ägäischer Tag brach an. Was wäre so schlecht daran, mit Sharon noch ein paar Stunden auf Patmos zu warten? Überhaupt nichts, beschloss ich und fühlte mich mit unseren Plänen für den Tag zufrieden.

"Wir gehen zurück und Ascenden in der Villa, wenn sie weg sind", sagte ich sanft. "Oder in der Grotte. Es wird ein schöner Morgen werden."

Sie drückte meine Hand und strahlte mich an. "Danke, dass du du bist", sang sie süß zu mir.

Aphrodite und Steve waren die letzten, die den Hügel herunterkamen. Als die junge Griechin die Marylena sah, wurde der Tag wieder seltsam. Aphrodite kreischte vor Furcht und fing an, auf Griechisch zu plappern.

"Was ist los?" fragte Steve skeptisch.

"Sturmschwalben!" schrie sie. *"Fünf im* ganzen! Dort auf dem Bug! Seht ihr sie nicht?"

"Sturm was?" fragte er und schaute neugierig das Boot an. "Diese kleinen schwarzweißen Vögel? Und?"

"Ich gehe *nicht* auf dieses Schiff', sagte Aphrodite entschlossen. "Nicht für eine beliebige Menge an Drachmen. Ohne mich. Ich nehme die Fähre und treffe euch später in Athen."

"Hey, wenn du bleibst, bleibe ich auch. Aber es hört sich furchtbar dumm an, wegen ein paar Vögeln."

"Ich gehe nicht", sagte sie grimmig und fing an, ihre beiden Koffer wieder den Hügel hinaufzutragen.

"O.k., o.k., warte einfach, wirst du wohl?", sagte er, nach seinem Rucksack greifend, und eilte ihr nach.

"Sollen wir auch zurückgehen?" fragte ich Sharon, verblüfft durch diesen unwahrscheinlichen Zufall. "Ich nehme an, dass wir auf der Fähre doch Gesellschaft haben werden. Seltsamer Tag."

"Ich frage mich... halt, eine halbe Minute. Lass uns Dave fragen, ob er mit uns warten möchte." Sie ging zum Rand des Docks hinüber, rief nach ihm und bat ihn zu bleiben.

"Ich denke nicht", rief er fröhlich zurück. "Ich genieße Lila zu sehr. Danke, trotzdem. Wir sehen uns dann in Athen!"

Er ging zum Heck, um mit der Novizin zu reden, während die anderen in den Laderaum des Schiffes verschwanden. *Sie werden Ascenden,* dachte ich. *Es ist früh.*

"Ich sehe dich dann heute Abend in Athen!" rief ich ihm zu, als die Besatzung ablegte. Er winkte, offenbar hörte er mich nicht. Sharon und ich winkten zurück und gingen den Hügel hinauf. Ich freute mich auf das Ascenden. Es fühlte sich so an, als hätte ich bei weitem noch nicht genug Ruhe gehabt.

Gerade als wir die Kapelle der heiligen Anna erreichten, wurde der Tag völlig verrückt: Draußen im Hafen gab es eine furchtbare Explosion. Mehrere Fenster in unserer Nähe zerbarsten durch die Erschütterung. Wir drehten uns um, um zu sehen, was um alles in der Welt geschehen sein könnte. Ein riesiger Feuerball war auf dem Wasser, wo die Marylena hätte sein sollen, aber definitiv nicht war!

"Sharon, ist das nicht...!" rief ich mit aufsteigender Angst, aber sie rannte bereits zurück, hinunter nach Skala.

War da jemand im Wasser, der zurück zum Ufer schwamm? Ich war nicht sicher, aber wenn, dann war es nur ein einziger.

Es war jemand: der Doktor. Er erreichte den Landungssteg zur gleichen Zeit wie wir, zog sich heraus und fing zu fluchen an. Er blutete am Kopf, aus einem Ohr und an beiden Armen.

"Was ist passiert!" schrien wir, als wir zu ihm liefen.

Er fluchte weiterhin, wobei er auf dem Dock mit seinen Füßen auf und ab stampfte und völlig außer sich vor Wut schrie.

"David!" rief Sharon aus und brachte es fertig, einen Arm um ihn zu legen. "Dave, ich bin's, Sharon. Bist du o.k.? Hier, setz dich, lass mich dich anschauen. Du bist hier. Du bist o.k., David. Dave! Du bist o.k. *David Tucker! Setz dich hin!*"

Er hörte sie schließlich und sah sie ausdruckslos an. Sie bat ihn ein drittes Mal, sich hinzusetzen. Er tat es, ungeschickt. Sie untersuchte seine Wunden und sagte: "Was ist passiert?"

"Ich... Au weh! Vorsicht! Ich habe keine Ahnung. In einem Moment sprachen Lila und ich über die Gelübde der Novizen, im nächsten schrie sie und stieß mich ins Wasser, dann... bumms! Eine Sekunde später, und ich wäre über den ganzen Hafen verstreut worden, wie die anderen. Verdammt. Wieso zum Teufel ist sie nicht auch gesprungen?"

"Vielleicht hatte sie keine Zeit dazu", sagte ich. "Aber woher wusste sie, dass ein Unfall passieren würde?"

"Woher wusste ich es in meinem Traum?" fragte Sharon. "Du und ich, wir sollten nicht auf diesem Boot sein, deshalb. Und ebenso wenig Dave... oh Gott, arme Lila. Und die anderen. Was für ein Alptraum!" Sie fing zu schluchzen an.

Aphrodite und Steve rannten vor Angst schreiend den Hügel hinunter. Die Einheimischen stellten sich den Hafen entlang in einer Reihe auf und sahen ausdruckslos auf die Überreste der Yacht. Da war nicht mehr viel zu sehen. Ein paar halb angezogene, dürre Polizisten waren in einem alten Boot und kämpften damit, den Motor zu starten, und fluchten auf Griechisch.

Ein sechster Sinn veranlasste mich, über meine Schulter zu schauen. Jemand stand im Schatten und starrte uns aus der Gasse an. Er war wie ein orthodoxer Priester gekleidet, mit langem Bart, schwarzem Hut und

Gewand. Als er bemerkte, dass ich ihn sah, verschwand er in den Schatten.

Mein Magen meldete sich heftig; es fühlte sich so an, als müsste ich michgleich übergeben. Steve Young kam mir zuvor. Er beugte sich über den Pfeiler und übergab sein Frühstück dem Hafen.

"Verdammt", sagte Dave. "Ich blute. Hatte einige Verbände in meiner Tasche. Hat jemand etwas?"

"Oben in der Villa", sagte Sharon dumpf.

Ganz benommen liefen wir fünf zurück den Hügel hinauf.

"Und was jetzt?" fragte der Doktor. "Zurück in die Staaten?" Es war Vormittag; nachdem wir seine Arme und seinen Kopf verbunden hatten, hatten wir alle zusammen Ascendet, was zwar für uns alle ziemlich unstet gewesen war, mit vielen, vielen hämmernden Gedanken, aber hinterher fühlten wir uns ruhiger. Oder zumindest ich.

"Ohne mich", sagte Sharon nachdrücklich. "Wir haben Alan Lance noch nicht Ollies Nachricht überbracht. Ich fahre mit dem Zeitplan fort, so wie ihn Lila für uns ausgearbeitet hat: Ostersonntag auf nach Indien."

"Irgendwie habe ich erwartet, dass du das sagen würdest", seufzte ich. "Und es hat keinen Sinn, mir vorzumachen, ich würde nicht mir dir fahren. Ich kenne diesen Ton. Also komme ich auch. Wie steht es mit euch? Steve?"

"Ich fahre, wenn du fährst und Dite fährt", antwortete er und sah mich mit vertrauensvoller Unschuld an. *Verdiene ich das?* fragte ich mich und entschied: wahrscheinlich nicht. Aber ich sah nicht, was ich dagegen tun sollte, und so entschied ich, es zu ignorieren. Für den Augenblick.

"Indien jagt mir Angst und Schrecken ein", sagte Aphrodite mit schwacher Stimme. "Das letzte Mal, als ich hingefahren bin, habe ich es gehasst. Aber ich möchte Nanda wiedersehen, und ich möchte mehr über Ascension lernen. Ich möchte die Ausbildung beenden, um die neun Techniken, die ich erhalten habe, zu unterrichten, und ich möchte die anderen achtzehn. Ich nehme an, ich muss fahren und Alan Lance, Mira und Ed Silver finden."

"Hat von euch nicht *irgendjemand* das Gefühl, dass das kein Unfall war?" fragte der Doktor klagend. "Denkt ihr nicht, dass es ein bisschen unwahrscheinlich ist, dass den Ascension-Lehrern so viel Schlimmes passiert?"

"Nun, schau her", antwortete ich langsam. "Ich habe seit Sonntag fast unaufhörlich über Ollies Tod nachgedacht. Und diese letzte Ascension! Da war fast nichts anderes *außer* Gedanken über heute morgen. Ich kann mich nicht erinnern, die Ascensiontechnik überhaupt einmal eingeführt zu haben. Nein, ich glaube keines von beiden war ein Unfall. Wir sind alle in Gefahr. Wir sollten, sobald wir können, in Athen untertauchen. Auf Patmos sind wir wie Freiwild. Ich glaube, dass diese Oppositionstypen völlig skrupellos sind. Sie sind wild entschlossen, Alans Interpretation von Ascension zu zerstören. Ich glaube nicht, dass wir irgendwo sicher sind. Ollie ist eine Straße in Seattle entlang gegangen. Lila war auf einem Boot auf der Ägäis. Wo könnten wir uns überhaupt verstecken?"

"Ich habe keine Ahnung", sagte Dave, "aber direkt in den Punjab zu fahren? Ist das nicht genau das, womit sie rechnen?"

"Ich habe keine Ahnung, womit sie rechnen! Sie könnten glauben, dass wir alle auf dem Boot gestorben sind, obwohl ich das bezweifle. Ich glaube, dass uns einer von ihnen aus einer Gasse unten in Skala beobachtet hat."

"Nein! Das ist zu schrecklich. Wir können niemandem trauen! Woher weiß ich, dass nicht jemand von euch für die andere Seite arbeitet?"

"Tja, wie kannst du? Wie können wir irgend jemandem trauen? Du hast Dite und Steve erst gestern hier und Sharon und mich Sonntagnacht in Seattle kennengelernt. Wie kannst du uns vertrauen? Und überhaupt, wie können wir dir vertrauen? Woher wissen wir, ob du wirklich David Tucker bist? Wer auch immer Ollie umgebracht hat, hätte meinen Anruf abfangen und den wirklichen Dr. Tucker ersetzen können. Du bist ein genauso wahrscheinlicher Kandidat für Verrat wie jeder andere. Immerhin hast du die Marylena überlebt. Wie hast du das gemacht?"

"Das ist grotesk!" rief er empört. "Ich bin Dr. David Tucker!"

"Natürlich ist es das, und natürlich bist du es. Ich habe dir nur gezeigt, wie die Straße des Verdachtes, wenn du anfängst, sie hinunter zu gehen, zu einer Art des Wahnsinns führt. Lass uns hier nicht vollkommen überschnappen. Es gibt offensichtlich einige Leute, die versuchen, die Ascension des Johannes zu beenden, aber ich lerne, meinen Gefühlen zu vertrauen. Und ich habe bei jedem von euch ein sehr gutes Gefühl. Ich bin sogar bereit, mein Leben auf meine Intuition zu setzen. Ich stimme mit Sharon überein; wir müssen Alan Lance finden, bevor sie es tun. Und dann, wer weiß? Vielleicht kann dieser Nanda etwas tun, kann diesen anderen, Durga, aufhalten. Sie waren zusammen Novizen, stimmt's? Vielleicht kann ihn Nanda davon überzeugen, seine Hunde zurückzurufen. Dann können wir in die Staaten zurückgehen, ohne ständig um unser Leben fürchten zu müssen. Und auch mehr über Ascension lernen. Es ist etwas an dieser Sache, etwas, das es vielleicht wert *ist,* dafür zu sterben. Ich weiß es nicht, aber wenn ich jetzt nicht weitermache, würde ich mich immer fragen, was passiert wäre, wenn ich ein bisschen ausdauernder gewesen wäre, wisst ihr?"

"Oh, in Ordnung", stimmte der Doktor bedrückt zu. "Ich komme auch. Ich hoffe, dass ich kein Idiot bin."

"Fein, somit ist das erledigt", sagte Sharon und sah erleichtert aus.

"Es fühlt sich richtig für mich an. Ich glaube, dass wir fünf zusammenhalten müssen. Lasst uns etwas zum Mittagessen beschaffen. Dann nehmen wir die Fähre."

Es war schwierig, Skala zu verlassen. Die Beamten der Militärpolizei, die im Hafen erschienen, waren ausgesprochen neugierig darauf, wie es Dr. Tucker gelungen war, von der Marylena zu entkommen. Aphrodite musste sehr ausführlich übersetzen. Auf sein Versprechen hin, dass er sich als erstes am Montagmorgen bei ihren Vorgesetzten in Athen melden würde, waren sie schließlich damit einverstanden, dass er die Fähre nehmen würde. Wir hielten uns nicht damit auf, ihnen zu sagen, dass wir mit etwas Glück bis dahin in Indien sein würden.

12

Nachbeben

Die Fahrt über die Ägäis war genauso schön wie die Überfahrt am Mittwoch, aber heute konnte ich es kaum schätzen. Trotz meiner kraftvollen Worte an den Doktor fürchtete ich mich vor der Aussicht, mit dieser Suche fortzufahren. Offensichtlich war es tödlich. Ich wusste, dass ich Ascension nicht hoch genug einschätzte, um dem Tod ins Gesicht zu sehen. Zumindest glaubte ich nicht, dass ich es tat; doch wann immer sich mir die Wahl bot, auszusteigen oder weiterzumachen, fand ich mich immer auf dem Weg wieder, der tiefer in diese Lehre führte. Es war so, als hätte mein rationaler Verstand kaum etwas dazu zu sagen - ich hörte eine ruhige Stimme in mir, welche mich in jeder Situation führte. Ich hatte die Wahl, nicht auf sie zu hören, auf meine Stimme der Intuition, aber ich stellte fest, dass mein Leben umso automatischer wurde, je mehr ich darauf hörte. Und umso spontan richtiger wurden meine Entscheidungen.

Steve brauchte auf dieser Überfahrt sehr bald meine Aufmerksamkeit. Die Zwillinge aus New York waren gute Freunde von ihm gewesen; allen anderen hatte er sich sehr nahe gefühlt, und nun kämpfte er darum zu verstehen, warum sie sterben mussten. Ob ich es wollte oder nicht: Ich fand mich wiederum in der Rolle des Beraters.

"Kannst du mir erklären", sagte er, als wir einen Sitzplatz auf dem gedrängten Boot fanden, "wieso das Leben mit dem Tod enden muss? Für mich ist es so sinnlos." Sharon war mit Aphrodite weggegangen, um sich mit ihr zu unterhalten. Der Doktor sagte, er wolle alleine sein, um nachzudenken. Damit war nur ich übrig, um zu versuchen, dem jungen Amerikaner zu helfen.

Ich seufzte und antwortete: "Was kann ich dir sagen? Ich bin genauso verblüfft wie du. Ich habe keine Ahnung, wieso diejenigen, die vorwärtskommen wollen, sterben sollten. Ich weiß es nicht! Vielleicht sind wir inmitten eines gewaltigen, kosmischen Krieges, den wir nur vage wahrnehmen. Vielleicht ist die Erde zentral; vielleicht steht mehr auf dem Spiel als unser eigenes Glück.

Falls Ascension wirklich so wichtig ist, wie Alan denkt, ergibt es eine verdrehte Art von Sinn, dass einige der Mächte der Schöpfung versuchen, es von der Welt fernzuhalten."

"Was denkst du?" fragte Steve. Tiefer Ernst überschwemmte seine braunen Augen.

"Ich weiß nicht. Ich nehme an, ich sehe keine Notwendigkeit, andere Mächte als Erklärung heraufzubeschwören. Wir Menschen scheinen vollkommen dazu fähig zu sein, unsere Welt ganz alleine zu verpfuschen. Ob es einen Gott gibt, der nur gut ist? Ich weiß nicht. Ich würde gerne glauben, dass es Ihn gibt. Und ich würde Ihn - oder Sie - gerne fragen, wieso Er/Sie diese Tragödie heute zugelassen hat. Oder irgendeine Tragödie zu irgendeiner Zeit. Aber bis ich Gott von Angesicht zu Angesicht gegenüberstehe, ist so ungefähr das einzige, was ich tun kann, zu helfen, so gut ich kann. Soviel ich sagen kann, ist Ascension absolut vernünftig. Es scheint jedem helfen zu können, ein besseres Leben zu leben."

"Ich denke", sagte Steve emotionsgeladen, "wenn jemand versucht, diese Lehre zu beenden, sollte er daran gehindert werden. Ich weiß nicht wie, aber sie sollten aufgehalten werden! Irgendjemand sollte für das, was heute passiert ist, bezahlen!"

"Nun, ich fühle genauso, aber weißt du was? Wir sehen dies von einer ziemlich engen Perspektive aus. Mein Haus und meine Familie in Missouri zu verlieren, war ein Alptraum, die reinste Hölle. Aber wenn ich sie nicht verloren hätte, hätte ich weder Ollie noch Sharon getroffen, noch hätte ich Ascenden gelernt. Und Ollies Tod scheint mir immer noch sinnlos zu sein. Aber wenn er nicht gestorben wäre, wäre ich jetzt nicht hier mit dir. Es wäre kein Heute mehr, es wäre irgendein hypothetisches Universum, das nicht existiert. Ich will nicht so tun, als würde ich das alles verstehen, weil ich es nicht tue. Aber ich *kann* sehen, dass hinter alldem ein Sinn verborgen sein *könnte*. Wenn ich unvorbelastet an die

Sache herangehen könnte, wenn ich *all* meine Überzeugungen und Urteile weglassen könnte, könnte ich es vielleicht verstehen. Ich weiß es nicht!

Ich weiß es nicht - aber ich *weiß,* dass ich mich dank Ascension in bezug auf mich und meine Welt besser fühle als je zuvor. Ich möchte mehr darüber lernen und ich möchte viel mehr Ascenden. Es ist die strahlendste Hoffnung in meinem Universum; wenn ich etwas länger weitermachen muss, ohne alles zu verstehen, bin ich wahrscheinlich nicht schlechter daran als zu der Zeit, bevor ich die erste Technik gelernt habe. Und ich denke wirklich, dass ich heute schon viel weiter bin als vor dem gestrigen Tag. Was ist mit dir? Würdest du das, was du gelernt hast, gegen irgend etwas eintauschen und zurückgehen?"

"Zurückgehen? Nein, ich denke nicht. Nein, bestimmt nicht! Ich wäre tot. Ich denke, du hast recht. Ich *weiß* viel mehr über das Leben, als ich vor sechs Monaten wusste. Es ist nicht angemessen zu erwarten, alles auf einmal zu lernen. Aber ich habe sicherlich ein paar Fragen an Nanda, wenn wir in Indien ankommen."

"Ich auch. Hast du ihn getroffen?"

"Ich nicht. Aber Dite hat ihn einmal getroffen und war eine Woche bei ihm, vor einem Jahr. Sie hat gesagt, er wäre anders als irgend jemand, den sie jemals getroffen hat. Voll Frieden, Liebe und Weisheit."

"Ich würde gerne mehr über ihn hören! Vielleicht würde es uns inspirieren. Sollen wir die Mädchen suchen?"

"Darauf kannst du wetten", sagte er und grinste mich an. "Und wieder einmal, danke. Ich fühle mich jedesmal viel besser, wenn ich mit dir rede."

"Ach, gern geschehen", sagte ich unsicher. Wieso sollte er sich besser fühlen? Ich hatte nicht viel gesagt.

Wir schlossen uns Sharon und Aphrodite in der Menge am Bug an. Überall waren Griechen, die nach Athen reisten, um Ostern mit ihren Familien zu verbringen. Wie in unserem eigenen Land hat sich die Bevölkerung der Griechen im zwanzigsten Jahrhundert dramatisch verschoben. Genauso wie wir unsere Familienbauernhöfe und kleinen Städte verlassen haben, sodass die Bevölkerungszahl in einigen unserer ländlichen Gebiete tatsächlich schrumpft, während unsere Metropolen explodieren, genauso stark haben die griechischen Inseln gelitten, wohingegen Athen durch einen stabilen Zufluss von Einwanderern angeschwollen ist. "Die besten jungen Leute verlassen die Inseln", stöhnte ein alter Inselbewohner neben mir in der Toilette auf der Fähre. "Ich weiß nicht, was aus uns werden soll". Die Bevölkerung an Bord des Schiffs war durchwegs alt. Die meisten reisten, um über Ostern ihre Kinder und Enkel in der Hauptstadt zu besuchen.

Sharon und Aphrodite blickten auf und lächelten. Beide schienen o.k. zu sein "Wie geht es dir?" fragte ich Sharon.

"Eigentlich - gut. Ich fühle den Schmerz, den Schock, den Horror, aber ein anderer Teil von mir bleibt ruhig. Ich fühle mich, als ob ich das ganze Geschehen beobachten würde. Und der beobachtende Teil *weiß:* Alles ist in Ordnung. Ich frage mich, ob ich schizophren werde oder so."

"Na, wenn du es bist, dann muss ich es ebenfalls sein, weil ich mich ganz genauso fühle. Meine Gefühle sind jetzt anders. Es ist nicht so, dass ich sie weniger wahrnehme - eigentlich erlebe ich sie mehr als je zuvor. Aber da ist jetzt ein größerer Teil in mir, ein stiller Teil, riesig, immer friedvoll. Ich verstehe es nicht, aber ich bin sicher, dass es real ist."

"Das nennt man 'fortwährendes Bewusstsein', denke ich", sagte Steve unsicher.

"Nein, du hast recht", stimmte Aphrodite enthusiastisch zu. "Alan hat es mir erklärt. Er hat gesagt, dass der Verstand mit dem Ascendant erfüllt wird, er wird vollkommen friedlich, tief drinnen. Er sagte, dass man das fortwährendes Bewusstsein nennt. Es ist, als ob man einen Anker am Grunde des Meeres hat. Die Wellen an der Oberfläche kümmern dich nicht mehr so sehr, weil du in der unendlichen Stabilität verankert bist. Er sagt, dass das in jedem Menschen ganz natürlich wächst. Wenn der Stress sich im Körper vermindert, fängt das Nervensystem an, anders zu funktionieren, nämlich so, wie es vorgesehen war. Ein Teil des Verstandes schaut nach innen auf seinen Grund, seinen Ursprung im Ascendant; ein Teil des Verstandes schaut weiterhin nach außen, in die Welt, die durch die Sinne enthüllt wird."

"Also ist fortwährendes Bewusstsein eine zweifache Funktionsweise des Verstandes?" fragte ich neugierig. "Wie seltsam. Aber dennoch beschreibt es mein Erlebnis. Ich fühle mich zwischen diesem neuen inneren Frieden und meinen alten normalen Gefühlen gespalten."

"Alan sagt, dass die alte Art zu reagieren die nicht *normale* Art ist. Er sagt, dass mit der Zeit der Frieden und die Liebe so stark werden, dass äußere Erlebnisse einen überhaupt nicht mehr erschüttern können. Du wirst wie ein Felsen. Und das wird fortwährendes Bewusstsein genannt. So ähnlich hat er es mir erklärt."

"Ich kann es gar nicht glauben, wie schnell Ascension funktioniert! Ich verändere mich so schnell!"

"Ich nehme an, das kommt daher, weil die Ascensiontechniken in das Gewebe der Schöpfung eingebaut sind", sagte Sharon. "Wir fügen sie nicht *hinzu*. Wir *richten* uns nach ihnen aus. Lob, Dankbarkeit und Liebe existieren überall, immer. Wir lernen, die ganze Zeit mit ihnen zu fließen. Wie wir gestern Abend besprochen haben, erklärt das, warum das Wachstum mit Ascension so schnell vor sich geht. Wir richten uns den Grundtendenzen der Schöpfung entsprechend aus; dann wird unser Leben bedeutungsvoll. Unsere begrenzten individuellen Formen des Ichs schmelzen zu unserem unbegrenzten universalen Selbst zusammen."

"Das macht mir Angst", sagte Steve. "Ich möchte mich nicht verlieren."

"Ach, ich glaube nicht, dass du dich verlierst", lachte Sharon. "Du wirst *wirklich* du werden. Wenn einmal die selbstzerstörerischen Glaubensmuster dahin schmelzen, wird das, was übrig bleibt, der wirkliche Steve sein."

"Ich glaube, dass das stimmt", stimmte ich zu. "Die Ascensiontechniken sind Treppen zurück zu unserem wahren Selbst."

"Mehr wie Rolltreppen", sagte Dr. Dave, der sich uns anschloss. Er sah wesentlich besser aus; klar, entspannt, friedlich. Seine Augen sahen rot aus, als ob er geweint hätte, aber abgesehen davon schien er in Ordnung zu sein - oder mehr als in Ordnung. Ascension funktionierte offensichtlich auch bei ihm. "Ich sage Rolltreppen, weil sie sich bereits aufwärts bewegen. Wir müssen für die Fahrt nur noch aufsteigen. Ich hoffe nur, dass es keine Achterbahn ist."

"Mein Leben *war* eine Achterbahn", sagte Sharon. "Ich konnte keine schlechte Laune zurückweisen, wenn sie mich einmal in Besitz genommen hatte. Jemand sagte etwas Unangenehmes zu mir, oder etwas Furchtbares geschah, und jedesmal bewegte ich mich tage oder sogar wochenlang wie auf einer Spirale nach unten. *Damals* war ich außer Kontrolle. *Jetzt* fühle ich mich, als hätte ich einen Ozean voller Geduld und Liebe in mir. Und dabei habe ich erst eine Woche lang Ascendet! Wie werde ich mich in einem Monat fühlen? Oder in einem Jahr?"

"Ich bin mir sicher, dass ich das nicht weiß", sagte ich, "aber ich finde dieses Abenteuer sehr aufregend. Ich freue mich auf die nächste Gelegenheit, mehr zu lernen. Keiner von euch kann mir die nächste Technik beibringen, oder?"

"Ich habe die Ausbildung noch nicht abgeschlossen", antwortete Aphrodite ruhig.

Steve sagte mit intensiven Gefühlen: "Ich habe mir noch nie gewünscht, als Lehrer ausgebildet zu werden, aber ich denke, ich würde jetzt gerne. Ich fühle mich ebenfalls ruhig in meinem Inneren, aber an der Außenseite bin ich wütend. Ich glaube, wenn mir jemand sagt, dass ich etwas nicht tun kann, mache ich es erst recht. Und es scheint ganz so, als würde jemand das gleiche über Ascension sagen. Also fange ich an, es verbreiten zu wollen. Es gibt vielleicht keinen besseren Weg, um Leute wie meine Eltern zu verändern. Es könnte sie vielleicht liebevoller, mitfühlender machen... ach, vielleicht sind sie liebevoll genug, sie wissen nur nicht, wie sie es ausdrücken sollen. Ich hätte wirklich gerne, wenn sie es lernen würden. Ja, ich habe mich entschieden: Ich werde Alan bitten, mich auszubilden."

"Was sind die Voraussetzungen, um Lehrer zu werden?" fragte der Doktor.

"Etwa sechs Monate Studium vor Ort", antwortete Aphrodite. "Das ist das Minimum. Und deutliche Erfahrungen mit den ersten drei Sphären. Ich habe etwa noch einen Monat Studium übrig, und drei weitere Techniken zu lernen. Ich hoffe, dass ich im Sommer dazu qualifiziert bin, in Griechenland zu unterrichten. Obwohl ich bezweifle, dass *meine* Eltern offen genug sein werden, um zu lernen. Mein Vater führt eine Reederei, meine Mutter ist die einzige Tochter eines wohlhabenden Winzers in Thrace. Sie sind beide ausgesprochen traditionell. Sie haben mich in die Staaten zur Schule geschickt, aber das ist die Grenze ihres Engagements für den letzten Teil dieses Jahrhunderts, denke ich. Ich wurde an meinem zwölften Geburtstag mit dem Sohn eines Ölmillionärs verlobt. Sie haben mein ganzes Leben für mich geplant. Vielleicht war das der Grund, weshalb ich mich so von Alan angezogen fühlte, als ich ihn in Athen traf. Er hat mir einen völlig neuen Lebensweg gezeigt. Er ist der einzige Mann, den ich gekannt habe, der von mir als Person denkt, nicht nur als Körper. Anwesende ausgeschlossen", fügte sie errötend hinzu.

"Erzähl mir von Nanda Ishaya", fragte ich, zum Teil, um das Thema zu wechseln. "Wie ist er?"

"Ach, er ist wunderbar! Klein, jetzt in seinen Sechzigern, trägt safranfarbene Roben. Er lacht immer, ist immer fröhlich. Ich glaube nicht, dass es möglich ist, ihn in seinem Frieden zu erschüttern. Er ist unerschütterlich."

"Wie ist sein Englisch?" fragte der Doktor.

"Ausgezeichnet! Der letzte Bewahrer bestand darauf, dass er das College beendete, bevor er dem Orden beitrat. Er hat sein Diplom in Philosophie und Englisch gemacht. Die Briten haben Indien eine lange Zeit beherrscht, weißt du. Englisch ist die Amtssprache. Die meisten Bauern können es nicht so gut oder überhaupt nicht sprechen. Sie behalten ihre ursprünglichen Dialekte, aber sie können andere regionale Gruppen nicht verstehen, ohne Englisch zu benutzen. Die Wohl-habenden und die, die am College ausgebildet wurden, bevorzugen es. Es hebt sie von der Masse ab, nehme ich an."

"Erzähl uns vom Ishaya-Orden", sagte der Doktor. "Wieso glaubt jeder, dass er vom Apostel Johannes stammt?"

"Ich habe Nanda selbst gefragt", sagte sie. "Er sagte, sie haben die, Aufzeichnungen neunzehn Jahrhunderte lang im Kloster aufbewahrt. Er hat sie studiert. Er hat sogar gesagt, dass der heilige Johannes niemals gestorben ist. Er hat sich einfach in eine Höhle weiter oben in den Bergen zurückgezogen. Er war ein so vollkommener Ascension-Meister, dass er sein Herz und seinen Atem anhalten und seinen Körper je nach Willen umstrukturieren konnte. Er hat den Alterungsprozeß bezwungen und die Unsterblichkeit erlangt."

"Ach, jetzt, komm schon... ", fing ich an und fand, dass dies absurd war.

Aber der Doktor unterbrach mich: "Nein, ich glaube, dass das möglich ist. Tatsächlich ist die führende Spitze der modernen Wissenschaft nahe daran, dies nachzuweisen. Fahr bitte fort!" Er war völlig ernst. Ich sah ihn mit Erstaunen an.

"Nun, der Punkt ist", fuhr sie fort und schaute uns unsicher an, "Nandaji sagt, dass Johannes alle hundert Jahre oder so aus seiner Höhle kommt, um nach seinem Kloster und der Ishaya-Lehre zu sehen. So heißt es in der historischen Aufzeichnung. Und falls das wahr ist, und Nanda glaubt das, könnte er sich bald wieder zeigen, weil seit dem letzten Mal mehr als hundert Jahre vergangen sind. Nanda und Durga fühlen beide, dass Johannes erscheinen und einen von ihnen als den neuen Bewahrer einsetzen wird, den neuen Maharishi der Ishayas."

"Könnte nicht jemand zur Höhle gehen?" fragte ich, ohne nur einen Augenblick an diese höchst unwahrscheinliche Geschichte zu glauben, war aber für den Moment gewillt, mitzuspielen. "Hingehen, den Apostel Johannes finden und ihn fragen? Sicherlich würde Durga seine Opposition gegen die Ausbreitung von Ascension auf der Welt fallen lassen, wenn Johannes ihm sagen würde, er muss."

"Sicherlich würde er das", stimmte Steve zu, "aber was, wenn Johannes sich für ihn entscheidet anstatt für unseren Typ? Wo wären wir dann? Wenn der heilige Johannes Ascension Leuten wie uns zugänglich machen möchte, warum würde er so viele Schwierigkeiten auf sich nehmen, um es zu verbergen? Mitten im Himalaja, das ist keine freundliche Umgebung, nach allem, was ich so gehört habe. Kein logischer Ort, um eine Lehre hinzubringen, die dazu gemacht ist, die Welt zu revolutionieren. "

"Nun", sagte ich nachdenklich, da niemand anders ihm antwortete, "lass uns um der Diskussion willen annehmen, alles ist wahr. Johannes hätte, vermute ich, den Fall von Rom und das dunkle Zeitalter, das wie ein Schleier der Verzweiflung über Europa herabkommt, vorhersehen können. Er hätte ebenfalls gewusst, was mit der Lehre Christi passieren würde, wie sie solchermaßen verdreht werden würde. Vielleicht war der einzige Weg, den er sehen konnte, um das Überleben von Ascension zu gewährleisten, es vor der Welt bis heute verborgen zu halten. Heutzutage, durch die Massenkommunikation, ist die ganze Erde in einem globalen elektronischen Netzwerk vereint. Es wäre schwer, Ascension aufzuhalten, wenn es einmal zugänglich gemacht worden ist. Wenn, zum Beispiel, einmal ein Buch darüber veröffentlicht ist, wer könnte jemals hoffen, es wieder aufzuhalten?"

"Das erklärt, wieso Durgas Nachfolger so gewalttätig sind!" rief Sharon aus. "Sie wissen, dass es kein Aufhalten geben wird, wenn das Geheimnis der sieben Sphären einmal draußen ist. Aus ihrer Perspektive muss es als die ultimative Blasphemie erscheinen. Sie versuchen, eine Lawine zu stoppen, bevor sie ins Rollen kommt."

"Aber es ist eine Lawine des Guten!" protestierte der Doktor.

"Für uns ist es so, sicher. Aber für sie könnte es wie das Ende der Welt aussehen. Ungläubige mit unendlicher Macht? Denk an ihren Hintergrund! Ihre gesamte Tradition ist auf Furcht aufgebaut. Der Gedanke daran, dass wir rohen, barbarischen westlichen Menschen die auf der Welt kostbarste und geheimste Lehre besitzen könnten, muss ihnen Alpträume bereiten."

"Aber wie können sie richtig Ascenden?" fragte der Doktor. "Selbst die erste Technik zeigt, dass das gesamte Leben zusammen zum Guten wirkt. Wie könnten sie das nicht verstehen?"

"Ich frage mich, ob sie überhaupt Ascenden", grübelte Sharon. "Es gibt keine Garantie, dass ihr Meister ihnen irgend etwas Wahres beigebracht hat. Wenn man sich anschaut, wie sie arbeiten, würde ich sagen, er hat es ihnen nicht gezeigt. Vielleicht wartet er auf die Zustimmung von Johannes, bevor er irgend etwas Authentisches unterrichtet."

"Diese Typen im nachhinein zu beurteilen, scheint schwierig zu sein", sagte ich. "Ich bin mir nicht sicher, ob es sich lohnt."

"Ich glaube, du hast recht", stimmte Dave zu. "Alles, was wir wirklich machen können, ist, unsere Erfahrung zu erweitern, so viele Techniken anzuwenden, wie wir haben. Ascension scheint soweit logisch und ohne Widersprüche zu sein. Ich habe begonnen, den tiefen Nutzen im Sinne von innerer Ruhe und tiefgehender Erholung zu bemerken. Das ist alles, was ich feststellen kann, bis jetzt. Es ist sogar möglich, dass wir alle eine intensive Gruppenparanoia entwickelt haben. Wir könnten zwei Unfälle gesehen haben, unglücklich, zufällig, aber nichtsdestoweniger Unfälle."

'Vielleicht", sagte ich, nicht überzeugt. "Nun, lass uns weiterhin vorsichtig sein, o.k.? Dite, was hast du diesen Polizisten gesagt, wo Dave in Athen übernachten würde?"

"Wieso? Im Grand Bretagne, wo Lila für uns reserviert hat. Gehen wir nicht dorthin?"

"Ich denke, das wäre eine sehr schlechte Idee. Ich denke, wir müssen in Athen untertauchen. Ein Hotel irgendwo im Zentrum der Stadt nehmen und von der Bildfläche verschwinden. Ich würde es vorziehen, wenn du einen anderen Ausweis hättest, Dave. Sie könnten versuchen, dich von der Abreise am Sonntag abzuhalten."

"Dafür kann ich sorgen", sagte Aphrodite. "Ich kenne ein paar Leute, die wir morgen treffen können. Es ist ziemlich einfach. Ich kann auch Visa beschaffen. Meine Tante war einmal mit dem indischen Botschafter zusammen."

"Gut!" rief ich erleichtert aus. Zwei Probleme gelöst. Dave war der einzige, der seinen Namen dem Militär angegeben hatte. Ich glaubte nicht, dass sie gemerkt hatten, dass wir zusammen reisten. Wenn wir indische Visa beschaffen *und* Griechenland mit ihm unter einem anderen Namen verlassen könnten, würde es für jedermann schwieriger werden, uns zu folgen. Es hatte schon zu viele Überraschungen auf dieser Reise gegeben. Ich wollte weitere vermeiden.

Ich war mir sicher, darin enttäuscht zu werden.

13

Ein Orakel

Wir kamen mitten in der Nacht in Piräus an. Es waren so viele Passagiere, dass wir kein Taxi bekamen, aber der Bahnhof war in der Nähe, nur etwas nördlich gelegen. Glücklicherweise fuhr fünfzehn Minuten, nachdem wir dort angekommen waren, ein Zug nach Athen.

Unsere acht Kilometer lange Fahrt endete nördlich der Akropolis, wo die Athena-Straße in die Hermes-Straße mündet. Wir spazierten durch diesen lieblichen Teil Athens, der als die Plaka bekannt ist, suchten ein Hotel und verrenkten unsere Köpfe wegen der phantastischen Aussicht auf den Pantheon hügelaufwärts. Die meisten Pensionen und Hotels waren voll, aber schließlich entdeckten wir eine nett aussehende Unterkunft auf Apollonos namens Omiros. Dreihundert Meter südwestlich lag der Pantheon, etwa fünfhundert Meter nordwestlich befand sich der Lykabettos, der Berg, auf dem an diesem Abend die weltberühmte Osterfeier stattfinden sollte.

Der Wirt, ein großer und phlegmatischer Grieche, war nicht gerade hocherfreut, um 3 Uhr morgens von fünf erschöpften Reisenden geweckt zu werden, aber die Schönheit von Sharon und Aphrodite besänftigte ihn etwas; ebenso wie die Nachricht, dass wir fünf Räume me *bánio* - mit eigenem Bad - haben wollten.

Er nahm an, dass wir für das große *Páscha*- Fest, die Osterfeier, hier waren. Wir erwiderten, dass wir froh seien, an solch einem Wochenende ein Zimmer zu finden.

"Sie haben wirklich Glück! Ich hatte fünf Räume *me bánio* reserviert, bis Mitternacht, aber diese Leute sind nicht angekommen. Ich hatte schon Angst, dass ich dieses Jahr in der heiligen Woche Geld verlieren würde. Ich bin so froh, dass Sie gekommen sind."

"Vielen Dank, dass Sie uns aufgemacht haben", sagte Sharon, als wir die Treppe zu unseren Zimmern hinaufstiegen.

Ich stellte ihre Tasche vor die Tür ihres Zimmers und suchte nach meinem. Aber sie sagte: "Lass uns morgen nach Delphi fahren, ja? Ich glaube, es ist wichtig, dass wir das machen."

"Sharon! Es ist so spät! Doktor Dave muss sich einen neuen Ausweis besorgen. Wir brauchen Visa. Wir fliegen am Sonntag nach Indien. Glaubst du nicht, es wäre besser, den morgigen Tag hier zu verbringen, auszuruhen und zu Ascenden? Es wird eine anstrengende Reise werden."

"Dite und Steve werden dem Doktor helfen, seine Papiere zu bekommen. Sie besorgen auch die Visa für uns. Ich fahre. Du brauchst nicht mitzukommen, wenn du nicht willst", sagte sie niedergeschlagen.

"Hey, ich habe nie gesagt, dass ich nicht mit dir fahren möchte", sagte ich frustriert, "nur, dass man den morgigen Tag vielleicht weiser verwenden könnte; sich tagsüber ausruhen, nachts die Osterfeier anschauen, besser für die Reise am Sonntag vorbereitet sein. Es war ein aufreibender Tag."

"Ach, wir haben den größten Teil des Tages Ascendet. Du kannst gar nicht so müde sein."

Das war wahr. Der größte Teil der Reise war dem Ascenden gewidmet gewesen. Eigentlich fühlte ich mich ausgeruht. Aber ich war noch nicht bereit aufzugeben und sagte: "Ich bin *überhaupt* nicht tief gekommen. Nur ein Gedanke nach dem anderen, meistens über den Unfall. Ich hatte den ganzen Tag kaum eine Chance, die Technik einzuführen."

"Aber wie fühlst du dich jetzt?" fragte sie mit weitäugiger Arglosigkeit.

Ich schaffte es nicht, weiterhin etwas vorzuspielen, als ich diese unglaublichen blauen Augen sah.

"Ehrlich gesagt, recht gut. Wirklich ausgeruht. Erstaunlich. Aber wieso nach Delphi fahren? Das muss mindestens drei oder vier Stunden mit dem Auto von hier sein. Ist es so wichtig, es zu besichtigen?"

"Ich will es nicht besichtigen. Es ist *wichtig* für uns, dorthin zu fahren. Es ist nur Intuition, aber wenn ich es ignoriere, werden wir etwas nicht lernen, was wir lernen sollen. Das ist es, was ich denke."

Der Morgen fand uns um 8 Uhr ein Auto mieten und nach Nordwesten in Richtung der Vororte fahren. Selbst zu solch früher Stunde an einem Feiertagssamstag auf einer gut ausgebauten Autobahn waren die athenischen Autofahrer gefährlich. Sie schienen alle zu glauben, dass ihnen die Straße gehört, und waren zutiefst verletzt, wenn irgend jemand sich traute, vor ihnen zu fahren, selbst auf der Autobahn. Es war ein furchtbares Erlebnis, in Griechenland zu fahren.

Ich war froh, als die Stadt endete, und noch glücklicher, als wir aus den Vororten hinaus waren. Wir fuhren in eine Landschaft spärlicher Oliven- und Mandelbäume, als wir allmählich anfingen, uns Bergketten hinauf- und hinunterzuwinden. Sharon Ascendete etwa eine Stunde lang, gleichermaßen desinteressiert an der erstaunlichen Aussicht und dem potentiellen Blutbad der anderen Autofahrer, die ihr Bestes taten, uns und einander umzubringen.

Sie öffnete ihre Augen etwa zu dem Zeitpunkt, als wir ins moderne Thiva kamen, Stätte des einstmals berühmten Theben. Es gab nicht mehr viel Interessantes an dieser Stadt, nicht viel war von der historischen Größe übrig, als sie Athen und Sparta zur Übergabe der Herrschaft über die griechische Welt herausforderte.

"Theben war die Stadt von König Ödipus", sagte Sharon, als wir durch den enttäuschenden Ort fuhren.

"Der seinen Vater tötete und seine Mutter heiratete", sagte ich düster.

"Wieso deprimiert dich das?"

"Mein Vater starb, als ich vierzehn war. Ich hatte gerade meine Sexualität entdeckt. Zu dieser Zeit hatte ich perverser weise gehofft, dass er weggehen würde, damit ich meine Mutter ganz für mich alleine haben könnte. Als er starb, fürchtete ein Teil in mir, dass ich das verursacht hatte."

"Was für ein Zeitpunkt für ihn, zu sterben! Das muss furchtbar für einen jungen heranwachsenden Menschen gewesen sein."

"Es war schrecklich. Er war ein ziemlicher Dummkopf, mein Vater. So wie deiner. Wenn er mich nur mehr geliebt hätte, hätte er seine Gewohnheiten geändert und wäre nicht gestorben. Nicht dass ich in diesen Tagen sehr liebenswert war! Dicklich, Brille, im Begriff, ein antisozialer kleiner Langeweiler ersten Ranges zu werden. Ich hatte nicht viele Freunde vor der High-School. Von meiner Familie hatte ich Verachtung gelernt, aber nur wenig über erfolgreiche zwischenmenschliche Beziehungen. Ich war ein einsames Kind.

Das ist einer der Gründe, wieso ich meine Kinder in einer kleinen Stadt aufwachsen lassen wollte. Persönlicher, eine wirkliche Chance für lebenslange Freunde. Nicht wie das riesige Seattle... Sharon, was denkst du über das Dasein einer Stiefmutter?"

"Wieso? Ich denke, es ist eine harte Aufgabe: Die Kinder müssen nicht nur ihre Eifersucht überwinden, sie müssen auch die Autorität des neuen Elternteils akzeptieren. Aber wenn ich einen Mann genug lieben würde, um ihn zu heiraten, würde ich dafür sorgen, dass es klappt, mit bedingungsloser Liebe. Wieso? Hast du daran gedacht, mich zu fragen, ob ich dich heirate?"

Ihre offene Aufrichtigkeit brachte mich schockiert zum Schweigen. Ich schloss meine Hände um das Lenkrad und starrte auf die Straße, versuchte, die plötzlichen Wellen der Angst, die durch mich hindurch-rollten, zu kontrollieren.

Die Olivenbäume der attischen Halbinsel waren Weizenfeldern gewichen. Die schneebedeckte Spitze des Berges Parnassus, wo Delphi lag, erschien immer ehrfurchtgebietender, je weiter wir in Richtung Nordwesten fuhren. Wir fuhren an vielen kleinen Kapellen, die entlang der Straße standen, vorbei. Ihre Größe reichte von kleinen brief-kastengroßen auf Steinpfeilern bis hin zu kleinen Tempeln mit Ikonen darin. Mir wurde klar, dass sie den Ort tödlicher Unfälle kennzeichneten. Aus dem gewaltigen Unterschied in Konstruktionsstil und Qualität ließ sich ableiten, dass die Verwandten der Verstorbenen sie errichtet hatten. Wenn man bedachte, wie alle Griechen fuhren, war es sehr wahrscheinlich, dass irgendwann jede Straße in Griechenland von diesen kleinen Bauten dicht gesäumt sein würde.

Als die Straße sich die Nordseite des sich verengenden Tales hoch-
zu winden begann, erschienen haufenweise hellblaue Bienenstöcke,
tausende und abertausende. Ich hatte in meinem ganzen Leben noch nie
so viele Bienenstöcke gesehen. Die sanften Abhänge der Berge waren
mit Arbutus, Heidekraut und anderen niedrigen Sträuchern bedeckt, die
so aussahen, als könnten es Heidelbeer- oder Blaubeersträucher sein. Ich
fragte mich, wie Honig aus so einer Mischung wohl schmecken würde.
Später erzählte mir Aphrodite, dass der Honig aus dieser Region in ganz
Europa berühmt sei.

Vielerorts führte die Straße an steilen Klippen entlang, typischerweise ohne Leitplanken. Als wir weiter hinauffuhren, kamen wir an
großen Herden von weißen und schwarzen Ziegen mit geschwungenen
Hörnern vorbei, die von Schafhirten gehütet wurden, die so aussahen, als
gehörten sie in ein Gemälde aus dem Alten Testament, komplett mit den
krummen Stäben, griechischen Bauernkleidern und Hunden. Hier und da
gab es einfache Steinhäuser, wahrscheinlich Schutzhütten für die Hirten
während der Winterstürme.

Ich tat so, als wäre alles, was ich sah, vollkommen faszinierend,
damit ich vermeiden konnte, zu denken oder Sharon zu antworten. Die
ganze Zeit, während ich meine Gefühle unterdrückte, saß sie still und
wartete geduldig.

Nachdem fast eine Stunde damit vergangen war, fingen die Berge
an, sich mehr und mehr zu verdichten. Wir kamen an eine Kreuzung von
drei Straßen, nahe einer Schlucht zwischen zwei hohen Hügeln. Dort war
ein Durcheinander von Schildern. Aus einem Impuls heraus fuhr ich an
den Straßenrand, um sie zu lesen. "Schiste", buchstabierte ich mühselig.
"Triodus. Distomo." Dann sah ich eines in Englisch: "Hier tötete Ödipus
seinen Vater."

"Verdammt", rief ich und schlug so heftig auf das Steuerrad, dass es
knackte. "Ich verdiene es nicht, dich zu heiraten. Ich verdiene es nicht,
irgend jemanden zu heiraten! Ich kann mir nicht einmal die Alimente
leisten. Natürlich habe ich daran gedacht. Ja, ich liebe dich. Ich bete dich
an! Ich kann mir nicht vorstellen, einen Tag ohne dich zu leben - aber
mein Leben ist *ruiniert!* Ich habe dir *nichts* zu bieten."

"Nun, *ich* glaube, du hast etwas zu bieten, weißt du", sagte sie warm, nicht im geringsten von meinem Ausbruch gerührt. "Du hast mich mutig auf dieser Suche begleitet, einem Abenteuer, das zumindest furchterregend und wahrscheinlich extrem gefährlich ist. Du bist also tapfer.

Du hast Ascension angenommen. Obwohl du ein Theater darum machst, weiß ich, dass du es liebst. Du willst es bis zum Ende verfolgen. Also sind deine Prioritäten direkt und klar.

Du hast auch *mich* angenommen. Ich sehe das, auch wenn du es versteckst. Ich kann deine Liebe in dir sehen. Dein Selbstbild versucht, es zu blockieren, aber dein Herz weiß, was es weiß. Es ist tief, und es ist stark. Also liebst du mich.

Mir ist deine Vergangenheit egal. Sie existiert nicht. Deine gegenwärtige finanzielle Not beschäftigt mich auch nicht, weil wir uns vorwärts bewegen, du und ich, in eine glorreiche neue Zukunft, magisch und wunderbar. Alles wird gut werden. Du wirst es sehen.

Hier, lass mich fahren! Genieße für eine Weile diese wunderschöne Berglandschaft! Oder noch besser, Ascende und schau, was passiert, o.k.?"

Ich folgte ihrem Vorschlag und Ascendete. Innerhalb einiger Minuten fühlte ich mich viel besser, war aber der Lösung meiner Hauptprobleme nicht näher gekommen.

Innerhalb einer weiteren halben Stunde oder so kamen wir zu einer malerischen, kleinen Stadt namens Arakhova, hoch auf einem Felsensporn des Parnassus gelegen, über einer großen Schlucht. Die weißen Häuser stiegen in mehreren Terrassen bis zu einer Kirche an, die ganz oben stand. Die Stadt war hübsch und einmalig. Mehrere große Wasserläufe liefen den Straßen entlang den Berg hinunter. Wir beschlossen, anzuhalten und ein Picknick zu kaufen - Brot, Käse und viele Früchte -, um es in Delphi zu essen.

Als wir auf der anderen Seite von Arakhova hinunterfuhren, sahen wir, dass das Tal von silbergrünen Olivenbäumen bedeckt war, von welchen einige riesig und uralt waren. "Ich habe gehört, dass Olivenbäume tausende von Jahren leben können", sagte Sharon und bewunderte sie. "Einige von ihnen waren vielleicht schon am Leben, als Christus in Galiläa lehrte. Einige von ihnen waren vielleicht schon am Leben, als Xerxes besiegt wurde. Das ist so erstaunlich für mich."

Parnassus fing an, viele Farben in seinen Felsen zu zeigen. Als wir den Berg in S-Kurven hinunterfuhren, sah ich unter mir das glänzende Band eines Flusses, der sich seinen Weg zum azurblauen Golf von Korinth wand. Unsere Straße blieb hoch über der Schlucht zu unserer Linken. Die Aussicht darauf wurde oft durch Weinberge und Oliven- und Mandelhaine verdeckt. Plötzlich waren zwei Adler über uns zu sehen. Sharon sagte: "Ich habe gelesen, dass Delphi bei den alten Griechen 'der Nabel der Welt' genannt wurde. Zeus ließ zwei Adler frei, um das Zentrum des Universums zu finden. Sie flogen in entgegengesetzte Richtungen und trafen sich schließlich in Delphi."

Sie fuhr uns langsam den Berg hinunter, bis wir, ohne Vorwarnung, an einem Friedhof vorbei um eine scharfe Kurve bogen und die Ruinen erreichten. Ein modernes und hässliches Museum aus weißem Beton mit großem Parkplatz lockte unser Auto an. Wir stiegen in die mittägliche Sonne des uralten Schreins aus.

Zwei der gewaltigen grauen Felsen von Parnassus überragten uns, rostig gestreift, im Norden. Ihre rissigen Gesichter reflektierten strahlend das blendende Sonnenlicht. Im Süden war ein anderer Berg. Die Schlucht, der wir von Arakhova her gefolgt waren, verbreiterte sich an seinem mit Olivenbäumen bewachsenen Fuß, bis sie die unterhalb liegende Bucht erreichte. Solcherart war die physische Umgebung des Herzens des uralten Griechenlands. Aber die Erhabenheit und die lebendige Stille gingen weit über Worte hinaus.

"Wir müssen bei der Kastella-Quelle anfangen", sagte Sharon ernst, als sie den Führer und die Landkarte studierte, die wir im Museum gekauft hatten. "Es gibt hier mehrere Quellen, aber Kastella war *das* heilige Wasser. Jene, die hierherkamen, um den Rat des Orakels zu suchen, wurden angewiesen, sich zuerst darin zu reinigen. Die meisten wuschen ihr Haar, aber Mörder mussten sich baden."

"Ich frage mich, wie lange ich mich einweichen sollte", murmelte ich, aber die Herrlichkeit dieser kolossalen Ruine machte es mir unmöglich, für längere Zeit in dunklen Gedanken zu schwelgen.

Die Quelle lag nahe dem Spalt zwischen den bei den Felsen von Parnassus. Ein großer Fluss lief zwischen ihnen hindurch. Ich dachte zuerst, dass er von der heiligen Quelle kommen könnte, merkte aber bald, dass er von den weiter oben auf dem Berg gelegenen Hochebenen herunterfloss. Kastella lag etwas östlich der Spalte. Ihre uralte, aus dem Fels des Berges gemeißelte Fassade war immer noch zu erkennen, aber die ursprünglichen Wasserbehälter und Becken waren schon lange beschädigt und zerbrochen. Es gab einige in den Felsen gemeißelte Treppenstufen, die hinunterführten. Wir hielten unsere Hände in ihren klaren Teich und ließen das Wasser über unsere Köpfe tropfen. In der Nähe gab es einen schattigen Hain. Wir beschlossen, uns dort hinzusetzen, nahe der heiligen Quelle, um unser Picknick zu essen. Aus irgendeinem Grund waren heute nur wenige andere Touristen unterwegs.

"Wohin als nächstes?" fragte ich, als ich einen großen Brocken Käse und Brot in der einen Hand und den offenen Führer in der anderen hielt. "Es gibt einen Tempel für Athena und einen berühmten runden Tempel, der 'der Thoros' genannt wird, dort drüben, im Südosten, siehst du ihn? Und dort hinten, in der anderen Richtung, sind die ‚heilige Straße' und der Tempel des Apollo, auf dessen Wänden einst der Spruch 'Erkenne dich selbst' geschrieben stand. Ganz Delphi war Apollo geweiht, dem Sonnengott der Kreativität, Kunst, Musik und Weissagung. Er kam von Kreta auf einem Delphin reitend hierher, so lautet die Geschichte. Daher der Name Delphi. Delphinos heißt Delphin auf Griechisch.

Es gibt dutzende, vielleicht hunderte verfallene Tempel hier. Jeder Stadtstaat im alten Griechenland hatte sein eigenes Schatzhaus in Delphi, heißt es. Es war für sie wirklich der Nabel der Welt, das Zentrum ihres Universums." So viel zu sehen, so wenig Zeit.

"Weiß du", sagte sie langsam, "ich glaube nicht, dass wir hierher gekommen sind, um Delphi zu besichtigen. Ich denke, wir sind hier, um etwas zu lernen."

"Und was ist das?" fragte ich neugierig.

"Ich habe nicht die geringste Ahnung! Wo war das Orakel? Ich würde gerne als nächstes dorthin gehen. Vielleicht werden wir eine Art Inspiration erhalten."

"Es war im Tempel des Apollo, glaube ich", sagte ich, rasch lesend.

"Ja. Lass sehen! Die *Pythia,* die Orakel- Priesterin, war eine Bäuerin von mindestens vierzig Jahren. Die Pythia aß Bucht-Lorbeerblätter und atmete dann die Dämpfe ein, die durch einen Riss im Fels emporstiegen. Es ist vulkanisch hier, weißt du; es hat viele Erdbeben gegeben. Es heißt, dass eines gerade rechtzeitig kam, um Xerxes von der Plünderung der Tempel abzuhalten. Die Pythia atmete die Dämpfe ein, fiel dann in Trance und gab mystische Phrasen von sich, die die Priester in Verse übersetzten, um Fragen zu beantworten. Hört sich wie eine Vor-Christus-Version von ‚mit Zungen reden' an, nicht?

Die kryptischen Antworten halfen meist nicht viel. König Krösus von Lydia fragte etwa, ob er Persien angreifen solle - das war vor Xerxes, glaube ich -, und das Orakel antwortete, 'Wenn du in Persien einmarschierst, wirst du ein Reich zerstören', was sich wie ein ziemlich klares 'Ja' anhörte. Somit zog Krösus in den Krieg und wurde vernichtend geschlagen. Es war sein Reich Lydia, das zerstört wurde.

Die Athener fragten; ob Xerxes sie besiegen würde. Das Orakel sagte, dass alles den Persern zufallen würde, außer einer Wand aus Holz. Sie interpretierten das so, dass ihre hölzerne Flotte ihn stoppen würde. Was sie natürlich tat.

Ich fange an zu verstehen, wieso Dr. Dave so durch die Geschichte dieses Landes bewegt ist. Sie spricht einen einfach immer wieder an, nicht wahr?"

"Wieso wurde die Priesterin Pythia genannt?"

"Lass mich sehen! Ah, hier! Pythia heißt Python. Apollo tötete die Python, der dieser Platz gehörte, als er hierher kam."

"Hey, all das bedeutet etwas. Ich bin mir sicher!" rief Sharon lebhaft.

"Apollo war der Gott der Sonne, des Bewusstseins, der kreativen Inspiration, der Musik, der Poesie. Und woher kommt Inspiration? Tief aus dem Bewusstsein, genau von dort. Deshalb ist das Symbol des Unbewussten oft ein Delphin, der unter die Wellen taucht. Oder eine

Schlange, die im Erdreich wohnt. In Indien zum Beispiel wird die Macht des Lebens, die Kundalini, oft als zusammengerollte Schlange dargestellt, die an der Basis der Wirbelsäule liegt und darauf wartet, durch das Nervensystem aufzusteigen, um Erleuchtung zu bringen. Also hat die Pythia des Delphin-Apollo, die Tochter der Python, die Dämpfe, die aus der Erde, aus Gaia, emporstiegen, inhaliert, und dies gab ihr die Macht der Prophezeiung, der reinen göttlichen Inspiration. Das *ist* wunderbar! Steigen diese Dämpfe immer noch auf?"

"Anscheinend nicht. Eines der Erdbeben hat sie wahrscheinlich stillgelegt. Außer es war alles metaphorisch. Es heißt hier, dass Julius der Abtrünnige, einer der letzten römischen Kaiser (er war nur zwei Jahre im Amt, von 361 bis 363 n. Chr.), im Jahre 362 n. Chr. Boten nach Delphi sandte, um zu erfragen, wie er Apollo am besten dienen könne. Das Orakel antwortete:

> *Sage ihm: Kaiser, die Lorbeeren sind um geschnitten,*
> *das schön geschmiedete Haus ist eingestürzt,*
> *Apollo wandelt hier nicht mehr;*
> *selbst das Wasser singt in stiller Furcht.*

Ich nehme an, dass vor langer Zeit alle zusammenpackten und fortgingen."

"Ich bin frustriert", seufzte sie .. "Die Ansammlung zerstörter Tempel dort drüben ist ohne Zweifel faszinierend, aber kaum die Fahrt wert. Es mag nach der Akropolis und dem Pantheon die beste Ruine in Griechenland sein, aber es ist immer noch nur ein Haufen alter zerfallener Gebäude. Was wir gerade entdecken, ist eine lebende Tradition. Ascension ist heute, was Delphi für jene Griechen war. Ein Weg der Kommunikation mit der Göttlichkeit. Doch anstatt nach außen zu schauen, Rat und Beratung bei anderen zu suchen - bei Orakeln, Priestern, Geistlichen und Ärzten - lehrt Ascension, wie wir Gott direkt kontaktieren, indem wir in uns hineinschauen."

'Wieso sind wir hierher gekommen? Du hättest letzte Nacht nicht so eindringlich darauf bestanden, wenn du nicht geglaubt hättest, dass es uns *etwas* sagen könnte."

"Ich weiß nicht! Ach, lass uns hinunter zu Apollos Tempel gehen. Vielleicht kommt uns eine Idee."

Wir folgten der ‚heiligen Straße' am Fuße des Berges. Es war offensichtlich, wieso Delphi hier erbaut worden war. Die riesigen Felsen oberhalb bildeten einen großartigen Hintergrund zur bedeutendsten Kirche des alten Europa. Die Sonne schien voll auf die Felsen, brachte die Farben in den Spalten zum Glühen, färbte die Schatten purpur und zeichnete jede Felsspitze des Berges scharf gegen den leuchtenden azurblauen Himmel ab. Ich konnte verstehen, wieso diese Zwillingsfelsen *Phaedriades,* die Scheinenden, genannt wurden. Ich hatte gelesen, dass diejenigen, die eines Sakrilegs schuldig waren, von den östlichen Klippen in den Tod geworfen wurden. *Wie konnte irgend jemand ein Sakrileg gegen ein Orakel begehen?* fragte ich mich und erinnerte mich dann mit einem Schaudern an die gestrige Explosion.

Bevor wir die alte Mauer erreichten, die um den Haufen verfallener und teilweise restaurierter Gebäude errichtet war, blieb Sharon plötzlich stehen, legte ihren Kopf auf eine Seite und schaute über die Schlucht nach unten. Ein riesiger, goldener Adler kreiste dort. Waren die anderen zwei golden gewesen? Ich glaubte es nicht, war aber mehr über die Veränderungen in ihr besorgt. "Sharon", sagte ich beunruhigt, "bist du in Ordnung?" Alle Farbe war aus ihrem Gesicht gewichen. Sie starrte wie im Schock über das Tal.

"Die zweite Ascensiontechnik! Ich weiß, was sie *bedeutet!* Dieser Adler... die Schönheit hier... mein Herz schwillt vor Dankbarkeit... ich verstehe! *Ich verstehe!* Dies ist alles eine Projektion von mir! Es ist alles für mich erschaffen worden! Ich habe Delphi erbaut! Ich habe Athen erbaut! Ich habe Rom erbaut!"

'Was meinst du? Reinkarnation! Erinnerst du dich, hier gewesen zu sein?"

"Nein, das ist es nicht, aber doch, ja! Ich bin hier gewesen! Ich bin jeder einzelne dieser Millionen, die hierher zur Stadt des Delphins gekommen sind und nach Antworten in einer verwirrenden Welt gesucht haben. Ich bin jede der Pythias, die die Dämpfe der Gaia eingeatmet und prophezeit haben. Ich bin die Christen, die die alten Tempel entstellt haben, die die Lehre Christi vom ersten Tage an   missverstanden haben. Ich bin die Touristen. Ich bin die zeitlosen griechischen Bauern. Ich bin

Gaia, die Mutter! Ich bin Delphi! Ich bin Parnassus! Ich bin die Erde! All dies kommt aus mir heraus! Dieser Adler bin ich! Der Boden bin ich! Diese Bäume bin ich! Du bist ich! Die ganze Welt ist ein Teil von mir, ein Teil meines Körpers. Es ist alles ich; ich bin es gewesen, es wird niemals etwas anderes als ich sein! Alles ergibt vollkommen Sinn. Ach, meine Worte können nicht beschreiben, wie ich es sehe. Ödipus machte sich selber blind, als er erfuhr, dass er seinen Vater getötet und seine Mutter geheiratet hatte und seine Frau/Mutter sich erhängt hatte. Aber was war erblindet? Und wer ist gestorben? Es passt alles zusammen, ein perfektes Mosaik der Wunder! Es ist alles in mir! Es ist alles für mich erschaffen worden! Ich habe das Leben erschaffen! Ich habe die Liebe erschaffen! Ich habe den Tod erschaffen!"

"Sharon!" rief ich; ich wusste nicht, was ich tun oder sagen sollte.

"Sharon. Bist du in Ordnung?" Ich nahm ihre Hände und starrte in ihre Augen. Hatte sie eine Art Zusammenbruch? Aufgrund der Anstrengung der Reise, was zu den zwei Unfällen hinzukam? Sie schien nicht unglücklich zu sein, eher wild, mit einer wahnsinnigen Emotion, die Ekstase hätte sein können. Ihre Pupillen waren völlig geweitet, was bei diesem strahlenden Sonnenlicht erstaunlich war. War eine der Orangen, die sie gegessen hatte, schlecht gewesen? Oder die Trauben? Sie hatte weder Brot noch Käse gegessen. "Sollen wir zurück nach Athen? Oder hierbleiben, mehr erforschen?"

"Es ist egal, wohin wir gehen! Ich bin Athen! Ich bin Delphi! Ich sage dir: Ich erschaffe das ganze Universum, in diesem Moment! Alles davon, all seine Geschichte. Ich habe alles erschaffen! Ich bin Du! Nichts anderes als Du, nichts anderes als ein Gedanke von dir. Du siehst mich nicht, du siehst deine Projektion von mir, was mehr oder weniger dem gleicht, wer ich bin, aber nicht *ich* ist. Du erschaffst dein eigenes Universum! Du projizierst das alles! Und ich erschaffe meines. Manchmal überlappen sich unsere Schöpfungen. Wir nennen das Kommunikation. Verstehst du das?"

"Ich habe nicht die geringste Ahnung, wovon du sprichst", antwortete ich entmutigt und war durch die Veränderungen an ihr erschrocken. "Ich denke, wir sollten gehen. Wenn wir jetzt losfahren, werden wir die meiste Zeit bei Tageslicht reisen. Nach Einbruch der Dunkelheit in Athen zu fahren, gefällt mir nicht. Wir könnten sogar rechtzeitig zum Abendessen mit den anderen zurück sein und dann mit ihnen für die Osterfeier um Mitternacht zusammen sein. Hört sich das gut an, Sharon?"

"Schön. Was auch immer. Mach dir keine Sorgen um mich, o.k.? Ich habe gerade eine wunderbare Zeit. Ich habe gerade eines der größten Geheimnisse des Universums entdeckt. Die zweite Technik ist viel mächtiger, als ich angenommen habe. Glaube mir, ich bin in Ordnung. Ich bin *äußerst* zufrieden, wirklich."

Dies war die Sharon, die ich kannte, sie kam gerade zurück von wo immer sie gewesen war. Ich hauchte einen Seufzer der Erleichterung. Wir gingen die ‚heilige Straße' hinunter, vorbei an den alten Tempeln und Schatzkammern, und kehrten zu unserem Wagen neben dem armselig entworfenen Museum zurück.

"Wäre es in Ordnung, wenn du wieder fahren würdest?" fragte sie fröhlich. "Ich möchte, so lange ich kann, damit fortfahren, dies zu erforschen. Ich lerne so viel."

"Kein Problem", sagte ich und öffnete ihr die Türe.

14

Die Auferstehung

Durch außergewöhnliche Fahrgeschicklichkeit gepaart mit *extremem* Glück beim Überleben der griechischen Autofahrermentalität schafften wir es, rechtzeitig zum Abendessen mit unseren Freunden im Omiros zurück zu sein. Sie gingen gerade durch die Vordertüre, als wir die Treppen hinauf eilten.

"Schön, dass ihr hier seid!" riefen sie und umarmten uns.

"Wir waren gerade auf dem Weg zum Abendessen auf dem Lykabettos", sagte der Doktor. "Dite weiß einen speziellen Ort, wo sie gerne isst, wenn sie in Athen ist."

"Wartet ihr, während ich mich umziehe?" fragte Sharon und eilte auf ihr Zimmer.

Ich war mit dem zufrieden, was ich anhatte, aber es schien mir weiser, ihrem Beispiel zu folgen. Ich schaffte es irgendwie, schneller als sie zu den anderen in die Lobby zurückzukehren. Ich fragte sie, wie ihr Tag gewesen war.

"Sehr erfolgreich", antwortete Dave. "Die Sache mit dem Pass war einfach: dauerte nur zwei Stunden. Und die Visa gingen sogar noch schneller. Wir haben ein paar Kleidungsstücke für mich gekauft und dann den Rest des Nachmittages auf der Akropolis verbracht, wo wir Ascended haben. Ich hatte einen wunderbaren Tag."

"Wir auch", sagte Aphrodite, hielt Steves Hand und schaute ihn voll Liebe an. "Ich freue mich so, es dir mitzuteilen: Wir sind *verlobt.*"

"Hey! Kein Scherz! Das ist *großartig!*" sagte ich und meinte es auch. Aber gleichzeitig fühlte ich mich schuldig, Sharon heute morgen so armselig geantwortet zu haben. Die Fahrt von Delphi nach Hause war ruhig gewesen. Sie hatte die meiste Zeit Ascended, bis wir das Steuer gewechselt hatten, als wir an Thiva vorbeigefahren waren, damit ich vor dem Abendessen auch Ascenden konnte. Wir hatten nicht mehr über ihr Erlebnis in Delphi gesprochen oder über Heirat. Ich fühlte mich auf der einen Seite erleichtert und auf der anderen enttäuscht. Hatte ich bereits meine einzige Gelegenheit mit ihr verpasst? Was solch eine Schönheit in mir sehen konnte, war jenseits meines Verständnisses.

Sharon kam aus ihrem Zimmer die Treppen hinunter und sah in einem himmelblauen Abendkleid mit einem Schal in Kaschmirgold einfach hinreißend aus. *Wie kann sie so viele Kleider in ihrer kleinen Tasche haben?* fragte ich mich, verblüfft über die Mittel und Wege der Frauen. *Sie mag mich? Unmöglich!*

Wir nahmen ein Taxi zur nördlichen Ecke des Lykabettos, etwa dreißig Blöcke von unserem Hotel entfernt. Aphrodites spezielle Taverne, merkwürdigerweise *Pythari* genannt, sollte großartiges Essen *und* gute Musik haben.

Nachdem wir einen Tisch gefunden hatten (hauptsächlich aufgrund unserer eindringlichen Beharrlichkeit) und der griechischen Sitte gefolgt waren, der Küche einen Besuch abzustatten, um unser Abendessen auszuwählen, ließen wir uns zu einem geruhsamen Abend des Essens und der Musik nieder. Es waren noch drei Stunden bis zur Feier auf dem Berg. Keiner von uns fühlte sich heute Abend nach Alkohol. Wir nippten alle an Zitronensaft oder türkischem Kaffee und probierten Aphrodites empfohlene Snacks, *Dolmádes,* Traubenblätter, die mit Reis und Huhn gefüllt und mit geraspelten Zwiebeln und Kräutern gewürzt waren. *Tzatziki,* eine scharfe Yoghurtsauce mit Knoblauch und geriebenen Gurken. Und *Taramosaláta,* ein rosafarbener Brotaufstrich aus Meeräscheneiern gemischt mit Kartoffelbrei, Olivenöl und Zitronensaft. Wir aßen all das zusammen mit dunklem griechischen Brot und fragten uns, wie wir überhaupt noch Platz für irgend etwas anderes, das wir bestellt hatten, haben würden: *Soláta choriátiki,* griechischer Salat mit geschnittenen Gurken, Tomaten, grünem Pfeffer, Zwiebeln, Radieschen und Oliven, bedeckt mit FétaKäse. *Avgolemono,* Suppe mit Huhn, Reis und Eiern, mit Zitronensaft abgeschmeckt, sowie mit Seebarbe für Sharon und mich, Tintenfisch für den Doktor und Oktopus für Steve und Aphrodite.

"Wie war euer Tag?" fragte der Doktor, als er sein drittes Stück Brot mit der rosafarbener Taramosaláta-Paste bedeckte.

"Delphi war verblüffend!" eiferte ich. "Ich fange an, deine Leidenschaft für die antike Geschichte zu verstehen. Aber meine Entdeckungen waren gering im Vergleich zu denen von Sharon."

"Ach ja? Wie waren sie?"

"Wir sind in Delphi herumspaziert", fing sie mit verträumter Stimme an, "und hatten gerade die heilige Quelle Kastella hinter uns gelassen. Wir haben uns gefragt, wieso wir gekommen sind. Ohne einen Grund dafür zu finden, fühlte ich mich immer frustrierter. Ich starrte über das Tal und die unterhalb liegende Bucht und schrie aus meinem Herzen zu Gott nach Sinn. Aus dem nirgendwo erschien ein goldener Adler! Es schien, als materialisierte er sich aus bloßer Luft.

Etwas klickte in mir. Plötzlich verstand ich die zweite Technik tiefgründiger als jemals zuvor. Es durchströmte mich in vollkommener Bedeutung - ich war mit allem verbunden; die gesamte Welt war ein Teil von mir. Das beschreibt es nicht passend - die gesamte Welt kam aus mir heraus, tief aus meinem Inneren. Ich war der Schöpfer von allem. Es war unglaublich. Ich habe noch nie so etwas erlebt."

"Das nennt man *Einheit,* denke ich", sagte Steve langsam. "Aber ich habe immer gedacht, dass vereinigtes Bewusstsein nach fortwährendem Bewusstsein kommt."

"Nun, du hast recht, es kommt nachher", sagte Aphrodite, "aber es ist möglich, eine Kostprobe von Einheit zu erfahren, bevor fortwährendes Bewusstsein gefestigt ist."

"Wie funktioniert das?" fragte ich gefesselt. "Wie viele Bewusstseinszustände gibt es denn?"

"Ich weiß von sieben", fing sie an, aber der Doktor unterbrach sie.

"Sieben? Wirklich? Damit etwas ein eigener Bewusstseinszustand ist, nicht nur ein veränderter Zustand, müssen ausgeprägte physiologische Merkmale vorhanden sein, nicht nur subjektive Erlebnisse. Schlaf zeigt sich als tiefe Ruhe und geistige Trägheit. Traumzustand: Viel höhere körperliche Aktivität, oft rasche Augenbewegungen und illusorische Erlebnisse. Wachzustand: Noch höhere Aktivität und geistige Wachsamkeit. Das macht *drei* unterschiedliche Zustände und scheint eine erschöpfende Auflistung zu sein. Ich nehme an, dass alles andere eine Art Abänderung dieser drei sein muss."

"Ed Silver, ein ausgebildeter Physiologe, hat mir das alles erklärt", antwortete sie und sah verlegen aus. "Möchtest du gerne hören, was er gesagt hat?"

"Natürlich", stimmte der Doktor zu, ebenso wie wir anderen.

"Nun, Ed sagte, Leute, die nicht Ascenden, *erleben* normalerweise nur drei Bewusstseinszustände, Wach-, Traum- und Schlafzustand. Jeder mit unterschiedlichen, subjektiven Erlebnissen, physisch eindeutig, so wie du es gerade beschrieben hast.

Aber Ascension erzeugt einen vierten Bewusstseinszustand. Es ist kein abgeänderter Zustand, sondern von den anderen dreien so verschieden, dass er getrennt klassifiziert werden kann."

"Um als einer der Hauptbewußtseinszustände zu gelten, muss er physisch und subjektiv anders sein", beharrte der Doktor.

"Ja. Ed sagt, die Ruhe, die vom Ascenden kommt, ist viel tiefer als Schlaf. Etwa doppelt so tief, gemessen am Sauerstoffverbrauch, der Ausscheidung von Kohlendioxid, dem Hautwiderstand, dem Blutdruck, der Herz- und Atemfrequenz. Er hat auch gesagt, dass Ermüdungs-giftstoffe wie Milchsäure und Plasma-Cortisol während zwanzig Minuten Ascension mehr absinken als in acht Stunden Schlaf in der Nacht."

"Also, ich habe die tiefe Erholung beim Ascenden auf jeden Fall erlebt", stimmte der Doktor zu, *"und* ich bin immer noch wach, wenn ich es tue. Somit kann der Ascendant-Zustand weder Wach noch Schlafzustand sein. Er ist beiden ähnlich und doch von beiden verschieden. Faszinierend."

"Ed hat auch gesagt, dass der Verstand während des klaren Erlebens von Ascension ruhig ist, aber nicht schläft. Er ist völlig klar, wachsam, denkt aber keine anderen Gedanken. Er hat gesagt, er hätte dies mit dem EEG gemessen, dem Elektroenzephalographen, und hat herausgefunden, dass die Gehirnwellen während dieser Stille vollkommen geordnet sind."

"Genau wie mein Stein in der Teichanalogie", sagte ich selbstgefällig. "Ein Stein, hübsche klare Wellen. Viele Steine, Chaos."

"Also", fuhr Aphrodite fort, "dies ist der vierte Bewusstseinszustand, Ascendantbewusstsein genannt. Ed sagt, Ascendantbewusstsein war in allen Teilen der Welt allen großen Traditionen bekannt, und es wurde darüber geschrieben. In Japan nennen sie es *Satori*, in Indien *Samadhi*, in unserer eigenen Tradition *den Frieden, der das Verständnis übersteigt*, in der antiken Literatur oft einfach *der Vierte* genannt. Aber erst vor kurzem haben medizinische Experten und Physiologen dieses Phänomen studiert und es als real existent eingestuft."

"Nun", sagte der Doktor nachdenklich, "jetzt, wo ich etwas mehr darüber gehört habe, glaube ich mich an jemanden an der Harvard-Medical-School zu erinnern, der genau das untersucht hat. Ein Dr. Benson, glaube ich, nannte es die 'Entspannungsreaktion'. Seine Theorie war, dass das jedermann erleben kann. Ich habe über seine Entdeckungen im *New England Journal of Medicine* gelesen. Oder war es im *Lancet?* Faszinierende Arbeit. Also, o.k. Ich verstehe diesen vierten Zustand. Ich erlebe ihn selber. Aber du hast gesagt, es gäbe *sieben* Zustände? Was sind die anderen drei?"

"Fortwährend, gehoben und vereinigt", antwortete Steve, als würde er es aus einem Lehrbuch lesen. "Schlafen, Träumen, Wachzustand, Ascendant, fortwährend, gehoben, vereinigt", zählte er an seinen Fingern. "Jeder ist physisch und geistig anders. Sieben Zustände, sieben Sphären. Ergibt vollkommen Sinn."

Ich fand diesen Gedanken nicht besonders gut. Sieben Sphären für sieben Zustände? Sicherlich gab es keine Sphären für Traum und Schlaf. Aber ich schwieg. Steve meinte es offensichtlich gut, und wer konnte es schon wissen? Vielleicht *bezog* sich eine der sieben Sphären auf den Traumzustand und eine auf den Schlafzustand. Ich konnte nicht sicher sein, dass sie es nicht taten.

Als mir dies durch den Kopf ging, sagte der Doktor: "Ich möchte das im Detail verstehen. Dieses Wissen würde unser Verständnis des menschlichen Körpers revolutionieren. Und des Verstandes."

Unser Abendessen begann einzutreffen. Für eine längere Zeit verstummte jegliches Gespräch. Die Band - zwei Bouzoukis und eine Gitarre - fing an zu spielen, während wir aßen. Nach dem Abendessen tanzten Sharon und ich, und Aphrodite und Steve gesellten sich zu uns. Der Doktor wurde alleine gelassen, um über die sieben Zustände nachzudenken. Ich war wissbegierig in bezug auf diese Dinge, aber weniger als er. Ich war mit meinem Fortschritt zufrieden und sicher, dass, wenn sich alles natürlich entfaltete, alles, was sich in mir entwickeln würde, gut und sicherlich besser sein würde als das gestresste Leben, das ich gerade hinter mir ließ. Ein Leben, das unmöglich zu ändern war, bis ich Ollie wiedertraf. War das wirklich erst eine Woche her? Es schien wie eintausend Jahre.

Die Musiker hörten um 11:30 abrupt auf zu spielen. Alle standen auf und gingen in Richtung Ausgang. "Was ist los?" fragte ich Aphrodite.

"Das wirst du sehen", sagte sie aufgeregt. "Komm schon!" Sie führte uns in die athenische Nacht.

"Nur einen Augenblick", sagte Sharon und zog ein Paar flache Schuhe aus ihrer Handtasche. "Ich wandere nicht gerne mit hohen Absätzen", erklärte sie und grinste mich an.

In den Straßen drängten sich bereits die Leute. "Kein Athener verpasst diese Nacht", sagte Aphrodite, als sie uns die Böschungen des Lykabettos hinaufführte. Auf der Spitze war eine kleine Kirche, die Kapelle des heiligen Georg, die bereits zum Überlaufen gefüllt war. Ich hatte in meinem gesamten Leben noch nie so viele Griechen gesehen. Mit Mühe brachten wir es fertig, uns durch das Außentor in den kleinen Hof, der die Kirche umgab, zu quetschen. Ich bemerkte, dass jeder eine nicht angezündete Kerze mit sich trug und fragte Aphrodite danach. Aber sie war vorbereitet. Sie zog fünf lange Wachskerzen aus ihrer Tasche und gab jedem von uns eine.

Die Menge war größtenteils ruhig und wartete still auf Mitternacht. "Überall in Athen", flüsterte uns Aphrodite zu, "halten die Priester

Gottesdienste. Jede Kirche ist voll. Alle Straßen um jede Kirche herum sind voll. Jeder ist draußen und wartet und wartet. Die gedrückte Stimmung, die vor achtundvierzig Tagen mit der Fastenzeit begann, ist dabei, sich zu heben. Das Fasten hat ein Ende. Freude kehrt nach Athen zurück!

Seit gestern ist es hier besonders traurig gewesen. Jedes Jahr gibt es in der Karfreitagsnacht eine andere Kerzenlichtfeier. Diese hier ist in Form einer großen Parade, die bei der Kathedrale von Athen beginnt und endet. Es ist mehr eine Beerdigungsprozession als eine Parade. Alles ist düster und traurig. Weihrauch schwelt, marschierende Musikkapellen spielen den Trauermarsch aus Beethovens *Eroica* und Chopins feierlichen *March Funebre*. Soldaten marschieren, ihre Flaggen auf halbmast. Matrosen marschieren, Pfadfinder und Pfadfinderinnen marschieren, alle eskortieren den Körper Christi. Violett gekleidete Messdiener und ein barhäuptiger Bischof, der ein leeres hölzernes Kreuz emporhebt, sind die letzten vor der großen Totenbahre. Ein Schweigen senkt sich herab, wenn der Sarg, der von weiß gekleideten Priestern getragen wird, vorbeizieht.

Bei der Kathedrale führt der Erzbischof, der wie ein byzantinischer Kaiser gekrönt ist und einen goldenen Bischofsstab hält, den Körper Christi in das innere Heiligtum. Er nimmt seine Krone ab und kommt wieder heraus, jetzt mit seinem normalen schwarzen Hut. Sowie er auf seinem Thron sitzt, strömen die Leute vor, um sein Gewand zu berühren und seine Hände zu küssen. Dann zitiert er aus dem 1. Korintherbrief des heiligen Paulus:

Siehe, ich sage euch ein Geheimnis: Wir werden nicht alle entschlafen, denn wir werden alle verwandelt werden, mit einem Mal, in einem Augenblick, zur Zeit der letzten Posaune. Denn es wird die Posaune erschallen, und die Toten werden zur Unvergänglichkeit erhoben werden, und wir werden verwandelt werden. Denn dies Vergängliche muss annehmen die Unvergänglichkeit, und dies Sterbliche muss annehmen die Unsterblichkeit. Wenn aber dies Vergängliche annehmen wird die Unvergänglichkeit und dies Sterbliche annehmen wird die Unsterblichkeit, dann wird das Wort erfüllt werden, das geschrieben steht: Der Tod ist verschlungen vom Sieg. Tod, wo ist dein Stachel? Tod, wo ist dein Sieg?"

Während Aphrodite sprach, tauchte die spärlich beleuchtete Kapelle in völlige Dunkelheit ein. Alle Lichter der Stadt gingen plötzlich aus. Selbst die Flutlichter auf dem Pantheon wurden ausgeschaltet. Das war alles geplant, vermutete ich, um die Dunkelheit des Grabes zu symbolisieren.

Die Türen der Kapelle sprangen auf. Ein Priester in einer glänzenden scharlachroten Robe, die prächtig golden bestickt war, und der eine brennende Kerze emporhielt, tauchte auf und rief emotionsgeladen: *"Christos Anesti! Christos Anesti!"*

Die Menge schrie zurück: *"Alithos Anesti 0 Kyrios!"*

Kapellenglocken läuteten, um die Auferstehung zu verkünden. Eine Artilleriebatterie feuerte einundzwanzig Salven. Die Schiffe im Hafen von Piräus ließen ihre Sirenen ertönen. Feuerwerkskörper flammten am Himmel auf. Schnell, unglaublich schnell, fegten die Flammen von der Kerze des Priesters zu uns und um uns herum und rasten dann die sich zum Gipfel schlängelnden Straßen hinunter. Diese Szene wiederholte sich in ganz Athen: In jeder Kirche war der Priester Punkt Mitternacht im Eingang seiner Kapelle erschienen, hatte eine brennende Kerze getragen und dann das Licht an die Menge weitergegeben. Ganz Athen nahm freudig an der größten Osterfeier der Welt teil.

Als wir uns langsam unseren Weg den Berg hinunter bahnten, umarmte jeder jeden und rief freudig: "Christos Anesti! Alithos Anesti o Kyrios!" Ich hatte noch nie zuvor so etwas gesehen und bezweifle, dass ich jemals wieder so etwas sehen werde, außer das Schicksal führt mich wieder an einem Osterwochenende zurück nach Athen.

Die Stimmung der Menge war wirklich ansteckend. Die Tränen strömten an meinem Gesicht herab, und ich rief immer und immer wieder: "Christos Anesti! Christos Anesti!" Meine Freunde teilten meine Stimmung - wir waren einige Blöcke den Lykabettos hinab, genau auf der falschen Seite, bevor jemand von uns bemerkte, wo wir waren.

"Oh nein!" rief Aphrodite ohne große Besorgnis aus. "Schaut. Wir sind beim Stadion! Lykabettos ist dort. Wir sind nordöstlich herunter-"gekommen! Wir sollten eigentlich ganz im Südwesten sein!"

Dies kam uns ziemlich belanglos vor. Wir lachten gutgelaunt und machten uns auf den Weg zurück zum Omiros. *Es kann nicht viel mehr als eine Meile sein,* dachte ich, *kein Grund zur Sorge.*

Die Athener verschwanden genauso schnell, wie sie erschienen waren. Die Kerzen brannten aus, die Straßenlampen waren noch nicht überall wieder eingeschaltet worden. Wir liefen durch einen Teil von Athen, der sich nicht mehr sicher anfühlte. Ich bekam Angst vor den dunklen Stellen zwischen den Gebäuden. Gab es Banden im modernen Athen? Wie könnte es keine geben?

Meine schlimmste Furcht materialisierte sich plötzlich in Form eines Dutzends mürrisch aussehender junger athenischer Schlägertypen, die uns von allen Seiten umringten und uns in Griechisch und schlechtem Englisch zu provozieren versuchten. Wir kamen instinktiv dichter zusammen und versuchten, in alle Richtungen zu schauen, da wir diesen Straßenkämpfern nicht den Rücken zukehren wollten.

Einer von ihnen spottete: "Wieso ihr in Griechenland, Amerikaner? Feige Amerikaner! Vielleicht lassen wir euch nach Hause kriechen! Gebt uns euer Geld, dann werden wir sehen."

Aphrodite antwortete ihm auf Griechisch, aber es half nicht. "Hey! Diese Amerikaner haben eines von unseren Mädchen! Wir nehmen sie, Amerikaner. Und die andere auch."

"Bleibt von ihr weg!" rief Steve.

"Hey, halt deinen Mund, Amerikaner!" Er zog ein Messer. Fünf andere folgten seinem Beispiel. Sie fingen an, uns zu umzingeln. Der Abend der Auferstehung war abrupt zu einem Alptraum verkommen, der wie unsere letzte Nacht auf Erden aussah.

Aus dem nirgendwo stürzte sich ein dunkel gekleideter Mann auf den Anführer. Die Arme und Füße des Neuankömmlings flogen mit tödlicher Präzision. Bevor ich wirklich sicher war, was passierte, war ein halbes Dutzend unserer Angreifer am Boden, stöhnend, bewusstlos, vielleicht sogar tot. Die anderen zogen sich, so schnell sie hinken oder rennen konnten, zurück. Als der Unbekannte sich zu uns umdrehte, erfasste das Licht einer einzelnen entfernten Straßenlampe sein Gesicht.

"Ed!" schrien Steve und Aphrodite zusammen, gleichzeitig, wie Sharon und ich "Edg!" riefen.

Es *war* Mark Edg, der wie ein dunkler Engel erschienen war, im letzten Moment gesandt, um uns zu retten. Aber wie kam er hierher? Und wieso? Und woher kannten ihn die anderen?

Wir hatten Tausende von Fragen und versuchten, alle auf einmal zu stellen, aber er sagte, ein bisschen keuchend: "Später. Ich werde es später erklären. Lasst uns verschwinden, bevor sie mehr von ihren Freunden holen und zurückkehren!"

Aphrodite sagte ihm, wo wir übernachteten, und er führte uns flink zu unserem Hotel zurück.

Als wir sicher zurück im Omiros waren, drängten wir uns in Doktor Daves Zimmer, um die Geschichte zu hören. Wie kam er hierher? Wieso war er gekommen? Und wer war er? Für Aphrodite und Steve war er Ed Silver, aber für Sharon und mich war er Mark Edg.

Er saß auf der Couch, immer noch ein bisschen außer Atem und lachte in sich hinein. Ich war verblüfft zu sehen, dass er unversehrt zu sein schien, nachdem er ein Dutzend dieser Schlägertypen auseinandergenommen hatte. Kein blauer Fleck, keine Schramme von der Abwehr unserer Möchtegernangreifer. Wer war er eigentlich?

"Das ist einfach zu erklären. Mein voller Name ist Mark Edward George Silver - der Dritte, um exakt zu sein. Was für ein Name, hm? Ich habe ihn immer gekürzt, normalerweise zu Ed Silver, aber letzthin hatte ich das Gefühl, wenn all diese Novizen ihre Namen ändern können, wieso nicht ich? Ich habe mich entschieden, dass ich Mark Ed G. lieber als Ed Silver mochte - oder am liebsten einfach Edg."

"Wieso haben Sie uns nicht in Seattle gesagt, wer Sie sind?" fragte Sharon ein bisschen unwirsch. "Sie hätten besser mit uns reden können."

"Und Ihnen was gesagt? Sie hatten nie von Mark Edg oder Ed Silver gehört. Ich hatte kein Verlangen, Ihnen zu sagen, was ich über Ascension wusste, da ich Ihnen nicht mehr darüber beibringen wollte. Ich habe

Ollie gesagt, dass er einen Fehler macht. Einige von Durgas Novizen könnten ziemlich verärgert sein, wenn er versuchen würde, diese Lehre zu verbreiten - bis zu dem unwahrscheinlichen Zeitpunkt, wenn Johannes wunderbarerweise wieder erscheint und Nandas neuartige Interpretation seiner antiken Praxis genehmigt. Aber Ollie war zu stur. Er wollte nicht zuhören. Ich dachte, das wäre das letzte Mal, dass ich euch sehen würde. Woher konnte ich wissen, dass ihr verrückt genug sein würdet, nach Griechenland zu kommen?"

"Ollie hat uns darum gebeten", sagte ich ärgerlich. Ich mochte es ebenfalls nicht, dass er uns im Dunkeln gelassen hatte. Er hatte uns jetzt gerettet. Dafür war ich dankbar. Aber wenn er uns letzte Woche in Seattle mehr erzählt hätte, hätten wir uns vielleicht einige Schwierigkeiten ersparen können. "Er hat uns ein Video hinterlassen."

"Ich habe Sie *gefragt,* ob er irgendwelche Nachrichten hinterlassen hat!"

"Wir haben Ihnen nicht getraut", sagte Sharon einfach. "Sie haben eine gewalttätige Energie um sich, wissen Sie."

"Ich habe eine *unnachgiebige* Energie. Das ist ein großer Unterschied."

Dies dem späteren Verständnis überlassend, sagte ich: "O.k., wir haben das ‚Wer' von Ihnen gehört. Nun lassen Sie uns das ‚Warum' hören. Alle auf Patmos haben gesagt, Sie seien mit Alan Lance und Mira nach Indien gegangen. Wieso waren Sie in Seattle?"

"Alan bat mich, zu fahren und in letzter Minute einen Versuch zu machen, um Ollie zu retten. Aber ich kam zu spät, wie Sie wissen. Danach bin ich zurück nach Indien geflogen. Ich war übrigens im selben Flugzeug nach Frankfurt wie Sie, genau wie zwei Sikhs. Sie waren keine von Durgas Novizen, die ich kannte. Trotzdem. Der Zufall, dass Sie drei dort waren *und* diese zwei, gab mir zu denken. Ich bin ihnen im Flughafen gefolgt, um zu sehen, wohin sie gehen würden, aber sie hatten die internationale Zone verlassen. Ich musste mich beeilen, um den Flug nach Delhi zu erreichen.

Ich erreichte Amritsar, nur um herauszufinden, dass Alan bereits in die Berge abgereist war. Er hatte mir bei Mira eine Nachricht hinterlassen und mich gebeten, nach Griechenland zurückzukehren, um Sie zurück zu eskortieren, weil er fühlte, dass Sie in Gefahr sein würden.

Aber als ich heute Abend im Grand Bretagne ankam, war keiner von Ihnen eingecheckt. Es ergab keinen Sinn. Schließlich erinnerte ich mich an das Pythari und wusste, wenn Dite irgendwo am Osterabend sein würde, dann in dieser Taverne.

Ich traf ein, als Sie gerade gingen. Die Menge hielt uns voneinander getrennt. Ich habe Sie aus den Augen verloren, nahm aber an, dass Dite sie zum Gipfel führen würde. Ich hätte Sie schon früher gefunden, aber Sie kamen einen anderen Weg herunter, als Sie hinaufgegangen waren. Ich hatte Glück, dort zufällig über Sie zu stolpern - diese Kids waren brutal."

"Damit haben Sie recht", stimmte Doktor Dave lebhaft zu. Wir alle murmelten unsere Zustimmung.

"Was *mich* verwirrt", sagte Edg, "ist, warum Sie hier sind? Und wo sind die anderen? Haben Sie sich aus irgendeinem Grund getrennt?"

Wir schauten einander um Unterstützung flehend an. Schließlich sagte Sharon: "Edg. Es hat einen weiteren Unfall gegeben. Oder einen weiteren Mord. All die anderen, Lila, die Zwillinge, die Vanderwalls, Mary Brown, Hartrnut, Balindra - sie sind alle tot."

Er krümmte sich irgendwie in der Couch zusammen, als ob er gerade in den Magen getreten worden war. "Alle? Lila? Charles? Linda? Mary? Devindra? *Alle?"*

"Es tut mir leid, Edg. Alle. Das Boot, das Lila gechartert hatte, ist im Hafen von Skala explodiert. Sie sind alle gestorben."

"Aber wieso sind Sie alle am Leben?"

"Ich hatte einen Traum", antwortete sie und errötete leicht.

"Sie hat mich davon abgehalten mitzufahren", sagte ich.

"Es waren Vögel des Omens auf dem Bug", sagte Aphrodite. "Fünf Sturmschwalben! Dieses Boot war verflucht."

"Ich wollte nicht ohne Dite gehen", sagte Steve.

"Ich war auf dem verfluchten Boot", sagte der Doktor, "aber Lila hat mich im letzten Augenblick ins Wasser gestoßen. Rettete mein Leben, indem sie ihr eigenes opferte. Heroisch, selbstlos und dumm! Deshalb bin ich hier, und sie ist von uns gegangen, alleine gegangen, um das unbekannte Land der Mitternachtsschatten zu erforschen."

Edg sah uns an, als würde er gleich weinen. Schließlich schüttelte er sich und sagte unsicher: "So. Morgen früh fahren wir also alle nach Indien? Diese Todesfälle haben Sie nicht abgeschreckt?"

"Wir haben Reservierungen bei 'Delta Airlines' um 8 Uhr", sagte ich. "Kommen Sie mit uns mit?"

"Natürlich. Wir sind ziemliche Dummköpfe, nicht?

Doktor Tucker, könnte ich diese Couch für den Rest der Nacht benutzen? Ich fühle mich wie erschlagen. Es kommt mir so vor, als wäre ich eine Woche lang nonstop geflogen."

Was natürlich auch stimmte.

Aber in dieser Nacht wachte ich in kaltem Angstschweiß auf, erinnerte mich an den Unfall in Patmos. Was, wenn Edg *nicht* um die ganze Welt geflogen war? Wir hatten nur sein Wort darauf. *Was, wenn er diese Yacht auf die andere Seite der Insel gebracht hat? Was, wenn er die Marylena versenkt hat? Wie können wir ihm trauen? Wie kann ich eigentlich dem Doktor vertrauen? Wie ist er der Explosion entkommen? Wir haben nur seine Geschichte, dass er ins Wasser gestoßen und gerettet wurde. Und woher hat Sharon gewusst, dass sie dieses Schiff nicht nehmen sollte? Niemand hat solche Träume! Oder Aphrodite? Vögel auf dem Bug! Wem kann ich trauen?*

Mein Herz hämmerte in meiner Brust. Ich krümmte mich vor Schmerz. *Sie könnten alle darin verwickelt sein! Es könnte sein, dass keiner von ihnen ehrlich ist und die Wahrheit sagt! Was kann ich tun?* Ich sprang aus dem Bett und fing an, wild auf und ab zu schreiten.

Sie könnten alle daran beteiligt sein! Edg könnte Ollie getötet, dann das Haus der Swensons durchstöbert haben, dann nach Griechenland geflogen sein und die anderen getötet haben! Er wusste, wo wir heute Abend sein würden! Der Doktor oder Aphrodite oder Sharon hatten es ihm gesagt! Jeder von ihnen könnte mit den Sikhs zusammenarbeiten, um Ascension zu zerstören. Vielleicht war es *die Griechin. Sie hatten sie gekauft oder bestochen oder erpresst. Oder vielleicht war Sharon ihr*

Agent. Sie hat Ollies Tod eingefädelt. Niemand von uns hat jemals etwas anderes gehört als ihre Geschichte über seine letzten Augenblicke. Vielleicht war Dave nicht der wirkliche Doktor Tucker. Selbst Steve könnte nicht der sein, der er zu sein scheint! Sie könnten mich alle anlügen! Ich kann niemandem von ihnen trauen!

Ich stürmte für eine Stunde im Zimmer herum, wurde immer verzweifelter, aber schließlich entschied ich mich, mich wieder hinzulegen, die Ascensiontechnik anzuwenden und zu sehen, was geschieht.

Sobald ich sie einführte, wurden die Ängste zum Schweigen gebracht. Ich schlief.

War es ein Schlaf der Unschuld oder der Erschöpfung? Ich wusste es nicht, aber der Morgen fand mich wieder in Frieden mit all meinen Begleitern. Ich misstraute niemandem von ihnen. War ich verrückt?

Teil III
Indien

"Sondern ändert euch durch Erneuerung eures Geistes"

-der Apostel Paulus

15

Ein bescheidener Antrag

Unser Flug von Athen war zeitlich um 8 Uhr morgens angesetzt. Ich fragte mich, mit wie vielen kurzen Nächten ich auf dieser Reise wohl fertig werden könnte, musste aber zugeben, dass ich mich trotz meiner schlechten Nacht nicht besonders müde fühlte.

Wir hatten Reservierungen bei Delta nach Frankfurt und Neu Delhi, dann weiter nach Amritsar mit Indian Air Lines. Wir flogen alle Touristenklasse. Sharon und ich fingen an, die Grenzen unseres Bargelds zu spüren. Steve und Aphrodite waren auf straffen, von den Eltern kontrollierten Budgets. Doktor Dave und Edg entschieden sich, lieber mit uns zu reisen, als getrennt zu sein. Die beiden letzteren waren nach meinem Maßstab sagenhaft wohlhabend - Edg wahrscheinlich noch um einiges wohlhabender als der Doktor - aber vom Boden eines Brunnens ist der Unterschied der Höhe von zwei großen Bäumen schwierig zu beurteilen.

Wir füllten unseren Airbus 310 von der einen Seite bis zur anderen in Reihe 34. Sharon nahm das eine Fenster und Aphrodite das andere. Steve war untrennbar an ihrer Seite und ich an Sharons. Der Doktor war zu meiner Linken, und Edg saß auf der anderen Seite des Ganges rechts neben Steve.

Wir alle machten es uns bequem, um auf dem Flug nach Deutschland zu Ascenden und! oder zu schlafen. Die Reise ging wie im Traum vorbei.

Wir hatten eine Stunde Aufenthalt in Frankfurt, dann gingen wir um die Mittagszeit an Bord der Maschine nach Delhi. Es war ein weiterer Airbus. Wir behielten dieselbe Sitzordnung bei und waren alle inzwischen mehr oder weniger wach. Der Doktor lehnte sich über den Gang und fragte Edg: "Könnten Sie die sieben Bewusstseinszustände beschreiben? Dite sagt, dass sie verschieden sind. Ich finde das merkwürdig. Sie hat gesagt, Sie sind Physiologe. Können Sie sie mir erklären? Ist es möglich, dass es sieben verschiedene Zustände gibt?"

"Natürlich ist es möglich", antwortete er. Er klang zwar fröhlich, aber irgend etwas in seiner Stimme erweckte in mir den Eindruck, dass er irgendwelche inneren Verletzungen hatte. War der Kampf von letzter Nacht wirklich so einseitig gewesen, wie er mir zu diesem Zeitpunkt erschienen war?

"Es ist mehr als möglich - es ist natürlich. Leben sollte nie an drei Bewusstseinszustände gekettet sein; einer dunkel, einer bizarr, einer verwirrend. Die natürliche Bewusstseinsentwicklung ist eingefroren, weil sich die Welt in solchem Stress befindet. Alles, was Ascension macht, ist, das Potential, welches in jedes menschliche Wesen eingebaut ist, zu beleben."

"Lila hat gesagt und Sie sagen, dass Ascension uns eine natürliche Funktionsfähigkeit des Verstandes und des Körpers erschließt, die jeder erfahren kann?"

"Ja. Aber weil unser Körper durch die Intensität des modernen Lebens geschädigt worden ist, erleben nur wenige selten oder überhaupt den vierten Zustand, das Ascendantbewusstsein. Und ohne regelmäßige Erfahrung des vierten gibt es kein Potential, um den gesamten Stress aus dem zentralen Nervensystem zu beseitigen. Somit kann sich der fünfte Zustand nicht entwickeln. Und ohne den fünften gibt es keine Grundlage, auf der der sechste und siebente aufgebaut werden können."

"Wie funktioniert das?" fragte Sharon. "Wie entwickelt sich durch das Erleben des vierten Zustandes der fünfte?"

"Es ist die Erholung, nicht?" fragte der Doktor.

"Die Erholung *und* die Kohärenz", antwortete Edg. "Die Ruhe ermöglicht es, dass der tiefgründige Stress aufgelöst wird. Stress, der niemals durch Schlaf berührt wurde, weil während des Schlafes die Stoffwechselrate zu hoch bleibt. Und Kohärenz heißt, dass der Verstand die Erfahrung durch Ascenden so *gerne* hat, dass er sie für immer längere Zeitspannen beibehält. Der Ascendant ist so angenehm, dass der Verstand es vorzieht, darin zu schweben. Während sich der Stress im

Körper reduziert, kann er das immer besser. Dies sind zwei Seiten derselben Münze."

"Somit bleibt der innere Frieden immer länger erhalten?" fragte ich und versuchte, das schwierige Konzept zu verstehen. "Der Stress des Lebens hat immer weniger Einfluß. Und schließlich bleiben wir in der Stille verwurzelt, die ganze Zeit? Und deshalb wird es 'fortwährendes Bewusstsein' genannt?"

"Ja, so ist es. Ein Teil des Verstandes ist *immer* kohärent. Das ist der fünfte Zustand. Der Verstand hat erkannt, dass er für immer still ist, tief innen - nicht als intellektuelles Konzept, sondern als eine Realität des Friedens, die vierundzwanzig Stunden am Tag gilt."

"'Beten, ohne aufzuhören'", sagte Doktor Dave verträumt.

"Ja, oder permanenter Samadhi. Oder die erste Stufe der Erleuchtung. Wir nennen es fortwährendes Bewusstsein, weil es niemals verloren geht und weil die anderen Namen wegen bestehender Assoziationen Verwirrung verursachen."

"Was, wenn man nicht glaubt, dass es möglich ist?" fragte ich und versuchte mich wieder in meiner skeptischen Rolle.

"Das macht nichts. Wenn einmal das zentrale Nervensystem vom Stress befreit ist, verbleibt die innere Stille die ganze Zeit mit dir, ob du daran glaubst oder nicht."

"Das heißt also, dass fortwährendes Bewusstsein nicht nur *ein* natürlicher Zustand ist, sondern es ist eigentlich *die* normale Funktion des Verstandes und des Körpers!" rief der Doktor aufgeregt aus.

"Sicher! Der Wachzustand, wie er durch die große Mehrheit der Menschheit gelebt wird, ist anormal- mitleiderregend unternormal."

"Die gesamte Menschheit ist unterentwickelt", sagte ich nachdenklich. "Diese Welt ist ein Gefängnis für den Irren. Das ergibt für mich vollkommenen Sinn. Kein Wunder, dass die Erde heutzutage leidet. Eine ganze Menge Zurückgebliebener sitzen an den Kontrollhebeln."

"Nanda behauptet, dass das Leben nicht zum Leiden bestimmt war. Leiden ist Verwirrung, die aus falschem und beschränktem Glauben darüber, wer wir sind, entstanden ist. Wenn fortwährendes Bewusstsein hergestellt ist, nimmt alles Leiden ein Ende."

"Die Leute haben immer gesagt, dass es eine lange, lange Zeit dauert, um Erleuchtung zu erlangen", sagte der Doktor wehmütig.

"Die einfachsten Wahrheiten sind in unserer modernen Welt oftmals verdeckt, stimmt's?" antwortete Edg mit einem Kichern, das in einem Husten endete. "Die Realität ist: Es gibt keine Entfernung, die vom Alltagsbewusstsein bis zum Unendlichen durchquert werden muss. Unermessliches Bewusstsein ist in jedem Gedanken, jedem Gefühl, jeder Wahrnehmung, jedem Glauben, jedem Urteil. Es ist, was wir wirklich sind.

Weil dies so ist, ist es *überraschend,* wie viele es für schwierig halten, in die Erleuchtung hineinzuwachsen. Fortwährendes Bewusstsein ist näher als der Atem, näher als der Herzschlag. Es unterliegt allem und durchdringt alles, überall, jederzeit. Deshalb ist kein Weg notwendig, um es zu verwirklichen, keine langen Jahre des Studiums sind nötig, keine Aufopferung zu Füßen der Erleuchteten ist erforderlich. Was notwendig *ist,* ist die Bereitschaft, den Glauben an Mangel, Beschränkung, Leiden, Krankheit, Schmerz und Tod, der den Verstand im Alltagsbewusstsein erfüllt, zu vernichten.

Durch Konzentration auf das Absolute durch Ascension wird der Glaube an Isolation allmählich aufgelöst. Dies ist nicht schwierig. Es ist eine mühelose Bewegung der Freude, die den Suchenden auf Adlerflügeln in die ständige Wahrnehmung des Unendlichen hinaufhebt. Wenn jeder Moment mit Wertschätzung des Lebenswunders erfüllt ist, gibt es nicht länger einen Platz zum Leiden! Beten, ohne aufzuhören, ist nicht nur unkompliziert, es ist gänzlich einfach, die reinste Freude für eine sich entwickelnde Seele.

Um dies zu illustrieren, erzählt Nanda eine Geschichte, die ich mag."

Eines Tages, viele Jahre nach Gründung seines Klosters, ging der Apostel Johannes in die Welt hinaus und stieß zufällig auf einen alten Mann, der viele Jahre in rigoroser Meditation verbracht hatte. Der Einsiedler schlug ein Auge auf und sagte: "Oh, du bist es, Johannes! Danke, dass du vorbeikommst. Ich habe mich gefragt, wie lange es noch dauern wird, bis ich Erleuchtung erlange."

Der Apostel sah ihn mit Liebe an und antwortete freudig: "Du machst es gut, mein Sohn! Nur weitere drei Leben mit derselben Anstrengung, und du wirst den Ascendant, den Höchsten, erkennen."

Der alte Mann rief gekränkt aus: 'Weitere drei Leben in diesem Elend! Niemals würde ich solchen wie dir glauben! Du bist nicht von Gott! Geh weg von mir, du Schwindler!" Er warf seine Bettelschale nach ihm.

Johannes lächelte ihn mit Liebe an und ging weiter. Nicht weit davon stieß er auf einen jungen Narren, der lachte, im Fluss spielte und aus voller Brust sang: "Gott! Wie ich Gott liebe! Gott!" Als dieser den Apostel vorbeikommen sah, sprang er platschend aus dem Wasser und sagte: "Oh, du bist es, Johannes! Danke, dass du vorbeikommst. Ich habe mich gefragt, wie lange es noch dauern wird, bis ich Erleuchtung erlange. "

Der Apostel sah ihn mit Liebe an und antwortete freudig: "Du machst es gut, mein Sohn! Nur weitere siebzig Leben mit derselben Anstrengung, und du wirst den Ascendant, den Höchsten, erkennen."

Der Narr rief in großer Freude aus: 'Wunderbar! Noch weitere siebzig Leben in dieser Wonne! Danke für diesen wunderbaren Segen! Du bist wirklich von Gott." Weil er so mit Entzücken über diesen Gedanken erfüllt war, waren die letzten Zweifel aus seinem Verstand gefegt. Der Narr erlangte unverzüglich den höchsten Grad der Erleuchtung.

"Sie wollen also damit sagen", sagte Sharon, "ohne das Leben hier und jetzt zu leben, dauert es ewig, bis man fortwährendes Bewusstsein etabliert hat, egal, wie hart man daran arbeitet."

"Aber mit dem, was wir hier erleben", beobachtete ich, "sollte es überhaupt nicht lange dauern. Ascenden ist zu angenehm."

"Es dauert nicht lange", stimmte Edg zu. "Es kommt auf drei Faktoren an: Wie viel Stress in Ihrem Körper ist, wenn Sie die Übung beginnen, wie viel Stress Sie jeden Tag aufnehmen und wie regelmäßig Sie Ascenden. Und das war's. In manchen Leuten gibt es viel mehr Stress als in anderen, wenn sie beginnen. Bei ihnen könnte es länger dauern. Egal, wie effizient ein Filter ist, ein großer mit Schlamm gefüllter Teich braucht seine Zeit, um sauber zu werden."

"Ich bin sicher, ich war unter den schlimmsten, als ich anfing", sagte Steve, sich der Unterhaltung anschließend. Seit wir Frankfurt verlassen hatten, hatte er leise und ernst mit Aphrodite gesprochen; jetzt schienen sie zu einem abschließenden Punkt gekommen zu sein und waren wieder bereit, sich uns anderen zu widmen. Ich vermutete, dass sie immer weniger Interesse an irgend jemand anderem finden würden, je mehr sie ihre Liebe füreinander erforschten; *ich* hingegen entdeckte eine Menge anderer Dinge, die ich tun konnte, anstatt mich auf Sharon zu konzentrieren. War dies ein weiterer Weg, um zu vermeiden, eine Bindung mit ihr einzugehen? Ihre Frage von gestern morgen hing immer noch in der Luft. Mein Ausbruch bei Ödipus' Distomo war keine Antwort gewesen. Natürlich hatte ich daran gedacht, sie zu bitten, mich zu heiraten. Wie konnte ich nicht? Sie war alles, was ich mir jemals erträumt hatte - intelligent, voll Freude, spirituell, schön; wir passten genau zusammen - *und* sie sagte, sie liebte mich. Aber was konnte ich ihr anbieten? Nichts.

"Wieso sagst du das?" frage Doktor Dave in der Zwischenzeit Steve.

"Wegen all den Drogen. Ich weiß nicht, wie lange es braucht, um wiedergutzumachen, was ich meinem Körper angetan habe."

"Nicht lange", sagte Edg fröhlich. "Nichts kann die Macht von Ascension stoppen. Du hast das meiste bereits aufgearbeitet."

"Ich war immer so eifersüchtig, wenn ich die Erlebnisse der anderen gehört habe! Sie haben immer erzählt, wie klar alles für sie war, und alles was ich bekam, war derselbe dumpfe Nebel. Aber vor ein paar Wochen fing er an, sich zu heben. Neuerdings ist mein Verstand still, wenn ich Ascende. Und ich fühle mich tagsüber ruhiger. Die Dinge stören mich nicht mehr so sehr wie vorher. Es funktioniert jetzt gut bei mir."

Wir wurden durch Stewardessen getrennt, die Wagen mit dem Mittagessen vor sich herschoben. Ich konnte nichts mehr vom Gespräch zwischen Steve und Edg hören. Zur Ehre unseres Reiseziels wurden

Safranreis, Linsendahl, mit Curry zubereitetes Gemüse und Parathas, eine Art aufgepufftes Weizenbrot, serviert.

Ich entschied mich, dass dies eine genauso gute Zeit sei wie jede andere, um meinen persönlichen Dämon zu besiegen. Ich holte tief Luft, lehnte mich nahe an Sharon und sagte leise: "Ja. Natürlich liebe ich dich. Ich kann mir keinen Tag ohne dich vorstellen. Könntest du dir vorstellen, mich zu heiraten?"

Sie legte ihr Paratha hin, starrte mich überrascht an, errötete und sagte: 'Vorstellen? Könnte ich vielleicht. Willst du mich fragen?"

Ich schluckte hart. Meine Kehle war *sehr* trocken. "Na gut, ich versuche es. Sharon, wenn wir diese Reise überleben, wirst du mich dann heiraten?"

"Wenn? Möchtest du es nochmals versuchen, ohne Einschränkungen?"

"Du machst es mir nicht gerade leicht!"

"Ich bin niemals verheiratet gewesen! Ich habe mein ganzes Leben auf den richtigen Mann gewartet, weil ich nicht wie meine Freunde sein wollte - verheiratet, geschieden, verheiratet, geschieden. Wenn es sich für mich ergibt, möchte ich, dass es dauerhaft ist, weißt du?"

"Ich habe nicht auf dich gewartet!"

"Also hast du etwas Übung gehabt! Du weißt, was du *nicht* tun darfst. Ich habe es nicht zur Voraussetzung gemacht, dass mein Partner niemals mit einer anderen zusammen gewesen sein darf, nur dass er mich von ganzem Herzen liebt und sich wünscht, für immer mit mir zu wachsen. Ich denke nicht, dass ich früher für dich reif gewesen wäre, noch denke ich, dass du für mich reif gewesen wärst."

"Warum hast du auf der Fähre geweint, als Ollie dich fand?"

Die Plötzlichkeit dieses Übergangs überraschte sie. Sie runzelte einen Moment lang die Stirn; ich hatte Angst, dass ich sie gekränkt hatte. Aber dann lachte sie: "Du hast das intuitiv erfaßt, nicht? Du *weißt* wieso, nicht?"

"Ich denke ja. Aber ich möchte dich darüber sprechen hören."

"O.k.! Ich kam nach Seattle, um meiner Vergangenheit zu entfliehen und meine Zukunft zu entdecken. Ich hatte das Universum um zwei

Dinge gebeten. Das erste war ein Lehrer, jemand, der mir zeigt, wie man die Wahrheit in dieser verwirrenden Welt findet. Und das zweite war eine ideale Beziehung, eine Beziehung, die mir, meinem Partner und allen anderen dienen würde, auf eine ausschließlich das Leben unterstützende Art und Weise. Ich hatte ein starkes Gefühl gehabt, dass ich beides in Seattle finden würde, aber da war ich nun für Wochen und Wochen, und *nichts geschah!*

Ich hatte keinen vernünftigen Grund, an diesem Tag die Fähre zu nehmen. Den ganzen Abend zuvor hatte ich das Gefühl, dass ich nur ins Hafenviertel zu gehen bräuchte, und etwas Wunderbares würde geschehen. Als ich dann unten herumlief, sah ich eines der großen Boote hereinkommen und dachte: 'Na, wieso nicht? Vielleicht ist es das. Vielleicht sollte ich es nehmen.'

Aber als ich auf dem obersten Deck saß und den hinreißenden Tag betrachtete, fing ich an, mich dumm zu fühlen. Ich fing an, mich selbst fertigzumachen. Ich sagte mir, dass ich ganz alleine auf dieser Welt sei, niemand mich verstehe, es jemals tun würde oder jemals könnte. Mein Gefühl, ins Hafenviertel zu kommen und die Fähre zu nehmen, war falsch, nichts würde daraus entstehen. Ich fühlte mich so alleine und betrogen. Ich konnte nicht glauben, dass mein Leben so armselig ausging, wo ich doch immer so genau gewusst hatte, was genau ich wollte. Ich senkte meinen Kopf und heulte. Mir war egal, wer mich sah."

Eine kleine Träne hing in der Ecke ihres linken Auges, als sie den traurigen Moment nochmals durchlebte. Ich umfasste ihre Hände, küsste sie und sagte dann: "Du glaubst an mich. Du glaubst, ich bin es wert. Vielleicht wird dein Glaube meinen anregen. Ich weiß es nicht. Aber eines weiß ich, Sharon Alice Stone: Wenn ich mit dir zusammen bin, bin ich im Himmel. Ich bete den Boden an, auf dem du gehst. Ich liebe jeden Zentimeter an dir, von deinen bemalten Zehennägeln bis zu deinen Haarspitzen. Ich bebe bei deiner Berührung. Ich träume nachts von dir. Ich kann mir nicht vorstellen, nicht mit dir für den Rest meines Lebens zusammen zu sein, was immer kommen mag. Ich habe noch nie so starke Gefühle für irgend jemanden gehabt. Ich weiß, dass dies aus dem besten und klarsten Teil meines Selbst kommt. Nicht aus irgendeinem kleinen oder bösartigen oder verzerrten Teil. Ich stelle mir vor, mit dir in die Ewigkeit zu gehen. Ich sehe uns als zwei Seelen, die sich in ihrer Suche nach Gott vereinigen. Wenn die Ströme unserer Leben zusammenfließen, sehe ich sie zum Fluss werden, größer und lebendiger, als jeder es alleine wäre.

So, ja. Ich werde es jetzt sagen. Heute, an diesem Ostersonntag, widme ich mich einem neuen Leben, einem neuen Beginn der Bindung und der bedingungslosen Liebe. Nicht länger will ich das halbe Leben akzeptieren. Nicht länger will ich für meine Wünsche für eine ideale Zukunft Kompromisse eingehen. So, wunderbare Liebe, tiefster Traum meines Herzens, ich frage ohne wenn und aber: Sharon, willst du mich heiraten?"

In ihren azurblauen Augen leuchteten Wunder und Freude auf. Sie drückte meine Hände und antwortete: "Ja! Ja, ich werde dich heiraten, weil du derjenige bist, den ich mein ganzes Leben lang gesucht habe. Ich habe es im ersten Moment gewusst, als ich dich in Bainbridge traf! Dein Gesicht ist mir oft erschienen, seit meiner Kindheit, kurz vor dem Einschlafen oder während eines müßigen Tagtraums am Nachmittag. Ich habe dich sofort erkannt."

"Im Ernst? Wieso hast du mir nichts gesagt?"

"Um dich auf und davonrennen zu sehen? Ha! Du musstest das selber herausfinden, großer Mann. Wenn ich nur ein Wort gesagt hätte, würdest du immer noch rennen." Damit hatte sie ins Schwarze getroffen. Wie konnte mich irgend jemand so gut kennen?

16

Eine weitere Hauptstadt-Erfahrung

Der Rest des Fluges verlief ereignislos. Doktor Dave schien damit zufrieden zu sein, sich mit dem, was er über fortwährendes Bewusstsein erfahren hatte, zu befassen. Er kritzelte heftig Notizen auf einen weißen Schreibblock. Aphrodite und Steve waren glücklich damit, einander zu kontemplieren, genauso wie Sharon und ich. Edg sagte, er wolle sich einfach ausruhen, seine neun Tage Flug hätten ihn erschöpft. Er sah schlechter und schlechter aus, je weiter der Tag fortschritt. Ich war mir ziemlich sicher, dass ihn diese Straßenjungen von letzter Nacht nicht ganz unversehrt gelassen hatten. Aber ich konnte mir nicht sicher sein; es war alles so schnell geschehen. Aber der gute Doktor war zu seiner Rechten. Ich rechnete damit, dass Edg mit ihm reden würde, wenn es ein echtes Problem gäbe.

Meine persönlichen Ängste und Zweifel von letzter Nacht waren nicht wieder aufgetaucht. Dafür war ich extrem dankbar. Irgendeinem dieser Leute zu misstrauen, erschien mir heute verrückt. Meine Erfahrungen von letzter Nacht erschienen als verrückte Gedanken, die aus einem erschöpften Verstand geboren waren. Außer meinen Gefühlen Edg gegenüber wahrscheinlich. Da war eine gewisse Energie um ihn herum, die ich nicht kannte und ich legte auch keinen Wert darauf, sie zu kennen - das, was Sharon gewalttätig nannte, und er unnachgiebig. Was immer es war, ich erkannte ihr Potential, zu töten und zu zerstören, und war mir sicher, dass ich mir nicht wünschte, ihr zu nahe zu kommen; genauso wenig wie ihm.

Wir landeten in Neu Delhi um 1 Uhr morgens. Ich hatte Athen für elendsviertelhaft und überfüllt gehalten, erfuhr aber bald, was Überbevölkerung und Verwahrlosung wirklich waren. Sogar der Flughafen war von schmutziger Luft erfüllt. Es war übel riechend und laut und *sehr* heiß und feucht. Der Sommer fängt in Indien früh an. Es kühlt nicht ab, bevor im Juli der Monsun einsetzt.

Unser Flug nach Amritsar war erst auf nächsten Morgen angesetzt. Wir hatten keine andere Wahl, als ein Hotel zu finden. Aber Edg war dabei. Er kannte Delhi. Er schlängelte uns durch die Menge von Bettlern, obwohl rotbemantelte Wächter versuchten, sie vom Flughafengelände fernzuhalten - ohne großen Erfolg. Dutzende zerrten an uns und bettelten um Rupien. Einige sahen gut genährt und gut gekleidet aus, aber andere schienen wirklich bedürftig zu sein - Leprakranke mit entstellten Gesichtern und verfaulenden Händen und Füßen, Krüppel, verstümmelte Kinder.

Unsere Taxis waren schmutzig und hatten keine Klimaanlage. Als wir uns in den Verkehr einreihten, rollte ich das Fenster hinunter, da ich dachte, dass irgendeine Luft besser war als gar keine. Beim ersten Halt reichte eine kleine, verdrehte Hand hinein, klopfte auf meine Schulter und bettelte um Almosen. Ich trug eine weiße Jacke. Die Hand war so schmutzig, dass sie einen Fleck auf meinem Ärmel hinterließ. Teilweise aus Mitleid und teilweise, um sie loszuwerden, gab ich ihr eine Einhundert-Rupiennote. Glücklicherweise bewegte sich der Verkehr wieder. Ein weiteres Dutzend Kinder sauste uns entgegen, als sie ihren Erfolg sahen.

"Sie sollten wirklich nicht, Sir", sagte unser Fahrer, dessen Englisch mit einiger Anstrengung verständlich war. "Sie behalten das Geld nicht. Es geht an den Anführer ihres Bettlerrings, der ihr zuerst einmal die Hände gebrochen hat. Damit wird das ganze nur gefördert."

Unser Fahrer war ein Sikh. Als sich Indien und Pakistan trennten, zogen Millionen seiner Leute ostwärts. Viele ließen sich nicht schon im Punjab nieder, sondern gingen weiter die große Seidenstraße hinunter bis nach Delhi. Der Doktor und ich waren ziemlich neugierig auf die Sikhs geworden. Wir fragten unseren Fahrer über seine Religion aus.

Er erklärte, dass sein Glauben im 16. Jahrhundert durch Guru Nanak, einen Hindu, der durch Geburt den Kshatriyas, der Kriegerkaste angehörte, gegründet worden war. Nanak lehnte den Polytheismus Indiens zugunsten eines strikten Glaubens an einen Gott ab. Er versuchte die Kluft zwischen Islam und Hinduismus zu überbrücken, schaffte das Kastensystem unter seinen Anhängern ab, kämpfte nie mit irgend jemandem und vollbrachte anscheinend viel Gutes.

Ich fragte ihn, wie die Sikhs solch gute Krieger geworden waren. Statt einer Antwort begann er mit einem langen Monolog über all den Missbrauch, den die Sikhs durch die Hand der Hindus erlitten hatten. Über die Jahre hinweg gab es viele Krawalle in Delhi. Der Punjab war oftmals Schauplatz terroristischer Angriffe gewesen, sowohl von Hindus als auch von Sikhs. Ausländer wurden aus diesem Staat oft ausgeschlossen, weil es für sie als zu gefährlich galt, sich dort aufzuhalten.

Während der letzten Unruhen, sagte er, hätten die Hindus tatsächlich Köpfe von Sikhkindern als Basketbälle benutzt. Als die Tränen in seinen Augen aufstiegen, gelobte er Rache und schwor, dass einige Dinge niemals vergeben werden könnten. Er beschwerte sich, dass die Regierung zu weit gegangen war, als sie seinen Leuten verboten hatte, ihren *Kirtan,* ein kurzes Schwert, zu tragen, von welchem ihnen ihr zehnter und letzter Guru vor mehr als zweihundertundfünfzig Jahren gesagt hatte, dass sie es alle tragen müssten.

"Wie sind diese Leute so gewalttätig geworden?" fragte ich Sharon leise. Sie hatte keine Antwort für mich, statt dessen starrte sie weiterhin mit Erstaunen und Grauen aus dem Fenster die Stadt an, die vorbeizog.

Delhi war laut und gedrängt, selbst mitten in der Nacht. Ich war eigentümlich unbeeindruckt davon. Wenn dies das Beste war, was die Dritte Welt anzubieten hatte, hatte ich schon genug gesehen. Die Luft war schwer und faulig mit einem seltsamen Geruch, welcher, wie ich später herausfand, von den vielen kleinen Feuern stammte, die den Dung der heiligen Kühe als Brennstoff verwendeten.

Unser Fahrer war bei der Fahrprüfung in Griechenland anscheinend durchgefallen. Er sah keinen Grund, wegen Fahrrädern oder Fußgängern langsamer zu fahren, und war anscheinend der Ansicht, dass ein Fahrzeug, wenn es so groß wie ein Laster oder Bus war, Vorfahrt hatte, wenn es aber nicht bedeutend größer als sein Taxi war, ihm besser Platz machen sollte. Straßenschilder gab es, sie wurden aber generell ignoriert;

genauso wie die Polizisten mit weißen Handschuhen und Pfeifen, die vergeblich versuchten, den Verkehr zu regeln.

Unser Hotel, das Taj, war riesig und musste einmal ein wunderschönes Haus gewesen sein. Die Eingangshalle war fast im Rokoko- Stil gehalten: riesige Wandgemälde, die von Renaissancewerken kopiert waren, und falsche Marmorsäulen, die die Decke stützten. Seit die Briten das Land verlassen hatten, waren das Hotel und das meiste vom übrigen Delhi zerfallen. Aber es gab Unmengen von frischen Blumen im Foyer. Der Türsteher begrüßte uns mit Blumenkränzen, die aus Ringelblumen gemacht waren. Es gab stapelweise Orangen und Mangos, gratis für Gäste. Die Geschäfte im Hauptkorridor verkauften alles, was man sich an Kleidern oder Schmuck nur wünschen konnte.

Das Taj war ein Mysterium gewaltiger Gegensätze. Die Läufer in unserem Korridor waren schmutzig von eingestampftem Dreck, obwohl sie ein alter Inder selbst mitten in der Nacht sporadisch fegte. Die Tapete war gerissen und schälte sich ab. Das Leitungswasser war rostig und stank. Aber die Schlafzimmer waren riesig. Jedes hatte ein eigenes Bad. Die Bettlaken waren sauber, und auf unseren Nachttischen standen Lilien. Ich ließ mich mit einem Seufzer in mein Bett fallen, gleichzeitig unglaublich zufrieden und fürchterlich erschrocken wegen meiner Verlobung. Ich schlief unruhig, träumte die ganze Nacht von Sharon und sehnte mich nach ihr.

Der nächste Tag dämmerte früh mit Rama-Gesängen, die durch meine Fenster hallten. Anscheinend hatten nicht alle Moslems Delhi nach der Trennung verlassen, da es auch Lieder von den Minaretten der Moscheen gab, die an Allah gerichtet waren. Als ich mich zum Frühstück anzog, zog eine Hochzeitsprozession unterhalb meines Fensters vorbei. Inder heiraten, wenn ihnen der vedische Astrologe sagt, dass die vielversprechendste Zeit sei, selbst wenn es zufälligerweise mitten in der Nacht ist. Die werdende Braut, wie eine Göttin in Scharlachrot und Gold gekleidet, wurde in einem reich geschmückten roten Wagen gefahren, der mit Gold getäfelt und mit filigranem Silber verziert war und von Schimmeln gezogen wurde. Hinter ihr kam der Bräutigam, der einen glänzenden Goldharnisch trug und auf einem überschwänglich dekorierten weißen Elefanten ritt. Musikanten spielten für sie. Brahmanische Priester rezitierten die Veden. Tänzer tanzten um sie herum, den Boden mit Blumen bestreuend. Leute, die sie beglückwünschten, liefen lachend und singend neben ihnen her. Ich nahm das alles als ein großartiges Omen, sogar als ich mich fragte, wie wohlhabend der Vater der Braut sein musste, um sich diesen Überfluss leisten zu könne.

Sharon sah sie ebenfalls. Als wir im Esszimmer süßes Lassi tranken und Früchte zum Frühstück aßen, sprach sie mit mir leichthin über Heiratssitten in verschiedenen Teilen der Welt. "Wie steht es mit dir?" fragte sie mich. "Wie möchtest du, dass unsere sein soll?"

Ich dachte, dass sie mich vielleicht prüfen wollte, um zu sehen, wie tief sich mein Entschluss bereits vorgearbeitet hatte. Ich entschied mich, sie nicht zu enttäuschen und antwortete: "Meine letzte Hochzeit war in einem Wohnzimmer. Meine Mutter hatte nicht einen ihrer Freunde eingeladen. Es war ihr zu peinlich, dass wir schon zusammengelebt hatten. Ich hatte immer das Gefühl, nie richtig verheiratet gewesen zu sein.

Was ich gerne möchte? Eine große, altmodische Hochzeit in einer uralten Steinkirche mit allem, was dazugehört: Platzanweiser, Brautjungfern, Menschenmassen, das komplette Arrangement. Ich weiß, es macht keinen Unterschied. Es ist schließlich nur ein Symbol. Aber das ist es, was ich will."

"Ich auch", lächelte sie mich liebevoll an. "Ich habe immer gewollt, dass es etwas *Besonderes* wird. Wie ein Märchen. Ich bin es wert."

"Und wie du das bist!"

"Was wert?" fragte Doktor Dave, der sich zu uns gesellte. "Was gibt es Gutes hier?" fügte er hinzu und schaute neugierig auf die Speisekarte.

"Oh, das Lassi ist vorzüglich", sagte Sharon. "Genauso wie diese Papayas."

"Was ist Lassi?"

"Ein süßes Getränk, das mit Joghurt zubereitet wird. Meines hatte Pfirsiche."

"Vielleicht werde ich den Mangomilchshake versuchen", sagte er. "Was wert?" fragte er wieder.

"Eine große kirchliche Hochzeit, Dave", antwortete ich, wobei ich dachte, dass er wahrscheinlich das ganze Gespräch gestern im Flugzeug mitbekommen hatte und nur höflich war. "Sharon und ich werden heiraten."

"Wirklich? Ihr auch? Ascension bringt wirklich das Verlangen nach Vereinigung mit sich, oder nicht? Herzlichen Glückwunsch!" Er schüttelte mir die Hand und umarmte Sharon. "Das ist großartig! Ich freue mich sehr, für euch beide!

Ihr möchtet es vielleicht wissen; ich bin ebenfalls zu einer Entscheidung gekommen. Ich werde Alan bitten, mich zu einem Novizen zu machen. Sobald wir ihn finden."

"Das ist wunderbar", rief Sharon aus. "Wunderbar! Ich bin *extrem* stolz auf dich." Sie neigte sich über den Tisch und küsste ihn auf die Stirn.

Er errötete, und ich fragte neugierig: "Wieso machst du das?"

"Wieso? Ich hatte niemals den Wunsch zu heiraten. Oh, als ich jung war, dachte ich, ich müsste, aber schon allein der Gedanke daran machte mich depressiv. Zweimal bin ich soweit gegangen, mich zu verloben, aber ich habe die Verlobung immer aufgelöst, weil ich tief im Inneren wusste, dass Beziehung nichts für mich ist. Wenn ich die eine oder die andere geheiratet hätte, hätte es sich als zu schwierig für sie herausgestellt. Sie hätten sich schließlich von mir scheiden lassen.

Außerdem hatte ich überhaupt nie irgendein sexuelles Verlangen.

Oder zumindest nicht viel. Es ist nicht so, dass meine Ausstattung nicht funktioniert. Sie funktioniert sehr gut. Ich hatte niemals das Verlangen, sie zu benutzen."

"Der Wunsch, in einer Beziehung zu sein, ist alles, was ich immer gehabt habe", bemerkte ich. "Ich war früher so einsam in der High School, dass ich in meinem Schlafzimmer in alle vier Richtungen starrte und hoffte, *ihre* Anwesenheit zu spüren, irgendwo. Ich habe so verzweifelt gesucht, dass ich einen Kompromiss einging und die erste passende Person nahm, die ich finden konnte, anstatt auf Perfektion zu warten, auf Sharon. Und doch wäre ich vielleicht, ohne zu leiden, nicht genug gereift, um sie zu verdienen. Ich weiß es nicht...

Du wirst also ein Novize? Das ist großartig! Welches sind die Gelübde, die du ablegst? Ich habe gehört, es gibt zehn."

"Es gibt im ganzen zehn, wenn ich mein Probejahr abschließe und dem Ishaya-Orden als Mönch beitrete. Es sind aber nur fünf, die ich für das erste Jahr ablege."

"Welche sind es?" fragte Sharon, neugieriger, als reine Höflichkeit rechtfertigte. Wäre die ausschließliche Weihung ihres Lebens an Gott verlockender für sie, als mich zu heiraten? Ich war erstaunt, wie sehr mich das erschreckte. Ich kannte sie erst seit zehn Tagen und war erst seit gestern verlobt, aber der Gedanke daran, dass sie eine Nonne werden könnte, war mehr als schrecklich.

"Sie sind ziemlich einfach", antwortete er ernst. Das erste ist Wahrhaftigkeit. Ich werde für ein Jahr geloben, immer die Wahrheit zu sagen."

"Das ist gar nicht so einfach!" rief ich perverserweise aus. "Nimm an, du hättest einen Freund, von dem du *weißt,* dass er an einem Mord unschuldig ist. Aber der einzige Weg, ihn vor dem Erhängen zu retten, ist zu lügen. Würdest du es tun?"

"Ich habe nicht an extreme Beispiele gedacht", antwortete er und sah ein bisschen entmutigt aus. "Ich weiß es nicht. Ich nehme an, dass mein Gelübde der Gewaltlosigkeit Vorrang haben würde. Jemand anderen vor sinnlosem Leid zu retten, wäre wichtiger, glaube ich. Aber ich muss darüber nachdenken. Das ist eine gute Frage."

"Es scheint mir", sagte Sharon nachdenklich, "dass es eine Art Reihenfolge im Wahrheitsgrad geben muss. Dass zwei und zwei vier ergibt, ist wahr, aber nicht immer. Setze zwei siamesische Kampffische mit zwei Guppys in eine Schale, und zwei und zwei wird zwei ergeben. Gib zwei Ballons zwei Kindern mit zwei Nadeln, und zwei und zwei wird entweder zwei mit Gelächter oder zwei mit Tränen ergeben. Und ich denke, Wahrheit muss ebenso an das Publikum angepasst werden."

"Was meinst du damit?" fragte ich neugierig.

"Wenn ich dir gesagt hätte, dass ich dich, seit ich neun war, in meinen Träumen gesehen hatte, hättest du dir selber erlaubt, dich Hals über Kopf in mich zu verlieben?"

"Ich verstehe, was du meinst", lachte ich in mich hinein. "Manchmal sind Ausnahmen nützlich - aber war es streng genommen wahr?"

"Natürlich war es das. Ich habe niemals gesagt, dass ich *keine* Vision über dich gehabt habe, oder? Da du niemals gefragt hast, hatte ich keinen Grund, es dir zu sagen."

"Nun, es ist komplex", sagte der Doktor. "Ich glaube, dass es für mich bedeutet: Ich werde das Beste tun, was ich kann, um niemals zu lügen."

"Das erscheint vernünftig", stimmte ich zu und beschloss, ihm nicht länger entgegenzutreten. Es war mir peinlich, seine Gelübde hinterfragt zu haben. War dies nicht eine Art Verlobung? War sein Beitritt zu den Ishayas etwas anderes als eine Heirat? Meine einzige Antwort hätte Lob für seinen Mut sein sollen, nicht Kritik oder der Versuch, es ihm auszureden.

Alte Gewohnheiten sterben langsam, dachte ich reumütig und fügte hinzu: "Weißt du, was du machst, ist tapfer. Es braucht viel Mut. Ich glaube nicht, dass ich so mutig sein könnte. Ich bin beeindruckt, dass du es bist. Also, Wahrhaftigkeit und Gewaltlosigkeit. Das sind zwei. Was sind die anderen drei?"

"Kein Diebstahl ist das dritte Gelübde. Dies beinhaltet, niemals so zu tun, als hätte ich etwas getan, was ich nicht getan habe. Niemals die Lorbeeren für die Arbeit eines anderen in die eigene Tasche stecken. So in der Art.

Enthaltsamkeit ist das Vierte. Lila hat gesagt, das bedeute: So gut wie ich nur kann, werden all meine Gedanken, Worte und Handlungen aufwärts gerichtet sein, zum Ascendant. Und schließlich, keine Habgier. Abhängigkeiten von Dingen zu brechen, von Besitz, einschließlich geistigem Schrott. Nicht habgierig zu sein, heißt, eine reine Weste zu haben, frei von sinnlosen Vorstellungen über das Leben."

"Das ist viel", sagte ich beeindruckt. "Und ihr Zweck ist es, das Wachstum zum fortwährenden Bewusstsein zu beschleunigen? Ist es das?"

"Ja. Indem ich meinen Körper und meinen Verstand in Verbindung mit diesen fünf benutze, hoffe ich, schneller fortzuschreiten."

Ich konnte mir nicht helfen, aber ich dachte, der gute Doktor war ein wenig naiv. Aber ich hielt meinen Mund.

Edg gesellte sich jetzt zu uns. Es sah *überhaupt* nicht gut aus und klagte, er habe Schwierigkeiten mit dem Atmen. Dave sah ihn an, klopfte ein paarmal seine Brust ab, hörte sein Herz ab und verkündete dann: "Du gehst zurück ins Bett. In deiner rechten Lunge ist Flüssigkeit und in deiner linken eventuell auch. Du musst Samstag Nacht ein paar harte Schläge abbekommen haben. Schau dir diese Quetschungen an. Wieso hast du uns nichts gesagt?"

"Dachte nicht, dass es etwas wäre. Habe schon Schlimmeres erlebt. Schau, mir geht's gut. Tut mir leid, dass ich es erwähnt habe. Ich werde mich in Amritsar ausruhen, o.k.? Es ist geplant, dass wir erst in drei Tagen in die Berge gehen. Am Donnerstag."

"Die Höhenveränderung in einem Flugzeug wäre in deinem Zustand nicht sehr klug", rief der Doktor aus.

"Die Luft hier ist schlechter! Ich kann dieses Zeug nicht atmen. Man könnte es beinahe mit dem Messer durchschneiden. Mach dir keine Sorgen um mich! Die Liebestechnik der dritten Sphäre wird mich sofort heilen, sobald ich einmal lange Ascenden kann. Wirklich."

Aphrodite und Steve kamen jetzt hinzu und beendeten Daves Einspruch. Beide sahen aus, als hätten sie nicht genug Schlaf gehabt. Ich war froh, sie zu sehen. Ich hatte die Nacht in meinem eigenen Bett verbracht - obwohl ich zu jener Zeit das starke Verlangen nach einer anderen Erfahrung gehabt hatte. Ungeachtet der Pläne des Doktors war der Weg, der vor mir lag, klar.

17

Die Unsterbliche Stadt

Indian Airlines war wie der Rest Indiens: überfüllt, schmutzig, ineffizient. Ich war verblüfft, wie solch ansehnliche Menschen so verarmt und so langsam sein konnten. Das ganze Land steckte in einem Nebel, einer Stumpfheit, die am Ende des Tages alles unfertig übrigließ. Selbst diejenigen, die schnell arbeiteten, vollbrachten nichts. Kein Wunder, dass Meditieren einen schlechten Namen im Westen hatte! Ich konnte die Weisheit darin sehen, die Lehre des heiligen Johannes 'Ascension' zu nennen. Kein intelligenter Abendländer würde irgend etwas mit irgendeiner Praxis aus Indien zu tun haben wollen, selbst wenn sie von einem Apostel von Christus gegründet worden war. Falsch verstandene Konzentrationspraktiken hatten diese Leute auf eine nutzlose Art weltfremd gemacht.

Unser Flugzeug, ein uralter propellerbetriebener Dreißigsitzer, eine Type, die ich nicht kannte, startete zwei Stunden zu spät, aus einem Grund, den niemand erklären konnte. Es war sogar schwierig, an Bord zu kommen. Unsere internationalen Tickets, die wir in Athen gekauft hatten, mussten am Flughafen wieder bestätigt werden. Der Fluggesellschaftsbeamte schien einen Kopf aus Melasse zu haben. Er saß mit gespannten Lippen in tiefem Schweigen, starrte unsere Tickets an, als wären sie von einer anderen Welt. Was, fing ich an zu denken, sie wohl sein mussten. In einer Bewegung reiner Brillanz lieh sich Edg kurz eines der Tickets aus und steckte eine $100-Note hinein. Diese Schwierigkeit löste sich sofort auf.

Aber eine andere tauchte unverzüglich auf. Ein dicklicher Militäroffizier mit fettigem schwarzem Haar und einer verschmutzten Uniform beförderte uns in sein Büro und sagte: "Wieso fahren Sie in den Punjab? Ausländer sollten nicht in den Punjab fahren. Es ist nicht sehr klug. Oft verboten. Sie hätten die Regeln nicht lockern sollen. Gefährlicher Ort. Sikhs sind schreckliche, gewaltsame Leute. Wieso dorthin fahren? Besonders mit Mädchen?"

Aphrodite fing an zu antworten, aber Sharon stieß sie leicht, um ihr zu bedeuten zu schweigen. Sie folgerte, zweifellos richtig, dass dieser Beamte auf keine Frau hören würde, egal, was sie zu sagen hatte.

Edg erklärte, dass wir nach Amritsar fahren würden, um zu studieren. Dies half nicht. "Diese Gurus sind überall", sagte der Beamte spottend. "Wieso verschwendet ihr Westler eure Zeit mit diesen Schwindlern? Sehen Sie, was aus unserem Land geworden ist! All dieses Gerede über Gott. Keiner arbeitet, selbst diejenigen, die es tun, arbeiten nicht besonders gut. Alle guten, jungen Leute gehen. Nur die Armen und die Dummen bleiben hier."

Der Gedanke eines weiteren Bestechungsversuchs flatterte durch meinen Verstand, aber ich wies ihn als unangemessen, möglicherweise gefährlich zurück. Dieser Beamte versuchte, seine Arbeit zu tun. Wahrscheinlich glaubte er jedes Wort, das er sagte.

"Sie haben zweifellos recht", sagte der Doktor, "und wir werden dies bald herausfinden. Aber der einzige Weg, wie wir es herausfinden, ist durch gründliche Untersuchung. Wenn Sie uns davon abhalten, dorthin zu fliegen, werden wir den Bus nehmen müssen. Oder ein Auto mieten. Die Regierung hat die Beschränkungen gelockert. Sie halten es wohl für nicht mehr so gefährlich."

"Ein Fehler, das sage ich Ihnen! Dieser Ort ist *sehr* schlecht. Terrorismus, die *ganze* Zeit. Bitte fahren Sie nicht."

"Ich bedaure, wir müssen. Außer Sie möchten uns einsperren." "Ich kann nicht! Ich würde, wenn ich *irgendeinen* Grund finden könnte. Unglücklicherweise kann ich nicht. Fahren Sie also, aber Ihr Blut ist nicht an meinen Händen. Ich habe meine Arbeit getan, indem ich Sie gewarnt habe."

Mit diesem eher unheilverheißenden Anfang stiegen wir in unser Flugzeug ein. Es war voll. Rauchbeschränkungen haben in Indien noch nicht Fuß gefasst. Starker Tabakrauch stieg von allen Seiten um uns herum auf, sobald wir uns in der Luft befanden. Der Offizier hatte uns so lange aufgehalten, dass wir es schwer hatten zusammenzusitzen. Mit etwas Feilschen brachte ich es fertig, neben Sharon zu sitzen. Aphrodite und Steve hatten ähnliches Glück, aber der Doktor und Edg waren von uns getrennt. Es war nicht so wichtig. Wir Ascendeten während des größten Teils des Fluges.

Der Punjab war ein Weizenmeer. Seit der 'grünen Revolution' der Sechziger hatten Intensivierungsmaßnahmen und chemischer Dünger die Staatserträge drastisch erhöht. Ob die Langzeitauswirkungen der Monokultur, der Bodenausbeutung und der anderen technologischen Nebeneffekte bald einen katastrophalen Tribut fordern würden, bleibt abzuwarten. Indien schwankt fortwährend am Rande einer Katastrophe. Mit fast einer Milliarde Menschen ist der Subkontinent nie weiter als eine Flut oder eine Seuche vom Zusammenbruch entfernt.

Obwohl sich die Bevölkerung im Punjab in den letzten zwanzig Jahren mehr als verdoppelt hat, war die unsterbliche Stadt Amritsar bedeutend kleiner als Delhi und zeigte deshalb mehr von der Indien und den Indern anhaftenden Schönheit und weniger von den überhandnehmenden Problemen. Die leuchtenden roten, purpurnen, grünen, gelben und blauen Saris der Frauen hoben sich deutlich von den verschwiegeneren blauen, gelben und braunen Tönen der Kleidung der Männer ab. Turbane gab es überall. Der letzte Guru der Sikhs hatte allen seinen männlichen Anhängern vorgeschrieben, sie als Symbol ihrer Treue zu tragen.

Selbst am Flughafen war die Präsenz des Militärs ausgeprägt. Erst gestern war ein Bus explodiert. Die Stadt war nervös, angespannt, schlecht gelaunt, dabei zu explodieren. Indische Armeesoldaten in ihren hellbraunen Uniformen trugen automatische Gewehre, waren überall auf dem Flughafen und an den meisten Straßenecken. Sie schienen nicht erfreut, Leute aus dem Westen zu sehen. Genauso wenig waren es die Turban tragenden Sikhs. Ich fühlte mich, als wären wir an einem schlechten Tag in Belfast gelandet.

Edg sah schlechter und schlechter aus. Er hustete viel. Seine Atmung war schwer und heiser. Ich wusste nicht, ob Ascenden ihm helfen würde, aber der raucherfüllte Flug hatte ihm definitiv geschadet. Er war schwach und wackelig auf seinen Beinen, seine Farbe war grau.

Wir sicherten uns zwei fahrradbetriebene Rikschas und fuhren zu einem Privatanwesen in einem Außenbezirk der Stadt, das Alan gemietet hatte. Amritsar zog flink an uns vorbei. Unser Fahrer konnte kein Wort Englisch - oder zumindest keines, das er aussprechen wollte. Der Doktor, Sharon und ich starrten in weitäugiger Verwunderung auf diesen sehr andersartigen Teil der Welt.

Wir fuhren an einem riesigen Basar vorbei, wo an diesem späten Nachmittag unbekannte und vertraute Früchte und Nüsse verkauft wurden. Riesige Stapel Bananen, Orangen, Mangos und Ananas wechselten mit Haufen von enormen Kürbissen, Bohnen, Reis, Erdnüssen, blattartigem grünem Gemüse und anderem Gemüse, das wir nicht kannten.

Sharon war versucht, einkaufen zu gehen, aber Edg hatte uns versichert, dass reichlich Essen auf uns wartete. Außerdem hatte ich keine Ahnung, wie wir mit unserem Fahrer kommunizieren sollten. Wir fuhren weiter durch die Uneinheitlichkeit, wie sich das Leben in Amritsar präsentierte. Pferde und Fahrräder und Büffelkarren, Kamele, Elefanten, Busse, Lastwagen, Autos, Motorroller, unzählige Fußgänger, andere Rikschas - alle rangen um Platz auf der schmalen Fahrbahn. Unsere Fahrzeuge, die eher klein und schlicht waren, wurden oft beiseite gedrängt oder mussten vor einem kreischenden Koloss aus Stahl und Glas oder Leder in Deckung gehen. Wir wurden durch die Menschenmassen von Edg und Aphrodite und Steve getrennt. Ich sprach ein kleines Gebet, dass unser Fahrer, Edg's mühsam in Hindi diktierte Anweisungen, verstanden haben möge.

Anscheinend hatte er verstanden. Als die Stadt endete und wir in einen gartenartigen Vorort einfuhren, bog unser Fahrer in eine Kieselauffahrt ein. Die anderen waren bereits auf der Veranda und sprachen mit einer hübschen rothaarigen Frau in einem wunderschönen weißen indischen Sari. Wir nahmen an, dass dies Mira war. Wir kamen gerade rechtzeitig, um zu sehen, wie sie ihre Augen bedeckte und schluchzend zurück ins Haus rannte.

Das Haus, welches in viktorianischem Stil erbaut war, war alt, aber immer noch hübsch. Der britische Gouverneur, sein Personal und das obere Militär hatten einmal in diesem Teil von Amritsar gelebt. Es war *die* vornehme Gegend des Punjab. Der farbenfrohe Vorgarten war voll von süß riechenden Blumen und blühenden Bäumen, von welchen ich nicht einen benennen konnte. Ein rissiger und kaputter Brunnen einer griechischen Nymphe befand sich im Herzen der kreisförmigen Einfahrt. Ich nahm das als ein passendes Symbol der letzten Überbleibsel der Fremdherrschaft. Spuren von britischem Einfluß werden weiterhin überall in Indien gefunden werden, bis die Zeit all ihre Häuser, Gebäude und Gärten dem Verfall preisgegeben haben wird.

"Sag nichts", krächzte Edg dem Doktor zu, als wir sie erreichten. "Nicht ein Wort. Ich ziehe mich zurück. Bis morgen. Aber erst spät. Mira hat gesagt, dass Lal und Hari Abendessen gemacht haben. Sie kommt vielleicht heraus. Verlass dich aber nicht darauf. Sie hat es schwergenommen. Sie hat es nicht vorausgesehen." Er verschwand ins Haus, um größere Reparaturarbeiten an sich vorzunehmen. Er war schon mehr als bleich - er war von einer grauen Blässe, die so aussah, als wäre sie nur einen Schritt vom Endstadium entfernt.

"Verdammter Dummkopf', murrte Dave. "Er sollte ins Krankenhaus eingewiesen werden. Er hat sich ziemlich verschlechtert."

"Ich kann mir nicht vorstellen, dass die indischen Krankenhäuser besonders verlockend sind", bemerkte ich und stellte unsere Taschen auf die Veranda.

"Ich hoffe, dass er o.k. ist", bemerkte Sharon ohne viel Hoffnung in ihrem Tonfall.

"Oh, er wird wieder", antwortete Steve fröhlich. "Er hat die ganze dritte *und* vierte Sphäre, weißt du."

Er betonte das so, als sollte uns das irgend etwas sagen. Weil es mir nicht gerade viel sagte, meinte ich: "Nun, wo ist die versprochene Mahlzeit? Es wird spät. Ich habe *Hunger."*

"Armer Junge", murmelte Sharon.

"Draußen, hinter dem Haus", schlug Aphrodite hoffnungsvoll vor.

"Dort ist eine Essveranda, vermute ich." Wir setzten unsere Taschen hinter der Haustüre ab und folgten ihr entlang der ums Haus herumführenden Veranda.

Zwei indische Köche, Hari und Lal, empfingen uns lächelnd und sich verneigend, als wir uns ihrem Bereich näherten. Sie waren beide von leichtem Körperbau, hatten kurze Haare und sauber getrimmte spärliche Schnurrbärte. Zweifellos mochten sie hellblaue Baumwollhemden und Hosen besonders gerne. Sie bedeuteten uns, ihnen zu folgen.

Es war kein Abendessen. Ein Festessen war vor uns auf einem riesigen Tisch innerhalb der eingeglasten Veranda ausgebreitet. Es gab Berge von Ananas, Orangen, Mangos und Papayas; vier verschiedene Arten Brote - flache, gepfefferte, tortillaartige Papadams, gebratene Chapattis, flockige auf gepuffte Puris und flache, aber weiche Parathas; sieben Arten Chutneys; drei verschiedene Dahls - rot, blau und grün; weißen Basmatireis, mit und ohne Safran, Zwiebeln und Ananas; Kartoffeln in Currysoße mit jungen Frühlingserbsen; Lassi; Raita - Gurken und Essig in Yoghurt; gebratene Kichererbsen; Kartoffelbrei; Pakoras - in Mehl getauchtes und gebratenes Gemüse; gedämpften Blumenkohl und Brokkoli; mehrere Gerichte, die ich noch nie gesehen hatte, *und* süße Gulab-Jamuns und Milchreis zum Dessert. Wir aßen von edlem Porzellan, das von den Briten zurückgelassen worden war, und fühlten uns fürstlich.

Der Garten hinter dem Haus war ebenso unglaublich. Es gab überall Blumen: Lilien, Rosen, Trompetenblumen, sowie Mango-, Orangen-, Bananenbäume, Dattelpalmen und Pecannußbäume. Ein grell braunroter Affe schimpfte von einer Steinmauer auf uns herab. Mehrere Dohlen flogen heiser krächzend vorbei. Dutzende verschiedener Vögel sangen und trällerten in den Bäumen und Büschen. Dies war ein Indien, das ich zuvor nicht gesehen, von dem ich aber gehofft hatte, dass es irgendwo existiert - tropische Herrlichkeit schimmerte gerade noch durch die langsam und schwer anbrechende Dämmerung. Ich habe einmal gelesen, dass Indien vor langer, langer Zeit einmal die bedeutendste

Nation auf der Erde gewesen sei. Diesen Garten zu sehen, ließ mich glauben, dass es vielleicht so war.

Eine Gruppe braunroter Affen kam, um sich dem einen auf der Mauer anzuschließen. Sie strafpredigten uns in einem kreischenden Chor, bis Hari sie mit einem Servierlöffel wegjagte und ausrief: "Chalo! Chalo!" Sein Gefährte Lal, der andere Koch, dachte, dies sei ungeheuer komisch und lachte, bis Tränen seine Wangen hinunterliefen.

Als wir die letzten Bissen vom Dessert zu uns genommen hatten, kam Mira langsam aus dem Haus. Ihre Augen waren rot und feucht, aber sie schien sich unter Kontrolle zu haben. Sie hatte ihr Haar mit einer schwarzen Schleife geflochten, trug aber immer noch den weißen Sari. Mira schien ein oder zwei Jahre älter zu sein, als Lila es gewesen war, aber sie war ebenso hübsch. Ihre smaragdgrünen Augen, ihr weiches rotes Haar und ihre durchscheinende Haut gaben ihr ein aristokratisches Aussehen. Sie gehörte wirklich in ein Haus wie dieses, aber nicht in der heutigen Zeit, eher hundert Jahre früher, zur Blüte des britischen Reiches.

Mira sah Hari nicht im Garten und fragte Lal: "Wo kahaa hai?"

'Wahee!" antwortete er lachend und deutete hinüber.

"Komm her!" rief sie ihm zu. Als dann beide um sie herum schwebten, sprach sie für ein paar Momente ernsthaft in Hindi zu ihnen. Sie huschten fort, um ihre Befehle auszuführen. Jetzt drehte sie sich zu uns, ein bisschen verlegen lächelnd, und setzte sich an den Tisch.

Nachdem wir uns vorgestellt hatten, sprach sie sanft, wobei Emotionen ab und zu ihre Worte durchbrachen: "Willkommen in Indien. Ihr seid weit gereist, um dieser alten Lehre nachzugehen. Ich werde alles, was in meiner Macht steht, tun, um euch zu helfen. Selbst wenn es jetzt so aussieht, dass es am Samstag bei Neumond nur eine Zeremonie in Kulu geben wird. Ich habe vor, in meinem Leben die Erinnerung an Lila und Balindra und die anderen in Ehren zu halten.

Der Gast ist Gott in diesem Land und sollte es überall in dieser Welt sein. Erlaubt mir, euch auf jegliche Art zu dienen. Ich fahre am Donnerstag ins Kulu-Tal in Himachal Pradesh, um mich mit Alan und Nanda zu treffen. Wenn ihr es wünscht, könnt ihr mich begleiten. Wir hatten uns auf mehr Leute eingerichtet... aber natürlich wisst ihr das. Ihr seid herzlich eingeladen, mit uns zu kommen."

Das Reden wurde für sie zu schwierig. Ich fürchtete, dass sie unglaublich litt, aber mir fiel nichts anderes ein als zu sagen: "Ich kannte deine Schwester nicht lange, aber ich denke, ich kannte sie gut. Sie wird in mir für immer weiterleben, in der Dankbarkeit und Wertschätzung meines Herzens, da sie mich Ascenden gelehrt hat. Niemals hätte ich ein solches Geschenk verdient; sie gab es mir freiherzig. Was sie sonst noch für die Welt getan hat, das weiß ich kaum, aber ich weiß, dass sie *mein* Leben gerettet hat. Ich bin ihr ewig dankbar."

Sharon drückte meine Hand und sagte zu Mira: "Ich habe Lila von dem Moment an, als ich sie traf, geliebt. Die zweite Technik, die sie mir gegeben hat, ist ein unschätzbarer Segen für mich. Sie ist deswegen für immer ein Teil von mir. Ihr Leben ist eine Inspiration für uns alle."

"Besonders für mich", stimmte der Doktor zu. "Ihrem Beispiel folgend, werde ich ein Novize werden."

"Hervorragend", rief Mira aus und sah fast zufrieden aus. "Ich danke euch für eure liebenswürdigen Worte. Ich habe euch drei gerade erst getroffen, aber ich fühle, dass ich euch schon seit Jahren kenne. Und Dite und Steve. Es ist so schön, dass ihr hier seid. Ich bin froh, dass *ihr...* in Ordnung seid.

Nun, ich würde folgendes vorschlagen. Um meine Schwester und die anderen zu ehren wünsche ich mir, euch allen morgen die nächste Technik zu geben. Wenn ihr möchtet."

Wir stimmten alle zu, außer Sharon, die langsam sagte: "Vielen Dank, Mira. Wie soll ich das sagen? Ich kann nicht. In ein paar Tagen. Ich habe immer noch etwas Arbeit mit der zweiten zu vollbringen."

"Du musst mit der zweiten nicht aufhören, wenn du die dritte bekommst, weißt du", antwortete sie verblüfft.

"Ich weiß. Aber ich brauche mehr Zeit mit den ersten zwei. Wenn das in Ordnung ist."

"Nun, natürlich ist es das, meine Liebe. Sag mir einfach, wenn du bereit bist."

"Kannst du mir mehr über die siebenundzwanzig erzählen?" fragte ich. Ich war neugierig, aber meine Absicht war es, ihren Verstand in Bewegung zu halten. Sie war so schrecklich traurig. Ich wollte sie ablenken, ihr ein bisschen Zeit mit einem anderen Schwerpunkt geben, damit die Ideen länger auf ihr Unterbewusstsein einwirken konnten.

"Ja!" stimmte Sharon heiter zu, zweifellos meine Absicht teilend. "Wie teilen sich siebenundzwanzig Techniken auf sieben Sphären auf? Gibt es eine unterschiedliche Anzahl Techniken in jeder Sphäre?"

Sie erkannte unser Spiel, erklärte sich aber bereit mitzuspielen. Verzerrt lächelnd, antwortete sie: "Nun, die ersten fünf Sphären sind ähnlich: Die erste Technik jeder Sphäre ist eine Lobestechnik, die zweite ist eine Dankbarkeitstechnik und die dritte ist eine Liebestechnik."

"Was ist mit der vierten?" fragte der Doktor so enthusiastisch wie Sharon und ich, sicherlich aus demselben Grund.

"Die vierte Technik jeder der ersten fünf Sphären wird Erkenntnistechnik genannt", antwortete sie, sah ihn warmherzig an, anscheinend seine Unterbrechung schätzend. "Lob, Dankbarkeit und Liebe bewegen das Bewusstsein *senkrecht*. Erkenntnis führt eine waagrechte Bewegung des Bewusstseins ein. Die ersten drei Techniken jeder Sphäre sind wie Minenschächte, die uns zum Schatz hinunterbringen. Die Erkenntnistechniken sind wie Tunnel, um das Gold auszugraben."

"Damit willst du also sagen, dass ohne die senkrechte Bewegung von Ascension die waagrechte Bewegung sinnlos wäre?" fragte Dave.

"Genau", sagte sie und hörte sich genau wie Lila an. "Es hat keinen Wert, an der Oberfläche des Verstandes zu bleiben. Erkenntnis, ohne zuerst mit Ascension nach innen vorzudringen, wäre Zeitverschwendung."

"Aber *mit* der senkrechten Bewegung", sagte ich, "ermöglicht es die Erkenntnistechnik, das zu erkunden, was dort auf tieferer Ebene existiert.?"

"Das ist richtig. Ist das nicht auch deine Erfahrung, Dite?"

"O ja, Mira, so ist es. Ich Ascende, dann erlauben mir die Erkenntnistechniken, fest verankert im Ascendant zu bleiben, solange ich will.

Ich finde, Ascension ist wie das Treppensteigen in meinem Haus; Erkenntnistechniken schalten die Lichter an, nachdem ich hinaufgegangen bin. Sie sind *sehr* mächtig."

"Sie sind die Bindeglieder, die die Kette von Ascension zusammenhalten", sagte Steve.

"Das ist eine ausgezeichnete Analogie!" rief Sharon aus. "Das ist also die Struktur der ersten fünf Sphären. Drei Ascensiontechniken und eine Erkenntnistechnik, um sie zu stabilisieren. Deshalb werden sie Sphären genannt, nicht? Drei Dimensionen und dann Bewegung?"

"Das ist ein Grund", stimmte Mira zu. "Und da jede Sphäre feiner und mächtiger ist als die zuvor, wird eine aufsteigende Spirale aus Licht und Energie, aus Freude und Liebe erschaffen. Wenn der Verstand mit der feineren Erfahrung vertrauter wird, pflastert jede zusätzliche Technik den Weg zur Weiterentwicklung zur nächsten Schwelle der Erfahrung. Es entfaltet sich alles anmutig und natürlich."

"Edg hat gesagt, er werde sich mit der dritten Liebestechnik heilen", sagte Doktor Dave. "Konzentrieren sich einige Techniken mehr auf den Körper als andere?"

"Sicher, aber nicht auf irgendeine Art, wie du es dir wahrscheinlich vorstellst. Jede Ascensiontechnik ist meiner Erfahrung nach sofort offensichtlich, sobald du sie gelernt hast, aber beinahe unmöglich zu entdecken, bevor du bereit bist. Dies zeigt, denke ich, wie sie der Natur der Schöpfung angepasst sind. Es demonstriert ihren göttlichen Ursprung."

"Würde also in einem idealen Zeitalter", fragte Sharon, "wenn die Welt nicht so voll Stress und Spannung wäre, jeder wissen, wie man Ascendet? Es natürlicherweise tun, die ganze Zeit?"

"Ich denke, es würde so sein, ja. Ich glaube, das ist ein Grund, wieso Johannes sein Kloster so weit von der Zivilisation entfernt versteckte. Bis in die dreißiger Jahre gab es nicht einmal eine Straße ins Kulu-Tal. Es war so isoliert, wie ein Ort auf Erden nur sein konnte. Bis jetzt, natürlich."

"Wo ist das Kulu-Tal?" fragte ich.

"Zweihundert Kilometer nordöstlich von hier, in Himachal Pradesh."

"Das ist nicht allzu weit", sagte ich, übersetzte es in meinem Kopf in Meilen. "Etwa einhundertundzwanzig Meilen, richtig? Zwei Stunden die Straße entlang?"

"Deine Berechnung stimmt, aber es ist eine schwierige Ganztagesreise. Dies ist Indien, erinnerst du dich? Du wirst es am Donnerstag herausfinden." Sie entschloss sich, unser Spiel zu beenden. Sie hatte, solange sie konnte, ausgehalten. "Wenn ihr mich entschuldigt, ich habe heute Abend viel zu tun. Sollen wir uns, sagen wir, um elf treffen? Für eure Unterweisung? In Ordnung. Gute Nacht dann. Hari und Lal werden euch eure Zimmer zeigen. Ich habe es ihnen bereits gesagt. Sie verstehen perfekt Englisch, aber ihr werdet es sie wahrscheinlich nie sprechen hören."

Sharon sagte: "Kann ich dich bitte sprechen? Alliene?"

Ich sah sie überrascht an. Hatte sie Zweifel bezüglich unserer Verlobung? Seit sie eine andere Novizin getroffen hatte?

Sharon blickte mich mit einem Stirnrunzeln an und grub ihre Nägel in meine Hand, als wolle sie sagen: "Sie nicht albern!" Entging ihr eigentlich überhaupt etwas?

Mira sah aus, als wolle sie ablehnen. Aber statt dessen schüttelte sie sich, lächelte freundlich und sagte: "Ja, natürlich, wenn du das gerne möchtest. Komm mit!"

Sie standen auf und betraten Arm in Arm das Haus.

18

Eine Objektive Technik

Mein Zimmer war klein, aber ordentlich. Ein paar uralte Gemälde, vor allem mit Enten und Sonnenuntergängen, zierten die Wände. Die verblichene, blaue und gelbe Tapete, musste, wohl aus den Vierzigern stammen. Das Bett war weich, aber nicht knotig, die Kissen waren mit Daunen gefüllt. Ich stellte meine Tasche auf dem Bambus-Rattanstuhl ab, zog mich aus und richtete mich auf langes Ascenden und Schlafen ein. Der große Deckenventilator, der sich langsam über mir drehte, bewegte sanft die Luft. Es war hieß, aber die Luftfeuchtigkeit war im Punjab in dieser Jahreszeit gering. Es war nicht allzu unbehaglich. Ich lag auf meinem Rücken, Ascendete und träumte von Sharon.

Ich wachte wegen einem lauten Heulen, hinten auf der anderen Seite der Gartenmauer, auf. Waren die Affen zurückgekehrt? Es klang nicht nach ihnen. Es war mehr wie eine Kreuzung zwischen einem Kojoten und menschlichem Lachen. Ich hatte noch nie etwas Ähnliches gehört. *Schakale,* dachte ich, *oder vielleicht Hyänen – was für ein furchterregender Klang.* Ich fiel in einen unruhigen Schlaf zurück und fühlte mich eher beunruhigt als friedlich.

Der Morgen begann warm. Ich duschte, kleidete mich in lockere weiße Gewänder und wanderte zur Speiseveranda hinaus. Sharon war bereits dort, schälte Mangos und schnitt sie auf einen großen Teller auf. Sie hatte einen enormen Stapel davon vorbereitet. War das alles für sie?

Ich begrüßte sie mit einem Kuss und sagte: "Erfolg Mira gestern Abend?" Ich setzte mich und beäugte die Mangos, während ich mich fragte, ob sie mir ein paar anbieten würde.

"Ich glaube schon. Lila war ihre einzige Schwester. Sie hatte einen Bruder, aber der ist vor ein paar Jahren an Krebs gestorben."

"Leben die Eltern noch?" Sharon schien nicht die Absicht zu haben, ihre Mangos mit mir zu teilen. Mit einem Seufzer nahm ich ein scharfes Messer und fing an, meine eigenen Mangos zu schälen.

"Nein. Sie ist jetzt ganz alleine. Nicht einmal Verwandte. Lila war ihr letztes Familienmitglied."

"Das macht es schwieriger. Niemals verheiratet? Au weh!" Ich war nie sehr erfolgreich dabei gewesen, irgend etwas zu schälen.

"Vorsicht! Blute nicht auf dein Obst! Beide waren einmal verheiratet, aber es funktionierte nicht, für keine von beiden, auf verschiedene Arten. Lila wurde geschieden, aber Miras Mann wurde durch Terroristen in Irland ermordet. Er war ein Leibwächter für den britischen Gouverneur. Die IRA legte eine Bombe in seinem Auto."

"Wirklich? Zwei gewaltsame Todesfalle, die ihr so nahe standen und so ähnlich verliefen? Das ist eigenartig." Ich gab das Schälen auf zugunsten der einfacheren Technik, die süße Frucht in handliche Portionen aufzuschneiden. Ich würde meine Zähne die Arbeit machen lassen.

"Wirklich. Sie fragt sich, ob ihre Familie verflucht wurde. Es wird sogar noch seltsamer. Sie sagt, dass ihr Vater im Zweiten Weltkrieg ein Bomberpilot für die Royal Air Force war."

"Ich bin darauf gefasst, die Musik von 'Twilight Zone' zu hören! Wie geht es ihr?" Mein Stapel wuchs jetzt immer höher, blieb aber immer noch hinter ihrem zurück. Es schien, als beabsichtige sie, einen Mangoberg zu bauen.

"Eigentlich gut. Sie hat lange Zeit geweint, und es war ihr möglich, viel herauszulassen. Sie hält nichts zurück, zumindest nichts, was ich fühlen kann. Sie unterdrückt es nicht. Sie hat mit Ascension viel Arbeit an sich geleistet. Ich habe nie jemanden sich so schnell erholen sehen."

"Wie viele Sphären hat sie?" Ich entschied, dass ich aufgeben musste.

Dieses Rennen war unmöglich zu gewinnen. Ich fragte mich, wie lange ich warten müsste, bis sie anfing zu essen.

"Sie sagte fünf. Sie ist jedem außer Alan und möglicherweise Edg voraus.

Doktor Dave gesellte sich jetzt zu uns. Wir hatten einen dreifachen Wettbewerb, um zu sehen, wer die meisten der saftigen Früchte essen konnte. Wie nicht anders zu erwarten, gewann Sharon mühelos, mit mindestens einem halben Dutzend.

Sechs von uns - alle außer Edg, Hari und Lal - versammelten sich um elf im Wohnzimmer. Es war bereits glühend heiß, aber hier gab es drei große Deckenventilatoren und ein gigantisches Bodenmodell. Die bewegte, trockene Luft machte die Hitze erträglich.

Aphrodite und Steve schienen eine weitere Nacht ohne viel Schlaf verbracht zu haben. Ich grinste und dachte an meine frühen Zwanziger und war ein bisschen dankbar, dass ich jetzt älter war. Ich hatte immer noch ein starkes und gesundes Interesse an Sex und war mir sicher, dass meine Verlobte es ebenfalls hatte, aber wir waren auf einer Suche, die gegenüber Aktivitäten, die wir sonst genießen würden, Vorrang hatte zumindest jetzt.

Mira sah viel besser aus. Sie sah sogar so aus, als hätte sie sich vollkommen unter Kontrolle. Das ist nicht zutreffend - es war keine Anstrengung dabei erkennbar. Sie strengte sich nicht an, in einem positiven Ascensionzustand zu bleiben. Die Kraft, die aus ihr strömte, war das natürliche Nebenprodukt der Klarheit und Tiefe ihres inneren Erlebens.

"Meine Angewohnheit beim Unterrichten von Ascension", erklärte sie, "ist es, jedem zu erlauben, nochmals die Erklärungen der Techniken zu hören, falls diejenigen, die unterrichtet werden, keine Einwände haben. Also, wenn es euch bei den recht ist, würde ich Sharon, Dite und Steve vorschlagen, für diese Besprechung der ersten Dankbarkeitstechnik hier zu sein."

"Ist mir recht", sagte ich. Der Doktor stimmte ebenfalls bereitwillig zu.

"Gut! Nun, neue Kanäle in den Ascendant zu öffnen, entzückt den Verstand auf neue und verschiedene Weisen, wobei der Fortschritt beschleunigt wird. Die Geschwindigkeit unseres Wachstums kann fast ohne Grenzen beschleunigt werden. Dies ist der hauptsächliche Grund für fortgeschrittene Ascensiontechniken."

"Verwenden wir die erste Technik weiterhin?" fragte ich.

"Sicher. Wir verwenden alle Techniken in jeder Ascension, damit der Verstand mit all den Möglichkeiten, die wir haben, um den Ascendant zu erreichen, vertrauter wird. Die erste Technik ist wie eine magische Öffnung, durch die wunderbare Veränderungen hindurchkommen. Mehr Techniken hinzuzufügen ist, wie eine breitere Öffnung zu haben. Mehr Wunder und Herrlichkeit kommen hindurch."

"Ich stelle mir die erste Technik wie einen D-Zug vor", sagte Aphrodite. "Wir reisen schnell darin, und doch gewöhnen wir uns an die Geschwindigkeit und wünschen uns von Natur aus, schneller voran zukommen. Also gehen wir an Bord eines Flugzeuges. Wir kommen früher am Bestimmungsort an. Die Reise ist bequemer. Wir bemerken die Schwierigkeiten der Reise weniger. All die Unebenheiten und Veränderungen im Terrain sind weniger von Bedeutung."

"Ich denke so darüber", sagte Sharon. "Das Nervensystem ist wie ein wunderbarer, elektrischer Kreislauf, der eine immer höhere Spannung aushalten kann. Wenn sich die Erfahrungen beim Ascenden verstärken, wird die Entwicklung schneller und schneller. Mehr und mehr vom Ascendant wird im Leben genutzt. Der ganze Verstand wendet sich dem Ascendant zu, in jedem Augenblick des Tages und der Nacht. Fortgeschrittene Techniken beschleunigen dieses Wachstum zum fortwährenden Bewusstsein."

"Gute Analogien!" rief Mira aus. "Nun, die Struktur der zweiten Ascensiontechnik ist ähnlich der ersten. In der zweiten Technik nutzen wir Dankbarkeit anstatt der Wertschätzung. Dankbarkeit ist die treibende Kraft für unser Herz, für unsere emotionale, rechte Hemisphäre."

"Und für unsere rationale Seite", fragte ich, "für die linke Gehirnhälfte machen wir mit unserem persönlichen ultimativen Gedanken weiter?"

"Genau. Dieses Konzept lockt den rationalen Geist auf natürliche Weise aus seinen Grenzen heraus und führt uns dem Ascendant zu Wenn wir ihn mit Dankbarkeit verbinden, wird der gesamte Verstand entlang dieses neuen Kanals zum Ascendant geöffnet. Dann fokussieren wir diese Ascensionenergie zurück auf unsere Individualität. Was, nehmen Sie an, ist der Brennpunkt für diese Technik?"

"Ein weiterer Wurzelstress?" fragte der Doktor.

"Genau! Wie mit der ersten Technik wollen wir die Macht von Ascension auf eine unserer fundamentalen Blockaden konzentrieren. Wenn wir die Ursachen unseres Glaubenssystems an das Leiden beseitigen können, werden sich alle untergeordneten Überzeugungen auflösen. Wenn Sie die Hauptwurzel durchschneiden, wird die Pflanze sterben."

"Die erste Technik befasst sich mit dem Wurzelstress in unserem *subjektiven* Leben", sagte Dave nachdenklich. "Somit muss der zweite hauptsächliche Stress in unserem objektiven Leben, in unserer äußeren Welt liegen. Richtig?"

"Richtig! Gibt es irgendjemanden, der nicht daran gedacht hat, dass die Welt ein freundlicherer Ort sein könnte? Was das betrifft, gibt es irgend jemanden, der nicht daran gedacht hat, dass sein Körper gesünder oder hübscher oder stärker sein könnte? Bitte verstehen Sie mich nicht falsch! Ich sage nicht, dass es keinen Platz für Verbesserungen in der Welt oder an unseren Körpern gibt. Ich sage, unser *Glaube,* dass etwas mit der Welt und mit unseren Körpern verkehrt ist, ist der Ursprung all unserer begrenzten Gewohnheiten und Überzeugungen bezüglich des Universums."

"Hält dieser Glaube auch den Verstand aus dem gegenwärtigen Augenblick heraus?" fragte ich neugierig. "Abgetrennt vom Erlebnis des Hier und Jetzt?"

"Ja! Und das hält unsere Zukunft in unglückliche Erlebnisse eingeschlossen, basierend auf unseren begrenzten Überzeugungen in der Gegenwart. Die erste Dankbarkeitstechnik heilt unsere Zukunft. Dankbarkeit für das Objektive ist der Hauptschlüssel, um die Knicke in unserem Weg zu begradigen.

Das heißt, um unsere Beziehung zur Welt zu heilen, unser Leben zurück zum gegenwärtigen Moment zu wenden und unsere Zukunft zu transformieren, Ascenden wir mit der zweiten Technik und richten die

Konzentration auf das Objektive, auf alles Externe - den Körper, die Welt, das Universum. Alles außerhalb des Selbst. Dies hört sich vielleicht komplex an, aber das Konzept ist einfach und besteht aus nur einer Vorstellung: alles Körperliche außerhalb des Selbst."

"Wir sehen unseren Körper normalerweise nicht als außerhalb an", sagte Aphrodite. "Ich denke, dies ist einer der Gründe, wieso wir so fest an den Tod glauben. Wenn ein Körper krank ist, sagen wir, die Person ist krank. Wenn ein Körper stirbt, sagen wir, die Person ist gestorben. Ich erfahre, dass die Realität ziemlich anders ist. Ich erkenne, dass mein Körper außerhalb von mir ist, und deshalb bewege ich mich näher und näher auf das Verständnis zu, dass alles - mein Körper, meine Welt, selbst mein Verstand und meine Emotionen - dass alles außerhalb von mir ist und ich dasselbe wie der Ascendant bin - unendlich, unbegrenzt, sich niemals verändernd, niemals sterbend, in der Ewigkeit gegründet."

"Ich bin davon überzeugt, dass es so ist", sagte Sharon. "Der Körper, wie er im Alltagsbewusstsein erlebt wird, ist eine Schöpfung des Verstandes. Der Körper ist keine eingefrorene, unveränderliche Skulptur; er fließt ständig mit der Umgebung. Er ist aus Sternenstaub gemacht, so wie alles um uns herum. Wir sind dasselbe, diese Welt und unser Körper; wir sind alle Teil der Erde, Teil von Gaia, alle aus erstarrter Magie erbaut."

"Ich stimme dem vollkommen zu!" rief der Doktor höchst enthusiastisch aus. "Der Körper tauscht sich in jedem Augenblick mit der Umgebung aus. Ich habe gehört, dass 98% der Atome in unserem Körper vor einem Jahr nicht da waren! So schnell verwandeln wir uns. Es ist, als würden wir in einem wunderbaren Gebäude leben, in welchem jedes Stück jedes Jahr ersetzt wird. Aber aufgrund von Unwissenheit bauen wir es Jahr für Jahr in der gleichen Weise auf. Wenn der Körper krank ist, stellen wir ihn wieder krank her. Wenn wir einen Tumor haben, erschaffen wir den Tumor wieder . Wenn der Körper alt ist, gestalten wir ihn wieder alt. Somit heilt uns diese Technik von diesem fehlerhaften Gebrauch des Körpers, um uns wieder mit dem Baumeister vertraut zu machen, dem Ascendant?"

"Ihr habt alle ganz recht!" rief Mira aus. "Und weiter: Der Körper und die Welt sind wie zwei Seiten derselben Münze, beide existieren immer simultan. Die Welt scheint da zu beginnen, wo der Körper aufhört, aber die Realität ist: Die äußere Welt ist die Manifestation des Körpers, sie ergibt sich aus den Sinnen. Wenn die Sinne nicht arbeiten, was wird aus der Welt? Und die Sinne sind eine Manifestation des Verstandes. Durch Beherrschung dieser Technik beginnt man wahr zunehmen, dass das äußere Universum eine Schöpfung des Verstandes ist. Wenn dies vollkommen verwirklicht ist, ist die Herrschaft über das Objektive unvermeidlich."

"Du sagst also, dass das Universum eine Projektion unserer Anschauungen und Urteile ist?" fragte ich. "Meine Welt unterscheidet sich von deiner. Steves Welt von der Dites, jedermanns Welt ist anders? Sie scheinen ein paar Merkmale zu teilen, aber die Realität ist, meine Welt, mein Universum ist meine Schöpfung, nicht die von anderen?"

"Ja! Dies ist die Perspektive des vereinigten Bewusstseins. Diese Technik verleiht Herrschaft über die objektive Welt. Sie ist auch für jeden unermesslich wertvoll, der an irgendeiner Form von Krankheit leidet. Vollkommene Gesundheit ist das automatische Nebenprodukt, wenn man die Wahrheit dieser Technik kennt. Dies ist ein unbezahlbares Werkzeug, um den gesamten Stress des körperlichen Nervensystems zu beseitigen."

Der Doktor bemerkte: "In anderen Worten, diese Technik lehrt uns, dass das Subjektive primär ist und das Objektive sekundär. Die alte Anschauung der Medizin und Wissenschaft behauptete, dass der Körper alleine das Reale sei. Bewusstsein war der Geist in der Körpermaschine. Die Dankbarkeitstechnik korrigiert alle solchen gestörten und abergläubischen Überzeugungen, indem sie diese durch direkte Erfahrung der Realität ersetzt. Der Verstand kommt zuerst, der Körper und die Welt sind Projektionen."

"Gut gesagt", sagte Mira herzlich und lächelte ihn an. Dann erklärte sie die exakte Struktur dieser neuen Technik und fuhr fort: "So, nun teilt ihr euer Programm zwischen der ersten und zweiten Technik auf: Etwa zehn oder fünfzehn Minuten für die Wertschätzung, und dann zehn oder fünfzehn Minuten für die Dankbarkeit. Es könnte sein, dass ihr die eine oder andere an gewissen Tagen bevorzugt; es kann sein, dass die eine oder andere Technik für euch von Zeit zu Zeit unangenehm ist. Das macht nichts. Wir Ascenden nicht wegen ein paar Gefühlen an der Oberfläche des Verstandes. Es kommt nicht darauf an, wie wir uns fühlen, wir machen es einfach.

"So, lasst uns Ascenden... "

Zuerst konnte ich mit dieser neuen Technik nicht besonders gut umgehen, aber bald fühlte ich mich wohl dabei. Viele Urteile über meinen Körper und meine Welt kamen zum Vorschein, wie um von mir überprüft zu werden, genau wie Mira vorausgesagt hatte, dass sie es tun würden. Viele Erinnerungen, die ich seit Jahren nicht gehabt hatte, flossen durch. Als sie uns eine Stunde später sanft herausbrachte, hatte ich das Gefühl, dass ich noch gar nicht richtig, angefangen hatte.

Sharon hatte recht. Diese neue Technik war so großartig wie die erste, vielleicht sogar noch großartiger.

19

Ein Prinz, eine Schlange
und ein Brunnen

Mira fragte Sharon nochmals, ob sie die dritte Technik erhalten wolle. Wiederum lehnte sie ab. Doktor Dave ging auf sein Zimmer, um zu Ascenden, aber Sharon und ich beschlossen, den Garten zu erforschen.

Als wir die Veranda entlang gingen, erschreckten wir ein Paar blauer Eichelhäher, die laut schimpfend fortflogen. Ihr Lärm schreckte zwei rosa Ringelsittiche aus einem der Mangobäume auf. Sie flogen herum, dies sehr ausführlich diskutierend, bevor sie sich wieder auf ihrem Ast niederließen.

Wir entdeckten einen kleinen Kopfsteinpflasterweg durch den Garten, der zu einem enormen Banyanbaum weit im hinteren Teil führte. Banyans sind eine Art Feigenbäume. Sie schlagen Hunderte oder sogar Tausende von Luftwurzeln, erschaffen einen Wald aus einem einzelnen Baum, der sich zu einer enormen Größe ausbreitet, wenn man ihn ungestört lässt. Dieser sah mehrere hundert Jahre alt aus. Eine Marmorbank mit kunstvoll eingemeißelten Engeln stand nahe dem Herzen seiner vielen Stämme. Wir saßen darauf und starrten einander in die Augen.

"Buddha soll Erleuchtung erlangt haben, während er unter einem Banyanbaum wie diesem saß", sagte Sharon.

"Wirklich? Wie passend. Ich bin so froh, dass du hier mit mir zusammen bist, Sharon, oder besser ich hier mit dir, weil du dich zuerst entschieden hast."

"Nur weil ich ein paar Tage länger Ascendet hatte! Wir sind zusammen hier, darauf kommt es an. Deshalb habe ich die Liebestechnik noch nicht angenommen, weißt du. Ich möchte Schritt für Schritt mit dir durch diese Lehre gehen, mit dir zur Vollendung wachsen. Diese Reise wird so viel schöner sein, wenn ich sie mit dir teile."

"Das stimmt auch für mich! Ich bin sicher, dass ich Ascension genossen hätte, auch wenn ich dich nie getroffen hätte, aber ich bin mir auch sicher, dass ich spüren würde, dass etwas Bedeutendes in meinem Leben fehlt. Du bist vielleicht nur eine Projektion meines Geistes, vielleicht habe ich dich auch nur entsprechend meiner eigenen inneren Programmierung projiziert, aber du bist ohne Zweifel die beste Projektion, die ich jemals dargestellt habe. Ich bin froh, dass du ein signifikanter Teil meines objektiven Universums bist. Ich kann mir das Leben ohne dich nicht vorstellen."

"Das heißt, du genießt die Dankbarkeitstechnik?"

"O ja. Ich verstehe jetzt teilweise deine Erlebnisse in Delphi. Hält das eigentlich immer noch an?"

"Nicht so stark. Ich fühle mich mit allem verbunden, als würde es nur wenig oder gar keine Grenzlinie zwischen mir und der Welt geben. Ich fühle, dass alles aus mir herauskommt, aber es ist nicht so vorherrschend, wie es dort war. In Delphi hat jedes einzelne Ding der Schöpfung zu mir gesprochen, hat in Liebe und Freude zu mir zurückgesungen. Ich glaube, alles wächst in Etappen. Hättest du Lust, unter diesem riesigen Banyanbaum mit mir zu Ascenden? Vielleicht haben wir so viel Glück, wie Prinz Siddhartha es hatte."

"Wer ist das?"

"Er wurde zu Buddha. Aber er war als Prinz geboren. Hast du die Erzählung gehört?"

"Nein, oder wenn ich es habe, habe ich sie vergessen. Möchtest du sie mir erzählen?

"Natürlich!"

Es war einmal ein reicher Raja in Indien, dort, wo jetzt der Staat Bihar ist, westlich von Kalkutta, in der Nähe des Himalaja. Raja Suddhodana war gut, wohlhabend und gerecht, aber er war kinderlos. Schließlich brachte er ein großes Opfer und flehte die Götter an, ihm einen Erben zu gewähren. Das Opfer war erfolgreich. Die Königin gebar einen Sohn. Sie nannten ihn Siddhartha, "Die Vollkommenheit des Reichtums".

An dem Tag, als der Prinz geboren wurde, kam ein Maharishi zum Hof und sagte dem Raja, dass Siddhartha der größte Herrscher der Welt werden würde - oder im Gegenteil ein Mönch und Weltenlehrer.

Der Raja sah dies mit gemischten Gefühlen: Er wollte keinen geistlichen Führer als den Sohn eines Kriegers. Er versuchte, die Prophezeiung zu durchkreuzen, und erließ drei eiserne Regeln: Siddhartha darf niemals das Palastgelände verlassen. Die Kranken, die Gebrechlichen, die Alten und die Sterbenden dürfen niemals innerhalb des Palastes zugegen sein. Seinem Sohn darf niemals etwas über diese Zustände auf der Erde gesagt werden.

Siddhartha wuchs schnell zu einem starken Jungen heran. Er war in allen Fächern der Wissenschaft und Kriegsführung gut ausgebildet. Nur auf diesen Gebieten wurde die Lüge aufrechterhalten: Siddhartha sah keine Kranken, er sah keine Betagten, er sah keine Sterbenden, er sah keinen Tod, ihm wurde von keinem dieser Zustände berichtet. Der Raja war wohlhabend und das Palastgelände groß genug, um die Illusion neunundzwanzig Jahre lang aufrechtzuerhalten. Siddhartha heiratete eine wunderschöne Prinzessin und war so glücklich, wie ein Mensch nur sein kann.

Aber keine Lüge kann für immer andauern: Eine Hofdame erkrankte. Der Prinz sah sie, bevor sie versteckt werden konnte. "Was stimmt nicht mit dieser Frau?"fragte er seinen besten Freund.

"Mein Prinz, Jambuli ist krank. Sie könnte sogar sterben."

"Könnte dies auch mit mir geschehen?"

"Krankheit kann jedermann treffen, mein Herr Siddhartha."

"Könnte dies auch mit meinen ungeborenen Kindern geschehen?"

"Jeder Mann, jede Frau oder jedes Kind könnte krank werden, mein Herr."

"Was ist die Heilung dafür? Wie kann Leiden vermieden werden?"

"Mein Herr! Niemand kennt die Heilung für das Leiden."

Siddhartha blieb im Palast, aber er wurde von diesem neuen Etwas in einer sonst perfekten Welt geplagt. Mehrere Monate gingen vorbei.

Seine Frau, die Prinzessin, wurde schwanger. Siddhartha sah keine kranken Leute mehr und entschied, dass Krankheit wirklich etwas Seltenes sei, und er entschied sich, es zu vergessen. Aber die Welt hatte anderes für den Prinzen vorgesehen: Eines Tages schlüpfte ein alter, alter Mann an den Wachen vorbei und lief unter Siddharthas Fenster vorbei.

"Wer ist dieser Mensch? Warum benutzt er einen Stock zum Gehen? Wieso ist sein Haar weiß? Wieso ist er vornüber gebeugt? Wieso ist seine Haut so faltig? Ist er auch krank?"

"Leider nein, mein Herr. Er ist alt. Sein Körper ist abgenutzt. Er lebt schon so lange."

"Wird dies auch mit mir geschehen?"

"Das Alter kommt zu allen, mein Herr Siddhartha."

"Selbst zu meinem Vater, dem Raja? Meiner Mutter? Meiner Frau, meinen ungeborenen Kindern?"

"Jeder Mann, jede Frau und jedes Kind wird alt, mein Herr."

"Was ist die Heilung dafür? Wie kann Leiden vermieden werden?"

"Mein Herr! Niemand kennt die Heilung für das Leiden."

Siddhartha wurde durch das Alter bis zum Grunde seiner Seele schockiert. Gab es wirklich kein Gegenmittel dafür? Warum sollte die Welt so schlecht erschaffen worden sein? Aber bald war sein Sohn geboren. Seine Sorge wurde von der Freude über das neue Leben übertroffen.

Alles hätte noch immer nach dem Willen des Raja gehen können, aber am nächsten Tag erlitt einer von Siddharthas engsten Begleiter einen Schlaganfall und starb in der Gegenwart des Prinzen. Das löste den letzten Teil von Siddharthas Verlangen, im Palast zu bleiben, auf In dieser Nacht verließ er sein Heim und seine Familie, um die Quelle des Leidens zu suchen und dessen Heilung zum Wohl der gesamten Menschheit zu finden.

"Nach sechs Jahren innerer Erforschung erlangte Prinz Siddhartha Erleuchtung in Bodh Gaya, als er unter einem Baum wie diesem hier saß. Er wurde zu Buddha, was bedeutet: einer mit einem erleuchteten Intellekt."

"Das ist eine wunderbare Geschichte!" rief ich aus. "Dein Wissen geht weit über die Physik hinaus!"

"Oh, ich habe meine akademischen Grade niemals genutzt. Schon bevor ich mein Studium abgeschlossen hatte, habe ich festgestellt, dass es ganze Universen gab, die ich erforschen wollte. Ich habe tausend verschiedene Dinge getan und seither hundert verschiedene Gebiete studiert. Meine Suche war niemals zufällig, obwohl es wahrscheinlich für irgendeinen zufälligen Beobachter so ausgesehen haben mag.

Aber ich war so weit gekommen, wie ich konnte, als ich in Seattle ankam. Ich hatte meine Antworten nicht gefunden, so tief ich auch suchte. Ich glaubte immer noch, dass die Wahrheit irgendwo existieren müsste, hatte aber keine Ahnung wo. Also hielt ich meine Suche lebendig, immer noch hoffend, glaubte aber kaum mehr, dass ich Erfolg haben würde."

"Sharon, ich habe einmal gelesen: Wenn der Schüler bereit ist, wird der Lehrer erscheinen. Ich denke, das ist es, was dir passiert ist. Und mir. Obwohl ich nicht weiß, wie bereit ich war, Ollie zu treffen. Ich glaube nicht, dass ich jemals überhaupt etwas erreicht habe."

"Ich denke, Gott urteilt anders, als wir es tun", antwortete sie mir sanft. "Ich denke, du musst völlig bereit gewesen sein. Schau, wie weit du gekommen bist, in nur zehn Tagen! Du warst reif, um gepflückt zu werden. Du konntest es nur nicht sehen. Du bist von innen heraus gereift, wie eine Birne."

"Ich war reif für *etwas*", gab ich zu. "Mein Leben ging nirgendwohin. Und das schnell. Vielleicht zielten all die harten Schläge der Natur darauf ab, mich in Bewegung zu bringen, mich auf Veränderungen vorzubereiten."

"Das ist es, was ich denke! Die ursprüngliche Bedeutung des Wortes 'segnen' war 'mit Blut weihen' oder 'schlagen'. Ich denke oft, dass Segen als Leiden verkleidet zu uns kommt, um das tote Holz in unserem Leben wegzuschneiden und es uns zu ermöglichen, in neue Richtungen zu gehen. Zuschneiden kann schmerzhaft sein, aber in den Händen eines Meistergärtners wird großartige Schönheit erschaffen."

"Vielleicht wurde darum unsere Gruppe verkleinert", sagte ich. "Aus unserer Sicht ergibt es wenig Sinn. Aber wir sind nicht der Gärtner der Erde. Aus der universalen Perspektive muss ihr Dahinscheiden perfekt gewesen sein. Wenn es wahr ist, dass alle Dinge für das Gute in der Welt zusammenwirken."

"Ich glaube, dass sie das tun. Unglücklicherweise ist es immer noch eher ein hoffnungsvoller Glaube als eine erlebte Erfahrung. Ich bin immer noch neu darin."

"Ich auch! Sollen wir hier draußen Ascenden? Bei dieser leichten Brise ist es wahrscheinlich kühler als im Haus."

"Ja, lass uns Ascenden!"

Sie wollte sich hinlegen. Ich überließ ihr die Bank und lehnte mich, auf einer großen Wurzel sitzend, gegen den Stamm des Baumes.

Ich fing mit der Lobestechnik an. Wie es meine übliche Erfahrung war, überkam mich nach ein paar Wiederholungen tiefe Ruhe. Mein Verstand war klar und still, außer der sanften fließenden Bewegung der Ascensiontechnik. Ich fühlte mich oft innerlich groß, wenn ich Ascendete. Heute war es jedoch einfach ruhig und friedlich. Nur ein paar andere Gedanken bewegten sich in mir - ich war mir der Hitze bewusst, des Zwitscherns und Krächzens der Vögel, des sonoren Summens der Insekten, der Rauheit des Stammes hinter meinem Rücken und des soliden Gefühls der Wurzel unter mir - aber nicht viele, nicht genug, um mich von meinem sanften, nach innen gerichteten Gleiten abzulenken.

Nach etwa einer halben Stunde tiefen Friedens führte ich die zweite Technik ein. Mein Bewusstsein spaltete sich sofort in drei Teile! Ein Teil von mir saß immer noch unter dem Baum und war am Ascenden, ein Teil von mir schwebte etwa fünf Meter über mir und schaute mit absoluter Klarheit auf meinen Körper, Sharon und den Garten, und ein Teil von mir schwebte draußen im All, über der Erde.

Auf der dritten Stufe fühlte ich jemanden neben mir: Es war ein herrliches, strahlendes Wesen, in Weiß gekleidet, mit langen, kastanienbraunen Haaren und Bart; es schwebte neben mir, starrte die Welt unter mir mit Liebe an. Es schaute mich an und lächelte, aber ich glaubte Tränen in seinen Augen zu sehen. *'Wieso'*, dachte ich und schaute zurück auf die Erde. Sie hatte sich verändert: Eine gigantische Schlange mit glitzernden, schwarzen und roten Schuppen umkreiste sie, zerquetschte sie mit unbarmherzigen Windungen des blutigen Todes.

Gleichzeitig sah ich eine enorme Kobra in den Garten eindringen und in meine Richtung gleiten, wo ich unter dem Baum saß! Unter Schock stoppte ich das Ascenden und öffnete meine Augen. Die drei Erlebnisse schmolzen in eines zusammen. Ich war wieder ganz unter dem Baum, aber nicht einmal einen Meter vor mir war die riesige Schlange, aufgerichtet, ihre Brillenzeichnung vor Wut entfaltet.

Der Biss der Kobra ist fast immer tödlich. Hunderte von Indern sterben jedes Jahr daran. Ich wusste nicht, ob es dafür ein Gegengift gab oder nicht, aber ich erinnerte mich, gelesen zu haben, dass ihr Gift so schnell wirkte, dass nur wenige lange genug leben, um das Krankenhaus zu erreichen.

Als diese Gedanken durch meinen Verstand blitzten, zischte mich die Kobra an. Ihre gespaltene Zunge schnellte hinein und heraus. Ich starrte in ihre unerschrockenen Schlangenaugen und fragte mich, ob das Erdenabenteuer dabei war, für mich zu Ende zu gehen. Außer der schnappenden Zunge bewegte sich keiner von uns, was Stunden zu dauern schien.

Schließlich bewegte sich Sharon auf der Bank, sagte: "Hm?", öffnete ihre Augen, schaute mich an und lächelte.

Die Kobra schimmerte und verschwand dann mit einem kleinen Geräusch.

"Sharon!" rief ich, bebte am ganzen Körper und schwitzte von Kopf bis Fuß. "Sharon, ich... ich glaube, ich gehe für ein Weilchen nach drinnen und Ascende. Zu heiß hier draußen. Möchtest du mitkommen?"

"Nein, Liebling, aber danke. Ich denke, ich werde für den Rest des Nachmittags hier draußen bleiben. Alle Pflanzen singen für mich."

"Gut", sagte ich und stand ein bisschen wackelig auf. Ich küsste sie und sagte: "Ich sehe dich dann beim Abendessen."

"O.k.", schnurrte sie, bereits in sich zurückschlüpfend.

Ich spielte mit der Idee, von Amritsar, Indien und Ascension weg zulaufen, aber ich wusste, dass ich es nicht wirklich so meinte. Ich war mein ganzes Leben gelaufen und niemals irgendwo angekommen. Abgesehen davon war da Sharon. *Nein*, beschloss ich, *ich werde das nicht nochmals machen. Ich habe vielleicht Dämonen in meinem Garten, aber ich habe sie erschaffen. Folglich kann ich sie auch zerstören.* Ich legte mich auf mein Bett und fing wieder an zu Ascenden.

Fast sofort teilte ich mich wieder in drei Teile auf. Ein Teil von mir wusste, dass ich auf dem Bett lag und die Luft fühlte, die sanft vom Ventilator kam. Ein anderer Teil schwebte über dem Haus. Sharon war immer noch im Garten auf der Bank am Ascenden. Ich konnte durch das Dach sehen, als wäre es aus Glas. Doktor Dave war in seinem Raum und kritzelte heftig Notizen in seinen Block. Hari und Lal kochten in der Küche ein weiteres Festessen. Edg war in einem Eckzimmer und lag sehr, sehr still. Mira, Aphrodite und Steve waren im Wohnzimmer und Ascendeten zusammen. Und der dritte Teil von mir schwebte wieder über der Erde, aber dieses Mal war ich alleine. Da war kein schönes weißgekleidetes Wesen neben mir. Da war keine Schlange, die die Erde mit ihren vernichtenden Windungen umschlang.

Sanft führte ich wieder die zweite Ascensiontechnik ein. Mein Verstand spaltete sich noch einmal: Ich lag auf meinem Bett, ich schwebte über dem Haus, ich sah auf die Erde hinunter, aber ich stand ebenfalls außerhalb der goldenen Sphäre, die ich in der Grotte auf Patmos erlebt hatte. Ich konnte immer noch die sieben Sphären aus Feuer wie auch das gesamte Universum darin sehen.

Diesmal verband jedoch ein schwacher Silberfaden die verschiedenen Erfahrungsebenen. Er breitete sich um mich herum aus und offenbarte eine fünfte Stufe der Realität. Innerhalb des Silberfadens war eine weitere Kopie des gesamten Universums - und außerdem, unvorstellbarer weise, Sharon.

Unsere Sprache ist linear. Sie reicht nicht aus, um Erlebnisse, die gleichzeitig auf vielen Stufen zur selben Zeit geschehen, zu beschreiben.

Jede dieser fünf Erlebnisstufen deckte sich mit jeder anderen Stufe und hatte doch eine unabhängige Realität in Raum und Zeit.

Ich wiederholte wiederum die zweite Technik. Als ich sie wiederholte, wurde mir ein anderes Niveau der Realität bewusst, so weit jenseits der goldenen Sphäre, die unser Universum beinhaltete, wie jene Realität jenseits meines Körper war, der hier unten auf der winzigen, winzigen Erde auf dem Bett lag. Diese neue Realität war mit unzähligen Milliarden von goldenen Sphären gefüllt, von welchen jede ein gesamtes Universum enthielt, jede eine vollkommene und perfekte Schöpfung.

Noch einmal hallte die Ascensiontechnik in mir wider. Ich spaltete mich ein letztes Mal - auf der tiefsten, feinsten oder ausgedehntesten Stufe verschmolz ich mit einem unendlichen weißen Licht, das nicht Licht, sondern jenseits allen Lichtes war, und doch war alles Licht und alle Farbe und alle Form und aller Klang und alle Zeit darin enthalten.

Ich wusste, dass ich das war. Ich war nichts anderes als das. Diese grenzenlose, unendliche, unermessliche, ewige Realität war nichts anderes als ich. Und es war der Ascendant. Genauso, wie ich es war.

20

Punjab-Geschichten

Ein sanftes Klopfen an meiner Türe vereinigte alle Stufen der Größe oder des Raums oder der Zeit zu einer einzigen. Ich lag auf meinem Bett, in meinem Zimmer in Amritsar.

Ich sagte leise: "Ja?"

Die Türe öffnete sich und Sharon schlüpfte herein, strahlend, und sie trug wieder eine andere wunderschöne Kleidung, die ich noch nie an ihr gesehen hatte. Diese war in einem tiefen Smaragdgrün, mit Pailletten und roten Steinen bedeckt. Sie sah aus, als wäre sie auf dem Weg in das teuerste Restaurant Indiens.

"Zeit fürs Abendessen!" kündigte sie fröhlich an. "Zeit zum Aufstehen, Schlafmütze!"

"Abendessen? So früh? Du siehst hinreißend aus!"

"Danke! Aber es ist nicht früh. Es ist acht Uhr. Du bist bereits seit sieben Stunden hier drinnen! Ich dachte schon, du würdest ewig schlafen."

"Ich glaube nicht, dass ich geschlafen habe. Wow! Was für eine Ascension."

"Bei mir auch. Ich bin froh, dass ich auf die dritte Technik gewartet habe. Kommst du?"

Die anderen genossen bereits ein weiteres Festessen. Es war in jeder Hinsicht größer als das gestrige. Ich war erstaunt, Edg dort zu sehen, der sich völlig geheilt anhörte und aussah. Er lächelte über meinen erstaunten Blick, zeigte mit seinem Zeigefinger auf mich und sagte fröhlich: "Hab's dir gesagt."

Ich hatte keine Lust zu sprechen und füllte eher mechanisch meinen Teller. Die meisten der anderen waren fertig, bevor Sharon und ich wirklich anfingen. Sie plauderten über die Hitze und die kommende Reise und aßen die Nachspeise: Gulab Jamuns und Milchreis.

Ein lautes Hämmern an der Haustüre sandte Lal ins Haus und den Korridor hinunter. Er kehrte über die Veranda zurück und brachte einen weiß gekleideten Sikh in den Mittdreißigern mit sich. Er war groß und dunkel, mit einem äußerst bärtigen Gesicht und gekrümmter Nase, eindringlichen Augen und sehr schwarzem Haar.

"Kala! Willkommen!" rief Mira und stand auf, um ihn zu begrüßen. "Sat Sri Akal, Kala! Dies ist Kala, ein Durga-Novize und lieber Freund."

Edg kannte ihn ebenfalls. Er erhob und verbeugte sich halb und sagte: "Sat Sri Akal, Kalaji. Schön, dich wiederzusehen."

"Sei gegrüßt, Ed Silver. Vielleicht ist es das, vielleicht auch nicht. Das Leben geht voran. Darf ich mich an euren Tisch setzen?"

"Natürlich", antwortete Mira. "Hungrig? Lal und Hari werden es wohl nie lernen, Mengen einzuschätzen, wie du sehen kannst."

"Sicher", antwortete er und füllte seinen Teller mit dem schärfsten Essen, während Mira uns alle vorstellte.

"'Übung macht Dinge dauerhaft', so sagt mein Meister", sprach Kala über sein Papadam, bedeckt mit Reis und Dahl, hinweg. "Folglich ist Ausdauer sein eigener Lohn. Zu jenem Zweck möchte ich euch eine Geschichte erzählen, die mir meine Mutter, als ich noch ein Kind war, erzählte. Es war eine christliche Geschichte, aber meine Mutter war tolerant. Zum Glück! Wie sonst hätte ich Ascension annehmen können?"

Es war einmal ein kleines Land, welches von einem weisen und guten König regiert wurde, der keine Erben hatte. Der König hatte eine reizende Ehefrau und alle guten Dinge, mit Ausnahme eines Sohnes, der sein Erbe antreten sollte, wenn er starb. Eines Tages, wie das Glück es wollte, durchwanderte der Apostel Johannes auf dem Weg, sein Ishaya-Kloster zu gründen, das kleine Königreich und bat um Unterkunft. Der König erkannte etwas von seiner Erhabenheit und empfing ihn, speiste ihn und beherbergte ihn.

Als er dabei war weiterzugehen, fragte ihn der heilige Johannes, ob er gerne etwas über Gott lernen möchte. "Nein", antwortete der König, "ich habe keine Zeit, um etwas über Gott zu lernen. Ich muss mein Königreich weise und gut regieren. Was ich wirklich brauche, ist ein Sohn, der nach mir meine Arbeit fortsetzt:"

Johannes lächelte im Herzen, den König so seiner Pflicht gewidmet zu sehen, und sagte: "Du hast gewählt, oh König. Wenn du mich um Gott gebeten hättest, hättest du Gott bekommen. Statt dessen hast du mich um einen Sohn gebeten, und du wirst einen Sohn bekommen. Er wird dir Freude und Leid bringen. Aber am Ende wirst du mich um Gott bitten."

Die Prophezeiung des Johannes erwies sich als richtig. Ein Sohn wurde geboren, aber er wurde mit einem verkrümmten Rücken geboren. Der Verstand des Kindes war ausgezeichnet. Es lernte mühelos, was immer ihm die Lehrer vorsetzten, aber das Herz des Königs war nichtfroh.

Der heilige Johannes ging ein zweites Mal durch dieses Königreich, um Mönche für seinen Orden zu suchen. Wiederum empfing ihn der König wohlgesinnt. Wieder fragte Johannes ihn, ob er gerne etwas über Gott lernen möchte. Wiederum antwortete der König: "Danke, aber nein. Ich bin beschäftigt, das Glück meiner Leute zu sichern. Ich habe keine Zeit für Gott. Ich muss die Diebe von meinen Grenzen fernhalten. Was ich wirklich brauche, ist, dass mein Sohn geheilt wird, damit er sein Erbe antreten kann, wenn ich gegangen bin."

Johannes lächelte im Herzen, den König so seiner Pflicht gewidmet zu sehen, und antwortete: "Du hast gewählt, oh König. Hättest du mich um Gott gebeten, hättest du Gott bekommen. Statt dessen hast du mich um die Heilung Deines Sohnes gebeten, und du wirst einen gesunden Sohn bekommen. Sag ihm, dass du ihm alles, worum er bittet, geben wirst. Dann frage ihn, was er wolle. Er wird dir sagen, was du tun musst. Und was dich betrifft, du wirst Leid und Freude erfahren. Aber am Ende wirst du mich um Gott bitten."

Der König schickte nach seinem Sohn undfragte ihn, ob es irgend etwas gäbe, was er wolle und sagte ihm, er könne alles, was es auf der gesamten Welt gäbe, haben.

"Aber ja, Vater, ich danke dir vielmals", antwortete der Prinz. "Ich möchte, dass du eine Statue von mir anfertigen lässt. Nicht, wie ich jetzt *aussehe, verstehst du, sondern in der Art, wie ich aussehen werde, wenn ich völlig ausgewachsen bin, wie du, Vater. Lass mich stark und gesund und aufrecht abbilden, nicht wie ich jetzt bin, sondern wie ich dann sein werde, wenn ich ausgewachsen bin. Und dann stelle sie in meinen Garten, wo ich sie jeden Tag anschauen kann. In Ordnung, Vater?"*

Der König war überrascht, aber er tat, was sein Sohn wünschte.

Die Statue eines gutaussehenden Prinzen, groß, aufrecht, stark, völlig geheilt, wurde angefertigt und im Zentrum des Gartens seines Sohnes aufgestellt.

Die Jahre vergingen. Jeden Tag sah der Prinz die Statue von sich selbst, wie er aussehen würde, wenn er völlig ausgewachsen wäre. Er sah sie im frühen Morgenlicht, aufrecht stehend, um die Dämmerung zu grüßen. Er sah sie im Glanz des Mittags, niemals in der Bruthitze flackernd. Er sah sie während des Monsuns, aufrecht und groß und stolz durch die Donnerstürme hindurch bestehend. Er sah sie um Mitternacht im Mondlicht, in allen Jahreszeiten und Stunden, ein makelloses Beispiel der Mannhaftigkeit, Starke und Gesundheit.

Jede Nacht, wenn der Prinz schlief, streckte er sich ein bisschen mehr, um mehr wie die Statue zu werden, er stellte sie sich vor, versetzte sich selbst in jenen makellosen Körper. Und wisst ihr was? An seinem einundzwanzigsten Geburtstag war der Prinz groß, aufrecht, stark, vollkommen geheilt.

Viele Jahre vergingen. Die Königin und die meisten der lebenslangen Freunde und Berater des Königs starben an ihrem hohen Alter. Der König überließ sein Königreich seinem völlig ausgereiften und fähigen Sohn und zog davon, um den heiligen Johannes zu suchen und um etwas über Gott zu lernen.

"Somit seht ihr", schloss Kala, "der König erfüllte seine weltlichen Pflichten. *Dann* wurde er ein Mönch. Der Apostel lehnte es ab, ihm Ascension zu lehren, bis er soweit war, Prioritäten zu setzen und Gott an den ersten Platz in seinem Leben zu stellen. Wieso sollte Johannes Ascension mit denen teilen, die zwischen Gott und der Welt geteilt sind? Lass sie ihre weltlichen Verlangen erfüllen, dann lehre sie die Wahrheit! So haben wir es immer getan, weil das der einzige Weg ist, der funktioniert. Unser Weg ist der einzige Weg. Wenn ihr die Perlen von Ascension vor die weltlichen Leute streut, werden sie sie zertrampeln und außerdem noch euch auf die Hörner nehmen."

"Das einzige Auf-die-Hörner-Nehmen, das hier vor sich ging", sagte Edg, "ist unserer Gruppe zugestoßen. Bist du dir dessen bewusst, was passiert ist?"

"Ich? Nun, unglücklicherweise, ja. Bedauerlicherweise, ja. Dies ist einer der Gründe, wieso' ich heute Abend gekommen bin. Zwei unserer Novizen - ihr habt sie nie getroffen - haben ihre Gelübde, nicht *gut gemeistert*. Sie sind außerdem eigensinnig und wohlhabend, was meinen Punkt nochmals veranschaulicht. Wenn sie arm gewesen wären, hätte alles vermieden werden können. Eine große Tragödie, diese ganze Sache."

"Tragödie!" schrie Mira. Feuer flammte aus ihren Augen. "Nennst du Mord so?"

"Ich nenne es den wahnsinnigen Akt zweier, die für Ascension unwürdig waren, Miraji. Durga hat sie von jeglichem weiteren Unterricht verbannt. Ich kann mir keine passendere Strafe vorstellen, du etwa? Ihnen wurde für immer verboten, die Geheimnisse der Sieben Sphären zu lernen. Aber bitte, du musst verstehen, wie dies meinen Punkt veranschaulicht. Wenn wir, die wir unsere Neulinge so vorsichtig abschirmen, auf solche Schwierigkeiten stoßen, wie viel größer werden die Probleme sein, wenn wir die höchste Weisheit *Haushältern* unterrichten." Er erstickte praktisch an dem Wort.

"Ich werde dir auch eine Geschichte erzählen", sagte Edg grimmig. "Vielleicht könntest du selbst etwas lernen, Kalaji."

"Sollte ich auf dich hören? Du mit deinen fünf Sphären und ohne Gelübde?"

"Ich glaube an die fünf Novizen-Gelübde und an die fünf Ishaya-Gelübde. Ich glaube an sie, und ich übe sie aus. Aber ich glaube nicht daran, einen Schwur daraus zu machen. Ich möchte nicht in irgend jemandes religiöse Vorschriften eingeschlossen sein."

"Es liegt ein großer und bleibender Wert in der Formulierung der Gelübde."

"Vielleicht für dich! Und für Mira und zweifellos auch für andere", antwortete Edg und warf dem Doktor einen Blick zu. "Aber ich glaube nicht an den Wert bloßer Worte. Wenn das Herz nicht dabei ist, was nützen die Worte? Und auch: Wenn das Herz dabei *ist,* was nützen die Worte? Schau dir deine Verräter an! Sie haben die Gelübde abgelegt, oder nicht? Und was haben sie daraus gemacht?"

"Leider wenig, das ist wahr. Zu oft rutschen wir von der einfachen Weisheit unseres ersten Lehrers, Guru Nanak, ab: *Ek Unkar,* 'Es gibt einen Gott', und halten uns statt dessen an Govind Singh, jenen Narren von zehntem Guru. Seine Lehren sind Gift für meine Leute. Nun gut, Ed Silver, lass deine Geschichte hören. Wenigstens wird es mir helfen, euren verwirrten Verstand klarer zu verstehen."

"Ich glaube, ich muss dir danken."

Es war einmal ein Händler aus dem Hügelland, der zum Meer reiste und zum ersten Mal in seinem Leben weißen Sand sah. Er war sauber und silbrig und erstreckte sich, soweit das Auge reichte. "Was für ein wunderschöner Sand!" rief er und beschloss sofort, ihn in seinem Heimatland zu verkaufen. Er umzäunte ein paar Hektar davon, um ihn zu schützen, und fing ein Geschäft an, packte ihn ab und sandte ihn zurück in seine Heimat.

Eines Tages sahen einige Räuber den Zaun und dachten, dass der Sand innerhalb der Barrieren etwas Besonderes sein musste, warum sonst würde jemand einen Zaun errichten? Somit planten sie, einzubrechen und den feinen Sand des Händlers zu stehlen.

Ein Informant berichtete ihm, was sie planten. Der Händler errichtete eine Steinmauer um seinen Sand, heuerte Wächter an, um seine Mauer zu schützen, und stellte Spione ein, um ihn über die Räuber auf dem laufenden zu halten.

Die Räuber, die sahen, wie grimmig der Händler seinen Sand beschützte, folgerten, dass er unbezahlbar sein muss, und erbaten die Hilfe des benachbarten Königs, um die Mauern zu durchbrechen.

Die Spione des Händlers berichteten ihm, was für Mächte gegen ihn versammelt würden. Aus Furcht um sein Leben heuerte er eine eigene Armee an, um seinen Sand zu beschützen.

Gerade als sich die zwei Armeen zum Kampf sammelten, lief ein kleines Kind den Strand hinunter, das eine Spielzeugschaufel und einen Eimer voll mit feinem weißen Sand trug. Zum ersten Mal seit Jahren schaute der Händler von seinem privaten Sand innerhalb seiner Mauern auf und sah den Sand, der sich endlos in alle Richtungen erstreckte. Er entließ seine Armee und seine Spione, riss seine Mauern nieder und ging nach Hause.

"Wenn wir Ascension verteidigen, Kala, machen wir eine Religion daraus. Johannes hat nachdrücklich gesagt: Diese Lehre ist ein einfacher mechanischer Prozess. Es erfordert keinen Glauben irgendeiner Art, um sie auszuüben. Deshalb öffnete er immer seine Türen für jeden, der es wünschte, die Wahrheit zu lernen, ungeachtet seines Hintergrunds. Wenn wir Mauern um Ascension errichten und versuchen, es von der Welt auszuschließen, werden wir vernichtet.

Vielleicht war es im ersten Jahrhundert nötig, aber selbst dann, nein - die dicken Mauern des Klosters sind nicht so alt. Einer der Maharishi-Bewahrer beschloss, dass es nötig war, vielleicht weil die benachbarten Anführer sich kriegerisch entwickelten: Kleine, gewalttätige Königreiche entsprangen überall im Himalaja. Trotzdem denke ich, dass es ein Fehler war. Johannes hätte es niemals so streng eingeschlossen. Sie waren dort, diese ersten Mönche, wegen der Höhlen mit den heißen Quellen. Es war eine spätere Perversion, das Kloster zu errichten."

"Ja", stimmte Mira zu. "Und siehst du, was passieren könnte, Kala? Wenn wir Ascension von der Welt isoliert halten, könnte ein einzelner Terrorist dieses Wissen von der Erde entfernen. Dies wäre fast während des Krieges mit Pakistan passiert, erinnerst du dich? Wenn Durga und Nanda nicht zu dieser Zeit in Kalkutta gewesen wären, wäre diese Lehre tot! Nein, sie muss verbreitet werden, und zwar jetzt. Wir brauchen hunderte und tausende von vollkommen verwirklichten Seelen, die das vollständige Wissen der sieben Sphären besitzen."

"Ich stimme dem zu", sagte Kala, "aber nicht durch eure Methoden.

Mein Standpunkt bleibt: Diese Lehre ist zu kostbar, um sie Haushältern zu geben."

"Wir hatten dieses Gespräch schon einmal", seufzte Mira, "aber ich bin bereit, es so oft zu führen, wie du wünschst."

"Diese Meinungsverschiedenheit wird niemals ohne eine Einigung zwischen Durga und Nanda gelöst werden", sagte Edg. "Außer du willst versuchen, uns alle zu töten."

"Das wird *nie* wieder passieren! Wir werden denjenigen, die wir unterrichten, viel striktere Regeln auferlegen. Es ist der einzig sichere Weg."

"Das ist *nicht* das, was die Welt braucht!" rief ich aus und entdeckte, dass diese Auseinandersetzung meine eigene Überzeugung erhärtet hatte. "Du wirst es vielleicht hier im Punjab nicht bemerken, aber die Erde taumelt am Rande der Zerstörung. Das Bewusstsein auf der Welt muss sich heben. Ascension wird dringend benötigt, und zwar jetzt. Wenn die Leute Ascenden, werden sie bewusster. Dies verändert ihre Verhaltensmuster, macht sie Christus ähnlicher. Es ist rückständig zu glauben, die Leute sollten sich zuerst bessern. Dein Denken ist vollkommen verkehrt. 'Sei gut' und verdiene das Himmelreich - das ist es, was du sagst, wenn einmal all die Krusten entfernt sind. Dies ist die Art von Glauben, die dem Christentum und all den großen Weltreligionen die Kraft genommen hat. Ascension, wie es Johannes gewollt hat, sagt, dass wir alle das Himmelreich als unser Geburtsrecht verdienen. Wir sind alle nach dem Bild Gottes erschaffen und Ihm ähnlich; deshalb verdienen wir es. Unsere Gutheit folgt der Tatsache, dass wir es verdienen. Wenn wir durch Ascension zunehmend klarer werden, folgt Gutheit natürlicherweise."

"Das ist ein interessanter Standpunkt", sagte Kala ernst. "Ich habe vorher nie in diesem Sinne gedacht. Vielleicht könntest du das dieses Wochenende im Kloster vor meinem Meister wiederholen?"

"Du wirst also dort sein?" rief Mira aus.

"Ja, wir kommen alle. Drei von uns sind bereit, unsere lebenslangen Gelübde abzulegen, ich, Devi und Kriya. Durgaji und Nanda haben sich einverstanden erklärt, zusammen die Zeremonie durchzuführen."

"Ich bin froh, dass sie zusammenarbeiten!"

"Ach, sie haben das immer getan, wenn es um den Fortbestand der Ishaya-Mönche gegangen ist. Das einzige Gebiet, in welchem sie sich uneinig sind, ist die Enthüllung von Ascension gegenüber den weltlichen Menschen.

Ich werde jetzt gehen. Ich bin nur gekommen, um euch zu versichern, dass ihr vor weiterer Gewalttätigkeit sicher seid. Und um zu fragen, ob ich am Donnerstag mit euch mitkommen könnte."

"Natürlich", antwortete Mira gelassen. "Ich denke schon. Vergebung und Zusammenarbeit. Wir haben Platz. Wie viele von euch sind hier?"

"Nur ich. Unsere anderen sechs sind gestern mit Durga mitgefahren. Mein Meister überbringt Nanda eine persönliche Entschuldigung. Er bat mich zurückzubleiben, um mit euch zu sprechen."

"Demnach gibt es immer noch nur sieben Durga-Novizen?" fragte Edg.

"Es sind wieder nur sieben von uns, ja. Unsere Gelübde erweisen sich als zu hart, befürchte ich. Wir haben letztes Jahr ein energisches Expansionsprogramm versucht, um der Herausforderung durch euch zu begegnen. Aber die neuen Novizen... es klappte nicht so, wie wir erwartet hatten. Wie ich euch gesagt habe, Durga hat sie fortgeschickt."

"Und wie haben sie es aufgenommen?" fragte Edg mit lebhaftem Interesse.

"Sie haben es gut aufgenommen, denke ich. Sie fühlen sich furchtbar aufgrund dessen, was sie getan haben. Sie waren töricht, nicht im Recht. Sie wollten Ollie nur erschrecken, höchstens ein bisschen verletzen, damit er davon ablassen würde, Ascension zu unterrichten. Sie hatten niemals beabsichtigt, ihn zu töten."

"Was ist mit meiner Schwester?" fragte Mira kalt. "Und den anderen?"

"Was für andere? Wovon sprichst du?"

"Du behauptest, du weißt nichts über die Explosion auf Patmos?"

"Mira, was? Ich schwöre, dass mir außer dem Unfall in Seattle nichts bekannt ist. Was ist auf Patmos passiert? Geht es Balindra gut? Satya? Devindra?"

"Kala", sagte Edg mit schwerer Stimme. "Wir sind alle, die übrig sind. Die anderen sind auf einem Boot im Hafen von Skala auf Patmos gestorben. Wir dachten, dass eure Leute auch für deren Tod verantwortlich sind."

"Das ist furchtbar!" rief er und erbleichte. "Wie kann das sein? Unsere zwei fehlgeleiteten Novizen sind nach der Tragödie in Seattle nach Hause geflogen. Seid ihr sicher, dass es kein Unfall war?"

"Nein, sicher sind wir nicht. Es hätte sein können. Oder nicht. Wer kann das sagen? Nun, wir bleiben am besten weiterhin vorsichtig. Vielleicht sind wir alle in Gefahr, nicht nur diejenigen, die unserer Interpretation der Lehre des heiligen Johannes folgen. Vielleicht gibt es jemand anderen auf der Welt, dem der Gedanke nicht gefällt, dass Ascension das Kloster verlässt, in welcher Form auch immer. Ich habe mich gefragt, wieso eure Leute Novizen töten würden. Jetzt fangt es an, mehr Sinn zu ergeben. Ihr wart es nicht."

"Wer war es dann?" fragte Steve und sprach damit aus, was uns alle beschäftigte.

"Ich bin nicht ganz sicher", sagte Edg, "aber ich habe an ein paar Theorien gearbeitet."

Etwas in seinem Ton machte mich neugierig, was er dachte. Mit einem Schaudern wurde mir klar, dass ich mir nicht sicher war, ob ich es wissen wollte. Vielleicht konnte Edg den Unterschied zwischen Unnachgiebigkeit und Gewalt sehen, aber ich war mir da nicht so sicher. Etwas an ihm erinnerte mich immer an ein wildes Tier: an einen Berglöwen vielleicht, oder vielleicht an ein dunkleres Geschöpf, eines der Nacht, einen Panther. An ein Raubtier, das vor nichts zurückschrecken würde, um seine Beute zu vernichten.

Was auch immer er war und was auch immer er plante, ich war *sehr* froh, dass er auf unserer Seite war.

Das war er doch, oder nicht?

21

Unbeschwerte Reise

Mittwoch war der ruhigste Tag, den Sharon und ich seit langer Zeit erlebt hatten. Wir Ascendeten, wir spazierten durch den Garten, wir aßen, wir plauderten mit den anderen. Es fühlte sich an wie Ordnung nach Chaos, Frieden nach einer Epoche des Krieges, Himmel nach Hölle. Es war erst elf Tage her, seit ich die Fähre nach Bainbridge genommen hatte, um meinen High-School-Freund zu sehen, aber es fühlte sich an wie elf Lebenszeiten. Meine Weltanschauung war bis zu ihren Wurzeln erschüttert und neu aufgebaut worden, beinahe völlig neu, beinahe vollkommen anders.

Ich wusste jetzt, dass, falls wir der Vernichtung durch die immer noch unbekannte Opposition entgehen könnten, der Rest meines Lebens gut verlaufen könnte - sehr gut sogar. Ascension gab mir einen Frieden und ein Vertrauen, das ich nie zuvor gekannt hatte. Die Erfahrungen, die ich am Mittwoch damit hatte, waren überhaupt nicht mystisch, einfach nur ruhig und still. Aber ich fühlte die Kraft meiner bei den Ascensiontechniken, die in mir arbeiteten, die meine alten Überzeugungen und meine Urteile über die Natur meines Lebens und meines Universums umprogrammierten.

Diese zwei Techniken schienen vollständig zu sein. Eine Technik, die meinen subjektiven Stress heilt, eine Technik, die meinen objektiven Stress heilt, was mehr könnte es geben? Es war alles inbegriffen. Ich konnte mir nicht vorstellen, wohin mich die erste Liebestechnik führen könnte, aber ich war mir sicher, dass es ein noch besserer Zustand sein würde. Ich glaubte jetzt an die Macht der Ascension von Johannes. Selbst wenn ich niemals eine weitere Technik erhalten würde, die zwei, die ich bereits kannte, hatten mich für Erfahrungen geöffnet, die keiner anderen gleich war, die ich jemals erlebt hatte.

Ich verstand noch immer nicht die Philosophie, die Ascension zugrunde lag, aber alles, was ich bisher darüber erfahren hatte, war konsequent und logisch. Besonders gefiel mir, dass in keiner Weise irgendein Glaube vorausgesetzt wurde. Das war in meinen Augen vollkommen einsichtig: Da Ascension so eindrucksvoll und mächtig war, musste man es den Leuten nur zugänglich machen und es sie dann selbst erleben lassen. Es gab keinen Grund für strenge Regeln und Vorschriften. Der Erfolg der Techniken kam durch sie selbst. Alles, was erforderlich war, war genug Arglosigkeit, um willens zu sein, etwas, das neu aussah, auszuprobieren. Dann würden sich aufgrund der anderen Lebenserfahrungen alte Überzeugungen auf natürliche Weise ändern. Es war unmöglich, dass irgendjemand lange mit dem Glauben, dass Leiden die höchste Macht im Universum ist, fortfahren konnte; wenn man, zum Beispiel, oft (oder sogar nur einmal) die außergewöhnliche Macht und das herrliche Licht des Unendlichen erlebte. Ich wusste nicht, wie lange es dauern würde, solch eine Erfahrung permanent zu machen, aber ich wusste, dass ich das wirklich sehr wollte.

Der Doktor verbrachte den größten Teil des Tages mit Mira. Er schien von ihr so angezogen zu sein, wie er es von Lila gewesen war. Zweifellos diskutierten sie die Novizen-Gelübde und seinen Wunsch, dem Orden beizutreten. Meine Meinung darüber war derjenigen von Edg ähnlich. Es schien ein bisschen oberflächlich. Aber ich nahm an, dass einige die Richtlinien, die durch solch ein Leben auferlegt wurden, als nützlich empfanden. Sie empfanden es vielleicht als Inspiration, sich in solch einem uralten Orden zusammenzuschließen.

Ob Ascension vom Apostel Johannes stammte oder nicht, wusste ich nicht, und ich machte mir nicht viel daraus, da es für mich wunderbar funktionierte. Zumindest repräsentierten die Ishaya-Mönche eine Tradition, die Hunderte von Jahren alt war und deren Ursprung sich im fernsten Altertum verlor. Wenn der Doktor wünschte, dem sein Leben zu widmen, musste es für ihn richtig sein. Ich konnte es fast verstehen: eine einfache, lebenslange Konzentration auf das Wachstum in den Ascendant, frei von allen Ablenkungen. So betrachtet, konnte ich die Logik begreifen.

Nicht, dass Sharon mir jemals als Ablenkung erscheinen konnte! Im Gegenteil. Wann immer wir zusammen waren, wurde unsere Konzentration auf den Ascendant nur stärker.

Der Donnerstag begann früh. Hari und Lal fuhren zwei in Kalkutta hergestellte Autos, die "Hindustan Ambassadors" genannt wurden, in unsere Einfahrt. Sie sahen wie Minipanzer aus, flach, kompakt und hässlich, aber praktisch jeder in Indien kann sie reparieren. Ersatzteile gibt es überall, selbst in den entlegensten Dörfern. Edg, Kala (der am Abend zuvor angekommen war, um nicht zu spät zu kommen), Steve und Aphrodite drängten sich in das Auto, das von Hari gefahren wurde; Lal saß hinter unserem Lenkrad. Mira saß vorne neben ihm. Sie platzierte vorsichtig ein Schaffell unter ihrem weißen Sari. Der gute Doktor, Sharon (die ein leichtes Baumwollkleid in Blau mit darin eingestickten gelben Gänseblümchen trug) und ich räkelten uns gemütlich auf dem Rücksitz des riesigen Autos.

Lal sagte: "Kya, apjaane waale hai?"

Mira antwortete: "Jaiye! Ja, los geht's!"

'Wieder unterwegs!" strahlte Sharon, als wir aus der Einfahrt hinausfuhren.

"Ein weiteres Abenteuer hat begonnen", stimmte ich zu und hoffte, dass sich der Frieden in Amritsar nicht als das Auge eines Hurrikans erweisen würde.

Jenseits des Tores waren wir zurück im Hauptstrom von Indien.

Unsere Gartenmauern hatten einen nur kurz während Schutz geboten. Menschenfluten eilten vorbei, offenbar um lebenswichtige Besorgungen zu machen, was jedoch nur ihnen selbst bekannt war. Die schmale Fahrbahn war mit Tieren, Leuten und Gefährten jeder möglichen Größe, Form und Beschreibung verstopft. Wir waren wieder in ein Meer aus menschlichem Chaos eingetaucht, alle Ordnung war ein Traum unschuldiger Vergangenheit.

Als wir uns mühselig unseren Weg in Richtung Osten bahnten, wobei wir dem Fluss Beas folgten, begann das Land langsam, zu den Vorhügeln des Himalaja anzusteigen. Die Ebenen aus bewässerten

Gersten - und Weizenfeldern wichen allmählich Obstgärten und Laubholzwäldern.

"Wo ist der Urwald, an den ich immer denke, wenn ich etwas von Indien höre?" fragte ich niemand im besonderen.

"Sehr wenig ist aufgeforstet geblieben", sagte der Doktor. "Ich habe gelesen, dass der größte Teil für Treibstoff und Baubedarf abgeholzt wurde, um für Haustiere und Getreide Platz zu schaffen."

"Tatsächlich?" rief Sharon aus. "Was ist mit den wilden Tieren geschehen?"

"Sie sind in die 3% des Landes, das für Nationalparks bereitgestellt wurde, gequetscht worden. Jedoch werden nur wenige dieser Parks angemessen patrouilliert; Wilddiebe töten viele der Tiere für Felle, Elfenbein oder, in einigen Fällen, Fleisch. Und es gibt keine Verbindungen zwischen den isolierten Landstücken; das Erbgut vieler Tierarten schrumpft rasch. Das gesamte Ökosystem des indischen Subkontinents steht am Rande eines katastrophalen Zusammenbruchs - zu viele Leute und zu wenig Land. Die Bauern haben keine Wahl, außer ihr Getreide direkt am Rande der Parks anzubauen. Deswegen fällt jedes Jahr eine gewisse Anzahl von Dorfbewohnern den Tigern zum Opfer. Viele Bauern finden, dass die Regierung sich mehr um die Tiere als um die Menschen kümmert: Sie schielen lüstern auf die geschützten Gebiete und betreten sie, wann immer sie können, um das Gras für ihre eigenen Tiere zu schneiden. Indien hat eine große Mittelklasse, etwa zweihundert Millionen stark. Diese versucht, die letzten Überreste der Wildtiere zu retten. Aber der Bevölkerungsdruck ist enorm. Es ist zweifelhaft, ob mit solchen Aussichten irgendeiner der Parks überleben kann."

"Zu viele Leute", grübelte ich, "ein allzu vertrautes Problem auf der ganzen Welt. Eines, das auch in unserem Land nicht mehr in allzu weiter Ferne liegt, mit all den Flüchtlingen, die wir neuerdings aufgenommen haben. Ich frage mich, ob Ascension da irgendwie helfen könnte? Oder bei jeglicher Art von bevorstehender Ökokatastrophe? Umweltverschmutzung? Ozon? Globale Erwärmung?"

"Es scheint mir", sagte Mira, die sich im Vordersitz umdrehte, um uns anzusehen, "dass eine große Anzahl der Weltprobleme, vielleicht sogar alle, vom selbstsüchtigen Ego des Wachzustandes herrühren. Ich glaube, wenn sich die Bevölkerung als Ganzes in Richtung des vereinigten Bewusstseins oder zumindest in Richtung des fortwährenden Bewusstseins entwickeln würde, dann würde sich die Welt viel schneller verbessern."

"Was ist der Unterschied zwischen vereinigtem Bewusstsein und fortwährendem Bewusstsein?" fragte der Doktor. "Ich denke, ich habe den vierten Zustand, das Ascendantbewusstsein, und den fünften, das fortwährende Bewusstsein, ziemlich gut verstanden, aber der sechste und siebte Zustand? Darunter kann ich mir nichts vorstellen."

"Ja", stimmte ich zu. "Im vierten Zustand ist die Ruhe tiefer als Schlaf, und der Verstand ist klarer als im Wachzustand - viel klarer, wenn die Erfahrungen, die ich gehabt habe, irgendein Anzeichen dafür sind. Und im fünften Zustand, dem fortwährenden Bewusstsein, sind diese Klarheit und die Stille immer da, wodurch das Leben unvorstellbar anders werden muss! Es ist ein bisschen schwierig, sich vorzustellen, die ganze Zeit in diesem Zustand zu sein! Und doch kann ich wenigstens anfangen, dies zu verstehen. Aber was ist gehobenes Bewusstsein? Und vereinigtes?"

"Das ist mein Lieblingsthema!" rief Mira hell aus. "Dein Verständnis vom vierten und fünften Zustand ist korrekt. Wenn der Stress einmal aus dem zentralen Nervensystem verschwunden ist, fängt der Verstand an, so zu funktionieren, wie er entworfen wurde zu funktionieren. Er ist in der Stille verankert. Nichts aus der Außenwelt kann das beeinflussen, kann ihn dazu bringen, seine unendliche Stabilität zu verlieren. Der Verstand ist erfüllt, ruht zufrieden und denkt sich: 'Mehr kann es nicht geben. Da ich erfahren habe, dass ich unendlich bin, was kann es mehr geben?' Und es ist völlig klar, dass es sonst nichts mehr gibt."

"Es gibt einen alten Spruch: ‚Das Herz kennt keine Argumente'", sagte Sharon sanft. "Ich finde es schwer zu akzeptieren, dass unendliche Dualität die letztendliche Realität darstellen sollte."

"Das stimmt, Sharon! Der *Verstand* ist mit der Unendlichkeit zufrieden und kann keine weiteren Möglichkeiten des Wachstums erkennen, aber das *Herz* wird dadurch herausgefordert. Vorher, im

Alltagsbewusstsein, gab es eine Vereinigung zwischen dem Liebenden und dem, was er liebte. Es war keine besonders tiefgehende Vereinigung, aber es war besser als nichts: Die Sinneserfahrung blendete das Bewusstsein des höheren Selbstes aus und gab einem dafür das Erlebnis der Vereinigung. Man schaute seinen Geliebten an und vergaß das Unendliche. Man roch an einer Blume und vergaß die Unendlichkeit. Man probierte Apfelsaft und vergaß die Unendlichkeit. Man streichelte einen Hund und vergaß die Unendlichkeit. Man erfuhr was auch immer und vergaß die Unendlichkeit. Somit gab es bei der Vereinigung mit dem wahrgenommenen Objekt einen kleinen, kleinen Gewinn - und dafür einen unendlichen Verlust."

"Das ist keine große Entschädigung dafür, den Ascendant zu verlieren", sagte der Doktor.

"Das ist wahr, aber es ist *etwas*. Das Herz bekommt etwas Befriedigung durch das Wissen um diese Vereinigung. Das Unendliche ist unbekannt, aber wenigstens kann man sich mit dem vereinigen, was man liebt."

"Aber in fortwährendem Bewusstsein ist alles getrennt!" rief Sharon aus. "Das Innere ist immer unendlich, das Äußere ist immer noch in den selben einschränkenden Grenzen gefangen. Das muss schmerzhaft für das Herz sein! Ich verstehe das."

"Das ist richtig. So glorreich fortwährendes Bewusstsein ist - und es ist glorreich - gibt es doch eine Dualität darin, die vorher nicht da war. In fortwährendem Bewusstsein weiß ich, dass ich unendlich bin, unermesslich, ewig, und doch ist meine Welt, mein Universum, mein Geliebter von mir getrennt. Das Herz findet dies als die höchste Wahrheit unakzeptabel."

"Nun, das ist schade", sagte der Doktor, "aber was kann das Herz tun? Auch wenn es das nicht mag, wie sollte die Kluft zwischen dem Unendlichen und dem Endlichen jemals überbrückt werden? Logischerweise kann sie das niemals werden."

"Logischerweise kann das niemals sein", wiederholte Mira. "Aber Sharon hat darauf hingewiesen, dass das Herz das Herrschaftsgebiet der Vernunft nicht anerkennt. Oder auch der Logik. Was kann es tun? Das

Herz kann nur eines tun - es kann *lieben*. Das Herz liebt, und ohne einen Grund zu wissen, liebt es und liebt es und liebt es. Es dehnt sich in Wellen der Liebe aus und schwillt an, es erstürmt die Zitadelle der Ewigkeit, um das, was entzweit wurde, wieder zu vereinigen. Himmel und Hölle mögen vielleicht dem Herzenswunsch im Wege stehen, aber Himmel und Hölle werden dem sich ausdehnenden Herzen weichen, wenn sie müssen, denn Gott *ist* Liebe."

"Wenn ich am meisten Liebe verspüre", sagte Sharon und drückte meine Hand, "was neuerdings die ganze Zeit der Fall ist, verändert sich meine Wahrnehmung. Ich bemerke weniger die Oberfläche und erlebe mehr das Subtile. Fängt es so an?"

"Genauso fängt es an. Mit immer stärkeren Wellen der Liebe schätzen wir tiefere und tiefere Werte jedes Gegenstandes, jeder Person oder jeder Sache. Mit der Zeit lernen wir, alles so hoch zu schätzen, dass wir überall außen das himmlische Glänzen sehen. Jedes Objekt ist von Herrlichkeit, von Licht umgeben. Alles ist so schön, so komplett, so voll. Wir staunen über alles. In jedem Moment nehmen wir den verhältnismäßig feinsten Wert wahr. Die reine Energie, die alles erfüllt, immer."

"Also, das ist gehobenes Bewusstsein", sagte Doktor Dave. Er klang ehrfürchtig. "Die Sinne sind nicht länger auf das schmale Band der Wellenlängen, die wir normalerweise wahrnehmen, beschränkt. Sie sind vom oberflächlichen Wert der Wahrnehmung befreit. Ich denke, ich verstehe das! Viele Leute haben flüchtig hinter den Schleier der oberflächlichen Realität geblickt, die Aura oder Energiefelder gesehen, und so weiter."

"Es passiert oft", stimmte Sharon verträumt zu. "Wenn wir zum Beispiel Musik oder Kunst zutiefst schätzen, neigen unsere Sinne dazu, nach innen zu gleiten, im Inneren dem Himmlischen entgegen zufließen. Ich habe dies viele Male bemerkt, lange bevor ich lernte zu Ascenden."

"Ich auch", sagte ich eifrig, "zum Beispiel, als ich gerade ein Haus fertig gedeckt hatte und auf dem First stand und über die Wälder und Felder von Missouri blickte. Alles trat in perfekter Klarheit hervor, erschien mir plötzlich als extrem dreidimensional und mit Licht erfüllt.

Oder manchmal, wenn ich im Wald spazieren gegangen bin, war ich mir sicher, dass kleine Elfen oder Kobolde, Nymphen, Gnomen, Feen um meine Füße herumtanzten. Das ist mir so viele Male passiert, aber ich war mir nie sicher, ob überhaupt etwas davon real war."

"Ich glaube, ich habe einmal einen Engel gesehen", sagte der Doktor leise. "Ich war dabei, das Leben eines kleinen Kindes zu retten. Ich dachte, wir hätten es verloren - akute Blinddarmentzündung, sogar mit Durchbruch. Ich operiere normalerweise nicht, aber es war keine Zeit für einen Spezialisten. Sein Herz setzte etwa zwei Minuten lang aus. Dann sah ich ein Wesen aus Licht, das herabkam und seinen Kopf und sein Herz berührte; es kam zu uns zurück. Es war unglaublich. Ich habe das niemandem erzählt. Ich hatte Angst, sie würden denken, ich wäre vollkommen durchgedreht."

"Himmlische Erlebnisse passieren den Leuten die ganze Zeit", stimmte Mira zu, "aber ohne den Grundstein des fortwährenden Bewusstseins kommen und gehen sie. Das ist der Unterschied zwischen gelegentlichen Blicken durch den Schleier der Sinne und andauerndem gehobenen Bewusstsein. Jene wunderbaren, subtilen Wahrnehmungen werden zur Norm. Die Sinne zeigen die ganze Zeit himmlisches Licht in allem an."

"Das machen sie wahrscheinlich bereits", sagte der Doktor, "aber der Hypothalamus und das retikulare Aktivierungssystem filtern 90% der Informationen, die uns unsere Sinne liefern, aus. Trifft das also nicht mehr zu, wenn gehobenes Bewusstsein erreicht ist? Können wir dann alles sehen?"

"Ja, und zwar auf Dauer. Wir sehen die Welt nie mehr in der alten oberflächlichen Art, weil wir auf intimste Weise mit dem subtilen Erleben vertraut gemacht wurden."

"Das hört sich an, als könnte jemand, der in diesem Wunder badet, in dieser Schönheit verloren gehen", sagte Sharon. "Das habe ich in Delphi empfunden und vorgestern im Garten in Amritsar auch wieder. Alles war herrlich voll Licht und Bedeutung. Ich wollte nicht mehr zurückkommen."

"Nun, es *besteht* die Gefahr, vom Himmlischen überschattet zu werden", stimmte Mira zu, "aber nicht für diejenigen, die Ascenden. Ohne die Erfahrung des Ascendant kann es sein, dass himmlische Erlebnisse so angenehm sind, dass jemand vielleicht nicht damit fortfährt, fortwährendes Bewusstsein zu entwickeln. Nanda sagte, dass deshalb die Engel auf uns Menschen neidisch sind. Sie sind so in der Herrlichkeit und den Wundern des Himmlischen gefangen, dass sie niemals ihre Augen schließen wollen!"

"Ich verstehe das", sagte Sharon. "Das Himmlische zu sehen, ohne zuerst im Ascendant verankert zu sein, wäre ablenkend und würde uns von der höchsten Erkenntnis fernhalten."

"Ja", sagte Mira, "und es gibt Techniken und Lehren auf der Welt, die versuchen, himmlische Wahrnehmung zu entwickeln, bevor Ascendantbewusstsein erlebt und etabliert ist, möglicherweise weil deren Lehrer es einfach nicht besser wissen. Dies kann eine große Zeit-verschwendung sein. Es ist, wie eine Goldmine freizulegen, ohne zuerst die Festung, die das Territorium besitzt, zu erobern. Die Truppen kommen aus der Festung und vernichten dich. Die Festung des Lebens ist der Ascendant. Beherrsche dies zuerst!"

"Suchet erst das Reich Gottes, und all diese Dinge werden euch dazugegeben werden", zitierte der Doktor.

"Wir sind in einem Wettlauf, oder nicht?" sagte ich. "Wer kann sagen, wie lange das Leben dauern wird? Wenn wir nicht fortwährendes Bewusstsein erlangen, wenn wir nicht die Erfahrung des Ascendant stabilisieren, haben wir den Sinn des Lebens verfehlt, nicht?"

"Es ist, als wäre uns ein riesiger Diamant gegeben worden", sagte Sharon und sah ihre nackten Finger an. Das gab mir einen Stich, aber sie fuhr fort: "Unser menschliches Nervensystem ist wie ein kostbares Juwel. Wenn wir es nicht zur Verwirklichung der Wahrheit benutzen, tauschen wir einen unbezahlbaren Edelstein gegen einen Felsen ein."

"Deshalb", sagte Mira, "entwickeln wir mit Ascension zuerst fortwährendes Bewusstsein. Dann stabilisieren wir himmlische Wahrnehmung und gehobenes Bewusstsein."

"Lass sehen, ob ich das verstanden habe", sagte der Doktor. "Ascenden gibt uns zuerst die Erfahrung des Subjekts, des Selbstes, des Wissenden, des Absoluten. Wenn dieses Bewusstsein des Ascendant dauerhaft wird, ist es als fortwährendes Bewusstsein bekannt. Dann und nur dann festigen wir gehobenes Bewusstsein, was den Erkenntnisprozess und die Sinneswahrnehmung bis zu ihrer subtilsten Form entwickelt. Richtig? Also, was kann da noch übrig sein? Die Sinne können das Unendliche nicht wahrnehmen. Sie können einem nur Grenzen zeigen. Selbst wenn die Grenzen höchst verfeinert sind, und von dem, was du gesagt hast, leite ich ab, dass sie im gehobenen Bewusstsein so verfeinert sind, wie sie nur sein können, zeigen die Sinne doch nur Grenzen auf. Zwar die subtilste Ebene der Grenzen, aber immer noch nur Grenzen. Welch weitere Verfeinerung kann es geben? Wo ist der Spalt, durch welchen vereinigtes Bewusstsein eintritt?"

"Ja, wo?" lächelte Mira. "Im fortwährenden Bewusstsein hat das individuelle Selbst begriffen, dass es das unendliche Ascendant-Selbst ist - die ganze Zeit. Im gehobenen Bewusstsein nehmen die Sinne die subtilsten Ebenen der Schöpfung wahr. Alles ist immerzu in himmlisches Licht und himmlische Pracht gehüllt. Es ist nicht unendlich, aber es ist dem extrem nahe. So nahe sogar, dass der Intellekt annimmt, dass das Unendliche, welches im Inneren besteht und das Fast - Unendliche, das im Äußeren erlebt wird, tatsächlich Eins sein muss."

"Es kann nicht zwei absolute Dinge geben", sagte ich. "Es gibt nur eines! Somit werden die zwei intellektuell als eines erkannt. Aber das ist nicht dasselbe, wie diese beiden als eines zu erfahren, richtig?"

"Nicht ganz", antwortete Mira, "aber es ist nahe. An diesem Punkt, in diesem letzten Moment der Evolution, muss deine Erfahrung der Vereinigung bestätigt werden. Die Natur, Gott oder eine voll verwirklichte Seele sagt dir: 'Das Unendliche, um das du im Innersten weißt und das Fast-Unendliche, das du im Äußeren erlebst, sind Eins. Du bist Das - du bist der eine, absolute Ascendant. Alles ist Das - dieses gesamte Universum ist das Absolute. Und Das allein ist.'

Wenn du reif bist, diese großen Worte zu hören, wird die letzte Grenze der Unwissenheit entfernt, du verschmilzt mit dem Einen. Du wirst ein Maharishi, ein großer Weiser, der für immer im vereinigten Bewusstsein lebt.

Dies ist also die Geschichte der Evolution des Bewusstseins. Selbst im fortwährenden Bewusstsein kann man den Ascendant nicht länger ignorieren. Er wird für immer im Inneren gelebt. Deshalb wird der fünfte Zustand der erste Zustand der Erleuchtung genannt und der Tod der Unwissenheit. Und im gehobenen Bewusstsein wird der Ascendant im Inneren gelebt, *und* die Sinne geben die Herrlichkeit und Wunder überall außerhalb wieder, auf dem subtilsten Niveau der himmlischen Wahrnehmung - man sieht mit den Augen der Götter, man hört mit den Ohren der Engel, man schmeckt den Nektar der Göttlichkeit. Somit ist der sechste Bewusstseinszustand der zweite Zustand der Erleuchtung.

Aber nur im vereinigten Bewusstsein ist jedes Erlebnis die ganze Zeit mit Unendlichkeit erfüllt - innerhalb, außerhalb, überall, immer. Es gibt keinen Augenblick und keine Wahrnehmung, die nicht in der Perfektion absoluter Aufmerksamkeit erlebt werden. Es ist allverzehrend, allbeherrschend, vollkommen, ganz. Dies ist dann der dritte und letzte Zustand der Erleuchtung, der Beginn wahren menschlichen Lebens."

"Wir *sind* geboren, um inmitten der Sterne zu wandeln und mit den Göttern zu singen", sagte Sharon verzückt.

"Der Mensch wurde als Meister des Universums erschaffen! Wir sind nach dem Bilde und der Ähnlichkeit Gottes geboren. Wir sind Mitschöpfer mit Gott. Ähnliches erschafft Ähnliches. Apfelbäume produzieren Äpfel. Gott, voll Liebe, erschafft nur Liebe. Wir, die wir von Gott erschaffen wurden, sind deshalb voll Liebe und imstande, Liebe zu erschaffen. Das ist unser Schicksal. Dies ist das unbezahlbare Geschenk, das Ascension freizügig mit der ganzen Erde teilen will. Jene, die bereit sind, die einfachen und fundamentalen Wahrheiten von Ascension zu lernen, werden sich auf Adlerflügeln in die Herrlichkeit der göttlichen Gegenwart erheben. Und damit wird sich der gesamte Planet in eine Rhapsodie des Lobes, der Dankbarkeit und der Liebe erheben. In ein paar Jahrzehnten wird sich niemand mehr an diese traurigen Tage erinnern. Wenn irgendjemand überhaupt an diese Tage zurückdenkt, wird es mit Erstaunen sein, wie die menschliche Rasse hatte so blind sein können"

"Dies ist das dunkle Zeitalter", sagte Dave. "Genau hier und gerade jetzt. Wir sind so stolz auf unsere technischen Wunderdinge und wissenschaftlichen Fortschritte, aber es sind Spielereien, bloße Spielzeuge, verglichen mit der Macht und Herrlichkeit, die in jedem menschlichen Nervensystem enthalten sind. Die komplexeste Maschine der Schöpfung ist in unseren Körpern zu finden. Die Anzahl möglicher Kombinationen unserer zwölf Milliarden Nervenzellen ist größer als die Anzahl der Atome in unserem gesamten Universum. Wir sind es, die Mythen erschaffen. Wir sind die Träumer der Träume."

"Obwohl er dazu geboren wurde, um mit den Göttern zu tanzen, läuft der durchschnittliche Mensch mit den Hunden herum und wird am Ende von den Würmern gefressen", sagte ich. "Was für eine sinnlose Tragödie, das durchschnittliche menschliche Leben. Nun, Mira, du hast mich überzeugt. Ohne es zu versuchen, hast du mich überzeugt. Wenn Alan und Nanda mich haben wollen, möchte ich ein Ascension-Lehrer werden."

Sharon drückte wiederum meine Hand, neigte sich zu mir und küsste mich. "Ich wusste, du würdest so weise sein", wisperte sie in mein Ohr.

"Hey, ich fange langsam an, aber ich renne ziemlich schnell, wenn ich einmal warmgelaufen bin", sagte ich und grinste sie an.

22

West Seattle Football Star

Das Kloster der Ishayas lag an einem kleinen Seitenarm des Parbati, einem Nebenfluss des Beas im schönen Kulu-Tal, hoch in den Himalaja-Bergen. Kulu, ein direkt von Norden nach Süden verlaufendes Tal im Staat Himachal-Pradesh, ist berühmt für seine Früchte - es begrüßte uns mit berauschenden Apfelobstgärten, die in voller Blüte standen. Der Parbati trennt sich in der Nähe des kleinen Dorfes Kulu vom Beas ab. Unser Nebenfluss trennte sich in der Nähe des noch kleineren Dorfes Manikaran, das fast 1800 Meter hoch gelegen war, vom Parbati ab. Wir wanden uns eine schmale Seitenschlucht hinauf durch einen Kiefernwald hindurch, auf einem Fahrweg, der voller Furchen und felsig war. Er sah an den meisten Stellen mehr wie ein Wanderweg als wie eine befahrbare Straße aus.

Mira hatte recht gehabt, natürlich hatte es uns einen langen und anstrengenden Tag gekostet, um die 220 Kilometer zurückzulegen. Die Route in das Kulu-Tal wurde offiziell eine Straße genannt, aber es war eine indische Straße, schmal, kaputt, zerfallen, oft fast unpassierbar, selbst für die treuen "Hindustan Ambassadors". Wasserbüffel betrachteten sie als *ihre* Straße, ebenso die Ziegen, Schafe, Kamele und selbst die Enten und Hühner, die sich entlang der Straße scharten. Da es die einzige Straße im Kulu-Tal war, wurde sie von sämtlichen Karren und Lastwagen, die alle möglichen Waren transportierten, benutzt. So wie von jedermann, der irgendwohin wollte. Es war eine Reise, wie ich sie mir niemals erträumt hätte, und eine, die ich nicht wiederholen wollte - niemals.

Als wir unseren Weg weiter und weiter in die immer enger werden den Täler hinauf kurvten, wurden die Obstgärten von immergrünen Wäldern und Wiesen, die mit unzähligen Herdenspuren übersät waren, verdrängt. Es gab mehr Rhododendronarten, die in voller Blüte standen, als mir bekannt waren. Sie variierten von niedrigen Bodenbedeckungen über hängende Reben bis hin zu riesigen Bäumen von über 15 Meter Höhe. Die Hügel um die Zufahrtsstraße zum Kloster herum loderten vor Farben - rote, rosafarbene, weiße, gelbe und purpurne Rhododendren waren durchsetzt mit elfenbeinfarbenen Magnolien und mehrfarbigen Lilien und Bodenblumen.

Unser Reiseziel war aus solidem Stein und massiv, ein gutes Gegenstück zum Kloster des heiligen Johannes auf Patmos. Es war in die Seite einer steilen Bergwand hinein gebaut. Von weiter oben auf dem Berg kam der Nebenfluss in einem großen Wasserfall den Berg heruntergestürzt, gleich neben dem Gebäude, und floss dann unter einer gewölbten Steinbrücke durch, die ein Jahrhundert alt sein musste.

Es sah aus, als könnte das Kloster leicht einhundert Leute oder mehr beherbergen, aber es waren nur vier weitere Fahrzeuge auf dem holprigen Parkplatz. Zwei "Hindustan Ambassadors", ein viel kleinerer indisch-japanischer Maruti, der wie ein aufgeblähter Wasserkäfer aussah, und ein uralter Bus, auf dem "Ishaya-Kloster" auf Englisch, Hindi und Punjabi stand. Er sah aus, als wäre er seit Jahren nicht benutzt worden. Ich konnte mir nicht vorstellen, wie er die "Straße", die wir gerade heraufgefahren waren, befahren sollte.

Eine einzelne Gestalt stand, auf uns wartend, im Eingang: mein alter High-School-Freund, Alan Lance. Ich bin mir nicht sicher, was ich erwartet hatte, aber seine Erscheinung war mehr als überraschend. Ich vermute, ich hatte angenommen, dass die Veränderungen in Ollie sich auch in ihm spiegeln würden: seit den Teenagerjahren abgenommen, längeres Haar und eine jugendliche Erscheinung. Er erschien tatsächlich jung, so erstaunlich es war. Aber er sah aus wie ein griechischer Gott - sein voluminöser Oberkörper, seine Arme und Beine ließen ihn wie eine Mischung aus Stallone und Schwarzenegger erscheinen - das Beste von beiden kombinierend. Und sein kurz gestutztes Haar war fast wie ein Bürstenschnitt.

Alan Lance schien so strahlend, weise und von Frieden erfüllt zu sein, wie Ollie Swenson es gewesen war, vielleicht sogar noch mehr. Er schien nicht überrascht, nur so wenige von uns zu sehen. Etwas in seinem Benehmen gab mir das Gefühl, dass er nicht oft von irgend etwas überrascht sein würde.

Nach kurzen Vorstellungen und einer Umarmung mit seinen bärenhaften Armen begrüßte er mich mit "Nummer siebzig! Großartig, dich wiederzusehen!" und führte uns durch eine kahle und teppichlose Eingangshalle in ein großes Esszimmer.

Die Wände des Speisesaals waren ebenfalls aus Stein und kahl, abgesehen von einem halben Dutzend schmaler Fenster und einem ausgezeichneten Gemälde, welches das heilige Abendmahl darstellte, von einem Künstler, der mir nicht bekannt war. Es gab einen Tisch, der groß genug war, um einhundert Leuten oder noch mehr Platz zu bieten und der die gesamte Länge des Saales entlanglief. An dem einen Tischende war ein Festessen aufgetischt, ähnlich der Kreation von Hari und Lal in Amritsar. Es waren keine Köche sichtbar. Hatte Lance alles alleine vorbereitet? Wie hätte er unsere Ankunftszeit so genau schätzen können? Nichts war zu weich oder zu hart gekocht, nichts war kalt, alles sah so aus, als wäre es gerade erst zubereitet worden.

Alan setzte sich und wies uns alle an, ihm zu folgen, einschließlich Hari und Lal. Auf eine sonderbare Weise wurde mir plötzlich bewusst, dass genau genug Stühle für unsere Gruppe da waren! "Du scheinst nicht überrascht zu sein von unserer Anzahl, alter Freund", sagte ich langsam. "Ich finde das... *merkwürdig.*"

"Ach, da brauchst du nicht mehr hineinzulesen, als es auf sich hat", lachte er in sich hinein. "Mira hat mich vor zwei Stunden aus dem Dorf Aut angerufen und mir gesagt, wie viele von euch heute kommen würden. Hast du das nicht bemerkt?"

Ich errötete. Ich war durch Sharon abgelenkt worden, als wir unseren letzten Halt gemacht hatten. Ich hatte Miras langer Abwesenheit keine Beachtung geschenkt. Der Gedanke an Telefonapparate in diesem Teil der Welt war mir nie in den Sinn gekommen. "Wo sind die Durga-Novizen?" fragte ich und hoffte, dadurch meine lächerliche Bemerkung auszugleichen.

"Sie sind bei Durga und Nanda. Die zwei Mönche sind den Berg hinauf gewandert, zur Höhle des heiligen Johannes. Sie werden nicht vor der Feier am Samstag zurück sein."

"Versuchen sie, ihn zum Handeln zu zwingen?" lachte Edg in sich hinein. "Nicht sehr wahrscheinlich, glaube ich."

"Sie nahmen an, dass es unwahrscheinlich sein würde, hofften aber, trotzdem erfolgreich zu sein. Ollies Tod war eine mächtige Motivationskraft - sie hoffen, dass Johannes erscheinen und ihnen klare Anweisungen geben wird. Sie haben recht, dass dies aufgeklärt werden muss. Ollie hätte Patmos niemals verlassen dürfen, sein Tod ist ein tragischer Verlust."

Sharon seufzte und sagte: "Ollie hat uns gebeten, dir eine Mitteilung zu überbringen. Wir sind um die halbe Welt gereist, um dir dies zu sagen. Er bat uns, dir zu sagen, dass du recht hast. Die Opposition ist real."

Alan erbleichte und starrte sie an. "Sag mir seine exakten Worte!" forderte er heftig.

Sie war überrascht und antwortete: "Wieso? - Nun, er sagte: 'Sagt Alan, dass er recht hat. Die Opposition wird vor nichts zurückschrecken, um Ascension von der Welt fernzuhalten.' Richtig so, Liebling?" fragte sie und schaute mich um Bestätigung bittend an.

"Das ist genau, was er sagte. Genau so. Aber was soll's? Hat er sich nicht auf die Durga-Novizen bezogen?"

"Er würde uns niemals 'die Opposition' nennen", sagte Kala steif.

"Ollie war mein bester Freund."

"Es war ein Geheimnis zwischen uns", sagte Alan grimmig. "Ein Thema, das wir ziemlich ausführlich diskutiert hatten. Aber wir hatten keinen Beweis. Ollie glaubte, dass seine Abreise nach Seattle seine Frage auf die eine oder andere Art beantworten würde. Existierten sie überhaupt? Oder erlebten wir einfach nur eine seltsame, auf Furcht basierende Projektion? Aber da er durch zwei von Durgas Novizen getötet wurde, nahm ich an, dass damit Schluss war. Die Opposition war ein Mythos."

"Ach, Alan! Es tut mir leid, aber es gibt sehr viel mehr, was ich dir nicht mitgeteilt habe, als ich anrief', sagte Mira langsam. *"Ich* sagte dir, dass meine Schwester und die anderen sich *verspätet* haben. Ein Fall, wo mein Wahrheitsgelübde bis zur Grenze strapaziert wurde, fürchte ich."

Alan legte seinen Kopf in seine Hände und stöhnte mit tiefer Stimme. "Ich habe nicht geträumt, oder? Sie sind tot? Alle meine Schüler? *Alle?"*

"Oh, Alan, es tut mir so leid! Da war eine Explosion im Hafen von Skala. Die Marylena sank mit allen an Bord, nur der Doktor wurde gerettet - meine Schwester stieß ihn im letzten Moment von Bord. Die anderen waren nicht auf dem Schiff, weil Sharon einen intuitiven Traum hatte und Dite eine Vision."

"Ich wusste, ich hätte Patmos nicht verlassen sollen!" schrie Alan. Er stand wütend auf, dann fing er an, wild im Esszimmer auf und ab zu schreiten und rief: "Also ist die Opposition real! Nicht nur real, sondern tödlich! Sie haben in Patmos versucht, euch alle zu vernichten! Sie könnten es wieder versuchen. Sie müssen! Wir müssen Nanda warnen! Jetzt, heute Abend!"

"Lance!" rief Edg aus. "Beruhige dich!"

Alan hörte auf zu reden, starrte ihn an, schüttelte sich einmal heftig und fiel auf seine Knie. *Oh weh,* dachte ich. Er fing an, wie ein Baby zu schluchzen, dann schlug er mit seinen Fäusten auf den Fußboden ein. Sharon stand auf, um zu ihm zu gehen, aber er hielt ihr eine Hand als Geste der Abwehr entgegen und schrie: "Nein!"

So plötzlich, wie es angefangen hatte, hörte es auf. Alan schüttelte sich am ganzen Körper, lächelte, stand auf, ging zu seinem Stuhl zurück und setzte sich. Er sah wieder vollkommen friedlich aus.

Ich hatte noch nie jemanden so schnell so viele emotionale Stadien durchlaufen sehen. Er hatte sie in vollem Ausmaß durchlebt, ohne den kleinsten Anschein von Befangenheit, und hatte in weniger als zwei Minuten eine Unzahl davon verarbeitet.

Edg zog eine Augenbraue nach oben, wie als Kommentar zu Alans Vorführung, und sagte: "So, Lance, was ist das für eine Opposition, die du und Ollie euch da ausgedacht habt? Eine Art Ascension-verprügelnde dämonische Horde? Wiedergeborene Römer, die uns noch einmal den Löwen als Futter vorsetzen möchten? Was? Weltliche Gleichgültigkeit waren euch beiden nicht genug? Ihr musstet einen echten, lebenden und vernichtenden Feind erschaffen?"

"Deine Worte sind äußerst treffend, mein Freund", antwortete er sanft. "Wir haben ihn tatsächlich erschaffen. Wir dachten, wir könnten einige Abkürzungen nehmen, wenn wir die etablierten Kirchen dazu bringen könnten, uns anzuerkennen. Deswegen haben Ollie und ich einige der Aufzeichnungen des Klosters kopiert - diejenigen, die die Ereignisse und Daten der vergangenen 1900 Jahre auflisten: das Datum, an dem Johannes den Ishaya-Orden gegründet hat, das Datum, wann ein Maharishi in sein Amt als nächster Bewahrer eingesetzt wurde, persönliche Augenzeugenberichte von dem etwa alle hundert Jahre stattfindenden Wiedererscheinen des Apostels. Die Aufzeichnungen sind unleugbar authentisch: die früheren Seiten sind in Griechisch geschrieben, die späteren in Sanskrit. Sie folgen dem Kalender der entsprechenden Epoche. Der Beweis war unwiderlegbar. Somit haben wir eine Kopie an den Papst in Rom, eine an den Patriarchen - den griechisch-orthodoxen Erzbischof in Konstantinopel- und eine an den Weltrat der evangelischen Kirche geschickt. Wir waren uns sicher, sie würden uns mit ausgebreiteten Armen empfangen. Die ganze Erde würde fast über Nacht lernen zu Ascenden."

"Du hast nie wieder etwas davon gehört, richtig?" fragte Edg. "Sie haben eure Briefe überhaupt nie beantwortet, oder doch?"

"Nichts. Niemals. Ollie und ich hatten vorhersehende Träume über eine Gruppe, die gegen uns arbeitet, aber wir hatten keinen Beweis. Mein nüchterner Verstand hat die Träume abgelehnt und einfach an-genommen, dass die Kirchen meine Briefe vernichtet und sie als den Fieberwahn eines Fanatikers betrachtet haben. Und vielleicht war das bei zweien der Fall. Aber jetzt scheint es so, als ob jemand - oder irgendeine Gruppe - sich nicht nur dazu entschieden hat, uns nicht zu unterstützen, sondern dazu, uns zu vernichten."

"Das erklärt, warum Ollies Haus auseinandergenommen wurde!" rief ich aus. "Sie wollten sämtliche Aufzeichnungen von Ascension, die er besitzen könnte, zerstören."

"Oh du meine Güte!", sagte Sharon. "Was können wir tun?"

"In der Nähe der Großen bleiben", sagte Edg. "Ich persönlich fühle mich nicht unbesiegbar, besonders nach jener Nacht in Athen, aber weder Durga noch Nanda können vorsätzlich verletzt werden."

"Nun, das ist eine Theorie für dich", sagte Doktor Dave. Er hörte sich mehr als nur ein wenig angespannt an. Das Ausmaß der ihm drohenden Gefahr hatte sich gerade von nur ein paar verrückten Sikhs auf die gesamte christliche Welt ausgedehnt; er sah nicht gut aus. Er hatte, genau wie Sharon und ich, zweifellos gehofft, Alan hätte bessere Antworten. "Dies hat weder den letzten Maharishi noch seine Mönche während des Krieges zwischen Indien und Pakistan gerettet, so wie ich es sehe."

"Beurteile nicht, was du nicht verstehst", schnauzte Kala. "Der einzige Grund, warum ein Meister im vereinigten Bewusstsein seinen Körper ablegt, ist, um den kosmischen Plan zu erfüllen. Selbst in fortwährendem Bewusstsein ist es nicht möglich, ein Verlangen zu haben, das nicht in Harmonie mit der göttlichen Ordnung steht, - oder unwissentlich getötet zu werden."

"Du hast recht, ich verstehe es nicht", antwortete er grimmig. "Was empfiehlst du mir? Hier zu sitzen und zu hoffen, dass die Bösen ihre Meinung ändern und beschließen, dass wir alles in allem doch o.k. sind? Hört sich an wie ein ziemlich schneller Weg, so zu enden wie Lila und Ollie."

Lal schlug plötzlich auf den Tisch und sagte: "Suniye! Durga und Nanda! Nanda mit Durga!" Hari nickte mit seinem Kopf heftig auf und ab und murmelte seine Zustimmung.

"Ich bin einverstanden, Lal", sagte Alan. "Ich schlage vor, dass wir keine Entscheidungen treffen, bis Durga und Nanda zurückgekehrt sind. Ich bin sicher, sie werden klare Ratschläge für uns haben."

"Wieso glaubst du das?" fragte Steve. Er sah erschreckt aus. "Sie können sich nicht einmal einigen, ob sie Leuten wie mir Ascension beibringen wollen. Wenn beide im vereinigten Bewusstsein sind, wie können sie bei etwas so Einfachem anderer Meinung sein? Und wenn sie das können (und offensichtlich tun sie das), warum sollten wir annehmen, dass sie entscheiden können, was bezüglich der Opposition zu tun ist?"

"Nun", sagte Mira langsam, "du magst recht haben. Andererseits gibt es nichts zu tun, bis sie zurückkehren, habe ich recht? Wer kann sagen, warum zwei vollkommen erleuchtete Individuen nicht miteinander übereinstimmen? Beide haben menschliche Nervensysteme; deshalb haben beide alte Überzeugungen und Erfahrungen, deren Reste sich noch auswirken. Ansonsten würden beide permanent Ascenden und nicht länger auf Erden gesehen werden. Ich glaube, es ist nicht zu schwierig, sich vorzustellen, dass sie sich über eine Entscheidung uneinig sein können, die so fundamental wichtig ist wie die, auf welche Weise Ascension unterrichtet werden soll. Deshalb, denke ich, gab es nur *einen* Maharishi in jeder anderen Generation, und das ist der Grund, weshalb keiner von ihnen bisher den Titel beansprucht hat. Sie sind beide im vereinigten Bewusstsein - ich kenne beide lange genug, um mir darin sicher zu sein. Aber ich denke, dass weder der eine noch der andere ernannt worden ist. Und *deshalb* sind sie zu der Höhle des Johannes gegangen."

"Mira hat sicher recht", sagte Sharon. "Abgesehen davon, wie können wir vor einem unsichtbaren Feind davonlaufen? Und es ist immer noch wahr, dass wir keinen Beweis haben. Bootsunfalle in solchem Ausmaß sind selten, aber nicht so selten. Ollie hätte seinen eigenen Tod einfach intuitiv vorausahnen können. Er wusste nicht, ob es eine Opposition gab. Es gibt keine Garantie, dass sein Haus von jemandem, der etwas damit zu tun, demoliert worden ist. Es war vielleicht ein bizarrer Zufall. Auch haben wir bereits entdeckt, dass Ollie wegen zweier verwirrter junger Männer ums Leben gekommen ist, nicht durch irgendeine organisierte Gruppe. Es könnte sein, dass hier etwas anderes vor sich geht, etwas ganz anderes, als wir uns vorgestellt haben. Also, ich finde, das einzige, was wir tun können, ist, genau hier auf

Nanda zu warten, bis er zurückkehrt; dann werden wir sehen, was sich tut."

"In Ordnung", sagte Alan, "ich bin einverstanden. Weiterhin darüber nachzudenken, scheint sinnlos. Wir wollen sehen, ob wir solche Klarheit in uns schaffen können, dass wir die Wahrheit all dieser Dinge erkennen und eine Lösung finden. Ich habe das Gefühl, dass wir hier vollkommen sicher sind, was bei Ollie in Seattle oder bei euch allen auf Patmos nicht der Fall war. Aber das ist nur mein Gefühl, wenn irgend jemand von euch gehen möchte, sollte er gehen."

"Hey, ich habe nie gesagt, dass ich gehen möchte!" rief Steve aus, "ich habe nur gemeint: Es erscheint mir ein bisschen dumm, auf jemand anderen zu warten, der das für uns löst. Verzeih mir", fügte er hinzu und errötete.

"Nichts zu verzeihen!" sagte Alan. "Du hast vollkommen recht. Der einzig lohnende Rat kommt vom Ascendant, und der befindet sich in jedem.

Genug davon! Das Abendessen wird kalt, und das ist ein Verbrechen. Ich bin mir sicher, wir alle werden uns viel besser fühlen, wenn wir gegessen haben. In Indien weit zu reisen, bringt einen immer aus dem Gleichgewicht."

Er fing an, sein Tablett sehr, sehr voll zu füllen. Wir alle folgten seinem Beispiel. Es gab kein Geschirr. Wir benutzten Tabletts aus Stahl, wie es überall in Indien üblich ist. Es gab auch kein Besteck, ebenfalls ein typischer Brauch überall in Indien - man denkt, um das Essen vollständig zu genießen, muss man es nicht nur sehen und riechen und schmecken, sondern auch fühlen. Alle Sinne werden bei einem richtigen indischen Essen eingesetzt; die einzige angebrachte Form von Aufmerksamkeit während des Essens liegt auf der physischen Wahrnehmung des Essens.

Alan hatte recht. Das Essen hatte eine wunderbar beruhigende Wirkung. Nachdem wir gegessen hatten, sagte er: "Nanda möchte euch alle eure nächste Erkenntnistechnik als Teil der Zeremonie am Samstag-abend geben, und bei euch beiden, Edg und Mira, mit der ersten der sechs Techniken der sechsten Sphäre beginnen, und bei mir mit der einen langen Technik der siebenten. Seid ihr alle bereit?"

"Mira gab mir die dritte Dankbarkeitstechnik in Amritsar", sagte Aphrodite, "aber ich habe die dritte Liebestechnik noch nicht gelernt."

"Dann morgen."

"Sharon, ich und der Doktor haben nur die ersten zwei Techniken", sagte ich.

"Für euch drei dann ebenfalls morgen", antwortete er und grinste uns an.

"Ist das nicht ziemlich schnell? So viele Techniken so schnell?"

"Kommt selten vor, aber dieses Mal ist es in Ordnung. Genau gesagt, ist es normalerweise gut, ein paar zusammenzufügen, dann ohne weitere Anleitungen mehrere Wochen oder Monate zu verbringen, um die alten wirken zu lassen und sie noch besser zu verstehen. Dies sind besondere Tage in Gegenwart von Mira, Kala, Devi und Kriya, die ihre lebenslangen Gelübde ablegen. Es ist gut, sie auf jede uns bekannte Art zu ehren."

"Nun, das ist großartig!" rief ich aus. "Ich würde liebend gerne die erste Sphäre dieses Wochenende vervollständigen."

"Ich auch", sagte Sharon und schenkte Alan ein warmes Lächeln. Ein Anflug von Eifersucht streifte mich - er war stark und gutaussehend und in Ascension ziemlich weit fortgeschritten. Und *er* hatte kein Enthaltsamkeitsgelübde abgelegt.

Alan schaute mich an, als würde er meine Gedanken lesen, und lachte: "Ach komm schon, alter Freund, sei ernsthaft, o.k.? Sharon ist ziemlich sicher vor mir."

"Wie hast du gewusst... "

"Was du denkst? Deine Gedanken waren über dein ganzes Gesicht geschrieben! Das sind Gedanken immer. Aber nur wenige Menschen sind in der Lage, sie zu sehen. In Wirklichkeit läuft jeder mit einer Leuchtreklame herum, die seine innersten Gefühle offenbart. So etwas wie ein Geheimnis gibt es nicht, nicht wirklich, unsere Gedanken sind für alle sichtbar.

Kommt schon, alle, ich werde euch eure Zimmer zeigen."

23

Süße Liebe

In dieser Nacht schlief ich gut. Die dicken Klostermauern hielten die Kälte ab und die Geräusche der Tiere, die es in der Dunkelheit des Himalaja hätte geben können. Mein Zimmer hatte ein schmales und hohes Fenster, das ursprünglich vielleicht für einen Bogenschützen zum Durchspähen und zur Verteidigung der Mauern gebaut worden war. Es überblickte den Parkplatz und die Rhododendronbüsche und die immergrünen Wälder im darunterliegenden Tal. Der Rest des Zimmers war ziemlich spärlich eingerichtet: Da war ein schmaler *Charpoy* - ein Bett aus Seilen, die über einen Rahmen aus Baumästen gespannt waren -, ein kleiner dazu passender Stuhl, ein bescheidener Nachttisch, eine einzelne Glühbirne, die an einem Kabel hing, das an der Decke entlang lief.

Ich legte mich auf den *Charpoy* und schlief, als hätte ich auch einen Baum als Vorfahren gehabt.

Doktor Dave, Sharon und ich trafen uns am nächsten Morgen um neun mit Alan in der kleinen Bibliothek des Klosters. Es war ein fabelhafter Bergtag. Die Ängste von gestern erschienen wie alte, abgestandene Nachrichten. Dieser Raum hatte das größte Fenster, das ich bisher dort gesehen hatte. Es öffnete sich direkt neben dem hohen Wasserfall. Der Nebel vom Wasser hatte zur Folge, dass überall auf den Außenmauern und dem Fensterrahmen Moos wuchs. Es gab einen kleinen Wald von Farnkraut auf dem Fensterbrett.

Die Bibliothek hatte sieben alte, aber bequeme, übermäßig gepolsterte Sessel mit geblümten Bezügen, einen dicken und verbleichten Kaschmirteppich auf. dem Fußboden, ein gut ausgeführtes Gemälde von Christus, der kleine Kinder segnet, und ein paar hundert Bücher, die sich an der Wand dem Fenster gegenüber aufreihten.

Alan saß mit gekreuzten Beinen bequem in einem der Stühle, dem Fenster zugewandt. Er schien sich völlig von den gestrigen furchtbaren Nachrichten erholt zu haben. Seine Jahre des Ascendens hatten ihn anscheinend in etwas verwandelt, was ich nie zuvor gekannt hatte. Mira hatte ein paar Stunden gebraucht, um sich von dem Verlust von Lila und den anderen zu erholen. Alan schien komplett geheilt, innerhalb von zwei Minuten, nachdem er von dem Unglück gehört hatte. Wer war er? Ein Roboter? Ein Heiliger?

Wir zogen drei von den Stühlen heran und saßen in einem Halbkreis ihm gegenüber. Ich war aufgeregt, eine neue Technik zu erlernen, aber ebenfalls recht neugierig wegen seiner phantastischen körperlichen Erscheinung und fragte ihn: "Trainierst du zur Zeit viel?"

"Wie? Nein. Jedes Mal, bevor ich Ascende, mache ich sechsund-dreißig Folgen einer bestimmten Übung, die *Suryanamaskar* - oder auch Sonnengruß - genannt wird. Das dauert etwa eine halbe Stunde, dreimal täglich. Das ist alles."

"Ich würde das gerne lernen!" rief ich aus. "Du siehst großartig aus!"
"Nun, danke. Die Sonnengrüße strecken alle Muskelgruppen im Körper, ich glaube, dass es die überragendste Übung ist. Ich werde sie dir zeigen, wann immer du willst."

"Doktor Tucker, Mira hat mir mitgeteilt, dass Sie gerne die Novizen-Gelübde ablegen möchten. Wissen Sie, was sie beinhalten?"

"Sie sind mir erklärt worden, ja: Gewaltlosigkeit, kein Diebstahl, Wahrhaftigkeit, Enthaltsamkeit und keine Habgier. Ich möchte meine Hingabe an diese Prinzipien zur Formsache machen."

"Sie verstehen ebenfalls, dass es fünf Ordensregeln gibt, die der Novize einhält?"

"Hingabe, Dienst, Weiß tragen, einen Trauring tragen und meine Haare und meinen Bart nicht schneiden. Ja, ich bin mit ihnen vertraut. Ich möchte sie ausüben."

"Wofür sind sie?" fragte ich. "Das ist das erste Mal, dass ich davon gehört habe." Wenn ich darüber nachdachte, fiel mir auf, dass ich Lila, Mira oder die anderen Novizen nie in irgendwelche Farben gekleidet gesehen hatte. "Warum sollte man so ritualistisch sein?"

"Es sind äußere Symbole", sagte Alan. "Weiß repräsentiert die Reinheit, die sich der Novize zum lenkenden Lebensprinzip zu machen wünscht. Dienst ist die Widmung, der Menschheit zu helfen; es erkennt an, dass ohne die Heilung der gesamten menschlichen Rasse individuelle Erleuchtung unvollständig ist. Den Bart und die Haare wachsen zu lassen, repräsentiert den natürlichen Zustand unserer körperlichen Unschuld, frei von allen vom Ego erschaffenen Glaubenssystemen. Es vermindert ebenfalls die Abhängigkeit von der äußeren Erscheinung. Der Trauring symbolisiert die Verbindung mit Isha. Und Hingabe ist die Essenz der Absicht des Novizen, nur für den Ascendant zu leben, für Gott. Sind sie nicht wunderschön, was meinst du?"

"Ich mag sie sehr", sagte Sharon.

Ich unterstützte sie alle mit: "Ja, natürlich sind sie das." Aber ich konnte nicht anders, als mich zu fragen, warum Alan keine Gelübde abgelegt hatte, wenn er sie so herrlich fand.

"Also, Doktor, morgen Abend werden Sie ein Novize werden und Ihre Eide ablegen. Die Zeitspanne beträgt ein Jahr. Nach dieser Zeit können Sie sie für ein weiteres Jahr erneuern oder sich entscheiden, dass die Lebensweise als Haushälter für Sie wünschenswerter ist. Oder Sie können die fünf Ishaya-Gelübde hinzufügen und für immer ein Mönch werden. Nur Sie können entscheiden, welche dieser drei Möglichkeiten die beste für Sie ist. Nach einem Jahr richtig praktizierter Hingabe und bedingungsloser innerer Verpflichtung wird eine der drei Ihre einzige in Frage kommende Wahl sein.

Also, lasst uns mit dieser Unterweisung beginnen. Ich empfehle, dass ihr heute viel Ascendet. Das wird der neuen Technik helfen, sich so tief wie möglich zu verankern, bevor ihr morgen Abend die erste Erkenntnistechnik erhaltet.

Für viele ist die Liebestechnik die lieblichste der ersten drei. Für jeden ist sie die mächtigste. Was würdest du sagen, was Liebe ist, Sharon?"

"Ich denke, Liebe ist die einzige Wirklichkeit, die Basis aller wahren Gefühle", antwortete sie langsam. "Es gibt nur zwei Wurzeln aller Emotionen: Liebe und Angst. Liebe ist Lebensenergie, die in ihrem natürlichen Zustand fließt; sie ist schöpferisch, ausweitend und wahr. Angst ist das Mittel, welches das Ego benutzt, um die Welt zu kontrollieren und zu besitzen; sie ist zerstörend, bindend und falsch."

"Ich denke, das ist genau richtig", stimmte ich zu. "Und weil das wahr ist, können Liebe und Angst nicht nebeneinander existieren: Wenn Liebe zunimmt, verfliegt die Furcht. Da die Furcht nicht real ist, verschwindet sie in der Sonne der perfekten Liebe. Die Schatten der Angst können das Licht der Liebe nicht leiden. Aber wenn wir die Illusion der Angst akzeptieren, gibt die Liebe vor, sich zu verstecken, und wartet auf ihre Zeit, bis wir uns wieder der Wahrheit öffnen."

"Liebe kann niemals vernichtet werden", fügte der Doktor hinzu, "und doch haben wir freien Willen. Wenn das Ego auf Illusionen besteht, scheint die Liebe zu verschwinden, bis die Realität wieder gewählt wird."

"Ihr habt alle recht", sagte Alan warmherzig. "Das Ego möchte alles besitzen. Das ist das Gegenteil von Hingabe, der Dienerin der Liebe. Liebe ist allumfassend und wird freizügig gegeben, doch das Ego besteht darauf, sie zu besitzen. Das Ego verlangt, dass Liebe dem strengen Befehl des Wann, Wie und Wo gehorcht. Damit wird das Ego für immer versagen, weil es in der falschen Schlacht kämpft. Liebe kann niemals beschränkt oder getrennt oder isoliert sein. Nur wenn wir das Verlangen zu kontrollieren aufgeben, wird das Ego im universalen Selbst aufgehen, in unendlicher ewiger Liebe. Das ist der Tod der Angst.

Also, in dieser Technik benutzt ihr Liebe für die rechte Gehirnhälfte. Und für die linke Hemisphäre fahrt ihr mit eurem ultimativen Gedanken fort."

"Ich habe eine Frage dazu", sagte ich zögernd. Ich war unsicher, ob ich das sagen wollte: War es nur mein Ego, das sich in mir wand? "Mir ist das Konzept der ultimativen Gedanken unangenehm. Ich weiß nicht, ob mir auch nur der Gedanke an den Ascendant angenehm ist. Das kommt daher, dass ich zu viel dem furchterregenden Priester meiner Mutter ausgesetzt war: Von meinem zweiten Lebensjahr an bestand alles nur aus Hölle und Schwefel."

"Richtig", sagte Al an fröhlich, weder verletzt noch besorgt. "Und das ist genau der dritte Wurzelstress, die dritte und letzte Säule der Unwissenheit."

"Natürlich! Wie einleuchtend!" rief der Doktor aus. "Ich hätte es erraten sollen! Wir haben eine Technik für unseren subjektiven Stress und eine für unseren objektiven Stress, was könnte sonst noch übrig sein, abgesehen von dem Stress, den wir in unserer Verbindung mit dem Ascendant erschaffen haben!"

"Was ist dort die Quelle des Stresses?" fragte ich neugierig, dankbar, dass ich Alan nicht beleidigt hatte.

"Eine ganze Menge davon kommt aus frühen Erlebnissen mit unseren Eltern", antwortete er. "Mein physischer Körper kam aus der Vereinigung einer Samenzelle, die von meinem Vater produziert wurde, und einer Eizelle, die von meiner Mutter gebildet wurde. Das hat meinen Körper erschaffen, aber nicht mich. Unsere Eltern haben unseren Körper erschaffen, aber nicht unseren inneren Geist, nicht den Bewohner unseres Körpers.

Doch auf verschwommene Weise rufen die Masken unserer Mütter und Väter Erinnerungen an unsere göttliche Mutter und unseren göttlichen Vater hervor, die männliche und weibliche Hälfte Gottes. Als kleine Kinder haben wir unsere Eltern Gott gleichgesetzt. Wir hatten keine Wahl. Unsere Eltern erschienen allmächtig, sie erschienen uns wie Götter. Wenn sie in unseren Augen versagten, versagte Gott für uns."

"Ich kann das verstehen, denke ich", sagte Sharon nachdenklich. "Du sagst, dass wir wegen unserem angeborenen Selbstwert, weil wir alle mit dem Ascendant verbunden sind, intuitiv wissen, dass wir von unseren Eltern nur geliebt werden sollten. Da den meisten Kindern auf der Erde perfekte Liebe vorenthalten wird, haben wir eine Leere in uns, die danach schreit, gefüllt zu werden."

"Ich verstehe das auch", stimmte der Doktor zu. "Sie sagen, dass wir tief in uns wissen, was Perfektion ist. Es war für uns unvermeidlich, enttäuscht zu werden, da unsere Eltern darin versagt haben, unserem Ideal zu entsprechen. Als Resultat sind wir mit Misstrauen unseren

Eltern gegenüber aufgewachsen, was sich weiter auf den Ascendant ausgedehnt hat."

"Gut gesagt, ihr beiden!" rief Alan aus. "Somit seht ihr, dass die meisten von uns schon früh die Überzeugung aufgenommen haben: dass etwas mit dem Ascendant oder mit unserer Beziehung zum Ascendant verkehrt ist. Er hat uns so viele Male im Stich gelassen! Geliebte Menschen sterben, immer wieder erleiden wir ein Übermaß an Unglück. Wie könnte der Ascendant irgendeine Art von Beziehung zu uns haben, wenn man diese offensichtlichen Tatsachen in Betracht zieht? Wie könnte sich der Ascendant etwas aus uns machen?"

"Somit heilt die dritte Ascensiontechnik unsere Beziehung zum Ascendant", wiederholte ich, nur um sicher zu sein, dass ich es richtig verstanden hatte.

"Ja, die Liebestechnik heilt unsere Beziehung zum Ascendant", wiederholte er. Dann erklärte er die genaue Struktur der dritten Technik und fuhr fort: "Also, lasst uns die Augen schließen und für eine Weile mit dieser neuen Technik Ascenden." Er schloss seine Augen, und wir folgten seinem Beispiel.

Ich hatte unverzüglich eine Flut von Gefühlen über meine Eltern, den furchterregenden Gott meines Hölle- und Verdammnispriesters und all die schrecklichen Enttäuschungen, die ich in einer Welt, die oft rau und sinnlos erschienen war, erlebt hatte. Ich konnte verstehen, warum diese Technik an dritter Stelle stand. Sie brachte so vieles so schnell zum Verschwinden. Ich tat alles, um mitzuhalten.

Nach einer Stunde oder so sagte Alan sanft: "O.K., lasst uns die Augen öffnen." Ich war fast dankbar, dass es zu Ende war.

"Das befreit vieles, nicht wahr?" sagte ich ein bisschen geschwächt. Ich fühlte mich, als würde ich zittern.

"Sehr schnell! Es öffnet sofort alles, was unsere Beziehung mit dem Ascendant betrifft. Es ist so mächtig. Nun, warum denkt ihr, dass so viel in diesem Gebiet blockiert ist?"

Es kam mir nichts in den Sinn, aber Sharon antwortete: "Ist es vielleicht dies? Die meisten von uns finden nur begrenzte Unterstützung von unseren Eltern, was unsere Emotionen betrifft, und unterdrücken sie daher. Typischerweise drücken kleine Kinder ihre Gefühle gut aus; sie lassen sie einfach hinaus. Oftmals ist dieser Ausdruck für die Erwachsenen nicht akzeptabel. Sie reagieren mit Verurteilung, mit Ablehnung, mit Strafe. Kinder schützen sich selbst auf die einzige für sie mögliche Art: sie unterdrücken ihre Gefühle und versperren sich somit gegenüber ihrer Unschuld und ihrem ausgedehnten Bewusstsein. In ernsten Fällen verlieren sie sich in ihren Abwehrmechanismen oder benutzen Manipulation oder Feindseligkeit, um ihre Wünsche zu erfüllen.

Falls das nicht geheilt wird, bleiben diese Angewohnheiten bis zum Erwachsensein bestehen. Erwachsene können ihre Wünsche oft nicht deutlich ausdrücken. Bitten wir so um etwas, als würden wir erwarten, es nicht zu bekommen? Machen wir Gebrauch von Zorn oder versteckter Manipulation? Sind wir beleidigt, bekommen wir einen Wutanfall oder werden wir grausam, wenn wir unseren Kopf nicht durchsetzen können? Warten wir, bis uns jemand nahe genug kommt, bis wir unsere versteckten Probleme bekanntgeben? Das ist nicht die wirkungsvollste Art, Wünsche zu erfüllen, doch ist es die normalerweise angewandte Methode. Viele Erwachsene sind gegenüber wahrer Vertrautheit verschlossen."

"Die Blockierung der Gefühle ist in vielen Erwachsenen stark vertreten", stimmte der Doktor zu. "Das Ego verurteilt Emotionen als unbequem, als etwas, das kontrolliert und gelenkt werden muss. Aber da der Mensch flexibel ist, taucht das, was in einem Bereich unterdrückt wird, in einem anderen wieder auf. Unterdrückte Emotionen brechen in selbstzerstörerischen Verhaltensweisen aus, wie übermäßiges Essen, oder Rauchen, oder Trinken, oder Kindesmisshandlung."

"Das muss stimmen", sagte Sharon. "Das Gefühlsleben ist wie ein gewaltiger Fluss, der in uns allen fließt. Wenn wir einen Fluss aufstauen, kann das Wasser nicht fließen: Es steht und sucht andere Wege, um zu entweichen. Ein Damm bildet die Grundlage für eine große Zerstörung. Genauso kann die Unterdrückung von Gefühlen die Emotionen in eine zerstörerische Kraft verwandeln."

"Mit anderen Worten", sagte ich, "weil Gefühle sich bewegende Energie sind, können sie nie zerstört werden, sie können nur ausgedrückt, transformiert oder unterdrückt werden. In der Gegenwart zu leben bedeutet, dass Gefühle nicht unterdrückt, Wünsche nicht entstellt werden. Alle werden akzeptiert und dann entweder erfüllt oder verwandelt. Wie du letzte Nacht gezeigt hast, Alan."

Er lachte in sich hinein und meinte: "Unsere blockierten und begrabenen Gefühle zu erlösen ist einer der wichtigsten Punkte beim Wachstum zu fortwährendem Bewusstsein. Dies ist ein Zweck dieser Technik. Gefühle verändern sich nicht durch Erzwingen."

"Das leuchtet mir ein", stimmte Sharon zu. "Emotionen werden sich nur dann entfalten, wenn sie akzeptiert werden. Also, das ist es, was in der dritten Technik geschieht. Weil es unseren Selbstwert, unsere Beziehung zum Ascendant wiederherstellt, hören wir auf, unsere Gefühle zu beurteilen."

"Du hast es erfasst!" rief er aus. "Nur das Ego definiert gut und schlecht. Dies ist sein wichtigstes Mittel zur Kontrolle. Wenn einige Wünsche gut und einige nicht gut sind, bleibt das Leben unterteilt."

"Es gibt einige faszinierende Erzählungen in dieser Bibliothek über die Erlebnisse der Mönche hier, die durch die langen Jahrhunderte hindurch Ascendeten. Einige der Ishayas wurden durch Horden von Dämonen angegriffen, als sie ins Gebet vertieft waren. Egal wie sehr sie kämpften, es gab kein Entkommen. Aber sobald sie aufhörten, die Dämonen als böse einzustufen, verschwanden sie oder verwandelten sich in Engel. Es war nur ihre Interpretation der Realität, die den Mönchen Schwierigkeiten verursachte. Diese Erkenntnis ist ein notwendiges Stadium der Entwicklung.

Während das Bewusstsein wächst, lernen wir, dass, was auch immer auf uns zukommt, unsere eigene Schöpfung ist. Mit dem Herandämmern dieses Verständnisses hören wir auf, unsere Energie zu verschwenden, indem wir das bekämpfen, ablehnen und unterdrücken, was wir selbst erschaffen haben. Dann können wir die Energie unserer Wünsche für ein viel schnelleres Wachstum verwenden. Wir verwandeln sie und nutzen sie dazu, uns zum Ascendant zu bringen."

Aphrodite kam nun in das Zimmer. Sie sah aus wie ein Hauch von Frühling in sanftem Violett und Pastellgrün.

"Da wir gerade von Engeln sprechen", sagte Alan und lachte wieder in sich hinein. "Es muss an der Zeit sein weiterzumachen. So, ihr drei, teilt eure Ascension zwischen euren drei Techniken ungefähr gleich auf. Und falls ihr weitere Fragen habt, fragt mich heute Abend."

24

Ein Gärtner

Doktor Dave zog sich in sein Zimmer zurück, um seine einsame Suche fortzusetzen. Sharon und ich beschlossen, für eine Weile durch den Bergwald zu spazieren, um dann draußen zu Ascenden.

Es war warm, aber nicht unangenehm. Ich bezweifelte, dass es in dieser Höhe jemals zu heiß sein würde. Der Wald war bezaubernder, als ich es für möglich gehalten hätte: Ein leichter Nebel hing von den Baumspitzen. Die großen moosbewachsenen immergrünen Pflanzen, Rhododendren, Magnolien, Lilien, Hängepflanzen, Wildblumen und Farnkräuter sahen aus, als hätten sie sich dazu verschworen, gemeinsam um das Kloster herum einen Park zu erschaffen. Das ganze Unterholz bestand aus wohlriechenden Blumen, grünem Farn oder zartem Moos. Ich hatte nie zuvor außerhalb eines geplanten Wintergartens solch eine bunte Pracht gesehen, jedenfalls nicht in diesem Ausmaß.

Wir folgten dem Pfad eines Hirten aufwärts und nach Norden, wobei wir über die wohlriechende Komplexität der Blumen staunten, die unbekannten Vogellieder, das gelegentliche Vorbeihuschen von kleinen Tieren. Wir gingen um einen zutage getretenen Felsen herum und überraschten einen *Goral,* eine ziemlich kleine graue ziegenartige Kreatur mit kurzen Hörnern. Sie schnaubte uns an, sprang im Zickzack bergauf und verschwand schnell aus unseren Augen. Ihr Lauf schreckte einen riesigen Fasan auf. Der Vogel schoss nach oben, zeigte uns kurz seine schillernde karmesinrote Brust, als er kopfüber in einen Baum flog.

Der Pfad wand sich in Richtung des oberhalb des Wasserfalls gelegenen Baches. Hier gab es zahllose Wildblumen, unter anderem Veilchen, Begonien, Orchideen und viele Sorten, die ich nicht mit Namen kannte. Jemand hatte einen lange Bank aus einem Baumstamm ausgehöhlt. Wir setzten uns und schauten über den Wasserfall und das mit roten Ziegeln gedeckte Dach des Klosters hinweg. Das Tal unterhalb erstreckte sich mit geblümter Herrlichkeit in nebelige Ferne. Die schneebedeckten Himalajaspitzen ragten an allen Seiten um uns herum in die Höhe.

"Wie mein Leben sich verändert hat", murmelte ich.

"Hm?" sagte Sharon, die bereits dabei war, nach innen zu gleiten, um dem dreifachen Ascensionstrang in die Schönheit zu folgen.

"Nichts", flüsterte ich und schloss meine Augen, um mich ihr anzuschließen.

Ich trieb sanft nach innen. Meine drei Techniken verflochten sich ineinander wie eine dreifache Faser. Ich war bereits mit allen dreien so vertraut, dass nur wenig von meiner Aufmerksamkeit durch die oberflächliche Bedeutung der Worte in Anspruch genommen wurde; jede wurde zu einer sanften, pulsierenden Bewegung aus reinem Gefühl. Anstatt eine lange Zeitspanne für jede der drei aufzuwenden, bewegte ich mich schnell zwischen ihnen. Sie flossen zusammen, als wären sie eins, ein Impuls, der aus drei Schwingungen besteht. Sie verbanden sich miteinander wie drei Reben; ich stieg auf ihnen der Unendlichkeit entgegen.

Es schien, als würde es heute keine Grenzen zwischen mir und dem Ascendant geben; es gab nichts, was meine dreifache, nach innen gehende Bewegung abbrach oder behinderte. Ich trieb lange und ohne Gedanken im Ascendant, ohne Gefühle, nur reine Erfahrung des Unermesslichen, jenseits aller Formen, jenseits allen Lichtes, jenseits aller Bedeutung.

Allmählich und sanft kam ich zum Denken zurück und öffnete meine Augen. Sharon war immer noch tief in Ascension. Ich beschloss, mir die Beine zu vertreten, während ich darauf wartete, dass sie fertig wurde. Ich stand auf und folgte dem Pfad neben dem Bach weiter den Berg hinauf.

Ein junger Mann saß auf einem großen Felsen in der Mitte des Baches und spielte auf einer Bambusflöte. Er war bartlos, hatte langes, braunes Haar, hellblaue Augen und war braun gebrannt. Dies erinnerte mich daran gehört zu haben, dass einige Inder so hellhäutig wie Nordeuropäer sind. Er war in die einfachen Wollkleider der Bauern gekleidet - ein einteiliges, graues Kleidungsstück, das mit einem Seilstrang um die Taille zugebunden war.

Sobald ich ihn sah, hörte er auf, Flöte zu spielen, stand auf und lief zum Ufer, wobei er vorsichtig auf die moosbedeckten Steine trat. Seine Füße waren nackt. Seine Augen waren klar und freundlich, sein Lächeln aufrichtig.

Ich legte meine Handflächen im traditionellen indischen Gruß zusammen und versuchte das wenige Hindi, das ich kannte: "Namaste!"

"Ich verbeuge mich auch vor dem Gott in dir", antwortete er mit einem noch stärkeren Lächeln und einer vollen Verbeugung. Er hatte nicht den Hauch eines Akzentes, weder indisch noch britisch. Er hörte sich tatsächlich an, als wäre er in Seattle aufgewachsen.

"Ohl Du sprichst Englisch!" rief ich überrascht aus. "Ich dachte nicht, dass du besonders... äh... "

"Besonders gebildet bin? Ich bin wahrscheinlich nicht besonders gebildet, wenn wir bei der Wahrheit bleiben. Wie auch immer. Ich freue mich, dich zu treffen. Du kannst mich Boanerge nennen, wenn du möchtest." Er fing an, den Pfad hinauf zu gehen und bedeutete mir, ihm zu folgen.

"Boanerge? Ein interessanter Name. Ich glaube nicht, dass ich ihn je zuvor gehört habe", sagte ich, während ich neben ihm ging.

"Ja, Boanerge. Das bedeutet 'Sohn des Donners'. Jemand war der Meinung, dass ich schnell explodiere, früher einmal. Wie auch immer, ich dachte, ich würde heute vorbeikommen und fragen, wie dir die Ascension des Johannes gefällt."

"Ach, du kennst die sieben Sphären?"

"Ein bisschen", lächelte er. "Ich schaue gerne ab und zu nach den Ishaya-Mönchen. Sie sind immer so interessant."

"Ich mag die drei Techniken, die ich gelernt habe", sagte ich und überraschte mich dann selber, als ich hinzufügte, "aber ich bin ein bisschen entmutigt durch die Uneinigkeit zwischen Nanda und Durga."

"Oh? Worum geht es da?"

"Der letzte Hüter des Klosters, der Maharishi, starb, bevor er einen von ihnen als Nachfolger ernennen konnte."

"Vielleicht war keiner von ihnen soweit?"

"Vielleicht. Ich weiß es nicht! Aber es hat Verwirrung verursacht- keiner kann den anderen von der besten Art, die Lehre fortzuführen, überzeugen. Durga möchte es so beibehalten, wie es immer gewesen ist, auf eine auserlesene Gruppe von Mönchen beschränkt, vor der Welt versteckt. Ich habe gehört, er glaubt, dass sie zu gut und zu mächtig für weltliche Haushälterleute sei."

"War das nicht immer die Tradition? Und Nanda ist nicht einverstanden?"

"Überhaupt nicht. Er sagt, die Menschheit braucht dieses Wissen jetzt; er glaubt, dass Johannes das Kloster hier im Himalaja gegründet hat, um die Lehre von Ascension bis zum Ende dieses Jahrtausends zu schützen. Er ist überzeugt, dass dies die prophezeite Zeit ist und dass Ascension das Werkzeug ist, um den neuen Himmel und die neue Erde herbeizuführen; die sieben Sphären werden jetzt von der Welt gebraucht."

"Ah? Neuartige Gedanken! Und was genau, wenn ich fragen darf, glaubst du?"

"Nun, ich bin sicher, dass Nanda zumindest teilweise recht hat. Wir brauchen diese Lehre; ohne sie kann ich nicht viel Hoffnung für unser Überleben erkennen."

"Du glaubst so fest daran?"

"Ja, ich denke schon."

"Das ist ziemlich beeindruckend, besonders da du, wie du sagst, erst die ersten drei Techniken erhalten hast. Es soll siebenundzwanzig davon geben, richtig? Sieben Sphären, wobei jede Sphäre mächtiger als die vorherige ist? Nun, ich frage mich, ob dein Ascension so etwas Besonderes ist. Ich habe gehört, dass die ersten drei Techniken ziemlich offensichtlich sind. Einfache kleine Dinge, die jeder bereits weiß."

"Sie sind einfach, und jeder Mensch hat irgendeine Ahnung davon, aber ich glaube nicht, dass irgend jemand sonst sie so benutzt, wie wir sie benutzen, oder sich so darauf konzentriert. Diese drei *sind* grundlegend, deshalb ist eine tiefe Konzentration darauf so verwandelnd. Ich habe Ascension als extrem angenehm, friedlich und erholsam empfunden. Es verändert mein gesamtes Leben radikal. Früher habe ich mir die ganze Zeit Sorgen gemacht, bin in sinnlosen Kreisläufen festgesteckt, die immer weiterliefen, endlos, weiter und weiter und weiter. Das hat jetzt fast aufgehört - immer, wenn ich mich in der alten Art zu denken und zu fühlen gefangen sehe, gleite ich gedanklich in eine der Ascensiontechniken. Die alten Gefühle vergehen fast unmittelbar, mein Verstand fällt zurück in die Arglosigkeit, wodurch ich mich befreit und nicht länger in meiner Vergangenheit gefangen fühle."

"Es scheint für dich zu funktionieren", stimmte Boanerge zu und schien beeindruckt. "Deshalb bin ich neugierig. Was wirst du damit machen?"

"Was ich damit machen werde?" wiederholte ich stirnrunzelnd. "Was meinst du?"

"Ich meine, wie wirst du es verbreiten? Wenn du so fest daran glaubst? Wie viele Menschen sind es, die heutzutage auf der Welt sind? Etwa fünf oder sechs Milliarden. Ich habe den Verdacht, dass ein großer Teil davon die Ruhe und den Frieden, die, wie du sagst, von Ascension kommen, gebrauchen könnten. Nicht wahr?"

"Ich bin sicher, viele wären aufgeschlossen genug, um dem eine Chance zu geben. Aber es wird seine Zeit brauchen, um an alle heranzukommen."

"Guter Standpunkt." Wir waren gemächlich weiter den Pfad hinauf spaziert, während wir sprachen. Jetzt hielt Boanerge an und setzte sich auf einen umgestürzten Baum. Es gab unzählige zarte Blumen und Moosarten, die aus dem verfaulenden Stamm herauswuchsen. Da ich sie nicht zerdrücken wollte, setzte ich mich auf den Pfad vor ihm. Er setzte seine Flöte an seine Lippen und spielte eine kurze aber betörende Melodie. Das lieblich fließende Lied brachte Tränen in meine Augen. Nie zuvor war ich innerlich durch ein Lied so bewegt gewesen.

"Sag einmal, das ist aber gut", rief ich, als er aufhörte. "Ich denke, du solltest Berufsmusiker werden."

"Ich habe viel Zeit, um Flöte zu spielen, wenn ich die Schafe hüte", antwortete er und lächelte mich an. "Weißt du, mit all der Technik auf der Welt heutzutage, wieso könntest du nicht einfach die Ascension des Johannes in einem Buch festhalten? Oder zumindest die erste Sphäre?"

"Ach, ich weiß nicht! Keine wahre Technik ist jemals niedergeschrieben worden, oder? Wie würden die Leute wissen, ob sie richtig Ascenden, wenn die Techniken in einem Buch stehen würden? Sie hätten kein Feedback. Sie könnten es vollkommen richtig machen und sich dessen niemals sicher sein. Oder im Gegenteil, sie könnten etwas hinzufügen, das geringfügig aussieht, oder etwas entfernen, das nicht wichtig erscheint, und wer würde sie berichtigen? Das erste Stadium ist entscheidend. Wenn Ascension nicht korrekt vermittelt würde - in einem Buch wäre das unmöglich! -, würden sie es von Anfang an nicht verstehen. Außerdem gäbe es viele oberflächliche Leute, die die Seiten nur überfliegen und die Techniken nicht ausprobieren, um zu sehen, ob sie funktionieren. Oder, wenn die Techniken einmal gedruckt sind, werden sie öffentlich bekannt und dann wären sie nicht länger vertraulich. Kurzsichtige Leute würden sie stehlen und unüberlegt verbreiten. Andere würden sie nicht respektieren, wenn sie zu einfach erlernt werden können: 'Ohne Schweiß kein Preis.'"

Der Bauer seufzte und sagte: "Nun, ich denke, du hast recht: Ein 'So geht es'-Handbuch würde in der heutigen Welt einfach nicht funktionieren. Deine Logik ist unbestreitbar, unglücklicherweise, und beschreibt, wie viele, vielleicht sogar die meisten, auf so ein Buch reagieren würden. Die Welt ist nicht so besonders unschuldig, was? Schade. Mir hätte das gefallen.

Aber weißt du, ich glaube, es gibt sehr viele gute Leute auf dieser Welt, die Ascension nutzen würden, wenn sie wüssten, dass es existiert. Sie würden Novizen oder andere Ascensionlehrer aufsuchen und würden es richtig praktizieren. Vielleicht könntest du in einem Buch wenigstens eine klare Beschreibung der ersten vier Techniken bringen. Die Techniken der ersten Sphäre nicht wörtlich hineinschreiben, verstehst du, sondern sie so gut erklären, dass die Leute eine Ahnung davon bekommen können, was sie in ihrem Leben zu bewirken vermögen.

Ja, das gefällt mir. Die Beschreibungen der Techniken der ersten Sphäre sind so grundlegend, dass sie gedruckt werden könnten, denke ich - besonders wenn sie Teil einer Geschichte sind. Deine Geschichte, zum Beispiel. Deine letzten zwei Wochen würden ein faszinierendes Buch ergeben. Ollies Tod, der Unfall in Patmos, Sharons Liebe, deine Reise nach Delphi, deine Erlebnisse in der Grotte und im Garten in Amritsar - das sind die Grundsteine eines großen Romans. Wenn du Beschreibungen der ersten vier Techniken zwischen deine Abenteuer einschiebst, werden diejenigen, die bereit sind, zwischen den Zeilen lesen und die daraus hervorleuchtende Wahrheit erkennen. Diejenigen, die nicht bereit sind, nehmen an, dass alles erfunden ist. Nein, ich glaube, du würdest es gut schreiben. Diejenigen, die fähig sind, es zu praktizieren, würden wissen, dass Ascension existiert."

"Wer bist du eigentlich?"

"Habe ich dir bereits gesagt. Ja, mir gefällt diese Idee. Es ist einen Versuch wert. Ich denke, du solltest es tun. Es ist an der Zeit, die sieben Donner zu entsiegeln. Sage Lance, dass ich dir das gesagt habe. Er wird darauf hören. Er hat einen ziemlich weisen Kopf auf seinen starken Schultern."

Boanerge neigte sich zu mir und berührte mich mit seiner Flöte auf der Brust. Ich war sofort zurück auf der Bank bei Sharon, die gerade ihre Augen öffnete. Eine weitere halbe Minute lang saß ich auch immer noch vor Boanerge. Er sagte: "Mach dir keine Sorgen über weitere 'Unfalle'. Dieses Problem ist gelöst worden."

"Wieso hast du zugelassen, dass sie sterben?"

Die zweite Realität verblasste schnell, aber ich glaubte, ich hörte ihn antworten: "Sie wurden anderswo gebraucht."

Sharon rührte sich, gähnte und sagte: 'Was hast du gesagt, Liebling?" Abrupt wachte ich völlig auf. 'Was für ein Traum!" rief ich aus.

"Oh? Wovon hast du geträumt?"

"Ich bin mir nicht sicher. Ich werde dir alles erzählen, aber nicht jetzt. Ich möchte zuerst versuchen, mich an alles zu erinnern. Es war so real! Lass uns hier ein bisschen weiter hinauf spazieren, o.k.? Ich möchte ein paar Details nachprüfen."

Der große Felsen war dort im Bach, wo ich Boanerge gesehen hatte. Ein Sonnenstrahl tanzte darauf, aber da war kein junger Bauer. Weiter den Pfad hinauf war der Baumstamm, wo er auf seiner Flöte gespielt hatte, aber das Moos und die Blumen waren unberührt. Offensichtlich hatte seit vielen Tagen niemand dort gesessen.

"Also", sagte Sharon und starrte auf den Baumstamm, "was ist los mit dir. Déjà vu?"

"Nicht ganz. Ich verstehe das überhaupt nicht! Ich bin in meinem Traum hier hinaufgegangen. Es war alles genau so, wie es jetzt ist, außer dass ich nicht alleine war."

"Du bist nicht gerade allein jetzt!"

"Nein. Aber ich war vorher mit einem jungen Bauern zusammen, der tadellos englisch sprach und eine Flöte bei sich hatte. Er nannte sich Boanerge."

"Boanerge! Diesen Namen hat Christus, Jakobus und Johannes als Zunamen gegeben!"

"Du scherzt! Wirklich?"

"Nein, wirklich!"

"Ich weiß nicht, was ich davon halten soll! Was geht hier vor?"

"Ich weiß nicht, aber es hört sich ziemlich erstaunlich an! Was ist als nächstes passiert?"

"Nun, der Bauer Boanerge hat mir gesagt, ich solle ein Buch über Ascension schreiben und darin die Techniken der ersten Sphäre beschreiben. Er sagte, es gäbe sehr viele Leute auf der Welt, die unermesslich davon profitieren würden, wenn sie wüssten, dass sie existieren. Was denkst du?"

Ihr Gesicht umwölkte sich. Sie antwortete langsam: "Ich weiß nicht, was ich denken soll. Alan und Nanda müssten so etwas genehmigen, bevor du es machst. Und ich denke, du solltest dich zuerst als Lehrer ausbilden lassen, damit du über Ascension schreiben kannst, ohne irgendwelche Fehler zu machen. Es ist so einfach, aber es muss richtig erklärt werden, damit es richtig funktioniert. Wenn die Techniken in einem Buch beschrieben wären und die Leute anfangen würden sie anzuwenden, ohne darin unterrichtet zu sein, wenn sie ihnen etwas hinzufügen oder sie mit anderen Techniken, die sie gelernt haben, kombinieren oder sie auf irgendeine Weise verändern, würden sie nicht mehr funktionieren."

"Ich verstehe das alles!" rief ich frustriert aus. "Ich habe ihm sogar das gleiche gesagt! Ich habe keinerlei Verlangen danach, ein Buch über irgend etwas zu schreiben, schon gar nicht über meine Erlebnisse mit Ascension. Ich berichte einfach einen seltsamen Traum. Es war so real!"

"Nun, ich kann nicht glauben, dass es viel Sinn ergibt, aufgrund eines Traumes zu handeln", antwortete sie unwirsch. Offensichtlich hatte sie vergessen, warum wir im Hafen von Skala nicht umgekommen waren.

"Ich stimme dir zu! Vollkommen! Ich möchte die ganze Sache fallenlassen! Nun, nein, vielleicht werde ich es wenigstens Alan gegenüber erwähnen, weil der Bauer in meinem Traum mich darum gebeten hat. Aber glaube mir! Das ist das Äußerste, was ich unternehmen werde."

"Gut", antwortete sie und schaute mich mit tiefer Besorgnis an. Ich war nicht überrascht von ihrer Antwort: Ich hatte Lila geschworen, dass ich nichts über Ascension bekanntgeben würde, bevor ich ausgebildet bin. Hier war ich, kaum eine Woche später, und sprach darüber, die ersten vier Techniken in einem Buch zu beschreiben! Die vierte hatte ich noch nicht einmal! Wahrscheinlich war alles nur Auflösung von Stress, der auf tiefsitzenden Gefühlen von falscher Behandlung oder Verlassen sein in der Kindheit beruhte und durch die dritte Technik wieder zum Vorschein gebracht wurde. Alan würde mich zweifellos schnell wieder gerade gerichtet haben.

Ich bat darum, ihn nach dem Abendessen sprechen zu können. Ich dachte, es wäre klüger, den anderen nichts von meinem Traum zu erzählen, weil ich glaubte, dass sie mich alle hart verurteilen würden, besonders Kala und Edg. Nach unserem abendlichen Fest traf sich Alan mit Sharon und mir in der kleinen Bibliothek, die den Wasserfall überblickte.

"So, was gibt's?" fragte er fröhlich. "Geht es mit der Liebestechnik gut voran für euch beide?"

"Wunderbar", antwortete Sharon. "Ich fühle, dass sie all meine Misshandlungen der Kindheit heilt. Und sie öffnet mich einem klareren Verständnis, als ich es jemals gehabt habe. Ich fange an, mich tief mit dem Ascendant verbunden zu fühlen. Ich fühle, dass ich liebenswert und geliebt bin. Ich fühle, dass ein göttlicher Plan in meinem und durch mein Leben arbeitet, über den ich mir niemals bewusst gewesen bin. Oder der mir höchstens dunkel bewusst war. Die erste Liebestechnik ist magisch!"

"Großartig!" sagte er voller Begeisterung. "So ist es, wenn jemand dazu bereit ist. Und wie geht es *dir?*"

"Die drei fließen für mich gut zusammen", antwortete ich. "Sie fühlen sich wie drei Schwingungen des gleichen Energiestromes an. Er ist ziemlich stark und bringt mich direkt zum Ascendant, schnell und bewusst. Aber Alan, der Grund, warum ich mit dir sprechen wollte, ist, dass ich heute Nachmittag, oben auf dem Berg, als Sharon und ich zusammen Ascendet haben, einen... einen *eigentümlichen* Traum hatte. Es war etwa nach einer Stunde. Ich trieb in den Ascendant hinein und heraus, indem ich jede meiner drei Ascensiontechniken nacheinander benutzte - ach, ist das überhaupt in Ordnung, sie bei jeder Wiederholung abzuwechseln, anstatt immer für jede einen festen Block von zehn oder fünfzehn Minuten aufzuwenden?"

"Natürlich ist das in Ordnung. Was immer für dich am besten funktioniert, ist o.k. Erzwinge oder manipuliere nichts! Was immer passiert, ist perfekt. Gleiche die Ascensiontechnik nicht an den Atem oder den Herzschlag an, wiederhole sie einfach mühelos, und egal was passiert, es ist in Ordnung."

"Richtig. Das habe ich gemacht. Also, Sharon und ich waren nahe dem oberen Ende des Wasserfalls. Wir saßen auf der alten Bank dort oben. Kennst du die Stelle?"

"Natürlich. Das ist einer meiner liebsten Orte zum Ascenden. Schöne Aussicht, wenn ich meine Augen öffne."

"Nun, ich Ascendete für eine Weile und kam dann wieder daraus zurück. Sharon war immer noch in Ascension; es sah nach einem ziemlich tiefen Zustand aus. So entschloss ich mich, mir die Beine zu vertreten. Ich spazierte den Pfad entlang zu einem Platz, wo ein großer

Felsblock im Bach ist. Und gerade dort sah ich einen jungen Bauern, der eine Flöte spielte... "

"Ein Bauer mit einer Flöte?" fragte Alan mit größerem Interesse, als es meine bisherige Geschichte rechtfertigte, so dachte ich. "Beschreibe beides, bitte."

"Er war gebräunt, gutaussehend, mit blauen Augen und langem kastanienbraunen Haar und ohne Bart, und er trug einen einteiligen Umhang, der mit einem Strick um seine Taille zugebunden war. Und die Flöte war aus Holz, nicht aus Bambus. Mit sieben oder acht Löchern. Warum?"

"Das werde ich dir gleich sagen. Bitte fahre fort!" Er sah mich ernst an.

"Nun, er sprach perfektes Englisch, ohne den geringsten Akzent, was mich überraschte, und er wusste auch viel über das Kloster. Ich schloss daraus, dass er ein einheimischer Schafhirte war, der viele Male mit Nanda und Durga gesprochen hatte. Er war neugierig, was die Unstimmigkeit zwischen ihnen betraf, und interessierte sich ebenfalls für meine Erfahrungen mit Ascension.

Die ganze Zeit über schien es ein bisschen seltsam zu sein und doch nicht ganz so seltsam. Weißt du, was ich meine? Aber dann setzte er sich auf einen Baumstamm - wir waren weiter den Pfad hinaufgegangen, als wir miteinander sprachen - und er spielte das betörendste, wunderschönste Lied, das ich jemals gehört habe. Es rührte mich sogar zu Tränen, was mir nie zuvor bei Musik passiert ist.

Als er aufhörte, sagte er, es wäre an der Zeit, die sieben Donner zu entsiegeln. Er schlug vor, ich solle ein Buch über Ascension schreiben und die ersten vier Techniken im Detail beschreiben, und an dieser Stelle fing es an, wirklich eigenartig zu werden. Er sprach über meine letzten zwei Wochen, als wäre er dabei gewesen, als hätte er alles miterlebt." Ich hörte auf zu sprechen und fühlte mich niedergeschlagen.

"Und dann?" fragte Alan. Er starrte mich mit einer unglaublichen Intensität an.

"Und dann berührte er mich mit seiner Flöte auf der Brust, und - schwupp! - war ich zurück auf der Bank neben Sharon. Was für ein Traum, hm?"

"Hm," stimmte Alan zu, aber sein Ton war eigenartig. Er schien eine seltsame Mischung aus Abneigung, Angst und Anreiz zu sein.

"Da war noch etwas, was er vergessen hat, dir zu sagen", sagte Sharon zu Alan.

"Oh, das stimmt. Er sagte, dass es keine 'Unfälle' mehr geben werde. Dafür sei gesorgt worden."

"Das hat er gesagt?" fragten Sharon und Alan zusammen. Mir wurde bewusst, dass ich mich bis jetzt nicht daran erinnert hatte.

"Das ist es nicht, was ich gemeint habe", fuhr Sharon fort. "Ich habe den Namen des Bauern gemeint."

"Ach, das. Er stellte sich als Sohn des Donners vor, Boanerge. Ein Traum?" fragte ich hoffnungsvoll.

Alan antwortete nicht. Statt dessen stand er auf, ging quer durch das Zimmer zum Bücherregal und nahm einen großen, in roten Stoff gebundenen Band heraus. "Dies ist eine Teilübersetzung der Ishaya-Aufzeichnungen", sagte er, "Nanda hat sie über die letzten fünfund-zwanzig Jahre hinweg angefertigt. Er hat seine gesamte Freizeit damit verbracht, die alten Bücher durchzugehen, sie ins Englische zu übersetzen, moderne Kalenderdaten einzufügen, sie mit Querverweisen und einem Index zu versehen. Hört zu!

13. April, 749 n. Chr. Heute kam der Apostel zum Kloster, um diese Woche wieder mit dem geistigen Rat zu sprechen. Er fing an, uns die Techniken der siebenten Sphäre zu lehren, die sich auf die physische Unsterblichkeit beziehen. Boanerge befahl uns, diese Techniken vor den Novizen geheim zuhalten, bis zu der Zeit, da sie ihre lebenslangen Gelübde ablegen. Er fügte hinzu, dass er mit unserem Fortschritt zufrieden sei, und wollte, dass wir alle verstehen, dass wir nicht mehr in die Welt hinausgehen sollten, dass es keinen Wert für uns hätte zu versuchen, die Kriege zu beenden, dass das Schicksal der Ishayas immer noch weit in der Zukunft liegen würde. Er erwähnte, dass die Grenzkriege keine weitere Auswirkung auf uns haben würden.

18. Oktober, 975 n. Chr. Shivananda berichtete uns heute, am oberen Ende des Wasserfalls einen jungen Mann im Bauerngewand gesehen zu haben, der eine Bambusflöte mit sieben Löchern spielte. Der Bauer

sagte, dass sein Name Sohn des Donners sei, und fragte ihn nach dem Kloster. Er schlug Shivananda dann vor, mehr Zeit mit der fünften Sphäre und weniger mit der vierten zu verbringen.' Darauf folgen ein Dutzend Botschaften für andere Mönche dieser Zeit und eine Fußnote, dass Shivananda dreißig Jahre später der nächste Maharishi der Ishayas wurde.

12. Januar, 1715 n. Chr. Heute, während ich, Maharishi Krishnananda Ishaya, im Wald spazierte, sah ich einen jungen Bauern, der eine Bambusflöte hielt. Er sagte, sein Name sei der Sohn des Zorns und befahl mir, zwei meiner letzten Novizen auszuweisen. Sie interessierten sich mehr für *Charas,* Haschisch, als für Ascension. Ich durchsuchte ihre Keller und fand eine große Menge wilden Cannabis, den sie zu Haschisch rieben und zu Marihuana schnitten."

Es gibt mehr als *siebzig* solcher Geschichten hier drin, erzählt von vertrauenswürdigen Mönchen, die einen Bauern sahen, ähnlich deiner Beschreibung, manchmal während des Ascendens, manchmal während. des Schlafes in der Nacht, manchmal bei hellem Tageslicht. Manchmal kam Boanerge nur zu einem, manchmal zu Gruppen von zweien oder dreien, ab und zu zum ganzen Kloster, zu Versammlungen von Hunderten oder mehr."

"Du sagst mir also, dass das *real* war? Nicht nur ein bizarrer Traum?"

"Hat es sich so angefühlt, als würdest du träumen?"

"Nein, überhaupt nicht. Ich fühlte mich vollkommen wach. Wir sind nachher den Pfad hinaufgegangen, Sharon und ich. Alles war genau so, wie ich es gesehen hatte - nur dass Boanerge nicht dort war, natürlich. Aber als ich genau dort, von wo ich losgegangen war, wieder aufwachte, dachte ich, dass alles nur ein Traum gewesen sein kann. Wenn es nicht so wäre, wieso ist dann keine Zeit vergangen?"

'Vielleicht wollte er deinen Verstand nicht erschrecken", sagte Sharon. "Wenn dein Ego keine Ausweichmöglichkeiten hätte, würdest du dich wahrscheinlich noch zusammenhangloser fühlen, als du es tust. Solange du es immer noch einen Traum nennen kannst, bist du sicher."

"Aber warum sollte er mir erscheinen?" fragte ich klagend. "Ich bin ein Amateur im Ascenden!"

"Nun, das bist du jetzt vielleicht", stimmte Alan zu, "aber was wirst du in ein paar Jahren sein? Nachdem du alle sieben Sphären erhalten hast? Ich maße mir nicht an, das zu wissen. Ich *weiß,* dass ich immer ein gutes Gefühl hatte, was dich betrifft. Als Ollie sagte, er würde dich in den Staaten aufsuchen, spürte ich eine strahlende Hoffnung bezüglich seiner Fahrt dorthin. Außerdem liebt dich Sharon von ganzem Herzen. Ich kann mir keine besseren drei Referenzen vorstellen."

"Aber ich weiß nichts!"

"Du weißt sehr viel mehr, als du immer vorgibst", bemerkte Sharon.

"Was ich von dir möchte, ist folgendes", sagte Alan mit großer Ernsthaftigkeit. "Ich möchte, dass du deine ganze Vision niederschreibst, so detailliert, wie du dich erinnern kannst. Das wird in das permanente Verzeichnis des Klosters eingehen. Und bitte, sage noch niemand anderem etwas darüber, nicht, bevor wir mit Nanda sprechen können. Und selbst das nicht vor Sonntag. Lasst uns nicht die Zeremonie für unsere vier neuen Mönche und Nonnen beeinträchtigen. Sie haben hart gearbeitet für morgen. Dies wird die erste Erweiterung der Ishayas seit der Tragödie im Jahre 1967 sein. Es ist ein großer Tag für ihren Orden. Ich denke, dass die Anleitungen in deiner Vision erst einmal der Gewöhnung bedürfen - für uns alle."

"Selbst für dich?"

"Besonders für mich! Kannst du dir vorstellen, wie tief und oft ich in meiner Seele nachspüren musste, um nach Patmos zu fahren und Ascension zu unterrichten? Ich hatte keine Visionen, die mich führten, nur mein inneres Gefühl, dass die Welt es nicht schaffen würde, wenn sie nicht anfangen würde zu Ascenden. Und schau, Nanda! In mehr als fünfundzwanzig Jahren ist er genau einmal hinaus in die Welt gezogen, um einen Neuling zu finden - mich. Und du weißt, wie Durga zu einer flächendeckenden Verbreitung von Ascension steht. Und du, großer Gott, du hast erst knapp über eine Woche Ascendet und kommst daher und sagst, dass der Apostel dir gesagt hat, du sollst die erste Sphäre in einem Buch beschreiben! Hast du überhaupt eine Ahnung, wie sich alle anderen dabei fühlen werden?"

Ich erinnerte mich, wie selbst Sharon heute Nachmittag auf dem Berg an mir gezweifelt hatte, und fühlte mich alleine, traurig und ängstlich.

Weil sie meine Gefühle intuitiv spürte, schmiegte sie sich an mich und sagte: "Es ist o.k., Liebling. Es wird sich alles zum Besten entwickeln. Ich bin hier bei dir. Es wird alles in Ordnung sein."

"Ich hoffe es", antwortete ich. Aber ich verspürte nicht das geringste Vertrauen. Ein Buch schreiben? Ich? Nicht einmal Briefe hatte ich jemals geschrieben!

25

Ein anmaßender Besuch

Der Samstag Morgen begann früh mit dem Geräusch mehrerer Autos, die die lange Zufahrtsstraße des Klosters herauf gedonnert kamen. Ich stand auf und schaute aus meinem schmalen Fenster. Drei Sikhs - die Fahrer - und ein halbes Dutzend Leute aus dem Westen drängten sich aus den drei Hindustan-Ambassadors. Einer trug einen schwarzen griechisch-orthodoxen Hut, und ich glaubte, dass einer ein römisch-katholischer Priester sein könnte, aber ich konnte nicht gut sehen und war mir nicht sicher. Was ging hier vor?

Wahrscheinlich irgendeine Klosterangelegenheit, dachte ich verschlafen. *Lance wird sich mit ihnen befassen.* Ich beschloss, dass ich zu müde war, um schon zu Ascenden. Statt dessen ging ich zur Dusche, um wach zu werden.

Sobald ich zurück in meinem Zimmer war, kam Sharon ein bisschen errötet herein und sagte, dass Alan wollte, dass wir uns in der kleinen Bibliothek mit ihm trafen. Ich zog mich hastig an und ging mit ihr den langen Korridor hinunter. Was ging hier vor?

Alle unsere Leute außer Hari und Lal waren bereits dort und scharten sich um die eng zusammenstehende Gruppe, die aus Alan und den sechs westlichen Neuankömmlingen bestand. Hatte Alan doch noch eine Antwort auf seine Briefe erhalten? Da *war* ein römischkatholischer Priester, eigentlich waren es zwei, einer alt und dünn, einer klein, mit schütterem Haar und ziemlich dick. Ein weiterer der sechs war ein griechisch-orthodoxer Bischof mit schwer von Pocken gezeichneten und entschlossenen harten Gesichtszügen. Dann waren da noch drei weitere in dunklen Geschäftsanzügen, die, wie ich später herausfand, zwei Geistliche und ein klassischer Sprachgelehrter waren. Alle drei sahen angespannt und verurteilend aus; der Älteste, der Gelehrte, aktiv feindlich. Ich hatte bei keinem dieser letzten vier ein gutes Gefühl, aber ich war mir nicht sicher, was ich in bezug auf die Priester fühlte.

Sharon und ich schlüpften hinten in die Menge, in der Nähe des Doktors und Miras, und versuchten, unsichtbar auszusehen. Alan sagte: "Natürlich sind sie authentisch. Schauen Sie sich das Alter dieses Manuskriptes an!"

"Wie ich Ihnen schon erklärt habe", sagte der Gelehrte eisern, "Sie sind nicht qualifiziert, dessen Echtheit zu beurteilen! Dieses ist irgendwann um 1100 geschrieben worden. Dieses Papier kann nicht älter sein. Irgendein Mönch aus dem frühen Mittelalter hat das alles erfunden. Ich habe genug gesehen. Zuviel sogar. Ich bin dafür um die halbe Welt gefahren. Was für eine Zeitverschwendung."

"Aber was, wenn es von einem früheren Manuskript kopiert wurde?" fragte der kleinere und dickere Priester mit einem schweren italienischen Akzent.

"Wo ist es denn?" entgegnete der Gelehrte scharf. "Sie haben gesagt, dies hier sei der älteste Text, oder nicht?"

"Das habe ich gesagt", sagte Alan. "Natürlich ist es kopiert. Wieso sollte jemand 1100 Jahre Daten und Ereignisse erfinden, sie drei Jahrhunderte lang in Griechisch aufschreiben und dann in Sanskrit? Das ergibt keinen Sinn."

"Es ergibt mehr Sinn als die Alternative", sagte einer der Geistlichen. "Der selige Apostel Johannes kommt hierher, nach Indien? Die ganze Idee ist grotesk. Irgendein byzantinischer Verbannter ist hierher gewandert und wollte Legitimität für seine Ketzerei. Der Apostel ist in Ephesus gestorben, ein sehr alter Mann, kurz vor der Wende des ersten Jahrhunderts."

"Ascension - die Meditation, die die Mönche hier ausüben - öffnet die direkte Erfahrung Gottes im Inneren."

"Was beweist, dass wir von einem kleineren Schisma sprechen!" rief der griechische Bischof aus. "Gott ist für immer jenseits des erschaffenen Universums, nicht darin. Der einzige Teil von Gott in der Schöpfung ist sein einziger eingeborener Sohn, Jesus Christus, und natürlich der Heilige Geist. Was diese Mönche praktizieren, ist Götzendienst."

"Satanisch", sagte der zweite Geistliche. "Ich stimme Ihnen zu. Vollkommen. Dies ist alles eine Phantasie, die von einem fanatischen Mönch erschaffen wurde. Wir haben unsere Zeit damit verschwendet hierherzukommen. Lasst uns gehen. Wenn wir Glück haben, können wir vor Sonnenuntergang zurück in Amritsar sein. Eine schreckliche Fahrt für solch eine *Bagatelle*. Soll doch dieser ganze Ort vermodern. Lasst uns gehen!" Abrupt ging er hinaus. Der andere Geistliche und der Gelehrte folgten ihm ohne ein weiteres Wort.

Der Bischof nickte Alan knapp zu und murrte: "Ich *habe ihnen ja gesagt, dass sie die Mühe nicht wert wären",* und folgte den anderen die Treppe hinunter. Die große Eichenhaustür unten in der Halle schlug krachend zu. Innerhalb weniger Augenblicke starteten zwei der Autos.

Die Priester machten keine Anstalten, den anderen zu folgen. Sie tauschten einen langen Blick aus, und der Größere sagte: "Ich bin nicht so leicht abzubringen. Es mag wirklich nichts an alledem sein, aber auf der anderen Seite mag doch etwas daran sein. Wir sind von weit her gekommen, um diese Sache zu untersuchen und haben es nicht eilig, wieder zu fahren. Wäre es uns erlaubt, diese Manuskripte näher anzusehen? Sie eingehend zu studieren?"

Edg, der während des Gesprächs mit den sechs allen seinen Rücken zugekehrt und aus dem großen Fenster der Bibliothek gestarrt hatte, drehte sich um und sagte: "Offene Ablehnung ist harmlos. Diese vier gehen jetzt und werden ihren Teil dazu beitragen, die Gerüchte über diesen Ort zu beenden. Sie werden sagen, dass alles eine Falschmeldung oder der Traum eines verblendeten Mönchs ist. Sie zwei, auf der anderen Seite, sagen, dass Sie die Ishaya-Tradition eingehender studieren möchten. Ich möchte wissen wieso?"

"Unsere Kirche steckt in einer Krise. Viele glauben nicht länger. Diejenigen, die sich zum Glauben bekennen, sind oftmals unaufrichtig. Wenn irgend etwas gefunden werden kann, das uns näher zu Gott bringt, sollten wir es wissen,"

"Wir sind seit kurzem gegenüber organisierten Religionen eher skeptisch geworden", sagte Mira langsam. "Es gab einen eher verdächtigen Unfall auf der griechischen Insel Patmos. Mehrere unserer Leute wurden getötet."

'Wir hatten nichts damit zu tun!"

"Aber Sie wissen darüber Bescheid?" fragte Edg eisig. "Ich finde das unglaubwürdig. Wie konnten Sie nur?"

"Wir haben am Montag ein Fax erhalten, welches besagt hat, dass einige von Ihnen bei einem Bootsunglück auf Patmos getötet wurden. Wir wurden darauf aufmerksam, weil der Kardinal bereits beschlossen hatte, uns zu schicken."

"Ein Fax?" wiederholte Alan. *"Ein Fax?* Wer hat das Fax geschickt?"

"Es war keine Sende nummer darauf. Wir versuchten, es zurück zuverfolgen, konnten aber seinen Ursprung nicht ermitteln. Wir nahmen an, dass es von einer der anderen Delegationen kam, aber als wir sie in Delhi trafen, verleugneten beide jegliches Wissen über seine Herkunft."

"Sie hatten dieses Fax ebenfalls erhalten?" fragte Edg.

"Das haben sie gesagt, ja."

"Wieso würde irgend jemand so etwas senden?" sagte Edg grübelnd, mehr zu sich selbst. "Es ist, wie wenn man sagt: 'Diese Leute haben etwas, wofür es sich lohnt zu sterben.' Sehr merkwürdig."

"Es erscheint mir", sagte Sharon nachdenklich, "dass uns das einen höheren Stellenwert verleiht, der uns beschützt. Wenn niemand weiß, dass jemand darangeht, uns zu töten, wen würde es kümmern? Aber wenn es den wenigen, die von uns wissen, *mitgeteilt* wird, verändert das die Gleichung beträchtlich, findet ihr nicht? Das kommt mir wie ein brillanter Schachzug vor. Ich glaube, wer immer es war, er war überaus klug." Sie schaute mich an und zwinkerte. War das ihr Ernst? Könnte es Boanerge gewesen sein? Wie?

"Darf ich um etwas bitten", fragte der ältere Priester in exzellentem Englisch. "Ich habe mein ganzes Leben nach den authentischen Lehren unseres Herrn gesucht. Ich glaube nicht, dass unsere heiligen Werke vollständig sind - vergib mir, Vater Jean Paul! Aber was ich sage ist die Wahrheit. Ich möchte hier nicht studieren, um unsere heilige Mutter Kirche zu retten. So sehr ich dieses Wissen für die Welt oder für unsere

Kirche als wertvoll empfinde, so möchte ich es doch vorrangig für *mich,* für mein geistiges Wachstum. Wenn irgendeine Chance besteht, dass euer Ascension die authentische Lehre des Apostels ist, so möchte ich sie tiefer verfolgen. Ich *muss.*"

Alan antwortete: "Wir werden über Ihre Bitten gründlich nachdenken, Väter. Aber jetzt, wenn Sie nichts dagegen haben, würde ich gerne mit unseren Leuten für ein paar Minuten darüber sprechen. Sie können im Esszimmer warten - bitte bedienen Sie sich für ein Frühstück, wenn Sie möchten. Die Treppen hinunter, zweite Türe rechts."

Nachdem sie gegangen waren, sagte Edg: "Nun, du hast deine Meinung geändert. Gute Entscheidung."

"Das habe ich. Dieser Gruppe die Manuskripte des dritten, sechsten, achten und zehnten Jahrhunderts zu zeigen, war einfach zu gefährlich, Ich würde es sehr begrüßen, wenn sie alle zu dem Schluss gekommen sind, dass wir ein Haufen harmloser Dummköpfe sind. Es gibt vielleicht bessere Wege, Ascension bekannt zu machen, als ich dachte." Er schaute mich nachdenklich an, als er das sagte.

"Glaubst du, dass einer von ihnen für die Marylena verantwortlich war?" fragte ich hastig, um das Thema zu wechseln, weil ich *nicht* mehr über Boanerges Bitte an mich nachdenken wollte. Weder heute noch irgendwann in der Zukunft.

"Möglicherweise. Oder diejenigen, die hinter ihnen stehen. Aber wer ist das? Ich weiß es nicht. Wir werden es vielleicht niemals wissen. Nachdem ich von dem Unfall gehört hatte, beschloss ich, wenn ich jemals eine Antwort von den etablierten Kirchen erhalten würde, das zu tun, was ich getan habe - ihnen das Buch aus dem elften Jahrhundert zu zeigen und zu verleugnen, dass es frühere Aufzeichnungen gibt. Uns wie harmlose Irre aussehen zu lassen. Ich bin sicher, dass ich das Richtige getan habe."

"Ich bin mir da auch sicher", sagte Kala, "und ich muss gestehen, dass ich froh bin, dass du kein Gelübde der Wahrhaftigkeit abgelegt hast. Ich habe oft darüber nachgedacht. Ich glaube nicht, dass die Existenz dieses Klosters jemals wieder mehr als ein Gerücht sein sollte. Selbst wenn Durga und Nanda sich entscheiden, dass Ascension in die Welt hinausgehen soll, denke ich, dass dieser Ort ein Geheimnis bleiben sollte. Was wir haben, ist zu kostbar, um es zu verlieren. Es muss in seiner Reinheit erhalten bleiben, hier isoliert. Zumindest sollte die Lage des Klosters gut verschleiert werden, falls und wenn Ascensionlehrer von hier weggehen."

"Nun, das mag eine ausgezeichnete Idee sein", sagte Alan, "aber uns bleibt immer noch das Problem mit den zwei katholischen Priestern. Was sollen wir mit ihnen machen?"

"Sie sollten gehen", sagte Edg. "Aber erst nachdem sie wie die anderen davon überzeugt sind, dass wir harmlos sind und keine Gefahr für irgendjemanden darstellen. Dann, denke ich, werden wir vor weiteren tödlichen Zwischenfällen sicher sein."

"Was, wenn sie aufrichtig sind?" fragte Mira. "Wollen wir irgend jemanden ablehnen, der hierher kommt, um unterrichtet zu werden, nur weil wir seine Zugehörigkeit nicht mögen?"

"Diese Zugehörigkeit könnte deine Schwester getötet haben!" rief der Doktor aus.

"Könnte so sein", gab sie zu. "Und wenn, was gäbe es für eine bessere Art, sie zu wandeln, als sie Ascension zu lehren? Ich würde niemals irgend jemanden zurückweisen, der mich aufrichtig bittet."

"Hier sind wir unterschiedlicher Meinung", sagte Kala. "Und zwar sehr. Ich sage, wir unterrichten sie nur, wenn sie ihre Kirche aufgeben und unserem Orden beitreten."

"Ach, komm schon, Kalaji!" sagte Sharon herzlich, "du weißt, wir können unmöglich von ihnen erwarten - oder auch nur wünschen! -, dass sie das tun. Ascension braucht keinen Glauben irgendeiner Art, um es zu lernen oder auszuüben. Möchtest du eine Religion daraus machen?"

"Ich hätte nichts dagegen, wenn damit garantiert wäre, dass die Lehre für *irgend jemanden* weiterbesteht", antwortete er. Jetzt verstand ich, wieso Durga Ishaya und die anderen Mönche die ganze Geschichte hindurch versucht hatten, Ascension in ein Gefängnis zu sperren. Es war nicht so sehr, weil sie es nicht durch die weltlichen Menschen missbraucht haben wollten, es war einfach, weil sie sich wünschten, dass ihr Orden weiterbesteht. Nun, vielleicht würde er weiterbestehen, selbst wenn Ascension einer breiten Masse von Haushältern unterrichtet würde. In jeder Schicht einer jeden Nationalität würde es Leute geben, die ein Leben als Mönch vorziehen. Vielleicht waren Doktor Dave und Mira und Lila in erster Linie in der Hinsicht außergewöhnlich, dass sie sich so früh verpflichtet hatten, am Beginn der Verbreitung von Ascension auf der Welt. Möglicherweise würde es eines Tages wieder eine große Anzahl Novizen geben. Dieses Kloster würde wieder voll sein. Ich konnte mir vorstellen, dass die fortgeschrittensten und treuesten Ascension-Schüler aus der ganzen Welt ihrem Orden beitreten würden. Das heißt, diejenigen, die keine Paare sind.

Aphrodite sagte inzwischen: "Können wir nicht auf Nandas Rückkehr heute Nachmittag warten? Lasst ihn entscheiden, was mit diesen Priestern zu tun ist!"

"Ja", stimmte Steve zu, "wir müssen ihnen heute nichts weiter erzählen."

"Ich möchte nicht, dass sie hier bleiben!" rief Kala aus. "Dies ist der wichtigste Tag in meinem Leben. Ich möchte sie nicht hier haben!"

"Nun", sagte Alan, "das scheint mir eine angebrachte Bitte zu sein. Ich werde sie bitten, die Nacht unten in Kulu zu verbringen. Sie können morgen zurückkehren, um mit Durga und Nanda zu sprechen. Aber was denkst du?" fragte er mich.

"Was ich denke?" wiederholte ich langsam. Ich fragte mich, ob Alan plante, jetzt alles mit mir abzustimmen, und hoffte sehr, dass dem nicht so war. "Ich denke, die Welt braucht Ascension. Wenn die Möglichkeit besteht, dass diese zwei ihre Kirche überzeugen können, uns zu helfen, sollten wir die Gelegenheit nicht missen. Deshalb hast du deine Briefe gesandt, stimmt's?"

"Ja, sicher. Aber ich hätte niemals diese Konsequenzen erwartet."

"Natürlich nicht. Aber vielleicht könnte ihr heutiges Kommen doch etwas wert sein. Lasst uns die Priester besser kennenlernen, ein wenig nachfühlen, sie vielleicht weder Ascension unterrichten noch ihnen die früheren Manuskripte zeigen, aber sie ebenso wenig zurückweisen. Noch nicht. Wenn sie Betrüger sind, werden wir es bald genug sagen können.

Nach meinem ersten Eindruck würde ich sagen, dass sie vertrauenswürdig sind, besonders der ältere Vater. Im Gegensatz zu den anderen vier. *Diese* haben mir ein unangenehmes Gefühl, eine Gänsehaut bereitet. Ihnen würde ich zutrauen, das Legen der Bomben angeordnet oder zumindest aktiv gegen uns gearbeitet zu haben. Alles im Namen ihres bizarren Gottes. Aber das fühle ich nicht bei den Priestern."

Alan nickte und sagte: "Nun, ich bin einverstanden. Ich gehe hinunter und bitte sie, morgen zurückzukehren, um mit Nanda und Durga zu sprechen. Vielleicht können wir alle in den nächsten paar Tagen ein paar Stunden mit ihnen verbringen. Wenn sie aufrichtig sind, werden sie kein Problem damit haben zu warten, um mehr zu lernen."

"Und wenn sie es nicht sind", sagte Edg, "wird deine Bitte zu warten das letzte sein, was wir von ihnen sehen. Gut. Das gefällt mir."

"Ist jeder damit einverstanden?" fragte Alan. Wir alle waren es. Er fuhr fort: "Großartig. Ich möchte euch ebenfalls fragen, ob ihr heute alle helfen könntet. Ich meine, nachdem ihr Ascendet und gegessen habt. Wir müssen den Zeremoniensaal für heute Abend herrichten. Es gibt viel zu tun."

"Natürlich", antworteten wir alle.

Aphrodite fragte: "Wo ist der Zeremoniensaal?"

"Es gibt eine Höhle hinter dem Wasserfall", antwortete Kala. "Sie ist ziemlich groß. Den langen Korridor hinunter nach links, sechs Türen nach der Küche."

"Ich habe sie noch nicht gesehen!" rief Steve aus. "Hört sich ziemlich schön an."

"Sie ist ziemlich schön", stimmte Alan zu, "oder vielmehr, sie ist es nicht, ein totales Durcheinander, aber sie wird es sein, wenn wir alle helfen!"

26

Ein Vorgeschmack der Erhebung

Sharon und ich Ascendeten an diesem Morgen zusammen in ihrem Zimmer. Es war größer als meines: Es hatte *zwei* schmale Fenster, ein eigenes Bad und eine bequeme Couch. Ich erhob mich mühelos mit dem dreifachen Ascension-Strang, und es war wunderbar klar und erholsam für mich.

Es gab keine Visionen, nur Stille und Frieden. Aber als wir frühstücken gingen, schien alles mit Licht erfüllt zu sein. Es fühlte sich fast so an, als würden Feuerflammen auf allem tanzen. Sie waren weder schmerzhaft noch versengend, eher kühl, ein spirituelles Feuer. Es war, als würde der Ascendant in allem, was ich ansah, durchbrechen.

Ich erwähnte dies Sharon gegenüber, als wir unser Frühstück aßen - heute Ananas, süß, saftig und vollkommen reif (sie waren mit uns aus Amritsar angereist). Sie bemerkte: "Ich frage mich, ob das der Beginn des gehobenen Bewusstseins ist?"

Ich hatte keine Ahnung, aber es war intensiv und wurde immer intensiver. Alle paar Minuten gab es ein knackendes Geräusch in meinem Schädel, wie eine elektrische Entladung; da war ein hohes Klingeln in meinen Ohren; genau an meiner Scheitelmitte fühlte es sich heiß an und wurde zunehmend heißer.

Der Zeremoniensaal war eine sehr große Höhle: Zweihundert Leute konnten dort sitzen, ohne sich drängen zu müssen. Elektrische Lichter waren in der Decke verlegt worden, aber sie wurden zugunsten der Kerzen nicht benutzt. Der Fußboden war geebnet, in manche Stellen war Beton gegossen worden - eine eher armselige Arbeit, dachte ich. Aber der Altar im hinteren Teil war ein Beispiel meisterhaften, handwerklichen Geschicks: Drei lange Stufen waren in die Felswand gemeißelt, die zu einem siebenlagigen verzierten Felsvorsprung führten, alles eben falls aus der Wand gemeißelt. Alles zusammen schien ein perfekter Ort zu sein, um Gelübde abzulegen. Aber er war schmutzig, offensichtlich seit Jahren nicht benutzt. Ob wir ihn wirklich rechtzeitig fertigbekommen würden? Wir machten uns mit großem Einsatz an die Arbeit.

Die Höhle war zumeist mit Stille erfüllt. Unsere Bemühungen beim Reinigen trugen nur wenig dazu bei, diese zu stören. Aber das Klingeln in meinen Ohren wurde lauter und lauter, sogar unangenehm. Ich erwähnte es gegenüber dem Doktor, während wir putzten. Er erwiderte, dass Tinnitus manchmal durch Höhenveränderung verursacht werden würde.

Mira, die mit einem riesigen Strauß Blumen hereinkam, sagte: "Höhe verursacht was?"

"Tinnitus", antwortete Dave. "Klingeln in den Ohren. Er hört es."

"Oh, das ist üblich hier", sagte sie. Sie lächelte, während sie die Blumen in einer großen, weißen Porzellanvase arrangierte. "Aber es ist nicht physisch. Es heißt, dass seine Ohren anfangen, sich auf das kosmische Summen einzustellen."

"Wie bitte?" fragte ich.

"Der Klang des Universums. Ich habe dir erzählt, dass die Sinne anfangen, subtiler zu werden, oder nicht? Für viele ist eines der ersten Erlebnisse mit Ascension das Hören dieses Klanges - es ist wie ein hohes Summen. Oder es könnte sich wie ein Wasserfall anhören."

"'Seine Stimme ist wie der Klang vieler Wasserfalle'", sagte Sharon, die ebenfalls Blumen arrangierte. "'Und wie die Stimme gewaltiger Donner'. Es hört sich wie eine Menschenmenge an, wie ein Regensturm, wie Wellen des Ozeans." Einmal mehr verblüffte mich die Tiefe ihres Verständnisses. Gab es denn irgend etwas, das sie nicht wusste?

"Manchmal höre ich es, als würde eine große Basstrommel geschlagen", sagte Aphrodite, die den ersten von Dutzenden Kerzenhaltern polierte. "Oder manchmal als zart klingende Glocken."

"Es ist die universale Schwingung aller Materie", sagte Edg hinter seinem Mop. "Du könntest es dir wie Moleküle vorstellen, die in deinem Kopf aufeinanderprallen. 'Johnsonsche Geräusche', denke ich, ist es, wie es genannt wird. Es kommt aus der Brownschen Molekularbewegung, der zufälligen Bewegung der Atome."

"Pah!" rief Alan aus, der mit einem Besen Spinnweben herunter klopfte. "Es wird eher die Stimme Gottes genannt: 'Als die Morgensterne miteinander sangen und alle Gottessöhne vor Freude jauchzten'. Es ist Liebe, es ist Leben, es ist Entzücken. Es ist das Omega in Griechisch, Omkara in Sanskrit, oder einfach OM, der universale Klang."

"Ich habe gehört, dass man mit OM alles machen kann", sagte Steve und stützte sich auf seinen Mop. "Da es der universale Klang ist, unterliegt es allem und kann deshalb alles beeinflussen. Ich höre es jetzt die ganze Zeit."

"Ihr redet alle zu viel", sagte Kala finster, als er eine Ladung Abfall hinaustrug. "Schaut euch diesen Ort an! Und wir haben nur ein paar Stunden bis Durgaji und die anderen zurückkehren."

"Gut gesagt", stimmte Alan fröhlich zu und machte sich noch einmal an die Spinnweben.

Sharon und ich Ascendeten diesen Nachmittag wieder auf ihrer Couch. Die Vorbereitungen waren abgeschlossen worden, lange bevor die anderen zurückerwartet wurden. Wir alle gingen, um zu Ascenden und uns vor dem Abendessen frisch zu machen.

Die seltsamen Wahrnehmungen hatten den ganzen Nachmittag über zugenommen. Das Summen war so intensiv geworden, dass ich kaum die Worte der anderen hörte. Das Licht, das auf allem und durch alles brannte, war so brillant, die Grenzen aller Objekte schmolzen einfach dahin. Ich hatte befürchtet, dass ich ungeschickt sein würde, wenn wir putzten, und doch hatte ich nur eine Vase fallen lassen; und sie war nicht zerbrochen.

Diese Ascension war ruhig. Ich war müde und schlief für ein paar Minuten ein. Als ich aufwachte, war Sharon in ihrer Dusche. Dies schien eine gute Idee zu sein. Ich stand auf, um in mein Zimmer zu gehen. Ich blickte aus ihren Fenstern und sah die Wanderer zurückkehren. Zwei Dutzend Esel trugen die Campingausrüstung; drei Einheimische in ihrer Tracht führten sie. Hinter ihnen liefen die sechs Novizen, alle in Weiß.

Ich war überrascht, sie zu sehen. Ich hatte angenommen, dass sie alle wie Kala sein würden, was bedeutete: männlich, aus dem Punjab und zu den Sikhs gehörend. Aber es waren nur zwei mit Turbanen dabei, und drei der sechs waren Frauen! Und zwei davon sahen westlich aus, ebenso der dritte Mann.

Weiter hinten am Berg gingen die zwei Mönche Arm in Arm. Nanda war um einen Kopf größer. Er trug eine Safranrobe und hatte langes weißes Haar und einen Bart. Durga trug Weiß. Sein kohlschwarzes Haar war so lang, dass es fast den Boden erreichte, aber er war bartlos.

Als ich Nanda sah, nahm das Feuer, das alles erfüllte, an Intensität zu und ebenso der hohe Klang von OM. Es wurde schwer, die ober-flächlichen Grenzen von allem zu unterscheiden. Ich fühlte, wie sein Bewusstsein heranreichte und meines berührte. Er liebkoste mich mit seinem Verstand, sah mich damit, erkannte mich, war froh zu wissen, dass ich gekommen war, und war über alles an mir erfreut. Er hob seine Augen nicht zum Fenster, wo ich stand und ihn beobachtete, wie er vorbeiging. Aber ich erkannte aus seiner geistigen Berührung, dass er mich vollkommen kannte und mich bis zur Tiefe meiner Seele akzeptierte. Er freute sich darauf, mit mir zu arbeiten, sobald ich die sieben Sphären beherrschte. Dies war keinem Erlebnis gleich, das ich jemals zuvor gehabt hatte, dieses Seelentreffen durch die Klostermauern, aber es war perfekt und authentisch und wahr. Ich hatte mich niemals besser verstanden, akzeptiert oder geliebt gefühlt. *Ich bin gerade* in *meinem tiefsten Inneren erkannt worden,* dachte ich und erinnerte mich an Heinleins *Fremder* in *einemfremden Land.*

"Er kennt mich bis zum Ende meiner Zehennägel", sagte ich zu den nackten Mauern und ging zurück zu meinem Zimmer, um meine Kleider zu wechseln. "Wie absolut bizarr."

Wir trafen die anderen Durga-Novizen beim Abendessen. Sie schienen eine recht nette Gruppe zu sein, ähnlich wie Kala in ihrer Intensität, alle vollkommen ihrem Lehrer ergeben. Mira saß mit Kala und den anderen zwei zukünftigen Ishayas zusammen: einem weiteren der Sikhs, Kriya, und einem der westlichen Mädchen, Devi, einer Amerikanerin. Kriya und Kala hatten ihre Turbane abgelegt - sie waren dabei, die Familientradition zurückzulassen, um die lebenslangen Gelübde willkommen zu heißen. Ich war von der Schönheit ihrer kohlschwarzen Haare, die in leichten Locken halb ihren Rücken hinuntergingen, beeindruckt.

Alan traf sich mit Durga und Nanda in einem privaten Esszimmer.

Die anderen Novizen verteilten sich um den Tisch, so wie unsere Leute:

Edg sprach mit dem anderen Sikh und dem indischen Mädchen. Steve und Aphrodite saßen bei einem der Westler, der seinem Akzent nach zu urteilen ein Deutscher war. Doktor Dave saß Sharon und mir gegenüber, und zu seiner Linken war die letzte Durga-Novizin - ein kleines, feuriges Südstaatenmädchen in ihren Zwanzigern namens Parvi.

Wir begrüßten sie herzlich. Sharon erkundigte sich nach dem Erfolg ihrer langen Unternehmung.

"Kein großer", antwortete sie mit einer Stimme, so süß wie Gardenienblüten im Mondschein einer Carolina-Nacht im August. "Durgaji und Nanda hofften, dass der heilige Johannes sie segnen würde, aber er kam nicht. Wir kampierten drei Nächte vor seiner Höhle, Ascendeten und warteten. Einige von uns glaubten, ätherisches Licht in der Höhle entdeckt zu haben, aber sie war leer. Johannes war nicht dort, oder nicht sichtbar für unsere Augen."

"Wieso wird sie die Höhle des heiligen Johannes genannt?" fragte Sharon, fasziniert von dieser neuen Freundin.

"Weil die gesamte Apokalypse in ihre Wände eingraviert ist - in Griechisch."

"Das würde ich gerne sehen!" sagte Doktor Dave.

'Wenn du lange genug hier bleibst, wirst du die Gelegenheit dazu haben", lächelte sie ihn an. "Beide Mönche gehen alle paar Monate dort hinauf, zumindest einmal im Frühling nach der Schneeschmelze und einmal im Herbst, bevor der Schnee zu tief wird. Und oftmals auch im Sommer. Ich persönlich denke, sie genießen einfach den Treck, es ist ein phantastischer Ausflug. Ich denke nicht, dass sie wirklich erwarten, den Apostel dort zu sehen. Die Geschichte sagt, dass Johannes öfter an anderen Plätzen gesehen wurde, selten bei der Höhle. Wenn ich mich recht erinnere, sogar nur zweimal - im 9. Jahrhundert und dann wieder fünfhundert Jahre später, 1470 oder so."

"Vielleicht ist ihre Wanderung dorthin doch nicht so seltsam", sagte der Doktor, "es hört sich wie ein Fünfhundert-Jahre-Zyklus an. Vielleicht wird er bald wieder dort auftauchen."

"Wieso legen nur drei von euch die lebenslangen Gelübde ab?" fragte ich Parvi. Diese Diskussion über die seltenen Erscheinungen des Johannes gab mir ein recht unbehagliches Gefühl. "Steht ihr nicht alle gleichermaßen dahinter?"

"Wir stehen alle vollkommen dahinter", sagte sie ernst. "Wir sind alle begierig, dem Orden dauerhaft beizutreten. Aber Durga fand, dass keiner dazu bereit ist, außer Kriya, Devi und Kala. Ich weiß nicht, vielleicht hat er es einfach nur für fair gehalten, euch drei mit nur drei von uns auszubalancieren. Ich kann es nicht glauben, dass sie nicht mehr da sind. Es ist so furchtbar. Ich erinnere mich, dass wir uns oft bis spät in die Nacht unterhalten haben, Lila und ich. Sie war meine zweitgrößte Inspiration, nach Devi. Einmal, nachdem ich erst die dritte Erkenntnistechnik bekommen hatte, war so viel in mir aufgewühlt, dass ich dachte, dass ich Durgaji verlassen müsste. Lila hat sich den ganzen Tag und die ganze Nacht meine Gefühle angehört und sie niemals verurteilt oder missbilligt, hat nie versucht, mich von dem einen oder anderen Weg zu überzeugen. Alles, was sie sagte, war: 'Nur du kannst in deinem Herzen wissen, was das Beste für dich ist.'

Ich habe sie wie eine Schwester geliebt. Und jetzt zu hören, dass sie gegangen ist - es scheint so sinnlos zu sein."

"Vielleicht wurde sie anderswo benötigt", sagte ich und erinnerte mich an Boanerges letzte Worte an mich. Als ich das sagte, kehrte die Intensität des himmlischen Lichtes und Klanges, die seit ihrem Höhepunkt, als ich Nanda den Berg hatte herunterkommen sehen, allmählich nachgelassen hatte, zurück und verstärkte sich. Das ganze Zimmer funkelte vor Licht. Die Durga-Novizen und unsere eigenen Leute traten als hellere Flammen in einem Meer aus Feuer hervor.

"Was ist los, Liebling?" fragte Sharon, die sich nahe zu mir lehnte.

Ich schaute sie an. Der strahlende Glanz war brillanter in ihr als in irgendjemand anderem. Es war fast, als wäre sie die Quelle allen unbegrenzten Lichtes der Welt.

"Du bist *sie!*" rief ich aus.

"Bitte?" fragte sie, noch besorgter.

"Äh... Sharon. Nein. Nein, es ist o.k. Ich sehe nur viel Feuer - in jedem, besonders in dir. Es ist gerade jetzt ziemlich intensiv hier drinnen."

"Ich habe das gleiche gefühlt, als ich Durga traf', sagte Parvi. "Ich konnte kaum sehen, so hell war es überall."

"Du hast dich aber dann doch daran gewöhnt?" fragte ich verzweifelt.

"Ach, es ging nach ein paar Wochen vorbei - bei mir jedenfalls."

"Das ist ermutigend", sagte ich unsicher.

"Wie hast du Durga getroffen?" fragte Doktor Dave.

"Devi schleppte mich nach Indien", lachte sie über ihre Erinnerung.

"Wir waren Zimmergenossen auf dem College, studierten Krankenpflege in Charlotte. Nach dem Abschluss hatte sie das starke Verlangen, nach Indien zu kommen und einige Heilige zu treffen. Sie hatte Yoganandas *Autobiographie eines Yogi* gelesen, hatte von Sai Baba gehört, wollte etwas über Erleuchtung herausfinden, ob es so etwas wirklich gab. Durga hat sie in Delhi entdeckt. Er war geschäftlich mit Kriya dort. Devi ist nun seit vier Jahren bei ihm. Sie ist in der sechsten Sphäre. Sie ist nur einmal fortgegangen, um mich mit hierher zu bringen.

Ich habe es ihr ganz schön schwer gemacht! Ich strampelte und schrie den ganzen Weg von Amritsar hierher, dachte, sie sei völlig übergeschnappt. Aber sobald ich Durga getroffen hatte, wusste ich, wieso ich gekommen war. Mein Leben war in diesem Augenblick erneuert. Ein Blick in sein Gesicht war genug."

"Das hört sich fast so an", sagte Sharon mit einem Hauch von Stirnrunzeln, "als ob ihr Durga-Novizen mehr mit eurem Lehrer als mit der Lehre verbunden seid. Könnte das so sein?"

"Könnte? Nein - natürlich sind wir das. Sicherlich seid ihr alle wegen Nanda hier? Oder Alan Lance?"

Sharon sah mich an und hob eine Augenbraue in einem exquisiten Bogen an und sprach mit dieser einzigen, anmutigen Bewegung Bände.

"Faszinierend", sagte ich und bezog mich damit gleichermaßen auf ihre Geste, auf Parvis kuriose Information und auf die überweltlichen Feuer, die in allem brannten. Der Teil meines Verstandes, der immer noch für rationale Gedanken offen war, war von ihren Worten nicht überrascht. Dies lieferte einen der letzten Hinweise, um zu erklären, wie diese Durga-Novizen Ascension auslegten. Es zeigte klar, wie sie sich in ihrem Denken von uns unterschieden, nämlich genau dort, wo sie aus einer mechanischen Technik ein persönliches Glaubenssystem gemacht hatten. Mit diesem einen Missverständnis, die Bedeutung einer einzelnen Person über Wert und Macht einer Technik zu setzen, wurde es einfach zu verstehen, wie ihre Fanatiker mit Ollie aneinandergeraten waren.

Es wird immer Menschen geben, die die Treue zu jemand anderem der inneren Suche nach Wahrheit vorziehen, dachte ich, antwortete aber: "Eigentlich, Parvi, was uns betrifft, nein. Alan, denke ich, wird ein enger Freund werden. Ich freue mich, sehr viel von beiden Ishaya-Mönchen zu lernen. Aber ich bin nicht hier - und ich glaube, ich kann damit für uns alle sprechen - wir alle sind nicht hier, um irgendeinem Lehrer zu folgen, sondern um Ascension zu studieren."

"Ich glaube nicht, dass Lila und Balindra derselben Meinung waren", sagte sie und sah verwirrt aus. "Noch war es irgend jemand, der auf Patmos getötet wurde, wenn ich darüber nachdenke. Sie waren alle vollkommen Alan und Nanda hingegeben."

"Interessant", sagte ich und nahm zur Kenntnis, dass sie recht haben könnte. Und das verlieh Boanerges "sie wurden anderswo gebraucht" eine völlig neue Bedeutungsebene. Gedanken von Gärtnern, die Reben zurechtschneiden, blitzten in mir auf. Für einen Augenblick dachte ich, ich wäre zurück auf dem Berg, säße vor dem Baumstamm; der junge Bauer war immer noch dort und lächelte mich an. Durch eine Tragödie, die eine Woche lang sinnlos erschienen war, schimmerte ein versteckter Zweck. Ich hatte keine Ahnung, ob es wirklich so war oder nicht. Aber es ergab jetzt Sinn. Damit entspannte sich mein Herz ein bisschen. Ich fing an, etwas Hoffnung auf das Gute selbst im Tod zu sehen.

27

Die Neumondfeier

Der Doktor ging mit mir und Sharon zum Zeremoniensaal. Ich fragte ihn, ob Alan ihm bereits seinen neuen Namen gesagt hätte.

"Nein, den werde ich heute Abend erfahren, nachdem ich meine Gelübde abgelegt habe. Ich kann mich nicht daran erinnern, jemals aufgeregter gewesen zu sein!"

Er hörte sich auch so an, aber ich konnte nicht anders, als ein wenig nach seinem Luftballon zu stechen: "Irgendwelche Zweifel in letzter Minute?" Sharon wollte mich zurückhalten, aber ich war nicht einfach nur herausfordernd, ich war wirklich neugierig.

"Eigentlich keinen einzigen. Ich bin selbst ein bisschen überrascht. Ich habe mein ganzes Leben darauf gewartet. Jetzt, endlich, bin ich nach Hause gekommen. Ich habe mich nie in der Rolle des Hausbesitzers wohl gefühlt. Mein großes Haus am Clyde Hill fühlte sich immer ungefähr zwanzig Größen zu groß an. Es war mir immer eine Last, nie eine Freude. Ich hatte das Gefühl, als müsste ich es haben, als wäre es eines der Erfordernisse meines Berufes. Ich bin sicher - zumindest heute Abend -, was meine Entscheidung nächstes Jahr sein wird. Ich möchte mein Leben, mein Herz und meine Seele der Ascension des heiligen Johannes und dem Ascendant widmen. Ich weiß keinen besseren Weg, der Menschheit zu dienen.

Meiner Entscheidung, Arzt zu werden, lag der Wunsch zu heilen zugrunde. Er wurde verschleiert. Vieles diente nur dazu, mein Ego zu füttern. Leute kamen nicht, um zu genesen, sie kamen, um vorzutäuschen, dass sie geheilt sind, damit sie mit ihren Träumen und ihren Lügen weitermachen konnten. Ich möchte ein wahrer Heiler sein! Ein Heiler der Seelen. Deshalb werde ich das hier tun - aufgrund dessen, was ich bisher mit Ascension erlebt habe, glaube ich, dass ich so jemand werde."

"Ich denke, das bist du bereits", sagte Sharon. "Ich denke, du bist ein Heiler, und zwar nicht tief unter der Oberfläche. Ich glaube, du wirst diese Energie schnell manifestieren."

"Danke dir", antwortete er herzlich. "Ich hoffe es. Ich denke, ein Novize zu werden, wird die Sache für mich beschleunigen. Ich glaube, dass genetische Neuschöpfung zumindest in einem Teil der Menschheit durch bewusste gemeinsame Schöpfung mit Gott ersetzt wird. Dies ist der kürzeste Weg, den ich sehen kann, um das Ziel zu erreichen."

"Wahrscheinlich wird es so sein", stimmte ich zu. "Erkläre mir bitte, wenn du es kannst, etwas, das ich nicht verstehe."

"Sicher, alles."

"Wie kommt es, dass Alan Lance Novizen ernennt? Er ist kein Mönch der Ishayas. Wie funktioniert das?"

"Nanda hat ihm eine spezielle Vollmacht verliehen. Er wird ein 'Noviziator' genannt, glaube ich. Mira hat das gesagt. Alan kann Novizen in den Ishaya-Orden aufnehmen, ohne selbst ein Mönch zu sein. Aber er hat sich nicht dazu befähigt gefühlt, dem Übergang von Novizen zu lebenslangen Mönchen oder Nonnen vorzustehen. Deshalb sind wir jetzt hier, damit Mira ihre lebenslangen Gelübde in der Anwesenheit von Nanda ablegen kann."

"Wieso, denkst du, hat er selber keine Gelübde abgelegt?" fragte ich. "Ich habe keine Ahnung. Warum fragst du ihn nicht?"

"Ich denke, das werde ich tun", antwortete ich grüblerisch.

Gerade dann erreichten wir den Zeremoniensaal. Obwohl ich geholfen hatte, ihn zu gestalten, machte er einen überraschend starken Eindruck auf mich. Das Licht von einhundertundacht Kerzen - Aphrodite und Steve waren gerade dabei, die letzten davon anzuzünden - verliehen der Höhle eine geheimnisvolle Aura. Die Mädchen hatten sie praktisch bis unter die Decke mit Blumen gefüllt. Es war wie ein kaskadenartiger Garten, der bis zu den sieben Stufen des Simses führte. Auf den Seiten des Altars war jeweils ein weicher Stuhl für Durga und Nanda. Fünf Kissen waren auf der höchsten Stufe für diejenigen, die heute Abend die

Gelübde ablegen würden. Auf Nandas Seite waren sechs Stühle in einem Halbkreis um seinen Sitz angeordnet. Auf Durgas Seite waren vier Stühle für seine anderen Novizen.

Genau im Zentrum des höchsten Simses war ein riesiges Gemälde von Isha, Christus, der in den Wolken stand und ein weißes Gewand trug. Es war das schönste Bild von Jesus, das ich jemals gesehen hatte. Wer immer es gemalt hatte, war ein Meister seines Fachs. Obwohl es nicht Öl war, sondern Wasserfarbe. Es fing das Licht der Kerzen auf eine einmalige Art ein, so dass es von der Wand hervorgehoben wurde und zu leben schien.

Alan hatte gesagt, dass immer dann ein Bild von Isha benutzt wird, wenn eine Erkenntnistechnik gelehrt wird: Es gab eine kurze Dankbarkeitszeremonie in Sanskrit. Ich hatte ihn gefragt, was passieren würde, wenn jemand das Bild unpassend finden und es Götzendienst nennen würde. Er lächelte und antwortete: "Wäre auch egal. Wenn die Leute es nicht mögen, ersetzen wir es durch ein Kreuz oder einen Davidstern oder eine einzelne Kerzenflamme oder was immer sie als angenehm empfinden. Es ist schließlich nur ein Symbol."

"Und wenn es Menschen sind, denen überhaupt jedes Symbol unangenehm ist?" fragte ich bockig.

"Nun", lächelte er in sich hinein, "dann benutzen wir überhaupt kein Symbol! Wir räumen den Altar vollkommen leer, und repräsentieren durch diesen Akt den Ascendant jenseits aller Formen und Eigenschaften. Ich ziehe es vor, das Bild von Isha zu benutzen. Ich fühle mich von Natur aus zu dieser Darstellung der Göttlichkeit hingezogen und mag es, Ehre zu geben, wem Ehre gebührt. Diese Lehre kommt von Isha durch Johannes, wieso sollte man es nicht klar anerkennen?

Aber es geht nicht um das Symbol, sondern darum, was der Lehrer und der angehende Schüler fühlen. Diese Zeremonie erinnert den Schüler sanft daran, dass es um etwas Wichtiges geht, dass es ein bedeutendes Ereignis ist: Die fünf Erkenntnistechniken sind das Herz der ersten fünf Sphären. Weil das so ist, ist jede davon in der Lage, ein Leben komplett zu verwandeln. Ebenso wichtig ist, dass die Zeremonie dem Lehrer hilft, sich mit Isha zu verbinden, wenn die Erkenntnistechnik gelehrt wird. Ich habe oft das Gefühl, als ob er meine Hände führt, durch mich hindurch spricht; die ganze Handlung läuft wie von selbst, verfeinert und wunderschön. Du wirst es lieben."

"Ich hoffe, du hast recht", sagte ich, war mir aber nicht sicher.

Das himmlische Licht, das alles erfüllte und das nach dem Abendessen auf dem Weg hierher leicht nachgelassen hatte, fing an, sich wieder zu verstärken, sobald wir den Zeremoniensaal betraten. Ich saß auf dem Stuhl, der am weitesten weg vom Altar war, und fragte mich, wie man in der Welt tätig sein konnte, wenn die ganze Zeit alles so wunderschön war. Sharon ließ sich anmutig neben mir nieder und sagte: "Brennt immer noch alles?"

"Das möchte ich meinen. Und da wir von brennen sprechen, fühle den Scheitel meines Kopfes!"

"Wow! Du stehst *wirklich* in Flammen, nicht? Hey, ich bin beeindruckt."

"Ich hoffe, ich überlebe das", murmelte ich ohne Überzeugung.

"Mach dir keine Sorgen, Liebling! Ich werde dich vor dem lästigen, guten alten ‚gehobenen Bewusstsein' schützen", lächelte sie und legte ihren Arm um mich.

Aphrodite war mit dem Anzünden der Kerzen fertig, setzte sich neben Sharon und sagte: "Ziemlich aufregend, hm?"

"Und wie!" stimmte Steve zu, der neben Aphrodite saß und ihre Hand hielt. Das schien mir eine ziemlich gute Idee zu sein. Also nahm ich Sharons linke Hand und versuchte, am Universum festzuhalten, so wie sie sich an mir festhielt.

Edg kam mit den vier Durga-Novizen, die nicht ihre Gelübde ablegen würden, herein. Das Ende ihrer Unterhaltung erweckte den Eindruck in mir, dass er mit ihnen gestritten hatte. Er setzte sich neben Steve, während sie ihre Plätze einnahmen, und murmelte: "Eigensinnige Dummköpfe."

Doktor Dave sah ziemlich einsam aus, wie er ganz alleine auf seinem Kissen auf der obersten Treppe des Altars saß, aber gerade jetzt kamen Mira, Devi, Kala und Kriya herein und setzten sich neben ihn.

Alle waren jetzt hier, außer Durga, Nanda und Alan. Wie lange würden wir warten müssen?

Mira, die das Bild von Isha ansah, sagte: "Ich denke, es wäre eine gute Idee zu Ascenden, während wir auf die Ishayas warten."

Dies schien die beste Idee zu sein. Wir alle schlossen unsere Augen. Meine Ascension war ziemlich unruhig. Sie schien nirgendwo hinzuführen. Entweder das Essen in meinem Magen oder die Aufregung des Abends hielten mich ziemlich an der Oberfläche. Und doch, wann immer ich meine Augen öffnete und mich im Raum umsah, hatte sich die Intensität des himmlischen Lichtes nicht vermindert. Und das Summen von OM war so laut wie immer, mit offenen oder geschlossenen Augen. *Die Begleitumstände einer sich entwickelnden Seele,* dachte ich ironisch und fragte mich, wann oder ob ich mich jemals wieder normal fühlen würde. Oder auch nur wieder wüsste, was normal ist.

Durga und Nanda und Alan tauchten nach einer halben Stunde auf. Alle standen auf, um sie zu grüßen, und sagten: "Sat Sri Akal!" zu Durga und: "Namaste!" zu Nanda. In Erwiderung verbeugten sie sich vor uns und nahmen ihre Plätze ein. Aus der Nähe sah Durga wie fünfundzwanzig aus. Er hatte einen ausgesprochen muskulösen Körper *(Sonnengrüße? fragte* ich mich). Es war keine Spur von Grau in seinem unglaublich langen Haar, seine Haut war glatt, vollkommen faltenlos. Und doch hatte ich gehört, dass er in seinen Siebzigern sei!

Nandas Haar und Bart waren weiß, aber seine Haut sah auch wie die eines Babys aus. Er schenkte mir ein riesiges, von Liebe erfülltes Lächeln, als er an mir vorbeiging. Dies bewirkte, dass die Härte des Lichtes in allem gemildert wurde, umgewandelt in einen Tanz reiner Freude, zum lachenden Lied des Ascendant, der durch alles hindurch sang und gleichmäßig in aller Schöpfung schien.

Alan drehte seinen Stuhl, so dass er uns ansehen konnte, und sagte: "Ich freue mich, euch allen mitzuteilen: Durga und Nanda sind zu einer Einigung gekommen. Die Unfälle in Seattle und Patmos haben sich als mächtiger Antrieb dazu erwiesen. Sie haben sich entschieden, dass wir die Lehre von Ascension auf eine vereinigte Art verbreiten müssen. Sie werden jetzt zusammenarbeiten und bitten uns, dasselbe zu tun. Aus diesem Grund werde ich nicht nach Patmos zurückkehren. Ich werde hierbleiben, um die siebente Sphäre abzuschließen. Ich ersuche diejenigen von euch, die mit mir studieren, ebenfalls hierzubleiben. Und Durga wünscht, dass seine Novizen ebenfalls hierbleiben und nicht nach Amritsar zurückkehren.

Ihre zweite, gemeinsame Entscheidung ist folgende: Die Voraussetzung für jeden, der Ascension unterrichten will, ist die Beherrschung der ersten sechs Sphären und mindestens sechs Monate Ausbildung vor Ort."

"Heißt das, dass *mehr* Haushälter lernen werden zu Ascenden?" fragte Kala kalt, das Wort "mehr" eisig betonend.

"Nicht notwendigerweise. In diesem Punkt gab es keine endgültige Übereinstimmung. Es war keine Zeit dazu. Es gibt ein bisschen mehr, was ich euch gerne berichten möchte, bevor wir zu irgendwelchen anderen Entscheidungen kommen." Er blickte mich flüchtig an, als er das sagte. Ich krümmte mich in meinem Sitz und wünschte, ich könnte nach Hause gehen. "Ich denke, dass es helfen wird, wenn wir uns alle zusammensetzen und versuchen, unsere Differenzen beizulegen. Wir praktizieren alle dieselben Techniken. Wir wollen alle, dass die Welt geheilt wird. Ich denke, wir werden einen gemeinsamen Nenner finden. Schließlich sind unsere Differenzen klein, verglichen mit unseren Gemeinsamkeiten. Ich denke, wenn wir unsere Köpfe zusammenstecken, wird uns etwas einfallen."

Edg sah aus, als ob er sich nur mit großen Schwierigkeiten zurückhalten konnte, seine Meinung zu sagen. Ich fragte mich, wie derart gegensätzliche Standpunkte vereinbar sein konnten, und befürchtete, dass sich Alan auf meine Vision als Lösung verließ. Das passte mir nicht. Ich hoffte, dass Boanerge entweder jemand anderem einen Besuch abstatten würde oder dass Durga und Nanda einfach ihre eigene Entscheidung treffen würden. Sie waren die Ascension-Experten: Sie hatten seit mehr als einem Vierteljahrhundert mit all den sieben Sphären gearbeitet. Was wusste ich schon? Nichts.

Durga bewegte sich und hustete. Alan hörte sofort auf zu sprechen und drehte seinen Stuhl herum. Mit einem eher kräftigen Akzent sagte

Durga: "Alan Lance hat recht. Das, was zwischen uns steht, hat die Breite eines Haars, es ist kaum zu sehen. Es ist nichts daran, so klein ist es. Ich habe immer geglaubt, dass Ascension eines Tages der ganzen Welt zur Verfügung stehen würde. Die einzigen Fragen, die ich hatte, waren: 'Ist dies der richtige Zeitpunkt?' und: 'Wagen wir es, ohne die Genehmigung von Johannes zu handeln?' Ihr seht also, es gibt keine Differenzen zwischen Nanda und mir. Hat es niemals gegeben. Es war nie der Fall, durch die ganze Geschichte hindurch, dass ich oder irgendeiner der Ishayas dachte, dass Ascension zu gut für die Welt ist. Dies ist eine gewaltige Missdeutung unseres Standpunktes. Dies ist ein Missverständnis unserer Verfahrensweise. Wir hatten nur den Wunsch, Ascension für die menschliche Rasse intakt zu halten, bis die Menschen bereit dafür sein würden. Genauso wie liebevolle Eltern das beste Geschenk bis zum Schluss aufbewahren, haben wir die höchste Lehre vor der Welt geheim gehalten, aus Angst, dass die Kinder sie nicht schätzen würden. Die menschliche Rasse ist jetzt dabei, reif zu werden, vielleicht weil es keine Alternative mehr gibt. Bald wird die Menschheit genug entwickelt sein. Weil dies so ist, bin ich überzeugt, dass uns der Apostel über kurz oder lang wieder erscheinen wird. Es sind fast fünfhundert Jahre vergangen. Unsere gegenwärtige Krise ist, denke ich, genau der Katalysator, um unseren Gründer aus dem Ascendant zurück zu manifestieren."

"Dem stimme ich zu", sagte Nanda, mit einem schwächeren Akzent. "Wenn es eine Ähnlichkeit zwischen den vergangenen Erscheinungen des heiligen Johannes gibt, dann jene, dass es immer dann gewesen ist, wenn die Ishayas den vor ihnen liegenden Weg fast, aber doch nicht ganz erkennen konnten. Ich stimme absolut mit Durgaji überein. Wir brauchen nur zu warten. Und doch dürfen wir nicht passiv warten, wir müssen uns vorbereiten. Ihr alle müsst dazu ausgebildet werden, Ascension zu unterrichten. Ich persönlich glaube, dass der Aufruf ziemlich bald kommen wird."

"Wir stehen an der Schwelle einer neuen Ära", sagte Durga. "Der Tag des neuen Jerusalems steht vor der Tür. Die Evolution ist in einzelnen, nicht kontinuierlichen Sprüngen fortgeschritten, seit dem Tag, an dem das Universum geboren wurde. Da war nichts; den Bruchteil einer Sekunde später - aus dem Nichts! - kam dieser enorme Kosmos, mit seinen Billionen Galaxien, explodierte er aus dem Urknall, so haben es mir die Physiker gesagt."

"Wiederum gab es nichts", sagte Nanda, "kein Leben, nur leblose Materie, Wasserstoff und Helium, und, in den Schmelzöfen der Supernovas, bildeten sich schwerere Atome, aber kein sich selbst reproduzierendes Leben. Und wieder, irgendwie, wie durch ein Wunder, aus dem Nichts, entstand Leben. Ein weiterer, nicht kontinuierlicher Sprung nach vorne. Sich selbst reproduzierendes und ewiges, einzelliges Leben war geboren."

"Noch einmal gab es einen Sprung", fuhr Durga fort. "Eines schönen Tages kam eine Gruppe von Zellen zusammen und sagte: 'Lasst uns zusammenarbeiten!' Mehrzelliges Leben platzte in die Seiten der Ewigkeit hinein. Geschlecht und sein Gehilfe Tod wurden in diesem Augenblick geboren. Mehrzelliges Leben lernte, sein evolutionäres Potential viel schneller zu entfalten. Der Preis, der bezahlt wurde, war die Beseitigung der älteren Generation. Dies war ein radikaler Sprung, wahrhaftig so großartig wie der Sprung aus dem Nichts in die Billionen Galaxien, nicht weniger radikal als der Sprung von lebloser Materie zum Leben."

"Denkt an diese Sprünge!" rief Nanda aus. "Stellt euch vor, *nichts* zu sein und dann plötzlich *etwas* zu werden. Es ist ein Sprung von erstaunlichen Ausmaßen. In der langen Geschichte unseres Universums ist dies dreimal passiert; dann wurde die Bühne wieder für etwas Neues vorbereitet. Aber für was? Wer könnte es erraten? Nur der Baumeister. Wieder machte die Schöpfung einen Sprung nach vorne - das menschliche Wesen inkarnierte sich in das Physische. Damit war die Möglichkeit, Materie bewusst zu manipulieren, wenn auch nur auf der oberflächlichsten Stufe, geboren."

"Es hat noch einen weiteren Wandel in der Geschichte des Universums gegeben", sagte Durga, "der weiter vor sich geht, selbst während wir sprechen. Er ist die ganze Geschichte hindurch vorhergesehen worden, von jeder Zivilisation auf der Erde. In der

Vergangenheit sind einige in diese nächsthöhere Phase aufgestiegen, in der sich der Mensch so vollkommen mit dem Ascendant zusammenschließt, dass es keinen Unterschied zwischen Göttlichkeit und Menschsein mehr gibt. Dies ist der nächste und letzte Sprung, den die Materie machen wird, und er wird bald auf der ganzen Welt geschehen."

"Der Apostel Johannes hat unseren Orden gegründet, um bei diesem globalen Wandel des Bewusstseins zu helfen", sagte Nanda. "Was Christus und Johannes darin vollbracht haben, den Tod zu bewältigen, wird von der ganzen Menschheit wiederholt werden. Das Leben, das im Tode endet und das begonnen hat, als das Leben die Form mehrzelliger Existenz angenommen hat, wird aufsteigen. Statt in vererbten Glaubens - und Verhaltensmustern steckenzubleiben, werden wir zu unserer Bestimmung als Mitschöpfer Gottes aufsteigen."

"Das Potential der Menschen", fuhr Durga fort, "wird nur durch falsche und begrenzte Überzeugungen beschränkt. Wenn wir Ascenden und das Unendliche im Inneren erfahren, finden wir heraus, dass es keine Grenzen in unserem Leben gibt, keine Beschränkungen in unserem Potential, keine Blockaden in unserer Fähigkeit zu leben und ganz zu werden. Dies ist unsere Bestimmung. Je früher wir die sieben Sphären beherrschen, allen Stress aus unserem Nervensystem entfernen und dauerhaft im vereinigten Bewusstsein verankert sind, desto eher werden wir unsere Bestimmung als Weltenlehrer erfüllen können, desto eher werden wir fähig sein, zur Heilung der Erde beizutragen."

"Ob unser Anteil daran groß oder klein ist", fügte Nanda hinzu, "ist nicht, worum es geht. Wir haben eine wunderbare Lehre. Meiner Erfahrung nach die mächtigste der Erde. Worauf es ankommt, ist folgendes: Jeder von uns muss dieses Wissen beherrschen. Dann, von der Plattform des vereinigten Bewusstseins aus, werden unsere Handlungen von Natur aus richtig sein, von Natur aus im Einklang mit dem kosmischen Plan. Von dieser Stufe aus wird es nicht darauf ankommen, ob wir persönlich entscheiden, nur die Mönche und Nonnen zu unterrichten, oder ob wir uns der ganzen Welt gegenüber öffnen. Noch wird es darauf ankommen, ob die ganze Erde auf uns reagiert oder nur ein paar wenige Auserwählte.

Aus dieser Perspektive haben Durga und ich keine Unstimmigkeiten. Wenn es den Anschein gehabt hat, dass wir anderer Meinung sind, war das alles ein Teil des kosmischen Tanzes, und es hat notwendige Gründe für jeden von euch gegeben, das zu erleben. Die Notwendigkeit dafür endet jetzt; wenn sie vollkommen beendet ist, werdet ihr - und auch wir! - sehen, dass es niemals eine Unstimmigkeit zwischen uns gegeben hat, noch jemals das Potential für Unstimmigkeit. Es gibt nur Harmonie und Mitschöpfung miteinander und mit Gott.

Genug für jetzt. Durga und ich werden uns jeden Abend nach dem Abendessen mit euch treffen. Wir möchten, dass ihr den größten Teil des Tages mit Ascenden verbringt. Was die nächste Zeit betrifft, so trefft euch jeden Nachmittag, alle, und sprecht über eure Differenzen! Wir würden es gerne sehen, wenn ihr innerhalb von vierzehn Tagen im Einklang seid.

Für diejenigen von euch, die neu sind, wird es ebenfalls erforderlich sein, die Sonnengrüße und die anderen Übungen zu lernen, die wir zwischen den Ascensions empfehlen. Vielleicht können Alan und Devi euch morgen früh unterrichten, sagen wir um elf? Gut. So, Durga, sind wir bereit anzufangen?"

"In der Tat, Nanda, das sind wir."

"Sehr gut!" Er stand auf. Wir folgten alle seinem Beispiel. Jeder wandte sich dem Gemälde von Isha zu. "Sprich deine Gelübde", sagte Nanda zum Doktor.

Dave räusperte sich und sagte: "Isha, Christus, ich verpflichte mich dir zum Dienste! Um diese Verpflichtung zu ehren, verspreche ich, im nächsten Jahr folgendes zu beachten: Gewaltlosigkeit, nicht zu stehlen, Wahrhaftigkeit, Enthaltsamkeit und keine Habgier." Alan neigte sich zu ihm und flüsterte ihm seinen neuen Namen ins Ohr. Der Doktor sah überrascht, aber dann sofort erfreut aus.

Die vier anderen verkündeten einer nach dem anderen ihre Absicht, den zehn Ishaya-Gelübden für den Rest ihres Lebens zu folgen. Als sie fertig waren, sagte Durga: "Nun singen wir!" Jeder, der den Text kannte (was alle waren außer dem Doktor, Sharon und mir), sang die Zeremonie der Danksagung. Alan hatte recht, es *war* ein wunderschönes Lied. Zum zweiten mal in zwei Tagen trieb mir Musik Tränen in meine Augen. Hatte Johannes dies ebenfalls geschrieben?

Nach der Zeremonie sagte Alan: "Alle Anwesenden! Erlaubt mir, dass ich euch vorstelle: Mira Ishaya, Devi Ishaya, Kala Ishaya und Kriya Ishaya. Und unseren neuesten Novizen, Deva". Die fünf, errötet und aufgeregt, drehten sich zu uns und verbeugten sich. Wir alle erwiderten ihre Verbeugung.

"Und was den Unterricht betrifft", sagte Nanda, "kommt einer nach dem anderen zu mir oder zu Durga. Wir werden euch eure nächste Technik geben."

Die Instruktionen gingen rasch voran, sie dauerten kaum fünf Minuten bei jedem. Während die anderen nach vorne gingen, ihre Technik erhielten und dann zu ihren Stühlen zurückkehrten, um zu Ascenden, hielten Sharon und ich uns an den Händen und fragten uns, ob es in Ordnung wäre, zusammen hinzugehen. Aphrodite und Steve taten es nicht. Aber schließlich erhielten sie auch verschiedene Techniken.

"Was sollen wir tun?" flüsterte ich ihr zu.

Sie zuckte mit den Achseln und antwortete: "Weiß nicht. Ich möchte es aber mit dir lernen, soviel weiß ich. Ich denke, ich frage ihn."

Aber die Entscheidung wurde uns abgenommen: Nanda winkte uns, zusammen vorzukommen. Wir setzten uns neben ihn auf den Boden, während er uns zutiefst anlächelte. Er hatte die wärmsten braunen Augen, die ich jemals gesehen hatte: vollkommen klar, makellos. Eine perfekte Ergänzung zu Sharons tiefem Azurblau.

"Ich bin so froh, dass ihr gekommen seid", sagte er leise zu uns. "Ihr seid eine große Hoffnung für die Welt. Mit Zweien wie euch, davon bin ich überzeugt, wird die nächste Generation in guten Händen sein. Es . ist oft der Fall, dass jene auf vier Beinen schneller auf der Reise voran- kommen als jene auf zweien. Glückwünsche und Segen für euer Zusammensein. Habt ihr irgendwelche Fragen über Ascension?"

Sharon hatte keine, aber ich wollte etwas über meine gegenwärtige Wahrnehmung wissen und sagte: "Den ganzen Tag habe ich ein intensives Licht auf oder über allem und einen lauten summenden Klang wahrgenommen."

"Ja? Das ist gut. Ist diese Erfahrung andauernd?"

"Sie kommt und geht. Es fühlt sich so an, als versuche der Ascendant durch alles hindurch zu brennen, als wäre alles, was ich jemals gesehen und gekannt habe, nur eine Eierschale. Die Realität ist dabei, aus dem Inneren hervorzubrechen."

"Gut gesagt! Wachstum des Bewusstseins, radikale Sprünge nach vorne sind wie Geburtserfahrungen. Es kann schmerzhaft sein, muss es aber nicht. Lass uns morgen Abend mehr darüber sprechen, in Ordnung?"

"In Ordnung."

"Gut. Also, die erste Erkenntnistechnik ist dafür gedacht, das Bewusstsein im Ascendant zu halten, nicht dazu, euch zum Ascendant zu bringen. Deshalb müssen die Ascensiontechniken zuerst angewandt werden, zumindest ein wenig.

Es gibt drei verschiedene Wege, wie ihr die Erkenntnistechnik anwenden könnt. Ihr könnt sie einsetzen, nachdem ihr alle drei Ascensiontechniken verwendet habt, das heißt, am Ende eurer Ascension, etwa zehn Minuten lang. Oder ihr könnt die Erkenntnistechnik nach jeder Technik einsetzen - nachdem ihr die Lobestechnik abgeschlossen habt, verbringt etwa fünf Minuten mit der Erkenntnistechnik. Nach Dankbarkeit fünf Minuten Erkenntnis, nach Liebe fünf Minuten Erkenntnis. Auf diese Weise."

"Bei mir wechseln sich alle drei sehr schnell ab", bemerkte ich. "Ich verweile selten lange bei einer Technik."

"Das ist in Ordnung. Somit wird für dich der dritte Weg wahrscheinlich der beste sein: Wende Erkenntnis nach jeder Wiederholung jeder der Techniken an. Lobestechnik, Erkenntnis, Lobestechnik, Erkenntnis, Lobestechnik, Erkenntnis. Dann Dankbarkeit, Erkenntnis, Dankbarkeit, Erkenntnis, Dankbarkeit, Erkenntnis. Dann Liebe, Erkenntnis, Liebe, Erkenntnis, Liebe, Erkenntnis. Auf diese Weise. Experimentiere ganz ungezwungen mit diesen drei Möglichkeiten. Die eine oder andere wird sich schnell für dich als deine bevorzugte

Methode herauskristallisieren.

Nun, die erste Erkenntnistechnik hat drei Teile. Einen Teil in der alten, vorverbalen Sprache, einen Teil in Englisch und eine Richtung, wohin das Bewusstsein zu führen ist. Der Teil in der alten Sprache ist... " Er sagte uns die ersten beiden Teile und fügte hinzu: "Wenn ihr diese beiden gemeinsam denkt, möchte ich, dass ihr euer Bewusstsein genau hierhin leitet." Er zeigte mit seiner Hand auf einen bestimmten Ort.

"Ich bin mir nicht sicher, was das bedeutet: mein Bewusstsein dorthin führen", sagte ich.

"Damit ist deine Aufmerksamkeit gemeint. Wenn ich sage: 'Denke an deine große Zehe', geht deine Aufmerksamkeit, dein Bewusstsein von Natur aus zu deiner großen Zehe. Es ist nichts Kompliziertes oder Schwieriges dabei. Wenn du also mühelos mit dieser ersten Erkenntnistechnik ascendest, lass deine Aufmerksamkeit zu diesem Bereich wandern!"

"Und wenn es nicht mühelos dorthin geht?" fragte Sharon.

"Dann erzwinge es nicht! Lass es gleiten, so weit es mühelos gleiten will, während du dich an die ideale Stelle erinnerst."

"Wieso genau dort?" fragte ich.

"Mit den ersten zwei Techniken lernen wir, uns emporzuheben oder uns über unsere alte Art des Denkens hinaus zu erheben und den Ascendant, der sich innen verbirgt, zu entdecken. Dies veranlasst die Energie zu einer Aufwärtsbewegung. Die dritte Ascensiontechnik öffnet uns für die herabkommende Energie, die tatsächlich vom Ascendant selbst kommt. Wir wollen nicht, dass eine dieser Bewegungen unterdrückt wird! Die erste Erkenntnistechnik ist dazu gedacht, der Energie zu erlauben, durch uns hindurch zu strömen, um uns mit dem Rest der Menschheit zu verbinden. Dies ist die Essenz wahren Mitgefühls."

"Darf ich etwas bemerken?" fragte Sharon, "Es in meine eigenen Worte fassen? Die erste Ascensiontechnik heilt unseren subjektiven Stress, sie richtet unser Leben wieder an der Universalität aus und ermöglicht damit für immer die beste Handlung für den Menschen, der in Beziehung mit dem Ascendant ist. Dies ist eine Aufwärtsspirale. Die zweite Ascensiontechnik dehnt dies auf alles in der Welt aus. Durch Dankbarkeit steigt die gesamte Schöpfung in die göttliche Gegenwart auf. Die dritte Technik erinnert uns sanft daran, dass der Ascendant ebenfalls ein persönliches Interesse an jedem von uns hat - ohne jeden einzelnen von uns wäre der Ascendant unvollständig. Dann, mit der Erkenntnis, geben wir die Energie zurück an die Welt. Wir geben unser Lob, wir geben unsere Dankbarkeit, wir geben unsere Liebe, zurück zu denjenigen, die sie benötigen. Richtig?"

"Ganz richtig", stimmte Nanda voll Wärme zu. "Diese Technik ermöglicht es uns, die Ascensionenergie durch uns hindurch in den Rest der Schöpfung strömen zu lassen. Sie bleibt nicht irgendwo stecken; sie wird nicht irgendwo blockiert oder zurückgehalten. Und je mehr wir davon verschenken, desto mehr haben wir davon. Liebe ist magisch. Sie wird mehr, wenn wir sie weggeben. Das ist der Seelenkern des Mitgefühls."

"So, jetzt geht und Ascendet mit all euren ersten vier Techniken. Ich denke, ihr werdet sehen, dass sich sehr schnell eine neue Stufe von Erfahrungen öffnet."

Wir dankten ihm und verbeugten uns halb. Er lachte sanft und gab uns zwei rote Rosen aus der Vase zu seiner Linken.

Der Raum war jetzt still. Alle waren tief in Ascension. Wir schlichen zurück zu unseren Stühlen und schlossen unsere Augen.

Der dreifache Ascensionstrang führte mich sanft und schnell nach oben. Nach einem kleinen Übergang fand ich mich wieder im Weltall schwebend. Die Sterne waren alle um mich, durch mich hindurch, ein Teil von mir. Ich führte sanft die Erkenntnistechnik ein; augenblicklich erschien die Erde vor mir.

Als ich die Ascensiontechniken mit der Erkenntnistechnik abwechselte, fühlte ich einen Strom von Energie und Licht, der sich mit Lobpreisung nach oben und durch mich bewegte, mit Dankbarkeit nach außen entfaltete, mit Liebe von oben durch mich zurück nach unten kehrte, dann mit Erkenntnis auswärts. Die letzte Bewegung floss in die Erde, die vor mir schwebte, breitete Licht und Hoffnung und Freude und

Liebe für alle Menschen und alle Kreaturen unseres schönen azurblauen Himmelskörpers aus.

Das himmlische Wesen, welches ich während meiner Ascension im Garten in Amritsar gesehen hatte, materialisierte sich allmählich neben mir - es hatte das exakte Erscheinungsbild des Christus auf dem Gemälde in der Höhle! Er lächelte mich an und sagte: "Du lernst, mein Sohn. Gut gemacht!"

Er hob seine rechte Hand zum Segen, dann schwebte er auf mich zu und in mich hinein. Auf einmal saß ich wieder vor dem Bauern Boanerge auf dem Baumstamm, wo er seine Flöte spielte. Er nahm sie von den Lippen, lächelte mich an und sagte: "Also, siehst du nun, was auf der Erde geschehen ist? Sie hätte so einfach zerstört werden können: menschliche Wesen machen mit der Technik auf so schmerzhafte Weise Bekanntschaft. Siebzehn von uns haben dieses Potential zur Vernichtung vor etwa fünftausend Jahren erkannt und daran gearbeitet, das zu ändern, was unvermeidlich erschien, die Menschheit von Wettbewerb und Barbarei zu lösen, damit Liebe und Licht, die darunterliegen, enthüllt werden und ihren rechtmäßigen Platz wiedereinnehmen können.

Es geht alles stufenweise, verstehst du. Und jede Etappe dauert etwa eintausend Jahre. Alle der bedeutenden Führer: Krishna, Buddha, Shankara, Mohammed waren unter unseren Siebzehn, Christus und sein Lehrer, Johannes der Täufer, der zuvor Elia war und davor Moses. Wir haben alle schwer gearbeitet, mit einem eigensinnigen Volk, unserer menschlichen Rasse.

Vor zweitausend Jahren, durchbrachen wir im Westen den Schleier. Wir haben ihn komplett durchschlagen. Liebe kehrte zum ersten mal seit dreitausend Jahren wieder vollkommen auf die Erde zurück. Beginnend mit einer kleinen Handvoll Hingegebener, verbreiterten wir die Bresche, zwangen das Chaos in eine Form, isolierten und sperrten die destruktiven Tendenzen der Menschheit in immer starrere Grenzen. Nach eintausend Jahren führte dies unweigerlich zur Herrschaft des Antichristen. Seine Herrschaft begann in dem Jahr, in welchem der Papst den Patriarchen und der Patriarch den Papst exkommunizierte. Die Kirche Christi war zerbrochen. Diese Spaltung hat eintausend Jahre lang fortbestanden und sich verstärkt. Man muss den Pfeil erst zurückziehen, damit er nach vorne fliegen kann, verstehst du?

Ich habe ihn kommen sehen, diesen Krieg zwischen Egoismus und Liebe, habe ihn gesehen, als ich Paulus traf. Wir alle haben ihn gesehen. Deshalb habe ich den Ishaya-Orden gegründet, für diesen Augenblick der Geschichte, für die Morgendämmerung des nächsten Jahrtausends. Verstehst du? Jetzt beginnt der neue und letzte Zyklus, der neue Himmel, die neue Erde, das neue Jerusalem; alles Fleischliche soll zur Unvergänglichkeit auferstehen, Menschen werden nicht mehr sterben, es wird eine weltumfassende Ascension stattfinden. Was ich getan habe, können alle tun. Es gibt keinen Tod mehr, wenn du entdeckst, dass du selber den Tod erschaffen hast durch deinen Glauben an Trennung und Isolation."

"Wieso ich?" fragte ich mit erstickter Stimme.

Er lachte und antwortete: "Du und die anderen, ihr habt euch vor langer Zeit selbst dazu entschieden, dabei zu helfen, dies zu ermöglichen. Nun hat die Seele Flügel erhalten; der erste Adam wurde aus dem Staub der Erde geboren, aber jetzt werden wir aus dem Geist geboren - nach dem Bild und der Ähnlichkeit Gottes, als Mitschöpfer der Unsterblichkeit und des Himmels auf Erden. Die gesamte menschliche Rasse wird auf Triumphwagen aus Feuer in das Herz Gottes aufsteigen.

Ich werde vorbeikommen und dich und die anderen von Zeit zu Zeit besuchen, euren Fortschritt mit meinen Sieben Donnern überprüfen. Sage Nanda und Durga, sie sollen so weitermachen, wie sie jetzt sind, sie müssen immer zusammenarbeiten. Zusammen geben sie einen ziemlich guten Maharishi ab. Maharishi Durgananda Ishaya", lachte er in sich hinein. "Ja, das gefällt mir. Und sag den anderen, dass alles in Ordnung sein wird, sag es besonders Edg und Kala, sie sorgen sich so sehr. Und Sharon... liebe sie einfach! Sie ist größer, als du auch nur zu träumen begonnen hast!

Und sage allen anderen auf der Erde, allen guten und aufrichtigen Leuten aller Nationen, Ascension ist real, Lobpreisung und Dankbarkeit und Liebe und Mitfühlen sind die vier Säulen des ersten Donners, die vier Silben des ersten Wortes Gottes. Bitte sie, Ascension für sich selbst zu erleben und dann zu lernen, das Wissen dieser vier mit jedem, den sie kennen, mit jedem, der dazu bereit ist, zu teilen. Eine neue Sonne wird für diejenigen am Horizont aufgehen, die jeden Augenblick im Fluss mit diesen vier Techniken sind; es sind die Hauptschlüssel, um alle Mysterien der Schöpfung aufzuschließen. Was diejenigen betrifft, die das sich flink bewegende Schiff von Ascension betreten können, sie werden in die vollkommene Herrlichkeit des Himmels getragen werden. Wir werden uns wieder gemeinsam unter der neuen Sonne der Liebe erfreuen und Herrlichkeit manifestieren.

Sage ihnen, die Zukunft wird jenseits der Vorstellung von Herrlichkeit und Wunder sein. Bitte sie darum, alles, was sie nur können, zu tun, um diese Information weiterzugeben. Unterschätze niemals die Wichtigkeit dieser Lehre, versäume niemals die Gelegenheit zu helfen, sie auszubreiten. Sage es ihnen! Sage es ihnen allen!"

Er reichte nach vorne und berührte mich wieder an der Brust. Ich dehnte mich aufwärts und nach außen aus, über das Universum hinaus, über den Ozean der Universen hinaus, in die unendliche, ewige Präsenz des einen Unveränderlichen. Jegliche Bedeutung fiel weg, Zeit fiel weg, jegliche Trennung war für immer aufgehoben. Als ich im Ascendant stand und es wusste, verstand ich bis zur äußersten Reichweite meines Wesen noch etwas - Boanerge hatte recht - *und* es wird glorreich werden.

"Zweifle niemals daran, dass eine kleine Gruppe bedachter, engagierter Bürger die Welt verändern kann.
Tatsächlich ist dies das einzige, was sie je verändert hat."

- Margaret Mead

Maha-Shivaratri 1995
-MSI

Die Geschichte der sieben Sphären wird fortgesetzt in:

Der Zweite Donner:
Auf der Suche nach den schwarzen Ishayas

Nachwort

Einige Namen und Ereignisse in "*Der Erste Donner*" sind geändert und gekürzt wiedergegeben worden. Die Gründe dafür waren: die Lage des Ishaya-Klosters zu schützen und es denjenigen leicht zu machen, die es vorziehen zu glauben, dass dieses Buch nur ein Roman ist.

Ollie (dessen Nachname nicht Swenson ist) ist am Leben, und es geht ihm gut. Er ist mit einer schönen und brillanten Frau, die ich ihm vorgestellt habe, glücklich verheiratet und hat vier wundervolle Kinder. Lila und die anderen sind nicht in Griechenland gestorben. Es hat keine Explosion im Hafen von Skala gegeben.

Das Ishaya-Kloster liegt nicht im Kulu-Tal.

Keiner der Ishayas ist im Krieg zwischen Indien und Pakistan gestorben. Alle einhundertundacht leben in vollkommenem Frieden in dem einsamen Tal, in welchem die Ishayas die ursprüngliche Lehre von Christus seit fast zweitausend Jahren am Leben erhalten haben.

Die Opposition ist real und existiert innerhalb eines jeden menschlichen Herzens als die Stimme von Angst, Zweifel, Gier, Ärger, Hass und des Egos. Diejenigen, die aktiv der Opposition in dieser Welt dienen, fördern sie; ihre typische Wahrnehmung des Lebens ist: "Wir alleine haben recht; alle anderen unrecht." Sie haben durch die Geschichte hindurch gemordet, um ihre Überzeugungen zu verteidigen, aber ihre Fähigkeit, dies weiterhin zu tun, geht dem Ende entgegen.

Jai Isham Ishvaram

-MSI

Weiter Bücher von MSI:

ASCENSION!
Ein Analyse der Kunst zu Ascendens
wie sie von den Ishayas gelehrt wird

Dieses Buch erklärt genau die alten Lehren der Ishayas, einem alten Mönchsorden, der vom Apostel Johannes dazu beauftragt wurde, die originalen Lehren von Christus bis zum dritten Jahrtausend zu bewahren. Die Ishayas behaupten, daß die originalen Lehren von Jesus überhaupt kein Glaubenssystem darstellen, sondern eher eine mechanische Serie von Techniken sind, die das menschliche Leben dahingehend umformen, dass die Perfektion, die dem menschlichen Herzen innewohnt, dauerhaft wahrgenommen wird. Wahre Bewusstseinserweiterung geschieht nur durch direktes, persönliches Erleben. Ascension ist Einladung, die innerste Realität Ihrer wunderbaren, erhabenen Seele zu erwecken. Dieser Text beinhaltet auch eine Beschreibung der 27 Ascensiontechniken der Ishayas.

erleuchtung
DIE YOGA Sūtren VON PATAÑJALI
EINE NEUE ÜBERSETZUNG MIT KOMMENTAR

Die Yoga Sūtren von Maharishi Patanjali beschreiben den Mechanismus des Bewusstseinswachstum auf die bisher prägnanteste Weise. Sie führen zu einem systematischen und vollständigem Verstehen der psychologischen, emotionalen und physischen Transformationen, die während des Erleuchtungsprozesses eines Individuums stattfinden. Sein Text über Yoga war dazu gedacht, es jedem zu ermöglichen, auf diese Stufe der Perfektion zu gelangen, und der Prozess dieser Entwicklung wird Ascension genannt, oder Erhebung über die Grenzen der Unwissenheit.

Der zweite Donner
Auf der Suche nach den schwarzen Ishayas

Ein visionäres Werk, erweitert den Horizont von Zeit und Raum bis in den Bereichen von mehrdimensionalem Bewusstsein. Die Konflikte und Herausforderungen denen entgegengesehen wird durch Begegnungen mit Wesenheiten die wie Götter sind. In dieser Geschichte sind Warnungsaspekte dargestellt, aus unseren eignen zersplitterten Persönlichkeiten. Die Notwendigkeit der Heilung unseres Selbst wird hier dargestellt mit der Aufgabe von Lord Gana.

Orah der unsterbliche Tänzer
Der dritte Donner
Buch 1

Dieses Buch setzt die aus der Vision entstandene Geschichte fort, die in „Der zweite Donner" ihren Anfang mit den Aufgaben von Gana begann. In Orah, reist Gana in die Vergangenheit, um Almira in der Welt Martanda zu treffen. Hier kämpft er darum, seine sechste Aufgabe zu bewältigen und seine Geliebte zu finden. Die Geschichte ist fesselnd und mit heftigen Auseinandersetzungen gefüllt, die im andauernden Kampf zwischen den Kräften des Einen und denen des Egos stattfinden. Diese werden durch Valin und seine Asur-Armeen repräsentiert.

Shamara die Überbingerin der Opfergabe
Der dritte Donner
Buch 2

In diesem Begleiteten Band vom "Der Dritte Donner" Buch 1, führen wir sie in den Weg, zurückführend in die Einheit, ein. Hier ist Shamara in Begleitung von zwei Brüdern von Orah um eine Aufgabe zum Abschluss zu bringen die vor Äonen ihren Anfang nahm. Wenn die Wahl entschleiert ist, bedeutet das, dass das Ende der Trennung vom Ganzen ist und rückt das Ego wieder zu seinem rechtmässigen Platz als Diener des inneren Meisters.

"In der Zeit der visionären Erfahrungen, durch den Prozess des Erkennens der inneren unterschiedlichen Eigenschaften und dem Aussortieren von für das Wachstum nicht förderlichen Eigenschaften ergibt sich eine Rückzentrierung. Durch die Konzentration auf die dem Wachstum förderlichen Eigenschaften wird der gesamte Wachstumsprozess sowie die Zentrierung unvergleichlich gestärkt.

—MSI

Einleitung vom Autor zum „Zweiten Donner"

"In einem Augenblick einer Eingefrorenen Zeit, nicht länger als eine Lücke zwischen zwei Herzensschlägen, ein Wesen das voll und dauernd in Verbindung mit dem Ursprungs - Universum ist, teilt seine Vision mit meiner. Dieses war ein freies Geschenk, ein wortloses verbunden sein mit dem undendlichen Geist und meinem Geist."

"Die Jahre die vergangen sind, seit dem magischen und schwebenden Augenblick, habe ich angefangen dies sehr zu schätzen was das in meinem Leben für eine Bedeutung hat, mich daran zu Erinnern was ich lange Zeit zurück schon vollends wusste aber dann vergaß: Ich bin ein Grenzenloses Wesen! Lebe in einem Menschenkörper und erfahre den Ascendant andauernd, vierundzwanzig Stunden am Tag. Die „Donner" Bücher sind ein Versuch diesen Bewusstseinszustand zu erklären, sie beschreiben die Realität, dieses Wunders, dieser Erfahrungen."

-MSI-

Über den Autor
Maharishi Sadasiva Isham –MSI
1949-1997

Glücklich verheiratet, drei Kinder, transformierte MSI plötzlich sein Leben im Jahre 1988; als er seinen Beruf, Haus, Geld und Familie verloren hatte. Er nahm diese Änderung als ein Zeichen, dass es da noch einen anderen Grund geben musste für sein Leben. Er setzte sich intensiv dafür ein, die Wahrheit zu finden.

In den Himalayas hat er einen alten Orden von Mönchen, die Ishayas genannt werden, gefunden (die er in seinem ersten Buch "Der Erste Donner" in Romanform dargestellt hat). Von diesen Mönchen hat er die Techniken gelernt, allgemein bekannt als "Die Ishayas' Ascension". Diese beauftragten ihn diese Techniken in die Welt zu bringen, denn es ist an der Zeit und die Welt habe es sehr nötig.

Durch seine Hingabe und Widmung zu der Ishaya-Lehre, existiert jetzt eine Gruppe von qualifizierten Lehrern, feststehend in der Tradition der Ishaya-Abstammung.

Heute werden die Ishaya Ascension weltweit unterrichtet.
Diese Unterweisungen werden nur persönlich
von qualifizierten Lehrern gegeben.

Mehr Informationen über Kurse der sieben Sphären,
oder die Ausbildung zum Ascension-Lehrer, zu erfragen
schriftlich oder telefonisch:

In Deutsch

CENTER SCHWEIZ
info@theishayafoundation.eu
www.theishayafoundation.eu

In English

Tel:1-888-474-2921
contact@theishayafoundation.org
www.theishayafoundation.org

Ishayas of the Bright Path
www.thebrightpath.com

Alle erschienen Bücher von MSI
sind zu bekommen entweder direkt über die
THE Ishaya FOUNDATION *Publishing Company*
oder über Ihre Buchhandlung sowie in Online-Buchhandlungen